SABINE SCHODER

THE ROMEO & JULIET SOCIETY

LA MALEDIZIONE DELLA ROSA

Sabine Schoder

The Romeo & Juliet Society

La maledizione della rosa

Edicart

Illustrazioni degli interni di copertina di *Wahed Khakdan*
Titolo originale: *The Romeo & Juliet Society - Rosenfluch*
Traduzione dal tedesco di *Emma Lenzi*

www.edicart.it

PROLOGO

Mi sento come una ladra che vuole rubare a se stessa.

Di notte, il roseto dell'Accademia è ancora più suggestivo che di giorno. Tra le alte siepi, si alternano campi di fuoco e vasche d'acqua, illuminati di tutti i colori dell'arcobaleno. Al centro, fontane decorate zampillano luccicanti e statue maestose si innalzano verso il cielo stellato torce di fuoco con fiamme vere. Se non stessi fuggendo, farei un giro ammirando tutto.

Sollevo rapida lo sguardo.

Il suggeritore è ancora in piedi nello stesso punto delle scale dove l'abbiamo lasciato, e mi fissa con la sua maschera nera. O almeno sento il suo sguardo su di me, perché non riesco a vederlo sotto il cappuccio. Tutto in lui è completamente immobile, solo il vento gli agita la lunga tonaca, facendola sbattere contro i suoi stivali pesanti. Mi viene la pelle d'oca sul collo.

Mi volto ancora una volta, rabbrividendo. «Quindi mi stai davvero facendo uscire di qui? Credevo che non potessimo lasciare l'Accademia.»

«Neanche noi possiamo.»

«E perché pensi che sia una buona idea che io lo faccia?»

Il ragazzo davanti a me sbuffa divertito. «Non pensavo che fosse una buona idea, ma che fosse un'ottima idea se ne avessi scoperto da sola il motivo.»

«Che vuoi dire?»

Mi guarda a lungo. Proprio sopra la sua testa, a milioni di chilometri di distanza, l'infausta stella risplende nel cielo notturno e proietta un pallido bagliore rosa intorno ai suoi capelli. «Voglio dire» mormora sottovoce, «che faresti meglio a ricordare la strada di ritorno».

CAPITOLO 1

«A qualcuno manca un orecchio?» Do un'occhiata al vassoio d'argento e stacco con la punta di due dita un po' di pelle rugosa. «Ci sarebbe anche un occhio.»

«L'orecchio è mio!» grida un artista dall'aria disperata davanti a uno degli specchi illuminati per il trucco.

Attraverso il camerino del teatro, pieno di truccatori professionisti concentratissimi, attori che borbottano tra sé e sé, e di tensione poco prima della prova generale. Consegno le mie parti del corpo. Non le parti del *mio* corpo, ovviamente, ma gli oggetti di scena in lattice e gomma che danno ai costumi degli attori quel qualcosa in più di spaventoso.

Queste parti sono molto attese. Van Gogh si avventa così avidamente sul suo orecchio rosicchiato, che l'occhio di vetro cade dal vassoio e rotola per la stanza. Lo rincorro, facendo zig zag tra le postazioni trucco.

«Joy, hai delle verruche?» mi chiede uno dei truccatori.

«Un sacco!» Vicino alla finestra, riesco finalmente ad afferrare l'occhio di vetro e a soffiare via dall'iride i residui di brillantini verde rana. «Un momento, ho qualcosa nell'occhio.»

Gli attori scoppiano a ridere isterici, rivelando l'ansia prima del grande spettacolo.

Sorridendo, considero l'idea di tenere gli occhi sopra la spalla e di imitare la voce nasale del direttore, *Ti ho vista ridere alle mie spalle!*, quando qualcosa fuori dalla finestra mi distrae.

Il sole assomiglia a una palla rosso sangue sopra le onde grigio ardesia del Lago di Costanza e colora una striscia d'acqua di un luccicante rosso rame. Anche se sono qui da tre settimane, non mi stanco mai di questa vista. Certo, ho visto tramonti spettacolari anche a New York e a Sydney, ma la piccola Bregenz, nel cuore dell'Europa, ha qualcosa che le grandi metropoli del mondo possono solo sognare: le stelle. Centinaia, se non migliaia di stelle che brillano come diamanti sull'enorme lago ogni sera.

E il primo puntino risplende già nel cielo blu sempre più scuro. Dovrebbe essere la stella della sera o, più precisamente, il pianeta più vicino al nostro, Venere. Ma quel puntino si lascia dietro una coda ben riconoscibile.

«Come si chiama questa cometa?» chiedo nel camerino, incapace di distogliere lo sguardo dalla sua lontana coda scintillante. «Non ho trovato nulla al riguardo su Internet.»

Qualcosa mi attrae da settimane, come per magia, e la guardo affascinata. Probabilmente sono solo una ragazza di città che ha trascorso troppe notti in teatri e camerini. Tuttavia, non riesco a togliermi di dosso la sensazione che abbia un significato speciale per me.

Forse perché la mamma tratteneva il fiato dallo stupore e mi stringeva la mano ogni volta che vedevamo una stella cadente. Potevo sentire il battito del suo cuore nelle mie piccole dita quando si chinava e mi sussurrava di esprimere un desiderio. È uno dei pochi ricordi che ho ancora di lei.

«È il sole che tramonta, newyorkese!» ride van Gogh accanto a me. «Non lo hai mai visto dietro i grattacieli?».

«Non sono newyorkese» rispondo in automatico. Con una strana sensazione di nostalgia, distolgo lo sguardo dalla cometa e lancio un'occhiata all'artista. «In realtà, non sono nemmeno americana.»

Van Gogh mi fa l'occhiolino. «Be', però parli tedesco con accento americano.»

«Non dirlo a mio padre» borbotto. «È molto orgoglioso di avermi insegnato la sua lingua madre.»

Van Gogh solleva le sopracciglia stupito. «Credevo che tuo padre fosse francese.»

«Ha preso il cognome di mia madre. Sono nata a Parigi, ma non parlo una parola di francese» aggiungo in fretta, perché i miei compagni di scuola anglofoni volevano sempre che dicessi qualcosa. Nel corso degli anni ho dovuto raccontare la mia vita così tante volte, che ormai la racconto senza nemmeno pensarci. «Poco dopo la mia nascita, ci siamo trasferiti a Londra e poi a Buenos Aires, finché mio padre non ha ottenuto il suo primo ruolo importante al Teatro di Auckland, in Nuova Zelanda. Poi siamo andati a Sydney per un anno e mezzo, e infine a New York un anno fa.»

Van Gogh ride. «Parigi, Londra, Buenos Aires, Auckland, Sydney e New York? Sembra quasi che voi stesse scappando.»

Mettiamola così: avevo delle scuse fantastiche per mettere fine ai miei appuntamenti. Beh, non solo quelli nella mia testa. Okay, okay! Due. Ho avuto solo due appuntamenti. Sono abbastanza sicura che anche pomiciare appassionatamente con quello zombie alla festa di Halloween conti.

Indico con il pollice la finestra alle mie spalle. «Sicuro di non sapere il nome di quella cometa?»

Van Gogh mi guarda mentre mi passa accanto. «Non vedo nessuna cometa là fuori, purtroppo. Ma vedo un paio di occhi dannatamente belli che ti fissano con grande interesse.»

Mi giro e sussulto quando un volto appare all'improvviso dietro il vetro, e poi ho un piccolo infarto quando mi rendo conto della bellezza straordinaria di quel viso. È un ragazzo della mia età che le mie compagne di scuola a New York avrebbero giustamente definito *fucking hot*. Anche se in realtà non sembra focoso, ma piuttosto freddo come il ghiaccio. I suoi capelli sono così chiari, che risplendono bianchi alla luce del sole e i suoi occhi sono dello stesso azzurro cristallino e gelido che ho visto nelle eruzioni subglaciali nel sud dell'Argentina. Scruta la finestra e mi fa sussultare una terza volta. Se non mi controllo, penserà che assomigli a uno di quei ridicoli cani con la testa a molla che si mettono in auto.

«Questo è il camerino! Non puoi entrare qui.» Van Gogh agita le braccia. «Il palcoscenico è a destra.»

Il ragazzo muove le labbra, ma non riesco a sentirlo bene attraverso il vetro spesso.

«Devo aprire la finestra?» propongo.

«Assolutamente no!» rispondono tutti in coro. Van Gogh scuote freneticamente la testa. «L'anno scorso qui c'era un'ammiratrice pazza che si è spalmata i nostri trucchi dalla testa ai piedi. Da allora, tutte le finestre hanno l'allarme.»

Guardo di nuovo il ragazzo, che mi sta ancora fissando là fuori come se sperasse in una risposta. «Non sembra proprio che stia per spogliarsi e spalmarsi i trucchi.»

Purtroppo no, aggiunge una voce dentro di me. È la stessa voce che mi ha convinta a pomiciare con quei due zombie. Lo zombie alla festa di Halloween e lo zombie di Bondi Beach, che si è messo a piagnucolare come un bambino quando gli ho fatto notare che il suo apparecchio si era impigliato nei miei capelli.

Van Gogh bussa alla finestra. «Vai avanti! Il palco è a destra! A DESTRA!»

Il ragazzo sembra finalmente aver capito l'ultima parola, perché punta il dito nella direzione indicata. Van Gogh annuisce in modo esagerato. Ma il ragazzo mi guarda di nuovo, come se aspettasse una mia conferma.

Alzo le spalle. Dopotutto, sono qui solo da tre settimane e i contorti labirinti dei grandi teatri del mondo mi hanno sempre confusa. Inoltre, fantastico ancora un po' sul fatto possa strapparsi la maglietta da un momento all'altro e spalmarsi la polvere verde glitterata sulla pancia.

Per fortuna, non può leggermi nel pensiero. Mette con disinvoltura le mani nelle tasche dei jeans e se ne va tranquillo, ma continuando a guardarmi con i suoi occhi azzurri come il ghiaccio, finché non scompare dietro l'angolo.

Quando se n'è andato, noto di nuovo la cometa nel cielo.

Brilla già un po' di più, e devo schiarirmi la gola, a un tratto irritata. Probabilmente ho preso un leggero raffreddore durante le ultime notti passate sul tetto del camper a cercare stelle cadenti e ricordi di mia madre.

«Joy, sei pronta?» chiede qualcuno da dietro.

Mi giro e scorgo sulla porta il viso lentigginoso del nostro truccatore più giovane. Si chiama Eduardo o Enrico, o forse Emilio o Edgardo. Purtroppo, esattamente quattro secondi dopo il giro di presentazioni di tre settimane fa, ho dimenticato tutti i nomi ed ero troppo imbarazzata per chiederli di nuovo. Da allora, spero che qualcuno lo chiami per nome. Ma, ahimè, tra lo staff del festival teatrale è conosciuto con un soprannome, e non ci conosciamo abbastanza bene da usarlo.

«Pisellino! Hai della colla per lattice?» chiede uno dei truccatori più anziani, facendo diventare subito rosso il volto lentigginoso di Presunto-Eduardo.

«Il suo primo compito è stato realizzare un naso pronunciato in lattice» mi sussurra van Gogh con fare cospiratorio. «Diciamo che non è riuscito a fare la forma. Hanno dovuto pixelare le foto sui giornali.»

«L'avevo capito» borbotto.

A Presunto-Eduardo non sfuggono i sussurri. Si morde il labbro inferiore e fruga nelle numerose tasche del camice da lavoro alla ricerca di un po' di colla per lattice, o almeno di un motivo per non dovermi più guardare negli occhi. Prendo la prima cosa che trovo sul mio vassoio e la sollevo. «Di chi è… ehm… il pizzetto azzurro?»

Il mio diversivo funziona. Finalmente, i truccatori smettono di bisbigliare su Eduardo, ma con mia grande sorpresa iniziano a ridacchiare come bambini. Deve essere a causa del nervosismo prima dello spettacolo, perché i parrucchini adesivi non sono poi così divertenti. Lo so da mio padre, che trova divertente persino una gomma a terra del nostro camper prima di una prima.

Van Gogh ridacchia tra sé e sé. «Questo è di Madame Escalus.»

«Madame Escalus?» Scruto il pizzetto corrugando la fronte. Negli ultimi tre mesi, durante i quali mio padre ha borbottato il suo ruolo dalla mattina alla sera, non è si è mai accennato a una donna barbuta. «Non mi ero resa conto che avesse una peluria sul viso così evidente.»

Tutti nel camerino scoppiano a ridere.

Gli attori si contorcono sulle loro poltroncine e i truccatori si schiaffeggiano le cosce. Paura da palcoscenico o no, mi sembra eccessivo, soprattutto perché oggi abbiamo solo le prove generali. Cosa succederà quando tra il pubblico ci saranno ospiti importanti e critici influenti?

Dovrei-davvero-chiedergli-il-suo-nome-corretto-Eduardo mi si avvicina e si gratta la nuca, imbarazzato. «Questo... ehm... non è per il *viso* di Madame.»

Confusa, scruto il parrucchino blu e noto una donna poco vestita che mi saluta davanti a uno degli specchi del trucco. La sua parrucca riccia è alta e colorata dello stesso azzurro, così come il sottile kimono di seta che aderisce alle sue curve. Mi fa l'occhiolino dallo specchio e si indica l'inguine.

«Oh… *oh!*» esclamo.

Gli attori ridono con una tale isteria, che i truccatori strappano in fretta le salviette struccanti dai contenitori e tamponano gli angoli umidi degli occhi prima che le lacrime causate dalle risate possano rovinare il trucco applicato con cura.

Chiamiamolo-Eduardo è così gentile da togliere dalla mia mano pietrificata la parrucca pubica e portarla a Madame Escalus. Sorrido stoica, porgo le parti in lattice e fingo di non notare le labbra risucchiate indentro e i toraci tremanti dei teatranti, finché non usciamo dal camerino e alle nostre spalle si sente l'allegra cantilena: «Pisellino e Peli Pubici attraversano il bosco». Forse non me ne intendo molto di peli finti, ma mi rendo conto che potrebbero dar vita a un nuovo terribile soprannome.

«Da... da quanto ti chiamano così?» cerco di chiedere a Eduardo con un tono il più possibile disinvolto mentre camminiamo lungo questi corridoi poco illuminati sotto il palco galleggiante sul lago. Può darsi che siano passate solo poche settimane dalla storia del naso a forma di pisellino, che i truccatori e gli attori si dimenticheranno tutto durante il festival estivo e che non sia il caso di farne un dramma.

Eduardo mi sorride timido. «Da quattro anni.»

Oh Dio.

«Dovrò fare qualcosa per Peli Pubici» sbuffo. «Possibilmente con la forza bruta. Ho sentito dire che le prigioni in Austria sono molto belle.»

«Ti torturano con il puzzolente formaggio di montagna e la musica popolare tradizionale. Abbiamo uno dei tassi di criminalità più bassi al mondo.»

Mi viene da ridere, cosa che lo sorprende. A quanto pare, era serio. Mi guarda con gli occhi sgranati per qualche secondo prima di abbassare rapidamente lo sguardo e giocherellare con un filo allentato del suo camice. «Se non hai niente di meglio da fare, voglio dire, capirei se non avessi voglia, o se preferissi guardare lo spettacolo da sola. Dopotutto, tuo padre è il protagonista e...»

«Ehi.» Gli do un colpetto sul fianco in modo amichevole. «Mi piacerebbe molto vedere la prova generale insieme a te.»

Le orecchie lentigginose di Eduardo sono di un bordeaux intenso, che purtroppo stona con i suoi riccioli rossi, ma mi sorride così felice, che mi viene spontaneo prenderlo a braccetto e tirarlo su per la successiva rampa di scale fino alla tribuna. Non sono proprio vestita per andare a teatro, con i jeans scoloriti e la maglietta di cotone verde chiaro, ma suppongo che nessuno mi guarderà troppo attentamente, con il palcoscenico galleggiante sul lago sullo sfondo.

Solo una volta arrivati in cima mi viene in mente il ragazzo con gli occhi azzurro ghiaccio.

A un tratto ho le palpitazioni, mi metto una ciocca di capelli dietro l'orecchio e mi guardo intorno nel modo più discreto possibile. Il sole ha ormai raggiunto l'orizzonte e risplende così intensamente tra la scenografia sull'acqua, che devo sbattere le palpebre per scacciare le macchioline che ho davanti agli occhi. Ma anche quando riesco a vedere di nuovo nitidamente, tutto ciò che riesco a scorgere sono i numerosi giornalisti e fotografi che hanno preso posto nelle ultime due file di posti in tribuna. Mi chiedo cosa volesse sapere da me il ragazzo. Dubito che si trattasse solo della strada per il palco.

Eduardo interpreta il mio sguardo indagatore in modo diverso. «I posti qui sotto sono i più vicini agli attori, ma la vista più suggestiva si ha da più in alto. Lo vuoi sapere un segreto?»

Gli sorrido. «Certo.»

Mentre passiamo, sgraffigniamo due bicchieri di spumante da un tavolino bianco e saliamo di corsa ridacchiando i gradini di cemento spogli della tribuna. Durante il nostro giro di benvenuto, ci è stato spiegato che il palcoscenico sul lago è esposto tutto l'anno alle intemperie delle Prealpi, motivo per cui le poltrone pieghevoli sono fatte di plastica, non proprio da teatro. Invece, ha lo sfondo più impressionante che abbia mai visto: le onde scintillanti di un

Lago di Costanza apparentemente infinito e le strette rive della Germania e della Svizzera su entrambi i lati, punteggiate dalle luci scintillanti delle piccole città. Eduardo mi guida con sicurezza tra le file vuote e abbassa due sedili non proprio centrali.

«Sembra ancora un po' storta» mi spiega con le orecchie rosse, «ma la scenografia ruoterà più volte durante lo spettacolo. Ma da qui si ha la visuale migliore sull'atto principale, e quindi anche su tuo padre.»

«Fantastico.» Mi metto comoda al mio posto, respiro l'aria fresca e allungo le braccia verso il cielo. Il tramonto si accende nel bicchiere di spumante e colora le bollicine di un rosso vivo. Ma c'è qualcos'altro che brilla attraverso il bicchiere. Lo abbasso senza distogliere lo sguardo dal cielo. Eccola di nuovo, quella strana cometa di colore rosa, e brilla più che mai.

«Cosa ne pensi?» chiedo, persa nei miei pensieri. «Questa cometa è un buon segno?»

Il sedile accanto a me scricchiola mentre Eduardo si sporge in avanti. «Quale cometa?»

«Beh, quella proprio sopra di noi. Oggi è molto più luminosa di ieri sera. Tre settimane fa era solo un puntino.»

«Non riesco a vederla.» Eduardo si strofina gli occhi. «Forse dovrei procurarmi un paio di occhiali. Per me, tutte le stelle lassù sono uguali.»

Corrugo la fronte. «Vedi le stelle, ma non una cometa brillante con una grande coda dietro di sé?»

«Hanno tutte la coda dietro di sé. Sono tutte sfocate.» Eduardo scrolla le spalle imbarazzato. «Ma sono sicuro che significa qualcosa di buono se riesci a vederla. Stai pensando alla prova generale? Tuo padre ha recitato sui più grandi palcoscenici del mondo. Se la caverà.»

«Hai proprio ragione.»

Gli tendo il mio bicchiere di spumante per brindare. «A uno

spettacolo riuscito! O come direbbero a Ney York, *break a leg, dad*!»

«Qui si dice *Hals- und Beinbruch*, che tu ti rompa il collo e la gamba.»

Guardo Eduardo sbattendo le palpebre, un po' confusa, perché le sue labbra non si sono mosse per pronunciare questa frase. Solo quando corruga la fronte lentigginosa e socchiude gli occhi per guardare dietro di me, capisco che ha parlato qualcun altro. Qualcuno che doveva essere seduto proprio dietro di me. Giurerei che fino a un attimo fa il posto non era occupato. Ho la pelle d'oca lungo la schiena mentre giro lentamente la testa all'indietro e fisso degli occhi azzurro ghiaccio.

È il ragazzo della finestra.

I capelli chiari gli vanno sugli occhi nella brezza leggera, ma lui non li scosta. Invece, giocherella con un braccialetto verde di pelle di serpente che pende in diversi anelli intorno al suo polso pallido. «In Italia si dice *in bocca al lupo*» continua storcendo l'angolo della bocca. «E nella romanticissima Francia, si augura *merde* prima di uno spettacolo.»

Il mio sguardo scorre sulle file di posti dietro di lui prima di ricadere spontaneamente sul ragazzo. Forse dovrei chiedere se lui ed Eduardo si conoscono, ma dal modo in cui ignora completamente il truccatore e guarda solo me, non credo sia molto probabile. A un tratto, mi accorgo che ho la gola di nuovo irritata e devo resistere al forte impulso di bere il mio bicchiere di spumante tutto d'un fiato.

«Questi devono essere davvero i posti migliori» mormoro avvertendo una fitta sospetta allo stomaco. «Dopotutto, tutte le altre file sono vuote. Nell'intera tribuna con... ehm... quasi settemila posti. Non sarà certo una... *coincidenza* che qualcuno sia seduto proprio dietro di me?»

Il ragazzo inizia a sorridere.

CAPITOLO 2

«Non… non sei del teatro» si rende conto Eduardo.

Il ragazzo sorride ancora di più. «No, non lo sono, ma si potrebbe dire che sono quasi cresciuto sul palcoscenico.» La fa sembrare una battuta ma, a quanto pare, non sente il minimo bisogno di spiegarcela. Guarda il suo braccialetto di pelle di serpente per qualche secondo e, ci scommetterei i calzini, che un attimo fa era molto più largo intorno al suo polso e… non ha fatto un altro giro?

A un tratto, mi guarda, distraendomi.

«Come ti chiami?» mi chiede e mi fissa così intensamente, che riesco a contare le macchioline turchesi nei suoi occhi.

Aggrotto la fronte. «*Tu* come ti chiami?»

Sbuffa divertito. «Scusa, che maleducato che sono. I miei insegnanti di diplomazia sarebbero inorriditi» dice con tono leggermente beffardo. «Permettimi di presentarmi: mi chiamo Rhyme…»

«CAPULETI!»

Sussultiamo tutti. Eduardo si drizza come una lepre che fiuta una volpe, il ragazzo sconosciuto geme infastidito e io salto rapidamente sulla mia poltrona per vedere chi ha gridato con tanta indignazione. Un altro ragazzo, che non ho mai visto prima, si avvicina a passi pesanti una fila sotto e ci fulmina con lo sguardo. Più precisamente, fulmina solo *uno* con lo sguardo.

«Maledizione, Capuleti! Sarebbe stato troppo chiedere di dirmi che li hai trovati? Ho cercato in tutti i bagni delle donne e degli uomini, e ci hanno provato con me *in tutti e due*.»

Guardo di nuovo – come si chiama? Rhyme? – e avverto una sensazione sospetta nello stomaco, come se conoscessi già la risposta alla mia prossima domanda. «Cosa intende con... *li hai trovati*?»

Rhyme mi risponde senza distogliere lo sguardo dal nuovo arrivato, come se le parole fossero in realtà destinate a lui. «L'hai detto tu prima. Questi sono i posti migliori. *Li* ho trovati.» Prima che io possa replicare - per esempio che non mi sembra molto credibile che qualcuno cerchi i posti migliori nei bagni degli spazi interni - aggiunge: «E li ho a*ppena* trovati. Neanche un minuto fa».

A quelle parole, l'altro ragazzo si zittisce.

Mi volto verso di lui, ma distoglie lo sguardo da me nello stesso momento. Si lascia cadere sul sedile sotto di me e si pettina indietro i capelli neri come il carbone. Non potrebbe essere più diverso da Rhyme. Mentre il primo ragazzo è chiaro e pallido, il nuovo arrivato è scuro e abbronzato. Eppure, i due hanno qualcosa in comune che è difficile esprimere a parole. È più una sensazione che provo, qualcosa che va oltre il loro aspetto; come se emanassero lo stesso carisma.

Rhyme si appoggia allo schienale della poltrona e mi guarda impaziente. «Stavamo parlando del tuo nome, giusto?»

Perché è così ansioso di sapere il mio nome? A un tratto, mi ricordo dell'avvertimento di van Gogh di non aprire la finestra del camerino per non far entrare un'ammiratrice impazzita. Forse anche questo Rhyme è un fan sfegatato? Dopotutto, mio padre è un noto attore di teatro, il che, come per molti artisti, non significa necessariamente che la sua passione gli faccia guadagnare molti soldi - il suo compenso non vale certo le richieste di riscatto di potenziali rapitori - ma forse non si tratta di soldi...

«Joy» mi limito a rispondere per sicurezza.

Rhyme sorride. «E poi?»

«Solo Joy, okay?»

«Ecco, hai visto cos'hai fatto, Montecchi?» sbuffa Rhyme. «Solo-Joy non si fida più di me.»

Sollevo un sopracciglio. «Chi dice che io lo abbia mai fatto?»

Il ragazzo dai capelli scuri fa un verso divertito e si gira a guardarmi. Solo in quel momento noto il colore dei suoi occhi, che è insolito almeno quanto quello dell'altro ragazzo. Invece del gelido azzurro ghiaccio, però, i suoi sono caldi come l'oro appena fuso. «Mi chiamo Cut. E se quel ragazzo dietro di te ti infastidisce, ti assicuro che è sempre così.»

«Leccati le zampe, Montecchi» dice l'altro impassibile da dietro.

«Miao!» Cut piega le dita affinché sembrino artigli e finge di zampettare verso Rhyme come un gatto. Nonostante tutto, mi viene un po' da sorridere. Anche se i due ragazzi sembrano non andare d'accordo, mi ricordano invece due bambini cocciuti in una buca piena di sabbia che vogliono togliersi a vicenda la paletta. Non c'è una vera antipatia dietro le loro parole, ma piuttosto qualcosa di più simile a una rivalità tra fratelli. Quando Cut nota il mio sorriso, lo ricambia in un modo che potrebbe sprizzare scintille nella notte. Lentamente e in modo consapevole, contrae le labbra, mostrando i denti bianchi come la neve. Piega le braccia sullo schienale della poltrona e vi appoggia il mento. La pelle bruno-dorata delle sue mani è coperta di piccoli graffi.

«Hai un gatto?» chiedo.

I suoi occhi brillano divertiti. «Si potrebbe dire così. Ti piacciono i gatti?»

«In realtà, mi piacciono tutti gli animali» ammetto. «Tranne forse i ragni. E non vado matta neanche per i serpenti.»

Cut scoppia a ridere, come se avessi fatto una battuta.

Rhyme, invece, per poco non cade tra le poltrone, tanto si china in fretta verso di me. «I serpenti sono creature davvero affascinanti. Non sono così facili da raggirare come i mici» aggiunge con sguardo di sfida a Cut, il mento abbassato. «Perché non baci il tuo braccialetto?» ribatte sorridendo. «Non c'è bisogno di protestare, ti ho visto farlo di nascosto.»

Le guance di Rhyme avvampano. «Lui... è solo un cucciolo! Ne ha bisogno.»

Sto per perdere il filo quando improvvisamente tutto ha senso. All'inizio credo che si tratti dei riflessi delle luci del palco, ma poi devo ammettere a me stessa che il disegno del serpente verde sta effettivamente cambiando. In realtà, quelli che pensavo fossero singoli bracciali intorno al suo polso, sono collegati come una spirale. E ha una testolina, che ora solleva curioso per scrutarci tutti con i suoi occhi neri.

«UN SERPENTE!» Eduardo salta su così scioccato, che il bicchiere di spumante cade e si rompe in mille pezzi minuscoli. Rhyme protegge il suo animale con una mano e se lo preme sul petto. Cut si limita a scuotere con disgusto la mano per togliere gli schizzi di spumante. Dato che nessuno dei due scappa davanti al serpente, mi costringo a stare ferma e a far finta che il cuore non mi stia martellando in gola. Per fortuna, lo stelo sottile del bicchiere di spumante resiste nel mio pugno stretto. Eduardo si allontana da noi di qualche passo, barcollando. «Scusate! Io... ehm... Quella bestia è velenosa?»

È un'ottima domanda.

«Non preoccuparti.» Il sorriso di Rhyme diventa diabolico mentre accarezza con tenerezza la testa del serpentello.

Non mi intendo molto di rettili, ma mi sorprende che l'animaletto sembri gradire. In ogni caso, si appoggia alla mano con piacere. «Non sentiresti nulla» continua lui con un luccichio negli occhi. «Il suo veleno prima ti paralizza le gambe, così non puoi scappare, poi la lingua, così non puoi urlare, e infine ti uccide in modo del tutto indolore.»

Eduardo rimane a bocca aperta, terrorizzato.

«Ma è ancora troppo piccolo per divorarti» aggiunge Rhyme in tono cordiale.

Eduardo inizia ad arrampicarsi all'indietro e a scavalcare maldestramente l'ultima fila di poltrone, così mi metto al suo posto. «Ehi, niente panico. Se fosse davvero velenoso, non se ne starebbero seduti così. Ci prendono solo in giro.»

«Non è vero» ribatte Rhyme serissimo. «Primo, Rambo diventerà davvero un serpente velenoso e letale quando sarà grande, e secondo, *lo* sto solo prendendo in giro. Quanto a te, non ho ancora deciso.»

«Ah sì?» lo provoco. «Cosa te lo impedisce, *Rambo*? La prossima volta hai intenzione di far uscire dalla manica uno scarafaggio di nome Sylvester Stallone per vedere come reagisco?»

Cut inizia a ridere, ma deglutisce e tossisce nel gomito.

Rhyme solleva il mento orgoglioso, ma la punta del suo naso diventa rosa. «I film di Stallone sono dei veri e propri classici. È un onore dare il suo nome ai propri animali. Ed è molto più fantasioso di Fledder, per esempio.» Le sue ultime parole sono chiaramente rivolte a Cut, ma quest'ultimo continua a tossire e si limita a mostrargli debolmente il dito medio.

Eduardo non sembra voler sapere quali animali abbiano i due o di chi abbiano il nome. Ha quasi scavalcato due file, ma poi la cintura di tessuto del camicione si impiglia e lui si dibatte come un pipistrello contro gli schienali dei sedili ripiegati.

«Posso aiutarti?» chiediamo Rhyme e io all'unisono. I nostri sguardi si incontrano automaticamente, ma gli distogliamo subito. La mia offerta era gentile ma, a quanto pare, Eduardo ha sentito solo il tono beffardo di Rhyme. Il suo viso lentigginoso è di nuovo di quel colore bordeaux che non gli dona ed Eduardo tira così forte la cintura di tessuto da strapparla insieme a un nottolino.

Senza dire una parola, attraversa le file di sedili, solo le sue orecchie rosse rivelano quanto sia imbarazzato. Provo un po' meno compassione per lui perché mi lascia qui con due perfetti sconosciuti. Per fortuna, so badare a me stessa.

Fulmino Rhyme con lo sguardo. «Perché lo hai fatto?»

«Ma non ho detto niente!» dice indignato con gli occhi sgranati.

«Hai contratto la bocca.»

«È una reazione adeguata a una situazione comica. Non posso farci niente se esci con un buffone.»

«Non usciamo insieme!»

«Sorseggiate spumante al tramonto sulla romantica riva del lago e volete vedere uno spettacolo. Cos'altro manca per definirlo un appuntamento?»

«E non esagerare, per favore. Capuleti non ha mai avuto una ragazza» aggiunge Cut gongolando così tanto, che gli viene da tossire di nuovo. Rhyme risponde con un'imprecazione inappropriata, che non fa altro che divertire ancora di più Cut e peggiorare l'attacco di tosse, tanto che all'improvviso è costretto ad alzarsi di colpo dal suo posto e ad attraversare la fila di poltrone successiva, ansimando per prendere aria.

Mi alzo per dargli delle pacche sulla schiena, ma Rhyme è più veloce. Con un balzo azzardato scavalca la mia fila di sedili, tirando Cut per il braccio e costringendolo a guardarlo. «Ehi, è un po' troppo presto per tirare le cuoia. Abbiamo ancora due ore buone. Cerca di respirare con calma e lentamente, okay?»

Cut smette di tossire, ma si aggrappa così disperatamente alla maglietta dell'altro che mi rendo conto con orrore del perché, a un tratto, sia così silenzioso.

Non riesce più a respirare!

I miei occhi si muovono automaticamente in cerca di aiuto e solo allora mi ricordo del mio cellulare. Con mani tremanti, lo tiro fuori dalla tasca dei jeans e scopro tre chiamate perse che non ho sentito perché avevo messo il silenzioso per la prova generale. Sono di mio padre.

«Okay, così va bene» lo rassicura Rhyme. «Inspira ed espira.»

Alzo lo sguardo e, con mio grande sollievo, vedo il torace di Cut sollevarsi lentamente e riempirsi di nuovo d'aria. L'attacco non è durato più di mezzo minuto, ma la sua pelle bruno-dorata è visibilmente più pallida. Sento ancora il battito del mio cuore martellarmi sulla punta delle dita.

«Va meglio?» chiede Rhyme con un tono così empatico, che Cut aggrotta la fronte e io sollevo entrambe le sopracciglia. A un tratto, gli occhi di Rhyme brillano maliziosi. «Non dirò a nessuno all'Accademia che ti sei aggrappato al mio petto d'acciaio nell'istante in cui sei morto.»

Cut allontana le mani dall'altro così in fretta, come se la sua maglietta scottasse. Il suo volto riprende immediatamente colore. «Questo... questo è quello che toccherà anche a te.» Rhyme sorride leggermente e accarezza il suo serpente, avvolto stretto intorno al suo polso. Le guance di Cut sono di un rosso vivo. Fissa il cielo. «È solo quella dannata cosa lassù.»

Seguo il suo sguardo. «Intendi la cometa?»

I due ragazzi voltano la testa in fretta verso di me.

«La cometa?» Rhyme si arrampica sopra la poltrona e si piazza davanti a me. È chiaramente più alto di me, il che significa che tiene il serpente piuttosto vicino al mio viso. Cerco di indietreggiare senza che se ne accorga, ma lui copre immediatamente la distanza e mi fissa con i suoi occhi di ghiaccio. «Riesci a vedere la cometa? Dimmelo!»

Devo schiarirmi la gola. «Non la vedono tutti? Negli ultimi giorni brilla di più.»

«Lei... è proprio lei» si meraviglia Cut accanto a noi. «Quasi non ci credevo più.»

Anche Rhyme mi fissa come se credesse a stento di vedermi, e poi gli esce uno strano verso, che all'inizio penso sia un colpo di tosse e solo a una seconda occhiata noto che sembra una risata soffocata. A un tratto, il suo sorriso è così bianco e abbagliante, che potrebbe competere con qualsiasi pubblicità di un dentifricio. «Ce l'abbiamo fatta! Abbiamo ancora davvero una possibilità!»

«Una possibilità?» Scuoto la testa. «Per cosa?»

Rhyme sta per rispondere, ma viene interrotto.

«JOY! JOOOOOY!» proviene da sotto gli spalti. Riconosco la testa riccioluta rossa di Eduardo e il camice che svolazza dietro di lui mentre si affretta a salire i gradini di cemento. Quando raggiunge la nostra fila, si ferma di botto alla vista dei due ragazzi e non si avvicina. Invece, mette le mani a imbuto davanti alla bocca e grida: «Sai dov'è tuo padre? Lo stanno aspettando tutti laggiù! Non si è presentato alla prova generale!».

Mi tornano in mente le chiamate perse.

Mio padre non si perderebbe mai una prova.

A meno che... non sia successo qualcosa!

Squilla un cellulare, ma non è il mio. Cut tira fuori dalla felpa nera con cappuccio uno smartphone dall'aspetto costoso e lo tiene sulla guancia. Il suo sguardo dorato si rivolge prima su di me, poi su Rhyme. «Dovremmo scendere. Hanno suo padre.»

È tutto ciò che ho bisogno di sentire. Dallo sguardo di Rhyme, sembra che il ragazzo si sia improvvisamente pentito di qualcosa, ma non aspetto una spiegazione. Invece, mi giro di scatto, sfreccio via tra le file di poltrone e davanti a me c'è solo la scala antincendio che, dal giro di benvenuto, so che porta giù al parcheggio.

Proprio al nostro camper.

Proprio da mio padre.

Posso già vedere dall'alto le limousine bianche e nere che l'hanno circondato su tutti i lati.

CAPITOLO 3

Le mie scarpe battono così forte sulla grata d'acciaio della scala antincendio, che sento Rhyme e Cut gridare dietro di me, ma non riesco a capire quello che dicono. Non mi interessa neanche. Fin dall'inizio, mi era sembrato strano che Rhyme fosse ossessionato dal mio nome, e ora sono infastidita dal fatto che le loro scaramucce mi abbiano distratta. Qualunque cosa significhino quelle limousine che hanno circondato il nostro camper, una cosa è certa: impediscono a mio padre di uscire.

Cerco di chiamarlo mentre corro giù per le scale. Il cellulare mi scivola di mano e cade attraverso una fessura nelle erbacce alte. Salto dall'ultimo gradino imprecando e corro verso il camper. «Papà! Mi senti? PAPÀ!»

Le limousine hanno attirato così tanto la mia attenzione, che noto delle figure vestite di nero che le fiancheggiano da tutti i lati solo quando girano tutte la testa contemporaneamente nella mia direzione. Intorno a loro ci sono almeno una dozzina di addetti alla sicurezza, che indossano completi eleganti che si adattano ai loro toraci possenti come se fossero fatti su misura. Tre di loro si portano le mani alle orecchie, un gesto che ho visto in centinaia di film d'azione: ricevono un messaggio radio attraverso gli auricolari.

Rallento esitante.

Inciampo ancora per qualche passo verso di loro, ma poi mi fermo, incerta. Forse sto facendo esattamente quello che vogliono, correndo a capofitto? Non sarebbe meglio chiamare alla polizia? Ma mentre giro la testa prima da una parte e poi dall'altra, devo ammettere a me stessa che non ho idea di dove sia la stazione di polizia più vicina. E anche se lo sapessi, non avrei tempo. Dietro di me sento già il rumore di alcune paia di scarpe sulla scala antincendio.

«Joy!» mi chiama Rhyme. «Lascia che ti spieghi!»

Guardo dietro di me. Cut è proprio dietro Rhyme, tiene il suo smartphone contro il viso e non sembra particolarmente contento di quello che sta sentendo. Rhyme, invece, mi guarda dritta negli occhi. Nel momento in cui i nostri sguardi si incrociano, qualcosa mi urta sulla schiena.

Reagisco automaticamente, cercando di allontanarmi prima ancora di rendermi conto di cosa stia succedendo. I tizi in giacca e cravatta mi afferrano per le braccia da entrambi i lati e mi bloccano così in fretta, che riesco a protestare solo quando sono hanno già immobilizzata dalla loro presa. «Ehi, lasciatemi andare! Che succede?»

L'espressione di Rhyme diventa omicida, ma non guarda me. Invece di correre in mio aiuto, si piazza davanti a noi con le braccia incrociate e solleva il mento sicuro. «Lasciatela andare!»

«Abbiamo ordini diversi» risponde uno degli uomini.

«*Io* vi do gli ordini» ribatte Rhyme con tono così freddo, che sussulto per lo spavento. Cut gli si avvicina, lascia scivolare il cellulare dentro la felpa e lo corregge con voce altrettanto fredda. «*Noi* vi diamo gli ordini. E d'ora in poi, ci occuperemo noi di lei. Siamo stati chiari?»

Con mio grande stupore, i tizi in giacca e cravatta mi lasciano davvero andare senza dire una parola. Si fanno da parte e chinano il capo in segno di rispetto. «Sì, mio principe!»

Mio... *cosa*?

Forse dovrei chiedere a che tipo di strano gioco stiano giocando, ma francamente non mi interessa quali titoli polverosi queste persone tirino fuori. Voglio solo una cosa, ed è esattamente quello che dico. «Posso vedere mio padre adesso?»

L'espressione di Rhyme si addolcisce. «Certo che puoi. È in questo camper.»

«Grazie, ma lo sapevo già.»

Mi giro e mi incammino verso il camper con i pugni stretti in modo che nessuno possa vedere quanto mi tremano le mani. Negli ultimi metri, devo ricompormi per non precipitarmi a sfondare la porta. Ma non è necessario, perché poco prima di raggiungere la porta colorata del camper, un tizio in giacca e cravatta mi precede e me la tiene aperta come un maggiordomo distinto.

Faccio un respiro profondo ed entro nel camper.

All'interno, mi accoglie tutto ciò che chiamo casa. In camerino, Van Gogh ha scherzato sul fatto che sembriamo in fuga, vista la mia vita, e in parte è vero. Abbiamo cambiato Paesi, scuole e appartamenti, come le tendenze della moda; anche le persone che ci piacevano. Solo una cosa è rimasta sempre con noi in tutti questi anni: il vecchio camper di mio padre, che aveva montato lui stesso da giovane per andare in giro per il mondo. Almeno finché non ha conosciuto mia madre a Parigi e se n'è innamorato perdutamente.

Lo scricchiolio dei gradini mi è familiare, così come l'odore del lucido per mobili che mi colpisce il naso quando entro in casa. È un camper grande, ma non più largo di una stanza stretta di un'abitazione. E anche se ogni centimetro quadrato è ricoperto di adesivi di Paesi lontani e teatri famosi, anche se tutti gli appendiabiti, gli schienali delle sedie e le credenze sono scomparsi sotto i colorati costumi di scena di mio padre, riesco a vedere tutto in un colpo solo.

Un'estranea si trova davanti allo specchio illuminato per il trucco di mio padre e si volta a guardarmi. Le sue unghie ben curate sono sporche di polvere giallo canarino, il che mi fa pensare che abbia appena messo le dita nella palette di ombretti di mio padre. Ha i capelli tirati su, di un biondo chiaro come quello di Rhyme, ma i suoi occhi sono del colore di una tempesta in arrivo. Potrebbe essere sua madre o una sorella molto più grande.

«È arrivata» osserva rapida.

Un uomo dai capelli corti e neri si gira verso di noi. Occupa il passaggio stretto che porta ai nostri letti, ma dietro le sue spalle larghe riesco a vedere dei movimenti. Mio padre è in parte dentro l'armadio e rovista impaziente, alla ricerca di qualcosa. Una profonda sensazione di sollievo mi pervade. Almeno lui sta bene.

«Non assomiglia particolarmente a nessuna delle casate» osserva l'uomo.

La donna si sfrega via l'ombretto dalle dita e mi scruta da capo a piedi. «Capelli color nocciola e carnagione rosata, che potrebbe aver ereditato da chiunque. Probabilmente, non c'è molto di noi in lei.»

L'uomo sbuffa. «Ma abbastanza da farci quasi perdere la vita.»

«Potrebbe succedere ancora» si limita a rispondere la donna.

«Papà!» chiamo dall'altro lato. «Stai bene?»

La sua risposta proviene da dentro l'armadio. «Sì, certo! Ora vengo da te, tesoro! Non hai per caso visto il tuo vecchio album fotografico? Quello di Londra?»

Questo non me lo sarei mai aspettato. Con sospetto, guardo questi estranei che sembrano appena usciti da una festa di milionari. «Non credo che queste persone vogliano vedere foto di una neonata nuda con un cappello da Bobby di plastica.»

«Certo che voglio!» grida Rhyme da fuori.

«Che carino» punzecchia Cut. «Capuleti vuole vedere la sua prima ragazza nuda.»

Non mi giro, ma dal cigolio dei gradini e dai colpi sordi contro la parete esterna capisco che stanno litigando su chi entrerà per primo nel camper. La donna e l'uomo se ne accorgono, ma si scambiano solo uno sguardo di sfida e non si intromettono. Rhyme mi sbatte contro da dietro e si aggrappa alle mie spalle, come se qualcuno gli avesse dato una spinta forte.

«Scusa, Montecchi non sa come ci si comporta» mi sussurra sorridendo, mentre mi passa accanto schiacciandomi. Quando si mette accanto alla donna e accarezza il serpente sul su polso, mi rendo conto di quanto vicino fosse appena un attimo fa. Un brivido mi percorre la schiena.

Cut lo nota. «Guarda le sue braccia, Capuleti.» Si fa strada anche lui nel camper, ma non si mette accanto all'uomo, bensì il più lontano possibile da lui, nel limite dello spazio disponibile. «Pensa che tu sia spaventoso.»

Un'ombra attraversa il viso di Rhyme quando si accorge della mia pelle d'oca.

Provo a sfregarmi le braccia per scaldarmi, cercando il più possibile di non farmi notare.

«Sembrerebbe che anche tu abbia paura di lui» interviene finalmente l'uomo. I suoi occhi sono più chiari di quelli di Cut, di un giallo quasi innaturale, simile a quelli di un felino. Fissa il ragazzo come se stesse per balzare su una preda che si dimena. «O lo hai volontariamente fatto entrare per primo?»

La donna sorride altezzosa. «Mio nipote ha semplicemente avuto la meglio.»

Dunque, è la zia di Rhyme.

«Niente affatto! Il suo mamba mi ha quasi morso!» si difende Cut. «Tre centimetri in più e avreste potuto riportarmi a casa in una bara.»

Rhyme si limita a rispondere con un sorriso. «Non è colpa di Rambo. Ha scambiato il tuo naso per un topo.»

Cut lo fulmina con lo sguardo. «Qui fai il grosso, ma spesso a casa eviti i miei felini.»

«Perché non voglio peli sui miei vestiti. Non tutti possiamo andare in giro sembrando delle spazzole per animali.»

«Alle ragazze non dispiace spogliarmi» provoca Cut. «Hai mai *parlato* con una di loro?»

«Ora basta! Non abbiamo tempo per queste cose!» L'uomo attraversa il corridoio, costringendomi a scendere di un gradino. Rhyme e sua zia vengono spinti contro lo specchio per il trucco. Punta un dito minaccioso verso il viso di Cut. «Sei un principe dell'Accademia! Comportati di conseguenza.»

Il volto del ragazzo assume una brutta cera. «Anche Capuleti è...»

«Il principe dei serpenti non ci interessa» lo interrompe l'uomo. «Se vuoi essere il mio successore, mi aspetto di più da te. Non sei insostituibile, ricordatelo!»

Cut deglutisce visibilmente, ma non risponde.

Anche Rhyme è diventato stranamente silenzioso. Sussurra con tono rassicurante al suo serpente, che alza la testa verde e la appoggia sul suo naso. O la storia del mamba letale non è vera, o lui non ha proprio il senso del pericolo. Quando nota il mio sguardo, mi sorride mentre il rettile sibila. Ho di nuovo la pelle d'oca.

«Ah, eccolo!» grida mio padre dall'armadio. «Sapevo che era qui! Queste sono le foto più vecchie che ho di Joy e sua madre. Prego.» Esce dall'armadio e dà l'album alla zia di Rhyme, che lo prende con avidità e inizia a sfogliarlo freneticamente.

Mio padre si mette accanto a me e mi poggia disinvolto un braccio sulle spalle. Indossa il suo costume da palcoscenico, una veste con macchie colorate da cima a fondo, e si è anche tinto i capelli con uno spray glitterato coordinato.

Il direttore del festival deve cercarlo freneticamente. Scruto il suo viso in cerca di indizi su cosa stia succedendo, ma lui si limita a sorridermi felice.

«Papà» gli sussurro piano. «Cosa vogliono queste persone da noi?»

«Stanno cercando di capire se sei una di noi» risponde la zia di Rhyme, senza alzare gli occhi o smettere di sfogliare l'album.

«Certo che sì» la informa Rhyme. «Montecchi non te l'ha detto al telefono? Può vedere l'infausta stella.»

«Sembra che mio figlio si sia dimenticato di informarci», rimprovera l'uomo a Cut. «Eri troppo occupato a inventarti battute per il principe dei serpenti?»

Cut evita di rispondere, ma fissa il pavimento con tanta intensità, come se volesse dargli un calcio. Sorprendentemente, Rhyme risponde per lui. «Lei è quella che stavamo cercando. Non dovremmo perdere altro tempo e partire subito.»

«Lei è *chi esattamente*?» voglio sapere.

Nel frattempo, lancio a mio padre un'occhiata implorante.

Perché è così silenzioso?

Lui nota il mio sguardo, ma si limita a darmi un colpetto incoraggiante sul braccio.

«Questa è davvero un'ottima domanda, tesoro.»

Qualcosa non torna!

«Un attimo ancora» mormora la zia di Rhyme tra sé e sé. «Dopotutto, vogliamo tutti sapere da che parte sta, vero? Eccola! È lei! Ricordo sua madre!» Pianta l'unghia curata in un polaroid scolorita di mia madre, in cui non era molto più grande di me ora. «Guardala, Romeo!» Porge l'album al padre di Cut, ma lui si limita ad alzare solo le spalle imbottite e borbotta: «Niente di speciale. Non ricordo mai certe persone».

La donna fa un verso soddisfatto, chiude l'album con un colpo deciso e mi guarda per la prima volta come se fossi importante. «A chi appartiene?» chiede Rhyme impaziente. Anche lo sguardo di Cut è incollato alle sue labbra dipinte di un rosso intenso, che si incurvano lentamente e con piacere in un sorriso trionfante. «È una Capuleti!»

A un tratto, Rhyme si illumina e mi guarda, come se qualcuno avesse puntato un riflettore su di me. Cut, invece, si appoggia deluso al muro. Suo padre si limita a sbuffare. «Con questo non hai vinto nulla, Giulietta.»

«Una in più è una in più» risponde la zia di Rhyme e batte le mani sull'album come se ci stesse richiamando all'ordine come bambini chiassosi. «Joy viaggerà nella nostra auto verso l'aeroporto. Mi assicurerò che si senta a suo agio. Romeo, occupati di suo padre; dopotutto, non vogliamo che abbia altre idee stupide.»

Come prego?! Lancio a mio padre un'occhiata furiosa. Chi si credono di essere queste persone?! Non possono semplicemente decidere per noi! I miei pensieri si accavallano. Se all'improvviso mi mettessi a correre, potrei cogliere di sorpresa i tizi in giacca e cravatta. Dopotutto, devo solo arrivare al parcheggio; non possono superare facilmente il controllo d'ingresso del palcoscenico. Potrei correre fino all'interruttore e...

«Aspettate un attimo!». Mio padre gonfia il petto «Così non va bene!»

Finalmente! Mi stavo davvero preoccupando per lui.

«Non posso semplicemente andarmene così» annuncia con voce ferma. Le mie ginocchia quasi cedono dal sollievo. Avevo quasi paura che lo avessero drogato o qualcosa del genere. Dopotutto, sarà in un bel guaio per aver ritardato l'inizio della prova generale. Senza contare che sarebbe del tutto folle salire su un aereo con persone completamente sconosciute.

Mio padre indica il suo costume da palcoscenico. «Non vedete cosa indosso?» aggiunge scuotendo la testa e guardando con le sopracciglia sollevate prima la zia di Rhyme, poi il padre di Cut. «Prima devo cambiarmi, ovviamente.»

Per poco non svengo.

CAPITOLO 4

«Papà! Non puoi dire sul serio!» grido sbigottita. «Non possiamo prendere un aereo con degli sconosciuti!»

Mio padre mi guarda senza capire. Per recitare il suo ruolo, si è incollato delle ciglia finte e si è cosparso il naso di brillantini verdi, il che sembra completamente assurdo in questa situazione. Invece di sussurrarmi di nascosto che dovrei approfittare della prossima occasione per chiamare la polizia, si limita a sorridere calmo. «Queste persone sanno esattamente cosa fanno. Dobbiamo soltanto fidarci.»

«Chi lo dice?». Il cuore comincia a battermi forte.

Non sembra mio padre.

È come se gli avessero fatto il lavaggio del cervello.

Il padre di Cut si intromette. Mi si piazza davanti con le sue larghe spalline e mi trafigge con il suo sguardo giallo da predatore. «Tuo padre si è preso cura di te per tutta la vita. Ti fidi ciecamente del suo giudizio.»

Le mie guance avvampano. «Certo che mi fido di lui! Ma il suo lavoro… volevamo restare qui tutta l'estate… non vi conosciamo neanche.»

«Non ancora» aggiunge la zia di Rhyme con un sorriso caloroso. Non ho idea del perché prima ho descritto i suoi occhi come grigio tempesta. Ora, a un tratto sembrano molto più dolci e incantevoli. «Rilassati, Joy. Siamo una grande famiglia e ci prendiamo cura gli uni degli altri. D'ora in poi, Rhyme si prenderà cura di te. Ti sentirai a tuo agio con lui.»

Ma che...?

La cosa più assurda di quelle parole è che, in realtà, mi calmano e dentro di me sento ancora una vocina arrabbiata, ma è pervasa da un tale senso di calore e famiglia che non so più perché sono così furiosa. Mi fido ciecamente di mio padre. In effetti, queste persone non ci hanno fatto nulla. Devono aver parlato un po' con mio padre di tutto, sono certa che ha le sue buone ragioni. E – il mio sguardo si sposta su Rhyme - stranamente mi sento molto a mio agio con questo ragazzo, anche se non lo conosco affatto.

Il sorriso di Rhyme svanisce.

I muscoli del collo sono ben visibili mentre si china verso la zia. «Credo che per ora sia sufficiente. L'hai... *persuasa* abbastanza.»

Persuasa.

Perché enfatizza quella parola in modo così strano?

Mi sfrego la fronte con vigore. C'era qualcos'altro che avrei voluto dire. Avevo un'ottima ragione per essere così arrabbiata, solo che, con tutta la buona volontà, non riesco a ricordarla.

Mio padre mi dà un bacio sulla testa. «Ma tu hai sempre voluto una grande famiglia, vero?»

«Sì...» sussurro un po' stordita. Tutta questa agitazione mi ha fatto girare un po' la testa.

Le labbra rosse della zia di Rhyme si incurvano verso l'alto. «Bene, vedo che ora ci capiamo.» Si rivolge a Rhyme. «Accompagna Joy alla nostra auto.» Sembra diversa quando parla al nipote, non come una zia affettuosa, ma più come il comandante di un esercito.

Rhyme mi mette una mano (quella senza il serpente) sulla spalla e mi volta delicatamente verso la porta.

Tuttavia, lancio un'altra occhiata a mio padre per assicurarmi che sia davvero quello che vuole anche lui.

Mi fa un occhiolino incoraggiante con le sue ciglia scintillanti e mi mostra il pollice in su. Perché ho una sensazione così strana?

«Salite sulle auto» ordina il padre di Cut da dietro.

Mi gira di nuovo la testa, ma i miei piedi si muovono con decisione. Fuori, i tizi in giacca e cravatta ci camminano a fianco verso le limousine. È ormai così buio che i riflettori del palco galleggiante brillano nel cielo notturno, ma non abbastanza da raggiungere la coda scintillante della cometa proprio sopra di noi. Come l'ha chiamata Rhyme prima? L'infausta stella? Che nome strano. Mi viene da schiarirmi la gola quando la vedo e, come se Rhyme la pensasse allo stesso modo, tossisce rapidamente nell'incavo del braccio. Il serpentello sul polso alza subito la testa come se fosse preoccupato per lui.

Uno dei tizi apre la portiera dell'auto. Rhyme vuole farmi entrare per prima, ma io esito e cerco mio padre. Si dirige verso un'altra limousine, accompagnato da Cut e da suo padre. Accanto alla felpa nera di Cut, il colorato costume di scena di mio padre risplende molto alle luci del parcheggio. Chiede allegro del suo bagaglio, ma il padre di Cut gli assicura che l'intero camper lo raggiungerà presto. Proprio mentre mio padre sta per salire in auto, una figura emerge dall'ombra, lungo il lago.

«Signor Nouveaux! Eccola qui! Che sta facendo?» Riconosco la voce dal suono nasale. È il direttore dello spettacolo teatrale di mio padre, che attraversa di corsa il parcheggio con le braccia aperte. «Per favore, si sbrighi! La stampa sta aspettando da mezz'ora!»

Il padre di Cut allunga una gamba, sbarrandogli la strada. «Il signor Nouveaux è destinato a un ruolo diverso. Non è adatto al vostro spettacolo. Cercate immediatamente un suo sostituto.»

Il direttore lo guarda ammutolito, si mette le mani nei capelli e se ne va borbottando. Mio padre e gli altri salgono sulla limousine, come se non fossero stati interrotti, e spariscono dietro i vetri oscurati. Scuoto la testa sbigottita. «Hai visto? Il direttore ha fatto proprio quello che il padre di Cut voleva. Senza dire una parola! Non ci credo.»

«Sì» mormora Rhyme accanto a me. «Lord Montecchi è molto convincente. Vuoi ancora salire?»

«Perché non dovrei?» chiedo.

Il ragazzo mi sorride, ma non con gli occhi. Ancora una volta, sembra che sia dispiaciuto per qualcosa. E infatti, dopo aver controllato rapidamente che la zia non possa più sentirlo, aggiunge sottovoce: «Non starei al gioco se potessi scegliere. Ma troppe cose dipendono da te, capisci?».

«Neanche una parola.»

Fa un verso comprensivo. «Eppure sali in auto con me senza esitare?»

Assolutamente no...!

La testa mi gira ancora di più.

La scuoto stordita. «Io... mi sento a mio agio con te.»

È la verità, ma allo stesso tempo mi chiedo perché lo sto facendo. Come posso sentirmi a mio agio con lui se non lo conosco nemmeno? È forse per la tenerezza con cui si prende cura del suo serpentello? Non mi sembra una persona cattiva. Magari è così. Tutto il resto non ha senso.

Rhyme sospira forte. «Spero che domani le cose non cambino.»

«Non ci sarà nessun domani, se sarà ancora lì!» La zia di Rhyme corre sull'asfalto con i suoi tacchi, preme con la mano tra le mie scapole e mi fa entrare nella limousine. «Forza! Sali!»

Dentro sembra di essere in un film di Hollywood. Su un lato dell'auto c'è un lungo sedile molto imbottito, mentre sull'altro un bar luccicante. Rhyme mi spinge indietro e prende posto accanto a me. Sua zia si siede all'estremità opposta. Anche uno dei tizi sale e, nonostante le spalle larghe, si stipa su uno sgabello stretto accanto al bancone. Quando partiamo, una fila di auto ci segue, i fari brillano fiochi attraverso i vetri oscurati.

Al serpente non piace il rombo del motore. Si stacca dal polso di Rhyme e cerca di strisciare sotto la manica corta. Il ragazzo lo afferra delicatamente per il collo, piega le lunghe gambe e gli fa un nido in grembo.

Né lui né la zia sono infastiditi dal fatto che Rhyme appoggi le scarpe sul bancone lucidissimo. «Rambo è molto più sensibile di noi alle vibrazioni del motore dell'auto» spiega. «Ma per fortuna, non gli dispiace volare.»

«È davvero un mamba?»

«Sì» risponde pieno d'orgoglio.

Mi viene la nausea. Vorrei allontanarmi un po', ma Rhyme mi ha spinto così in là che la mia unica via di fuga è una fila di bottiglie di champagne dall'aspetto costoso. Quanto costa una bottiglia di Dom Pérignon con l'etichetta placcata in oro? Dubito che la mia misera paghetta basti. Accavallo le gambe e cerco di farmi più piccola. «E… è veramente velenoso?»

Rhyme si illumina e mi guarda. «Del tutto letale! Vuoi accarezzarlo?»

Non ho idea di cosa Rhyme veda sul mio viso. Forse il modo in cui la mia mascella si abbassa? O come sgrano gli occhi? O forse nota la contrazione dei muscoli delle tempie? In ogni caso, mentre mi osserva, nota che sono un po' scioccata e questa sua consapevolezza è evidente quando dalla sua bocca esce un «oh» sottovoce, seguito a ruota da: «Hai paura di lui? Non devi. Sei una Capuleti, quindi sei immune al suo veleno. In realtà, sei immune a tutti i veleni. Non te ne sei mai accorta?».

«Ah, sì?» dico, incredula. «Purtroppo, non avevamo mai... del veleno mortale.»

«Sai che non sapeva nulla delle sue origini» lo rimprovera la zia dall'altra parte del sedile. «E naturalmente non sa nulla delle capacità speciali delle nostre casate, la gente normale sta alla larga dal veleno. Con lei dovrai ricominciare da zero.»

Rhyme corruga la fronte. «Quanto da zero?»

Sua zia scrolla le spalle. «Imparerà la maggior parte delle cose con il tempo. Prima di tutto, dovrebbe sapere con chi ha a che fare, non credi? Presentami.»

Rhyme estrae delicatamente una mano da sotto il corpo raggomitolato di Rambo e lo copre con l'orlo della maglietta. Poi indica la zia con un gesto molto elegante. «Permettimi di presentarti: Lady Giulietta Capuleti, contessa di Verona e capo della nostra stimata casata Capuleti.»

Per un attimo aspetto la battuta finale, poi mi rendo conto che è serio. Lady Capuleti solleva un sopracciglio perfettamente disegnato, aspettandosi ovviamente una certa reazione da parte mia. Non c'è spazio per fare un inchino e non indosso una gonna a balze che potrei sollevare di qualche centimetro. «Molto lieta» dico invece. «Joy... Mi chiamo... Joy Nouveaux.»

«Joy *Capuleti*» mi corregge la contessa di Verona.

Preferisco non ribattere.

«Noveaux è chiaramente un nome di copertura» continua con tono un po' snob. «E una pessima scelta. Non lo sai cosa significa?»

Scuoto la testa. «Non parlo francese.»

Schiocca la lingua. «Rhyme parla otto lingue, e tutte fluentemente. Traduci per lei.»

L'illuminazione del bar è scarsa, ma credo di poter scorgere delle macchie rosa sbucare sul collo di Rhyme. Non mi guarda, ma si concentra visibilmente sul suo serpente. «Significa *nuovo.*»

«Nuovo.» Lady Capuleti sbuffa altezzosa. «Un nuovo nome. Una nuova vita. E ha quasi funzionato, vero? Sei quasi sfuggita al nostro radar. Che sconsiderata è stata tua madre! Avrebbe dovuto sapere che stava minacciando le nostre vite e anche la tua, Joy. Anche la tua vita.»

L'incidente d'auto di mia madre a Londra è stato così tanto tempo fa, che ho solo pochi ricordi di lei. Ma so quanto mio padre le voleva bene e questo mi basta per non dubitare di lei. «Che cosa intende dire? Cosa vuole insinuare?»

Rhyme guarda la zia. «Devo raccontarle della maledizione?»

«Maledizione?» ripeto incredula.

Lady Capuleti mi scruta per alcuni secondi, controlla l'ora sul suo scintillante orologio da polso e scuote la testa. «Non ci restano neanche due ore, quindi l'avvertiremo tutti nel nostro corpo. Comunque, non ci crederà finché non la vedrà con i suoi occhi.»

«Vorrei essere *io* a decidere.» Do una gomitata a Rhyme sul fianco con impazienza. «Me la vuoi dire, per favore?»

Rhyme apre la bocca, ma la zia lo anticipa. Gonfia le narici e il suo tono sembra di rimprovero. «So bene che hai molto da imparare, Joy, ma non è questo il modo di trattare il tuo principe.»

Le macchie rosa aumentano decisamente sul collo di Rhyme.

Sollevo le sopracciglia. «Cosa, anche tu sei un nobile? Quanti altri ne incontrerò oggi? Se l'avessi saputo, avrei portato con me il quaderno degli autografi.»

Rhyme contrae la bocca divertito. «Non siamo nobili nel senso classico del termine. Abbiamo i nostri titoli e le nostre gerarchie speciali».

«Questo è Rhyme Capuleti» dice sua zia da dietro. «Principe dei serpenti di Verona e capo degli studenti Capuleti della nostra Accademia. Sei obbligata a obbedirgli.»

Sollevo così tanto le sopracciglia, che non mi stupirei se rimanessero appese alla mia fronte. Prima che possa obiettare, però, Rhyme si china avvicinandomisi così tanto che sento il suo respiro tra i capelli. «Il primo consiglio del tuo principe è di annuire semplicemente a tutto ciò che dice. È il modo più rapido per sbarazzarsi di lei.»

«Di solito agisci così?» sussurro.

Rhyme si limita a sorridere e si appoggia di nuovo allo schienale.

Lady Capuleti non si è accorta che bisbigliamo tra noi, o

perlomeno non reagisce, e fa l'elenco di una serie di membri estremamente importanti della sua casata, ai quali ora sono apparentemente legata, annoiando a tal punto anche il tizio in giacca e cravatta, che l'ampia mascella quasi gli cade sul petto gonfio. Solo quando lei vacilla a metà frase e improvvisamente ansima, solleviamo tutti lo sguardo.

«Giulietta?» Rhyme stacca i piedi dal bancone e si alza così bruscamente, che Rambo si infila sotto la maglietta per lo shock. Una striscia di pelle pallida balza fuori da sotto l'orlo bianco. Rabbrividisco al solo pensiero di un serpente velenoso e letale che scivola sul suo ventre nudo.

Lady Capuleti tossisce nel pugno e, con un gesto della mano, ordina qualcosa da bere.

Il tizio in giacca e cravatta reagisce all'istante, ma trova comunque il tempo per far saltare con un botto il tappo di una bottiglia di champagne e versarle un sorso del liquido frizzante in un bicchiere di cristallo scintillante e pulito.

«Almeno soffoca con stile» mormoro.

Rhyme, che si è chiaramente rilassato di nuovo nel vedere la zia sorseggiare vino, mi lancia un'occhiata divertita. «Vuoi anche tu un po' di champagne?»

«Grazie, ma bevo solo il martedì e il giovedì.»

Sorride. «Cosa ti perdi. Potremmo aromatizzarlo con una foglia d'oro, le bollicine la ridurrebbero in pezzettini e la farebbero roteare nel bicchiere.»

«Sono più un tipo da argento» rispondo secca.

«Allora ti troverai bene nella nostra casata. Il nostro stemma è argentato.» Rhyme indica un piccolo logo sulla sua maglietta che non ho ancora notato. È una semplice di goccia d'acqua argentata. Sotto, in minuscolo, c'è la parola CAPULETI. In ogni caso, non mi sorprende che queste persone abbiano una loro linea di moda. Sollevo lo sguardo, la fronte corrugata. «Siete ricchi sfondati, vero?»

«No.» Rhyme scuote la testa, ma sorride ancora di più. «*Siamo* ricchi sfondati, Joy. Adesso sei una di noi, te lo sei dimenticato?»

Deglutisco rumorosamente.

Sta succedendo davvero? O da un momento all'altro mio padre mi sveglierà da questo sogno assurdo? Forse non avrei dovuto rifiutare lo champagne.

Nei minuti che seguono, Rhyme cerca il serpente sotto la maglietta ma, a quanto pare, Rambo ha deciso di non farsi più vedere. Scivola abilmente tra le sue dita più e più volte, finché il ragazzo non perde la pazienza e si sfila la maglietta dalla testa. Forse mi distraggo un po' alla vista dei suoi addominali, perché solo quando la portiera dell'auto si apre e Cut ci guarda, mi rendo conto che la limousine si è fermata da tempo.

«Che combinate?» chiede Cut, sinceramente sorpreso. Il suo sguardo cade sulla bottiglia di champagne aperta, poi sul torso nudo di Rhyme e infine sulla sua maglietta sgualcita, che in qualche modo è finita tra le mie mani perché mi è caduta sui piedi. Sento il bisogno di mettere le cose in chiaro.

«Stiamo cercando il suo serpente.»

«Dove? Nei suoi pantaloni?» Cut mi fissa per un attimo, poi scoppia a ridere. Anche Lady Capuleti tira indentro le labbra e sembra che anche il tizio in giacca e cravatta si stia mordendo la lingua. Rhyme, invece... Rhyme diventa rosso fuoco.

«Il serpente!» grido. «Voglio dire il serpente!»

Cut barcolla ridendo.

Lady Capuleti solleva una mano e si fa aiutare dal tizio a scendere dall'auto, ridendo sotto i baffi.

«Ma lo sapete che ha un serpente» sussulto pervasa da una potente ondata di vergogna. Rhyme mi volta rapidamente le spalle, trova Rambo nell'imbottitura del sedile e se lo mette delicatamente intorno al collo.

Quando si volta verso di me, le sue guance sono ancora rosa.

Per alcuni secondi, entrambi non sappiamo dove guardare, poi lui mi tende esitante la mano.

Il cuore mi balsa in gola. «So scendere da sola, grazie!»

«Allora me ne sarei andato» ribatte. «Posso riavere la mia maglietta, per favore?»

Oh!

«Certo… eccola.» Gli metto in fretta il pezzo di stoffa nella mano e cerco una buca comoda a terra in cui gettarmi e sparire per sempre. A quanto pare, le costose limousine non hanno dotazioni speciali per le situazioni imbarazzanti. Potrebbe essere un mercato di nicchia.

Quando finalmente riesco a uscire dall'auto, l'aria fresca della sera mi colpisce in faccia come un muro. Mi scrollo dalla testa una strana sensazione di trambusto e mi guardo intorno. Siamo al centro di una pista di un aeroporto. Un jet privato dall'aspetto molto esclusivo ci sta aspettando con un tappeto rosso e un corrimano dorato. Mio padre scompare nel portellone dell'aereo senza guardarsi intorno, provocandomi una strana fitta al petto.

Mi guardo intorno e scorgo in lontananza le luci di un piccolo edificio aeroportuale con una torre. «Dove siamo? E dove stiamo andando?»

Rhyme è immobile di fronte a me. Aspetta che Lady Capuleti salga la scaletta, poi si volta verso di me e mi guarda curioso. «Vuoi sapere dove stiamo andando? Hai qualche... dubbio?»

Da qualche parte risuonano delle sirene. Tremolanti luci blu appaiono sopra il tetto piatto di un hangar vicino, facendomi battere forte il cuore. Poi un veicolo di emergenza bianco spunta da dietro l'edificio e scompare tra le luci di una piccola città: è solo un'ambulanza. Niente polizia. Le mie mani iniziano a sudare.

«Joy?» Rhyme si avvicina e mi tocca delicatamente il braccio. «Tutto okay?»

Fisso i suoi occhi azzurri. «Dove stiamo andando?»

«A casa» sussurra. «A Verona.»

«Non è casa mia» rispondo altrettanto a bassa voce.

«Lo so.» Le sue dita scivolano lentamente dal tessuto della mia manica; seguo il movimento e il mio sguardo si sofferma sul serpente che si è avvolto intorno al suo polso. La sua piccola lingua rosa mi sibila contro senza far rumore. «Ma forse potrebbe diventarlo? Mia zia non ha mentito quando diceva che siamo una grande famiglia e...» Esita un attimo. «... che mi prenderò cura di te.»

«Ma non ti conosco» sussurro quasi impercettibilmente.

«Non ti senti a tuo agio con me?» Stranamente, i suoi occhi brillano quando lo dice. È quasi come se per lui fosse una cosa... *ammirevole*. Scruta il mio viso molto attentamente, come se sperasse di leggervi la risposta. Ma prima che io possa rispondere, un'altra voce riecheggia sulla pista.

«Joy! Sali immediatamente sull'aereo!» L'ampia sagoma del padre di Cut si staglia dal portellone illuminato.

Cammino verso di lui, ma mi fermo e mi giro quando arrivo alla scaletta e tocco il corrimano dorato. Rhyme è ancora in piedi dietro di me, e mi osserva. Il vento gli gonfia la maglietta bianca e gli scompiglia i capelli chiari sugli occhi azzurro ghiaccio, il cui luccichio è scomparso.

«Forza!» gli grido. «Cosa stai aspettando? Dobbiamo salire subito!»

CAPITOLO 5

«Questa ragazza non è più affar tuo!»

Mi fermo sul portellone dell'aereo, sorpresa. All'interno, non è come me l'aspettavo. Quando tre settimane fa siamo partiti da New York, ho dato una rapida occhiata alla business class dalla classe turistica. Aveva degli ampi sedili, sicuramente comodi, ma comunque assomigliava all'interno di un aeroplano. Questo jet privato no.

Il padre di Cut è in piedi davanti a un bar fornito di numerosi alcolici in bottiglie di cristallo. Dietro un bancone di noce lucidissimo, un maggiordomo gli sta preparando un drink. Il suo sguardo da predatore, tuttavia, è fisso sul figlio. «È una Capuleti, quindi la questione non ti riguarda.»

«Tutto mi riguarda, che mi piaccia o no!» Cut incrocia le braccia davanti al petto. La felpa nera, i capelli scuri e la pelle abbronzata fanno risaltare i suoi occhi dorati anche quando li socchiude fino a farli diventare due fessure, come sta facendo ora. «Se voglio ridurre al minimo le nostre perdite nei duelli, devo sapere chi abbiamo di fronte.»

Duelli? Perdite? Di che si tratta?

«Lascialo in pace, Romeo» si intromette Lady Capuleti. Ha preso posto su una poltrona e accavalla le gambe magre. Mio padre le è seduto davanti e ha il naso luccicante infilato in un menù dei drink rilegato in pelle.

Non si accorge che la donna fa un cenno del capo nella sua direzione. «Dovremmo affrontare l'argomento solo quando il nostro... *carico* sarà sistemato in modo sicuro.»

Una mano si appoggia sulla mia spalla da dietro.

Sollevo lo sguardo verso Rhyme.

«Scegliti un posto.» Si china verso il mio orecchio e mi sussurra tra i capelli: «Ti consiglio una delle antiche chaise longue al finestrino. Sono dure come la pietra, quindi gli adulti non vi si siedono con il loro sedere abituato alle imbottiture.»

«Vuoi stare da solo con me?» lo prendo in giro.

Rhyme si limita a sorridere.

Seguo il suo consiglio e barcollo su un tappeto rosso scuro fino a un elegante divano curvo rivestito di velluto rosso con lo schienale su un solo lato. In effetti, la seduta è così sottile che sento subito il pavimento attraverso la tappezzeria. Rhyme si sistema sulla chaise longue di fronte e sembra abbastanza rilassato nonostante la superficie dura. Almeno per qualche istante, finché qualcuno non si lascia cadere accanto a me con un profondo sospiro.

«Non sarei resistito ancora a lungo» geme Cut e scivola così vicino a me che può appoggiare il braccio sullo schienale dietro la mia schiena. Non mi tocca, ma avverto comunque la sua vicinanza. «Un altro mese così e mi sarei volontariamente infilato una rosa in gola!»

Un'affermazione davvero *strana*.

La postura di Rhyme si irrigidisce. «Che ci fai qui?»

«Su questo pianeta? In questa vita? In quest'epoca?» Cut digrigna i denti. «Una domanda che farei meglio a discutere con uno dei nostri insegnanti di filosofia, non credi?»

Rhyme lo ignora. «Ora è sotto la mia protezione, lo sai.»

Il sorriso dell'altro svanisce. «Datti una calmata. I duelli non sono ancora iniziati. E non impazzisco all'idea, proprio come te» aggiunge a bassa voce guardando il padre impassibile.

Ancora la parola "duello"!

Rhyme non risponde, ma un piccolo luccichio appare nei suoi occhi di ghiaccio.

Sto per chiederlo, quando Cut scivola sul divano e incrocia le gambe su un tavolinetto in filigrana decorato con un semplice intarsio d'oro. È molto simile allo stemma dei Capuleti, ma invece di una goccia d'acqua, il simbolo è una fiamma che si incurva dolcemente. Ci batte sopra con il tallone. «E poi questo è il jet privato dei Montecchi, come puoi vedere, e posso sempre sedermi dove voglio.»

Rhyme borbotta qualcosa che viene soffocato dal rombo delle turbine dell'aereo. Cerco la cintura di sicurezza nell'antica tappezzeria di velluto, estraggo una fibbia d'oro con l'emblema di una fiamma e la tiro oltre la pancia appena in tempo prima che il pilota acceleri. Il contraccolpo mi spinge contro il braccio di Cut, ma lui ha la decenza di toglierlo immediatamente. Tuttavia, mi sorride, come se avessimo fatto qualcosa di sconcio; qualcosa di sconcio che è piaciuto a entrambi, beninteso.

Rhyme si incupisce.

Il finestrino attira la mia attenzione. Le luci dell'aeroporto ci passano davanti in pochi secondi e scompaiono sotto di noi mentre l'aereo decolla. All'orizzonte si staglia invece la sagoma scura delle Alpi, illuminata solo dalla luce delle stelle e... della cometa. La sua coda brilla più vicina che mai. A un tratto, devo schiarirmi la gola, come se la cometa diffondesse il suo scintillio sotto forma di granelli di sabbia nella mia gola.

«Perché la chiamate l'infausta stella?» chiedo.

Rhyme, che aveva altrettanto voltato la testa verso il finestrino, mi guarda. «Mi sorprende che tu non l'abbia ancora capito. I nomi delle nostre casate non ti dicono nulla? Nemmeno la nostra città natale, Verona? Non leggete opere teatrali a scuola?»

Corrugo la fronte. «Che vuoi dire?»

Cut si piega verso di me. «*Romeo e Giulietta*. Sai, gli innamorati più famosi di tutti i tempi, un lascito irrinunciabile della letteratura inglese. Ne hai sentito parlare?»

Ho le guance in fiamme. «Certo che conosco *Romeo e Giulietta*!» protesto, ma aggiungo in fretta e a bassa voce: «Ci siamo trasferiti prima che nella mia scuola a Sydney si studiasse. E quando mi sono trasferita a New York, l'avevano già fatto.»

In tutte le scuole che ho frequentato finora, il solo fatto di aver studiato in un altro Paese è stato motivo sufficiente per essere assalita di domande curiose. A Rhyme e Cut, sembra non interessare, forse perché non è niente di speciale per i ricchi fare avanti e indietro tra Paesi lontani. O forse lo sapevano già. Osservo con attenzione la mimica di Rhyme, ma vengo distratta dallo smartphone di Cut, che tiene davanti al mio viso.

«*Romeo e Giulietta* è in programma ogni anno nella nostra Accademia» sospira. «È in qualche modo invidiabile che tu non abbia mai dovuto leggerlo. Ormai ho imparato a memoria quel vecchio libro».

«Anch'io.» Rhyme alza gli occhi al cielo.

Torno a guardare il cellulare. È aperta una pagina di testo, ma il carattere è così piccolo che devo sporgermi un po' in avanti per leggerlo. Lo sussurro a bassa voce tra me e me:

Nella bella Verona, dove si colloca la nostra scena,
due casati, pari entrambi in dignità,
da una ruggine antica passano a un nuovo litigio
in cui sangue fraterno macchia mani fraterne.
Dai lombi fatali dei due nemici
trae vita una coppia di amanti nati sotto stelle contrarie
la cui triste sventura fine
chiude con la loro morte la faida dei padri.

«Stelle contrarie» ripeto e sollevo lo sguardo. «Anche il nome della stella deriva dall'opera di Shakespeare?»

Rhyme si china ancora di più e abbassa la voce. «Questa tragedia ha quattrocento anni ed è stata tradotta e interpretata un sacco di volte. Oggi, molte delle vecchie espressioni non sono proprio comprensibili e, poiché solo le nostre famiglie possono vedere la cometa, a un certo punto l'infausta stella è stata interpretata come un simbolo di sfortuna. Ma Shakespeare la intendeva letteralmente. Siamo perseguitati dalla sventura.»

«Noi?» sussurro.

Cut mi dà un leggero colpetto con il gomito e mi indica il suo cellulare, scorrendo qualche riga verso l'alto fino all'elenco dei personaggi della tragedia. Due nomi catturano immediatamente la mia attenzione, poiché li ho sentiti più volte oggi. «Anche dei nomi simili a Montecchi e Capuleti compaiono nell'opera» mi stupisco.

Cut sorride ironico. «Non sono dei nomi qualsiasi. Guarda a chi appartengono.»

Capisco subito cosa vuole dire. Ho la pelle d'oca lungo la schiena. «Romeo Montecchi e Giulietta Capuleti» leggo ad alta voce. «Avete i nomi dei protagonisti!»

A queste parole, Cut ride a bassa voce.

Anche Rhyme sorride. «È più probabile che loro abbiano i *nostri* nomi» mi corregge con una punta di arroganza nella voce. «Shakespeare non ha inventato la storia di Romeo e Giulietta, l'ha solo copiata.»

«Riscritta» lo corregge Cut. «È basata sul poema di Arthur Brooke, e probabilmente fu ispirata anche a Painter. E lui, a sua volta, l'ha presa da...»

Rhyme apre la bocca e sbadiglia in modo esagerato.

Cut tace e arrossisce.

«Comunque, l'infausta stella non è un'invenzione» continua

Rhyme con un luccichio negli occhi. «E nemmeno la sua maledizione.»

All'improvviso, il jet perde quota per un vuoto d'aria.

Il cuore mi balza in gola e mi aggrappo all'imbottitura della chaise longue. Qualcosa batte contro il finestrino e, prima di poter guardare fuori scioccata, sono sopraffatta dalla folle idea che l'infausta stella sia davanti al vetro, sorridendo e picchiettandovi contro con la sua coda scintillante. Naturalmente, sono solo gocce di pioggia che scorrono sul vetro a causa della nostra velocità.

A un tratto, il padre di Cut inizia a tossire violentemente

Salta su dalla poltrona, ansimando, e allontana il bicchiere di whisky dal completo per evitare di macchiarsi la camicia, ma il liquido marrone si rovescia oltre il bordo e schizza le sue scarpe dall'aspetto costoso. «Non possono... sbrigarsi?» esclama con voce gracchiante.

«Ci penso io, Lord Montecchi!» Un maggiordomo si precipita con un fazzoletto sventolante, ma l'uomo lo spinge indietro bruscamente; invece di farsi aiutare, Cut lancia in avanti frustrato il bicchiere spesso verso la cabina del pilota, dove atterra fragorosamente sul tappeto.

Lady Capuleti, Rhyme e Cut non si muovono, ma hanno un'aria tesa, come se si aspettassero di saltare fuori dai loro posti da un momento all'altro. Anche mio padre scruta ansioso l'ombrellino di carta colorata del suo cocktail. Solo quando la tosse di Lord Montecchi si trasforma in un rantolo prolungato e quest'uomo alto e dalle spalle larghe, che fino a quel momento aveva suscitato rispetto, si tira disperatamente la cravatta, la testa di Rhyme si gira verso di noi. «Cut! Aiuta tuo padre!»

Cut sussulta, come se gli avessero dato uno schiaffo. Il panico traspare dai suoi occhi e, in un battibaleno, capisco che è sotto shock e incapace di reagire, e prima ancora che Lady Capuleti si alzi dalla sua poltrona, sto correndo sul tappeto rosso e ho sciolto l'elegante cravatta di seta di Lord Montecchi con pochi gesti.

Si afferra la gola ed emette un ultimo colpo di tosse secco. Qualcosa di piccolo esce dalla sua bocca e vola proprio davanti ai miei piedi. Confusa, sbatto le palpebre verso il basso. È una rosa; un'unica, delicata rosa tenue, intatta e fresca come se fosse stato appena colta dallo stelo.

«C'era… c'era un fiore nel suo drink?» chiedo.

Ma nessuno bada a me.

Tutti gli occhi sono puntati su Lord Montecchi, che fa un respiro profondo, si accascia sulla poltrona e chiude gli occhi. Le unghie curate di Lady Capuleti hanno scavato nella pelle della poltrona. «Siediti» mi dice con voce flebile. «E rilassati.»

«Ha qualcosa a che fare con la maledizione, alla quale tutti voi credete?» domando senza girarci intorno. «Alla maledizione dell'infausta stella?»

Il suo sguardo grigio tempesta si posa su di me. «Mio nipote te ne ha già parlato. Ci avresti creduto un'ora fa se ti avessero detto che la maledizione ci stava lentamente, ma inesorabilmente, riempiendo la gola di rose?»

«La gola…? Di… rose?» ripeto confusa. Vorrei scoppiare a ridere, ma l'espressione seria sul suo volto mi zittisce. È un trucco per convincermi della maledizione? Dopotutto, il fiore poteva essere già nel bicchiere?

Ma che dire di questo strano raschio in gola? L'ho notato ogni volta che ho guardato questa cometa. Da giorni ho la sensazione di aver preso un raffreddore, anche se il naso non mi cola come di solito. E se non fosse affatto un raffreddore? E se, in realtà, mi si stesse lentamente, ma inesorabilmente, formando una rosa in gola?

Prima ho caldo e poi freddo.

No! Non può essere! È una follia!

Rhyme si alza dalla chaise longue, tossisce nell'incavo del

braccio e mi si avvicina. Dietro di lui, Cut si schiarisce la gola più volte e il petto di Lord Montecchi ricomincia a fremere, e anche la bella Lady Capuleti beve il suo ottimo drink in un sorso solo, come se stesse cercando di mandar giù qualcosa nella sua gola.

Mi giro da una parte all'altra. «Che succede?»

«Ehi, non preoccuparti.» Rhyme mi sfiora delicatamente la spalla. «Sappiamo esattamente cosa dobbiamo fare per fermare la maledizione della rosa.»

«E sarebbe?»

«Dobbiamo riportare il pezzo mancante del puzzle a Verona.» Mi fa un sorrisetto e mi picchietta con l'indice sulla fronte.

«*Io?*»

L'aereo perde di nuovo quota.

Rhyme e io ci afferriamo per le braccia per non perdere l'equilibrio. La pioggia si abbatte prima su un lato dell'aereo, poi sull'altro, facendo oscillare il pavimento sotto i nostri piedi come un'altalena. Il bicchiere di whisky di Lord Montecchi rotola sulla moquette e rimbomba contro la cabina del pilota, proprio mentre la porta della cabina si apre e una donna in uniforme da pilota si avvicina tenendosi a un corrimano. «L'aeroporto di Villafranca ha appena lanciato un allarme tornado!» grida. «Tutti i voli sono dirottati su Genova o Firenze!»

«È fuori discussione.» Lady Capuleti salta su dalla sua poltrona per protestare e, contemporaneamente, Lord Montecchi si alza in piedi e grida: «Voglio parlare con la torre!».

«Non servirà a molto.» La pilota lancia un'occhiata di traverso a me e mio padre. «Le vostre... *argomentazioni* non funzioneranno via radio, purtroppo.»

«Allora atterreremo senza permesso.»

La pilota si raddrizza. «Con tutto il rispetto, mio signore, ma l'autorizzazione all'atterraggio non è certamente il vero problema: è l'occhio del ciclone che imperversa su Venezia a quattrocento chilometri all'ora. Se ci prende, ci farà a pezzi come un aereo di carta.»

«Se non atterriamo a Villafranca» le sibila Lord Montecchi a denti stretti, «io *la* farò a pezzi come un aereo di carta!»

Lady Capuleti li afferra entrambi per i gomiti e li trascina verso la cabina di pilotaggio: «Rilassatevi, ne discuteremo con la torre. E nella cabina di pilotaggio.»

La porta della cabina si chiude alle loro spalle.

Mi rendo conto della presa di Rhyme sui miei polsi. Ci stiamo ancora tenendo stretti l'uno all'altra. Il suo serpente si è avvolto intorno alle nostre mani come un nastro verde.

«Puoi toglierlo, per favore?» gemo.

Ma Rhyme guarda in direzione della cabina di pilotaggio come ipnotizzato. Il suo volto già pallido lo è ancora di più. Senza rispondere alla mia richiesta, volge lo sguardo verso Cut. «Quando sorge la luna su Verona?» L'altro, che si è aggrappato alla chaise longue come un gatto spaventato, controlla il suo smartphone e ci guarda. «Tra cinquantasette minuti esatti.»

«Maledizione!» sibila l'altro.

«Sono assolutamente d'accordo con te» squittisco. «Mi sta strisciando lungo il braccio.»

Gli occhi azzurro ghiaccio di Rhyme mi fissano: la sua espressione è totalmente stupita, come se si fosse completamente dimenticato a chi si è aggrappato negli ultimi minuti.

Solo allora si accorge delle mie parole, abbassa gli occhi su Rambo, che sibila di gioia per la sua gita proibita, e mi toglie il mamba dal braccio con la stessa naturalezza che se fosse un pelucco.

Sprofondo con le ginocchia molli nella poltrona di Lady Capuleti.

«Che c'è che non va a Firenze o a Genova?» chiede mio padre allegro, infilandosi in bocca una ciliegia candita. «Sono due splendide città.»

«Sono troppo lontane per arrivare a Verona in tempo per il sorgere della luna» risponde Rhyme.

«E cosa succede se la luna sorge prima?» chiedo avvertendo una strana sensazione nello stomaco. «Se arriviamo a Verona troppo tardi?»

Rhyme raccoglie la rosa dal pavimento, lo guarda alla luce dei faretti e lo appoggia sullo schienale della mia poltrona, ancora perfetta come se fosse stato appena colto. «Se la luna sorgerà prima di allora» risponde con voce roca, «non ci arriveremo affatto.»

CAPITOLO 6

«Cosa significa che non ci arriveremo affatto?»

Rhyme torna barcollando verso la chaise longue. Lo seguo, ma devo aggrapparmi a ogni tipo di arredo per non oscillare da una parte all'altra. Quando finalmente raggiungo i divani antichi, i due ragazzi mi guardano impazienti. Uno è cupo, lo sguardo caloroso; l'altro è luminoso, lo sguardo freddo. Aspettano in silenzio di vedere da che parte mi siedo.

Scelgo il lato più esterno del divano di Rhyme e vado direttamente al sodo. «Cosa c'entra la luna con le rose?»

Rhyme sospira. «Niente. Per noi la luna è solo un orologio.»

«Un orologio gigantesco» aggiunge Cut. «Abbastanza grosso da essere visto dallo spazio.»

«A chi serve un orologio così lontano?» Ma mentre lo chiedo, la risposta mi è chiara. «All'infausta stella!»

«Esatto» risponde Rhyme soddisfatto, ma con un tono un po' burbero. «Misura il nostro tempo in cicli lunari. Quando ci siamo accorti che un familiare era scomparso, ci ha dato tempo fino alla prossima luna nuova per annullare la maledizione della rosa. Ti abbiamo cercata in tutto il mondo per quasi un mese, Joy.»

«La scadenza è stasera» sussurra Cut.

«E… e poi cosa?» dico. «Le nostre gole si riempiranno davvero di rose?»

I ragazzi si scambiano un'occhiata angosciata, poi entrambi

distolgono lo sguardo come se si sentissero a disagio l'uno con l'altro. La loro reazione mi basta come risposta. Lady Capuleti aveva ragione: se mi avessero raccontato tutto questo un'ora fa, sarei scoppiata a ridere. Ora non posso fare a meno di sentire un groppo in gola.

Ci sono ancora così tante domande senza risposta, ma la turbolenza sta peggiorando.

Fuori dal finestrino, le stelle sono scomparse da tempo, ora c'è solo la totale oscurità, che sferza spesse gocce di pioggia contro i vetri come se venissero dal nulla. Il bicchiere di whisky rotola di nuovo sul tappeto e il maggiordomo lo segue a fatica, curvo. Dietro di lui, le bottiglie di cristallo tintinnano come campane luminose nel bar. Il simbolo della cintura di sicurezza si accende sul soffitto sopra di noi.

«Joy?» Cut bussa al finestrino del posto dove ero seduta prima e mi sorride con aria di sfida. «Ti va di scambiarci di posto?»

Rhyme gli afferra una gamba, che è già di nuovo distesa sul tavolinetto, e la butta giù. «Allaccia la cintura di sicurezza, Montecchi! Non vogliamo perdere il nostro principe dei felini per un tragico vuoto d'aria.»

«Ti preoccupi per me?» lo prende in giro l'altro.

Rhyme digrigna i denti. «Preferisci aggrapparti al mio petto?»

«Ultima occasione» mi offre Cut.

«Puoi sederti anche accanto a me» propone Rhyme. «Ogni chaise longue ha due cinture, devi solo scivolare un po' più vicino a me. Vedi? O preferisci sederti al finestrino?»

Guardo fuori. «E guardare fuori dal finestrino la nostra morte umida e fredda per il resto del volo? No, grazie.»

Con soddisfazione di Rhyme, scelgo il posto accanto a lui e tiro la cintura dorata oltre la mia pancia, giusto in tempo prima del successivo vuoto d'aria, che fa scuotere l'altra gamba di Cut giù dal tavolinetto, facendolo brontolare e allacciare la cintura. Solo mio padre strilla felice dietro di noi. «Wow! Ci scuote per bene!»

Corrugo la fronte e abbasso la voce. «Okay, che succede? In generale, mio padre è più positivo della media, ma anche lui non strillerebbe come un bambino felice su un'altalena in una situazione del genere. C'era qualcosa nel suo cocktail?»

I ragazzi si scambiano una lunga occhiata.

Rhyme si schiarisce la gola. «Probabilmente mia zia gli ha detto che avrebbe dovuto godersi il volo.»

Sollevo entrambe le sopracciglia. «Le persone fanno sempre tutto quello che tua zia e il padre di Cut vogliono?»

Cut fischia piano tra i denti.

Anche Rhyme mi fissa curioso. «Di solito sì.»

«Sono i poteri speciali di cui Lady Capuleti ha accennato nella limousine?» insisto e, quando Rhyme annuisce sorpreso, aggiungo: «Voi due avete fatto lo stesso con me?».

Per un attimo regna il silenzio, si sente solo lo scroscio della pioggia sul finestrino.

Rhyme si sposta sul divano. «Non possiamo influenzare le persone» ammette esitante. «Almeno, non ancora. Solo i due capi famiglia hanno questo potere speciale.»

Guardo la porta della cabina di pilotaggio. «Intendi tua zia e il padre di Cut?»

Annuisce. «Giulietta può influenzare le emozioni e Romeo può condizionare i pensieri. Più si concentrano su qualcuno, più forte è la loro influenza. Ma funziona anche su interi gruppi di persone, anche se l'effetto è decisamente più debole e dura molto meno tempo.»

«E cosa vuol dire che non potete *ancora* influenzare nessuno? Significa che le cose cambieranno?»

«Il principe dei serpenti e il principe dei felini sono i successori dei due conti. I loro poteri verranno trasmesse a me e Cut non appena Romeo e Giulietta decideranno di dare le dimissioni. Al momento, per così dire non abbiamo … ancora finito la nostra formazione.»

Il mio cuore comincia a battere all'impazzata. «Quindi vi esercitate a manipolare le persone? Su chi? Sui i vostri serpenti e felini?» Ovviamente non dicevo sul serio, ma quando Rhyme e Cut arrossiscono entrambi, sussulto. «Manipolate davvero i vostri animali! È per questo che vi chiamano il principe dei serpenti e il principe dei felini?»

Cut si sporge dal tavolinetto quanto la cintura di sicurezza gli permette e mi guarda con insistenza. «Non parlarne con mio padre. Non deve sapere che ti abbiamo spiattellato tutto.»

«È un segreto?»

«Non necessariamente» risponde allungandosi. «Ma Romeo e Giulietta preferiscono infiocchettare queste verità con le loro parole. Inoltre, noi non manipoliamo i nostri animali, cosa che forse era comune in passato, ma oggi ci obbediscono volontariamente, semplicemente perché piacciamo loro. Riescono a percepire le nostre emozioni fino a un certo punto. E viceversa, anche noi possiamo percepire i loro.»

Cut sospira rumorosamente. «Se fosse per mio padre, non dovresti pensarci affatto, ma solo rilassarti a fianco del tuo principe e adorarlo fiduciosa. Perché l'effetto su Joy svanisce così in fretta?» aggiunge rivolgendosi a Rhyme.

Gli occhi azzurro ghiaccio di Rhyme mi scrutano con insistenza. «Non lo so, ma è meglio tenercelo per noi.»

Cut borbotta che è d'accordo.

Anch'io credo che sia più saggio non rivelare questo asso nella manica. A quanto pare, non sono immune ai poteri paranormali di Lady Capuleti e Lord Montecchi, per quanto l'idea sia folle. Se la loro influenza su di me svanisce molto più velocemente di quanto si aspettino, potrei trarne vantaggio prima o poi.

Ricordo ogni parola che hanno detto ma, quando ero sotto la

loro influenza, ho trovato le loro parole assolutamente logiche e convincenti. Sebbene fossi pienamente cosciente e avessi sentito esattamente quello che dicevano, non mi è sembrato strano nemmeno per un secondo che cambiassi completamente idea da un momento all'altro. Ero assolutamente convinta che avessero ragione. Come ci si può proteggere da una cosa del genere?

Quando ripenso al fatto di essere salita su una di quelle limousine, un brivido mi percorre la schiena. Ma allo stesso tempo, ricordo anche questa sensazione di calore e di appartenenza alla famiglia, e quanto mi sentissi incredibilmente a mio agio e al sicuro in compagnia di Rhyme. A una parte di me - quella che non ha mai trovato un posto fisso in questo mondo perché ci siamo sempre spostati troppo in fretta – manca perfino questa sensazione. E penso ancora che sia giusto essere su questo aereo. Lo penso davvero? O in realtà è la volontà di Lord Montecchi?

«I loro poteri hanno effetto anche su di voi?» chiedo. «I conti possono farvi fare tutto quello che vogliono?»

«Sì» ringhia Cut.

Rhyme gli lancia una rapida occhiata. «Ma non con i loro poteri» si limita ad aggiungere.

Poi l'aereo perde quota.

Questa volta non si stabilizza dopo pochi secondi, ma perde sempre più quota. Sembra di essere in un ascensore, che cade nel vuoto, senza controllo. Il mio stomaco fa una capriola e mi aggrappo alla cosa più vicina: il braccio di Rhyme.

Il viso di Cut è di un verde malsano. Come se non bastasse, inizia a tossire violentemente, salta bruscamente in avanti sul divano e sputa una rosa tenue al centro del tavolinetto. Sgrana gli occhi, scioccato. «Vedi?» ansima con voce tremante.

«Sì, è incredibile» si meraviglia Rhyme. «Ho sempre pensato che i Montecchi rigurgitassero solo palle di pelo.»

Cut solleva in fretta lo sguardo verso di lui. Per un attimo sembra stupito, come se non riuscisse a credere che l'altro stia ancora scherzando. Poi, a un tratto scoppia a ridere e scuote la testa incredulo. «Maledizione, ti odio, Capuleti!»

«Anch'io ti odio» ribatte Rhyme sorridendo.

Un annuncio risuona dall'altoparlante sopra le nostre teste. È la pilota. «Atterreremo a Mantova, non possiamo avvicinarci a Verona a causa del temporale. L'asfalto non è progettato per questo jet, quindi potrebbe essere un po' spiacevole. Per favore, mettetevi in posizione di sicurezza.»

La linea si interrompe e l'altoparlante tace.

«Posizione di sicurezza?» Mi guardo intorno freneticamente in tutte le direzioni. «Di solito non sono stampate su delle schede informative?»

«Appoggia entrambi i piedi sul pavimento e tirali verso di te.» Rhyme mi mostra come fare e io non perdo un secondo, facendo esattamente come lui. «Ora appoggia la testa sulle cosce e le mani sulla nuca. Così. Sei destra o mancina?»

«Ha davvero importanza?» grido sopra il rombo assordante delle turbine dell'aereo.

«La mano dominante deve stare sotto! E non incrociare le dita!»

«Voglio sapere perché?»

«Non credo proprio!»

Il rombo dell'aereo peggiora. Quello che prima sembrava un ascensore che si schianta ora assomiglia a un otto volante che sfreccia a tutta velocità: uno degli ancoraggi del tavolinetto si allenta, facendo sballottare davanti al mio naso una delle gambe di legno leggermente curvate al ritmo di una macchina da cucire. I vetri si frantumano alle nostre spalle, scaraventando piccole schegge contro i finestrini come colpi di pistola. Nella cabina di pilotaggio, diversi segnali di allarme squillano uno sopra l'altro.

L'altoparlante gracchia. «Prepararsi all'impatto!»

Non mi importa nulla della mia mano dominante. Senza

sollevare lo sguardo, afferro la mano di Rhyme e la stringo più forte che posso. Lui ricambia la stretta proprio mentre il carrello colpisce la pista e sobbalziamo entrambi nelle nostre cinture. L'aereo viene scosso violentemente, ma si arresta dopo quella che sembra un'eternità. Le turbine si spengono e cala il silenzio.

Sbircio con cautela sopra le ginocchia.

Rhyme solleva lentamente la testa e mi guarda a lungo. I suoi occhi sembrano un po' più luminosi e scruta il mio viso con particolare attenzione. «Stai bene?»

«Sono sopravvissuta» rispondo. «Ma potrei averti distrutto la mano.»

Un sorriso appare lentamente sul suo volto.

Anche Cut si raddrizza. I capelli neri come il carbone gli spuntano dalla testa in tutte le direzioni. «Se solo ce ne fossimo accorti prima» si lagna. «In tutti questi anni ci voleva un incidente aereo perché una ragazza ti tenesse per mano, Capuleti. Si è addirittura dimenticata del mamba.»

Naturalmente, è in quel momento che mi ricordo del serpente.

Lascio la mano di Rhyme in fretta e furia e cerco l'animale, ma deve essersi infilato nei suoi vestiti o, peggio ancora, da qualche parte nei cuscini dietro di me. Mi affretto ad armeggiare con la fibbia della cintura per poter saltare in piedi in caso di emergenza, ma non riesco ad aprirla dal panico. Rhyme si china in avanti e me la slaccia. Evita il mio sguardo; rivolge invece la sua attenzione a un piccolo rigonfiamento sotto la maglietta e lo accarezza delicatamente. «Non preoccuparti» sussurra rassicurante. «Sei al sicuro con me.»

Non so se si riferisca a me o al mamba.

La porta della cabina di pilotaggio si spalanca.

Lord Montecchi e Lady Capuleti escono barcollando sul tappeto rosso, scossi da violenti colpi di tosse. Mio padre si avvicina a loro, dà una pacca sulla schiena a Lord Montecchi e lo conduce alla sua poltrona. Lady Capuleti si aggrappa a un corrimano e sputa una rosa dopo l'altra davanti ai suoi eleganti tacchi alti. Nessuno dei due riesce a parlare.

Cut salta su in fretta dal divano. «Rhyme! Vieni! Ci vogliono quarantacinque minuti per arrivare a Verona.»

«Lo so» risponde Rhyme, senza staccare gli occhi di dosso dalla zia.

Cut salta sul tavolinetto, tira Rhyme per una spalla e gli tiene lo smartphone davanti al viso. «Ma ce ne restano solo trenta!»

Qualcosa sbatte contro il finestrino: un ramo spezzato ci rimane attaccato per un attimo prima che il vento lo stacchi e scompaia vorticando nell'oscurità della notte.

«E fuori imperversa una tempesta» aggiungo.

CAPITOLO 7

Il vento infuria intorno a me, scompigliando da tutte le parti i miei capelli che mi frustano il viso. Devo schermarmi gli occhi con entrambe le mani per riuscire a vedere qualcosa alla luce tremolante dei riflettori. Quello che scorgo mi fa sussultare. «Non è affatto un aeroporto!»

«È il nostro circuito privato. A volte facciamo qualche giro per divertirci. Non siamo ancora autorizzati a guidare sulle strade pubbliche!» mi grida Rhyme attraverso la tempesta.

Mi mette una mano sulla schiena e mi fa girare in direzione di una porta aperta di un garage, da cui una luce brilla ancora nonostante l'ora tarda. Ci sottraiamo al turbinio delle foglie e corriamo verso di essa.

Il rumore della tempesta si attenua nel garage, ma continua a fischiarmi nelle orecchie. Cut ci segue e si toglie dalla testa un rametto di pino che gli si è impigliato nei capelli neri arruffati. Un meccanico in tuta blu chiude la saracinesca alle sue spalle.

«Aspettate! Dov'è mio padre?» grido.

Cut fulmina il rametto con lo sguardo, come se il pino lo avesse offeso personalmente, e lo getta a terra con noncuranza. «È rimasto con Lady Capuleti e mio padre, e tiene loro dei sacchetti vicino alla bocca. Stanno meglio in aereo che qui fuori. Non preoccuparti, tuo padre sta bene.»

«Meglio di noi tra poco» borbotta Rhyme. Si dirige verso la

cassetta delle chiavi sulla parete, digita un codice ed estrae una chiave d'argento da cui pende un ciondolo lucido a forma di goccia d'acqua.

Dal modo in cui la pietra scintilla e lampeggia nella luce al neon, non è sicuramente di vetro. «Prendiamo la Lamborghini.»

«Neanche per sogno!» protesta l'altro. «Prendiamo la Ferrari.»

«Guido più veloce di te.»

«Ah! L'ultima volta hai avuto solo fortuna perché il mio carburatore si è quasi inceppato quando l'ho fatto salire di giri.» Cut spinge via Rhyme dalla cassetta, tira fuori una chiave con una lama di coltello placcata d'oro e si dirige verso un'auto sportiva rossa in fondo al garage.

«*Mio signore*» dice il meccanico. Armeggia con uno straccio imbrattato d'olio tra le mani e mi guarda con aria incerta. «Mio principe» traduce poi, presumibilmente per me. «Con tutto il rispetto, credo che sia meglio che lei prenda la Lamborghini.»

Cut si volta. «Non sta a te decidere!»

Il meccanico si china ancora di più. «Con tutto il rispetto, *mio signore*, non sono stato io a decidere, ma il suo carburatore, che è lì sul mio banco da lavoro. Purtroppo, il ricambio tanto atteso è arrivato solo oggi pomeriggio. Mi scusi.»

Cut fissa i pezzi del motore sul tavolo come se volesse fare una ramanzina al suo carburatore per cattiva condotta, ma non dice niente. Rhyme gli dà una pacca sulla spalla mentre gli passa accanto e si dirige verso un'auto sportiva verde. «Forza, dobbiamo sbrigarci!»

Lo seguo, ma esito prima di salire. «E se la polizia ci ferma? A Lady Capuleti e Lord Montecchi non importa se andiamo da soli?»

«Al momento non hanno molta voce in capitolo» ribatte Cut dietro di me. «E presto non l'avremo nemmeno noi, se perdiamo altro tempo. Inoltre, Rhyme e io siamo i piloti più veloci di tutti, e loro lo sanno bene.»

Rhyme si lancia dietro il volante e si dedica subito alle numerose regolazioni. Per un attimo, qualcosa di verde sbuca dal suo colletto, poi scompare sotto la maglietta. Rabbrividisco e do un'occhiata dietro. «Non ci sono sedili posteriori» noto.

Cut ride dietro di me come se fosse una cosa ovvia. «Questa è un'auto sportiva, non una station wagon. Dovremo stringerci. Preferisci sederti sulle mie ginocchia o devo sedermi io sulle tue?»

Gli lancio un'occhiata. «Qual è la terza opzione? Rimani qui?»

«Allora saresti da sola, nel caso in cui Rhyme avesse un attacco di tosse e non potesse continuare guidare.»

«Sembra quasi che tu non ti fidi di una ragazza al volante» rispondo socchiudendo gli occhi. «Per tua informazione, negli Stati Uniti la patente si prende a sedici anni. E dato che prima Rhyme ha detto che non vi è permesso guidare su strade pubbliche, questo probabilmente significa che sono l'unica di noi tre ad avere una patente ufficiale.»

Cut mi sorride. «Quante volte hai guidato una Lamborghini Aventador SVJ con cambio manuale ISR a sette marce?»

«*Cambio manuale*?» esclamo io.

Lui sorride e sale.

Non dirò che ho preso lezioni di guida su una Ford Fiesta completamente automatica nel piazzale per fare pratica dotato di protezioni della nostra scuola. Non ho mai visto l'interno di un'auto con il cambio manuale. Perché agli europei piacciono questi cambi complicati?!

Cut si batte sulle cosce per invitarmi. Mi ci sistemo sopra e ordino al mio sedere di non sentire nulla. Purtroppo, non serve a molto, perché non appena la portiera si chiude, Rhyme preme sull'acceleratore e mi spinge tra le sue braccia. L'auto romba in modo assordante e schizza fuori da sotto la saracinesca prima ancora che il meccanico l'abbia aperta del tutto.

Anche se pochi secondi dopo ci lasciamo il garage alle spalle con le gomme che stridono, Rhyme continua a sfrecciare come se fosse su una pista. Il suo sguardo è fisso sulla strada e non si lascia distrarre neanche dalla moltitudine di foglie e ramoscelli che vorticano alla luce dei fari. Dopo alcune curve azzardate che ci sballottano da una parte all'altra, raggiungiamo una strada dritta senza uscita, del tutto deserta grazie al temporale. Il motore romba come un'auto da Formula 1 e la lancetta del tachimetro si avvicina all'incredibile velocità di trecentocinquanta chilometri orari. Filiamo nella notte come una freccia.

«Guardate un po'!» Rhyme fa un cenno verso il parabrezza. A diversi chilometri dall'autostrada, una linea verticale nera e profonda si staglia contro il bagliore rossastro di una piccola città. «È davvero un tornado! Incredibile! Ultimamente qui se ne vedono sempre più spesso.»

Ho la pelle d'oca sulla nuca. «È a causa dell'infausta stella?»

Rhyme sbuffa ironico. «Probabilmente è più a causa delle persone che vanno in aereo dall'altra parte del mondo e guidano auto a benzina.»

Tacciamo tutti.

Raggiungiamo la periferia di Verona dopo dieci minuti, che secondo Cut deve essere un nuovo record. Per dimostrarlo, porge a Rhyme il suo smartphone, sul quale ha attivato un cronometro. Nonostante l'angoscia del fatto che al minimo errore potremmo ridurci in poltiglia contro il prossimo guardrail, entrambi i ragazzi si sorridono felici. Io alzo gli occhi al cielo. Le vie del testosterone sono davvero infinite.

Rhyme deve rallentare in città.

A causa della tempesta, anche qui non ci sono altre auto in circolazione, ma la strada è troppo tortuosa per poter correre davvero. Anche se non ci sono quasi foglie che turbinano sul parabrezza, fitte gocce di pioggia si abbattono con forza sul tettuccio dell'auto.

Non riesco quasi a distinguere nulla di ciò che ci circonda, solo qualche edificio storico in pietra calcarea mediterranea appare ai lati della strada, per poi scomparire nel grigio della pioggia alle nostre spalle pochi secondi dopo, e sto giusto guardando un campanile decorato quando Rhyme schiaccia inaspettatamente il freno. Le gomme stridono e noi sobbalziamo con forza nelle cinture di sicurezza.

Cut riesce a riprendere abbastanza fiato da qualche parte per lamentarsi. «Perché ti fermi in mezzo di strada?!»

Rhyme è impallidito e annuisce verso l'esterno. Ci vuole un attimo prima di riuscire a vedere qualcosa attraverso la pioggia battente e i tergicristalli che si inseguono. Poi mi rendo conto del motivo per cui le sue mani sono così strette intorno al volante da far diventare bianche le nocche.

Ad appena un metro dal cofano verde della Lamborghini, un grosso tronco d'albero è caduto di traverso sulla strada; un tronco che ci avrebbe fatto a pezzi se ci fossimo andati a sbattere contro a tutta velocità.

«Comunque l'ABS funziona» ribatte Cut secco.

Rhyme fa un verso strano, che credo sia una risata prima di trasformarsi in un attacco di tosse. Si preme una mano sulla bocca e, quando la abbassa qualche istante dopo, all'interno ci sono tre rose perfette.

«Scendete» dice ansimando. «Arriverete prima a piedi.»

«E tu?» chiede Cut.

Rhyme inizia a tossire ancora più forte.

«Maledizione.» Cut ci slaccia la cintura, apre la portiera con un calcio e quasi mi scaraventa sul marciapiede. Inciampo sull'asfalto bagnato e mi asciugo la pioggia dal viso, che scorre a fiotti sui miei capelli. Mentre Cut mi trascina dall'altra parte della strada, lancio un'ultima occhiata a Rhyme. È curvo sul volante, tossisce e le mani si stringono a pugno.

A un tratto, anch'io sento qualcosa in gola. È più di un semplice raschio e, se Cut non mi avesse afferrato il polso, il panico mi immobilizzerebbe. Si accorge della mia esitazione, ma mi trascina sempre più velocemente. «Forza! Dobbiamo correre, Joy!»

Ha ragione. Adesso il panico non aiuta.

Mi proibisco immediatamente di pensare alla mia gola e accelero. Con la massima rapidità consentita dalla tempesta, scavalchiamo l'albero caduto e corriamo per i vicoli tortuosi di una città millenaria.

«Se non ce la faccio, devi sapere cosa fare!» grida Cut sopra il rombo della tempesta. «Dobbiamo raggiungere l'Accademia delle casate dei Montecchi e dei Capuleti! È un enorme anello formato da edifici in marmo veronese che dall'esterno sembra un anfiteatro con archi a tutto sesto: non puoi sbagliare. Le guardie ti faranno entrare se dirai il tuo nome. Tutti gli ingressi conducono a un grande giardino terrazzato all'interno, al centro del quale si trova un palco nero. Sopra c'è una teca di vetro. Devi toccarla.»

«Tutto qui?!» esclamo incredula. «La maledizione mi costringe a toccare una teca?»

«Non è la teca che conta, ma cosa contiene.»

Attraversiamo di corsa strette stradine secondarie non abbastanza larghe per un'auto e sbuchiamo davanti a un parco con alberi imponenti. L'enorme edificio che appare dietro le cime degli alberi spazzate dal vento sembra proprio l'Accademia descritta da Cut e il mio cuore sobbalza di sollievo. Ce l'abbiamo quasi fatta.

Quasi.

Poi Cut crolla.

Cade in ginocchio, si piega in due e tossisce a terra una rosa dopo l'altro, dicendo a fatica una sola parola. «*Corri*!»

Esito solo un secondo, poi continuo a correre.

Non sono mai stata così veloce in vita mia - la ghiaia schizza sotto le scarpe da ginnastica da tutte le parti - ma quando sono circa a metà del parco, comincio a tossire anch'io.

È come quella volta al cinema dell'East Village a New York, quando mi sono messa in bocca una manciata di popcorn con troppa ingordigia e uno mi è scivolato in gola. Questa volta, però, non è il mais che sto tossendo nella mano, ma una rosa perfetta come le altre.

Una parte di me vorrebbe urlare, ma non ho aria per farlo. Se avevo un piccolo dubbio del fatto che questa maledizione potesse essere solo un trucco, ora è stato eliminato.

Smettila di pensare! CORRI!

Continuo a correre, fino a quando le arcate dell'Accademia si profilano davanti a me.

Da vicino, il grande edificio è ancora più minaccioso. Sotto gli archi spuntano boutique eleganti, le cui vetrine sono illuminate a giorno e pubblicizzano tutto ciò che si può comprare con molti soldi; mentre cerco un ingresso, il mio sguardo spazia su gioiellerie, profumerie e negozi di vestiti firmati, e infine si ferma su un cancello che ricorda un castello. Due uomini in giacca e cravatta si dirigono verso di me sotto la pioggia. «Lei è Joy Capuleti?»

Rispondo tossendo una rosa davanti alle loro scarpe, mentre mi guidano in fretta oltre il cancello e mi spingono attraverso un corridoio di pietra porosa dall'aspetto molto antico, illuminato da torce vere.

Quando esco di corsa dall'altra parte, non perdo tempo a guardarmi intorno. Corro dritta verso il verde di un enorme roseto disposto su terrazzamenti circolari che scendono.

E quando raggiungo il primo gradino, succede.

Da un momento all'altro, la mia gola si riempie di qualcosa di così grande che sembra impossibile tossire.

Spaventata, mi fermo e mi premo una mano sulla gola. Da qualche parte, le campane della chiesa risuonano attraverso il fragore della tempesta e mi ricordano l'ora.

Inclino la testa all'indietro per cercare l'infausta stella nel cielo, ma non riesco a vedere nulla dietro la spessa coltre di nuvole; eppure, sento nelle ossa che la nostra scadenza è passata.

La luna deve essere sorta.

La maledizione colpisce.

«Signorina Capuleti! Per favore, continui a correre!» mi spinge una delle guardie.

Lo sguardo mi cade su una donna con un completo elegante, ma il mio campo visivo si sta già offuscando lateralmente. Non mi resta molto tempo prima di finire l'aria. E non mi resta molto tempo per salvarci.

Scendo di corsa i gradini di calcare chiaro e davanti ai miei occhi vedo solo la superficie scura del palco. Il cuore mi batte forte per la mancanza di ossigeno e le ginocchia diventano molli come il burro, ma mi costringo ad andare avanti. Attraverso la stretta passerella sopra una vasca d'acqua, salto su una pedana stretta e rimango impigliata a un bordo.

Cado lunga e distesa sul palcoscenico.

Sbarro il mento a terra così forte che i denti battono l'uno contro l'altro e sento un sapore metallico di sangue sulla lingua. Mille gocce di pioggia mi colpiscono la nuca. D'istinto, so che resisterò solo pochi secondi senza aria. Non riesco ad alzarmi, ma le mie unghie graffiano il metallo duro del palco e mi tiro su. La pioggia mi oscura la vista e riesco a scorgere solo un'ombra rettangolare davanti a me; allungo il braccio verso di essa stringendo i denti, mancandola di pochi centimetri!

Poi la vista mi si oscura.

Intorno a me, il mondo svanisce.

Forse ho perso conoscenza solo per pochi secondi, forse per diversi minuti; ho perso la concezione del tempo. Quando sento delle parole provenire dall'alto e sollevo lo sguardo nella pioggia, a un tratto Cut si china su di me. Il suo torace si alza e si abbassa mentre ansima, come se si fosse precipitato qui come un fulmine. «Joy, riprenditi, puoi respirare di nuovo!»

Mentre ansimo, il mio busto si inarca da solo.

Premo una mano contro la gola come se qualcosa mi impedisse ancora di respirare, ma Cut ha proprio ragione: respiro senza fatica, riempiendo i polmoni di aria fresca che profuma di pioggia e di terra bagnata.

Cut mi abbraccia. «Ce l'hai fatta! Hai raggiunto la teca all'ultimo secondo!»

L'ho fatto?

Voglio dire, l'ho davvero toccata?

Mi stacco da Cut corrugando la fronte e sollevo lo sguardo. La base della teca è fatta dello stesso ferro del palco che la circonda. Non ricordo di aver sentito il metallo sotto le dita. Ma deve essere stato così, no? Siamo ancora vivi. Ne è la prova migliore.

Mi appoggio alla spalla di Cut e mi alzo, barcollando leggermente, per dare un'occhiata più da vicino alla teca. È grande come un altare. Le magnifiche decorazioni in ferro devono aver resistito alle intemperie per molti anni, probabilmente addirittura per secoli, eppure non c'è traccia di ruggine. Solo la scatola di vetro rettangolare che la sovrasta sembra nuova di zecca. È illuminata dall'interno e, sebbene ci sia abbastanza spazio per metterci dentro una Biancaneve addormentata, c'è solo un libro; un libro piuttosto vecchio, come è evidente dalla copertina in pelle usurata e dall'incisione dorata scrostata.

E una copia di *Romeo e Giulietta.*

La mia mano si solleva come di sua spontanea volontà per toccarla. Solo quando le mie dita incontrano una resistenza mi ricordo del vetro che la circonda. Strizzo gli occhi per la pioggia e mi volto verso Cut. «Ho fatto tutto quello che mi avete chiesto. Posso vedere mio padre adesso?»

Il volto del ragazzo si incupisce.

Ma è un altro a rispondermi.

«Temo che non sia possibile.» Rhyme sale sul palco, ansimando, come se anche lui avesse corso per la città negli ultimi minuti.

Si scosta i capelli bagnati dagli occhi, cammina lentamente verso di me e mi si piazza davanti come un'ombra. «Mi dispiace, Joy, ma d'ora in poi non potrai più lasciare l'Accademia.»

CAPITOLO 8

Rhyme e Cut mi fissano, come se avessero intravisto qualcosa di pericoloso nel mio sguardo. Forse una tarantola o un missile nucleare, oppure anche soltanto la minaccia di compiere la maledizione dell'infausta stella e di strangolare quei due se non dicono subito la verità. Anche Rambo, la cui testolina curiosa è spuntata dal colletto della maglietta di Rhyme, scompare immediatamente sotto la stoffa quando mi vede.

«Che significa, che d'ora in poi non posso più lasciare l'Accademia?» ripeto il più calma possibile.

Cut fa un passo indietro, quasi impercettibile, allontanandosi da me.

Rhyme deglutisce a fatica. Alza una mano come se volesse toccarmi, ma invece la posa sulla teca di vetro e guarda il vecchio libro al suo interno. «Non puoi andartene perché la maledizione è appena iniziata.»

Prima ho caldo, poi freddo. «Ma le rose sono svanite?»

Rhyme picchietta sulla teca di vetro. «Le rose non solo ci costringono a venire a Verona, ma anche a rimanere qui. Shakespeare ha reso la storia delle nostre casate famosa in tutto il mondo, ma Romeo e Giulietta non sono stati la nostra prima coppia di tragici innamorati, né l'ultima. Solo quando un Capuleti e un Montecchi si innamoreranno davvero, sconfiggeremo la maledizione per i prossimi diciassette anni.»

Un Capuleti e un Montecchi?

Si innamoreranno?

Tutto qui? Non mi sembra una cosa così grave. Il mio sguardo si sposta su Cut, ma Rhyme mi tocca delicatamente il braccio e riporta la mia attenzione sui suoi luminosi occhi azzurri. «C'è altro che devi sapere, ma per ora questo è sufficiente. Domani Giulietta e Romeo terranno un discorso a tutti gli studenti, che dovrebbe rispondere alla maggior parte delle tue domande. È meglio che tu riposi un po' stanotte.»

Lo scruto, ma non trovo niente che possa farmi pensare che non fosse sincero. Sospirando, mi avvicino a Cut e gli tendo la mano. Sgrana i suoi occhi dorati dalla sorpresa. «Niente panico, non è un invito a ballare» chiarisco. «Mi presti il tuo cellulare, per favore? Vorrei chiamare mio padre.»

Lo tira fuori dalla felpa e me lo porge. «Il codice per sbloccarlo è 1597, l'anno in cui *Romeo e Giulietta* fu messo in scena la prima volta.»

«Mi dai il codice di sblocco così? E se ti rubassi il cellulare e svuotassi tutti i tuoi conti?»

Cut sorride. «Vorresti rubarlo? Potrei far finta di guardare dall'altra parte.»

Alzo gli occhi al cielo.

È chiaro che questa gente ha troppi soldi!

È solo quando sento il peso del telefono che mi rendo conto che probabilmente la cover protettiva dorata non è fatta solo di plastica e che le gemme a forma di fiamma scintillante non sono sicuramente solo vetro colorato. «Vi piacciono parecchio i vostri loghi. C'è un posto dove non li mettete?»

«Certo.» Cut indica con la mano il suo corpo in modo invitante. «Vuoi cercarlo?»

Le mie guance avvampano. Compongo il numero di mio padre e mi allontano da lui per placare la mia immaginazione sotto la pioggia. Non ho idea di cosa ci sia sotto la felpa nera di Cut, ma tutto quello che traspare sembra davvero bello. Sento un rumore sordo dietro di me, ma prima che possa controllare, qualcuno risponde. «Papà, sei tu?»

«Joy! Scusa, tesoro! Stavamo parlando così animatamente di opere teatrali che inizialmente ho pensato che fossero solo le orecchie che fischiavano dalla gioia!» esclama eccitato. La mia domanda successiva, cioè se sta bene, ha già trovato risposta. «Queste persone hanno una villa davvero mozzafiato qui a Mantova, con una fantastica vista sul Lago Superiore. Nei prossimi giorni vogliono propormi dei possibili ruoli per l'Arena di Verona! Oh! Arrivano le tartine. Parleremo di nuovo al telefono domani, che ne dici? Dormi bene, tesoro!»

E poi riattacca.

«Sto... sto bene» mormoro al segnale acustico della linea interrotta. Allontano il telefono dall'orecchio e lo fisso incredula.

Rhyme si china per entrare nel mio campo visivo. «Non prenderla sul personale. Tuo padre non sarà più se stesso per un po'. Giulietta gli avrà detto che si sente benissimo, e sicuramente Romeo gli impedirà di pensare a te.»

Mi volto verso di lui. «Ma non possono farlo!»

Lui sospira. «Temo che l'abbiano già fatto.»

Sento il cuore battermi in gola, ma i miei pugni si allentano lentamente. Rhyme sembra sinceramente dispiaciuto per quello che è successo. Non è colpa sua; i veri colpevoli sono rintanati in una villa di Mantova, lontano, dove non posso raggiungerli. «E quanto dura l'effetto?» chiedo frustrata.

«Varia da persona a persona e dipende dall'intensità con cui è stata colpita.» Si rivolge con aria interrogativa a Cut, che si limita a strofinarsi la parte superiore del braccio corrugando la fronte e ad alzare le spalle. «Forse tra le quattro e le sei settimane?»

«*Settimane*?!»

«Non ho mai visto nessun altro tornare in sé così in fretta come te.» L'angolo della bocca di Rhyme si storce. «Sei davvero speciale, Joy.»

«Ma non mi sento molto speciale in questo momento» ammetto.

Tutta l'adrenalina che mi ha fatto andare avanti in questo folle inseguimento sta lentamente, ma inesorabilmente, svanendo. Anche se vorrei prendere la mia rabbia e usarla come uno scudo per proteggermi, si sgretola sotto le mie dita. Non posso più sopportare altro. Una parte di me non vorrebbe altro che raggomitolarsi e piangere per questa ingiustizia. Ma non ho intenzione di fare passi falsi. Premo le unghie sui palmi delle mani e faccio alcuni respiri profondi.

Il tono di Rhyme è molto dolce. «È stata una lunga serata. Sono sicuro che domattina sarà tutto completamente diverso. Che ne dici se ti porto subito nell'ala dei Capuleti e ti troviamo una stanza?»

«C'è un tornado tra qui e Mantova, non ho una giacca, né un cellulare, né soldi e sembra che una maledizione mi aliti sul collo.» Il cuore mi batte più forte al pensiero della stretta in gola. Non voglio mai più vivere un'esperienza del genere. Scuoto la testa quando mi rendo conto di quanto la situazione sia disperata. «Ho forse una scelta?»

«Vuoi la mia felpa?» mi offre Cut. «È davvero calda ed è ancora asciutta all'interno.»

«No, non la vuole!» gli sibila Rhyme.

Sollevo un sopracciglio. «*Può* rispondere per se stessa, grazie.»

Rhyme si passa entrambe le mani tra i capelli bagnati. «Non te ne rendi ancora conto, Joy. Non siamo stati solo noi a essere quasi soffocati dalle rose perché tua madre è scappata con te, ma la maggior parte degli studenti di questa Accademia. Non puoi presentarti qui e attraversare l'ala dove vivono i Capuleti indossando una felpa dei Montecchi.»

«Vuoi dire che ho già dato agli altri studenti un motivo sufficiente per odiarmi?»

Esita. «Ti darò uno dei miei maglioni quando saremo dentro.»

Il che risponde anche alla mia domanda.

Forse Rhyme ha ragione e domani vedrò tutto in modo completamente diverso. È improbabile che riesca ad andarmene da qui stanotte, ma questo non significa che mi arrenda così: non appena questa tempesta sarà finita, niente potrà più impedirmi di lasciare queste mura. Qualche ora di sonno e di pensieri a mente lucida possono solo aiutarmi.

«Va bene.» Giocherello con i vestiti inzuppati. «Un tetto sopra la testa non sembra male in questo momento.»

Finora le guardie si sono tenute in disparte, ma quando scendiamo dal palco ci precedono in fretta e si dispongono sulle scale a intervalli regolari. Illuminano la strada con piccole torce tirate fuori dalle loro giacche lucide e bagnate, e chinano la testa con riverenza quando li superiamo; dai loro volti cadono gocce di pioggia.

Guardo Rhyme. «Potete permettervi jet privati e Lamborghini, ma non ombrelli per i vostri dipendenti?»

Il ragazzo sembra sorpreso. «Non ci avevo mai pensato. Sono così abituato al nostro personale che quasi non lo noto.»

«*Abbiamo del personale*?!» grida Cut con finto orrore dietro di noi.

Rhyme grugnisce divertito.

Socchiudo gli occhi fino a farli diventare due piccole fessure. «Come siete carini voi due. Bisticciate tutto il tempo come il gatto e il topo, o il gatto e il serpente, ma siete subito d'accordo su *questo* argomento.»

Rhyme sorride. «I nostri insegnanti di diplomazia sottolineano sempre che dobbiamo cercare un terreno comune quando emergono dei conflitti.»

Con i suoi terrazzamenti circolari e gli edifici che svettano tutt'intorno, il roseto è talmente gigantesco che sembra uno stadio di calcio con rose piantate ovunque. Anche se i fiori sono chiusi per la pioggia, le loro testoline chiare spiccano sulle foglie scure. All'improvviso, un'ombra emerge da un cespuglio poco distante da me e avanza sui gradini.

Mi fermo di colpo.

La figura è avvolta dalla testa ai piedi in una tonaca scura con cappuccio, ma non è questo quello che mi spaventa di più. Indossa una maschera teatrale nera con intagliata una bocca che ride che le copre completamente il viso. Non riesco a vedere i suoi occhi, ma ho comunque l'inquietante sensazione che mi stia guardando dalle orbite scure della maschera.

«È solo un suggeritore.» Rhyme mi spinge in avanti. «Non ti faranno del male. Ignorali, e anche loro ti ignoreranno.»

Giriamo intorno alla figura, ma non posso fare a meno di guardarla da sopra le spalle. Anche la maschera nera si volta per guardarmi. Cut osserva il suggeritore, corrugando la fronte.

«Anche loro sono vostri dipendenti?» sussurro.

«No» risponde Rhyme evasivo. «Fanno parte della famiglia, ma lo scoprirai presto. *Domani*» sottolinea, ma io ho già il fiatone per insistere ulteriormente. «Te ne abbiamo già fatte passare abbastanza oggi.»

Su questo ha ragione, però.

Scendiamo le scale ed entriamo in un ampio anello di marmo che corre tra il roseto e gli edifici dell'Accademia. Per la prima volta osservo i maestosi palazzi che ci circondano, risalenti a un'epoca in cui la muratura in pietra e gli stucchi erano probabilmente di gran moda. Svettano per quattro piani verso il cielo che, ancora nero, ci getta addosso grosse gocce di pioggia. Mentre abbasso la testa, Cut alza una mano per salutarci.

«Devo andare dall'altra parte. Ci vediamo in giro.» Non aspetta la mia risposta, infila le mani nella felpa e si allontana sotto la pioggia. Da dietro, con i suoi capelli neri, ha un aspetto sinistro come questo strano suggeritore.

Rhyme mi conduce davanti a una lunga facciata in vetro e a un'alta porta d'ingresso con la scritta CAPPELLETTI in caratteri argentati. «È il nostro vecchio nome di famiglia. La grafia è leggermente cambiata nel corso dei secoli. Era scritto così nella *Divina Commedia* di Dante.»

La *Divina Commedia* di Dante?

Non ha più di settecento anni?

«Cappelletti» ripeto intimorita. «Perché ora il vostro nome è cambiato e avete dei titoli inglesi, quando in realtà siete due famiglie italiane?»

«I nostri antenati volevano un nome moderno per conquistare il Nuovo Mondo, intendo l'America» aggiunge Rhyme quando nota la mia fronte corrugata. «Incaricarono Shakespeare di inventarlo e, con il successo mondiale di *Romeo e Giulietta*, alla fine si è diffuso ovunque. Solo gli anziani qui in città ci chiamano ancora come facevano loro mille anni fa.»

«E i vostri nomi di battesimo?»

Rhyme sospira. «Diciamo che lascia il segno quando, generazione dopo generazione, i vostri antenati devono imparare a memoria la poesia inglese. Inoltre, dal XIX secolo l'inglese è la lingua principale di insegnamento qui all'Accademia. Prima di allora era il latino.»

Sollevo le sopracciglia, impressionata. «Come si dice *holy shit* in latino?»

Rhyme sorride. «*Sanctus cacas*.»

«Sembra una cosa inventata. Te lo sei inventato?»

Lui si limita a scrollare le spalle con aria misteriosa e continua a camminare.

Un portiere ci apre le pesanti doppie porte di legno lucido.

«Grazie» sussurro all'uomo mentre varco la soglia. Rhyme risponde solo con un sorriso ancora più grande.

All'interno ci attende un atrio con diversi divani. Le pareti sono ricoperte di dipinti a olio e arazzi, e sembrano un po' antiquate, proprio come il soffitto a cupola decorato con stucchi eccessivi, che si inarca per quattro piani sopra di noi. I lampadari, invece, sono molto moderni, ma sono stati scelti in modo talmente appropriato da inserirsi armoniosamente nell'insieme: sono a forma di gocce di pioggia giganti che cadono dalla cupola, con una luce argentea, come se fossero congelate a mezz'aria.

Meno armonioso è il grido che risuona verso di noi.

«RHYME!» urla una ragazza e si precipita verso di noi così velocemente, che riesco a distinguere solo un turbinio di tessuti bianchi e di profumo fruttato prima di lanciarsi con tutte le sue forze contro Rhyme. Lui la prende e sorride tra i suoi capelli biondi, almeno finché lei non si allontana da lui e lo blocca con sguardo gelido. «PERCHÉ NON HAI CHIAMATO?»

Rhyme la fissa come se se lo fosse ricordato solo adesso.

Un ragazzo con le braccia molto muscolose e i rasta lunghi fino alle spalle spinge la ragazza da una parte e tira a sé Rhyme in un tenero mezzo abbraccio, schiacciandogli quasi il petto. «Forse perché ha dovuto impedire la distruzione delle nostre casate?» prende in giro la ragazza bionda.

Lei incrocia le braccia davanti al seno. Un seno molto abbondante, come non posso fare a meno di notare. La ragazza non è solo formosa, ma anche molto carina. «Puah! Se la principessa dei serpenti fosse una donna, dovrebbe impedire la rovina delle nostre casate, oltre a essere meravigliosa E a farsi viva con suo fratello.»

Fratello?

Guardo prima lei, poi Rhyme, e poi di nuovo lei. Ora noto la straordinaria somiglianza tra i due. Hanno la stessa pelle chiara e gli stessi capelli biondi, solo il colore degli occhi è leggermente diverso. Come se la ragazza mi avesse letto nel pensiero, i suoi occhi verde ghiaccio si posano su di me. Alza l'indice nella mia direzione. «Chi è?»

Il volto del ragazzo si illumina. «Una ragazza!»

«Lo vedo che è una ragazza.» Alza gli occhi al cielo, mi si avvicina e mi squadra dalla testa ai piedi, curiosa. «Ciao! Mi chiamo Poetry Capuleti. E tu?»

«Joy Nouv...» Lo sguardo di Rhyme mi fa vacillare. «Joy... Capuleti?»

Suona davvero strano.

Le sopracciglia di Poetry si sollevano. «Quindi sei tu il motivo per cui prima stavamo piangendo l'una nelle braccia dell'altra, confessando i nostri peccati più imbarazzanti e tossendo rose su tutto il tappeto?»

Sbircio dietro di lei. In effetti, alcuni dipendenti sono ancora impegnati a spazzare le rose su eleganti palette d'argento facendosi notare il meno possibile. Noto altre due ragazze che sono corse verso di noi, ma che finora si sono tenute in disparte. Mi si stringe il cuore quando mi rendo conto che entrambe sorridono, ma allo stesso tempo piangono in silenzio. Non potrebbero essere più diverse. Una ragazza è alta e atletica, mentre l'altra è piccola e delicata. Quella alta si mette una ciocca di capelli rosa tenue dietro l'orecchio e mi fa un cenno di saluto con le dita. «Ehi, io sono Tear.»

Di solito non sono brava a ricordare i nomi, ma per fortuna Tear ha un dispositivo mnemonico estremamente pratico tatuato sul viso: una lacrima bianca proprio sotto l'occhio destro. Solo allora mi rendo conto che il logo dei Capuleti potrebbe essere una goccia d'acqua o una lacrima.

«E io sono Drapes» aggiunge la ragazza più minuta. Drapes in inglese significa "tende". Deve essere un soprannome, perché i suoi capelli neri lunghi fino ai fianchi le cadono proprio davanti al viso come delle tende mentre mi fa un cenno di saluto. Una lacrima le scivola dalle lunghe ciglia e le si attacca alla guancia, luccicando.

Rhyme le si avvicina e le toglie la lacrima con un bacio come se fosse la cosa più naturale del mondo. Resto senza fiato, ma gli altri rimangono del tutto indifferenti a questa intimità, devono esserci abituati. Fa un sorriso caloroso a Drapes. «Grazie, ne avevo bisogno.»

Lei sembra soddisfatta e lascia cadere di nuovo i capelli neri davanti al viso. «Sempre al vostro servizio, mio signore.» Non sembra una sottoposta, ma piuttosto un'amica che gli ha fatto un favore. Riesco solo a fissarla a bocca aperta. Gli altri se ne accorgono, ma invece di darmi una spiegazione sensata, Tear mi si avvicina e fa uscire una lacrima dai suoi occhi marrone scuro. «Ne vuoi una anche tu?»

«Cosa?» sussulto.

«No! È mia!» squittisce Poetry e si precipita verso il collo di Tear per afferrare la lacrima con un rapido bacio. Deve stare in punta di piedi mentre l'altra piega il suo lungo corpo verso di lei. Le due ragazze avvicinano le teste e ridacchiano felici. Un tenue rossore si insinua sulle guance di Tear, che fa risaltare ancora di più il suo tatuaggio bianco a goccia.

Che strano gruppetto questi quattro: una formosa principessa delle nevi, una ragazza tatuata con delle crocchie rosa, un elfo con i capelli a tenda lunghi fino ai fianchi e un palestrato con il senso dello stile. Quest'ultimo cade quasi in ginocchio dall'emozione alla vista delle ragazze che flirtano. «Voglio andare a vivere con le ragazze» piagnucola.

Rhyme gli dà una gomitata nelle costole. «Sii uomo e datti una regolata, Stage!»

«*Sono* un uomo» piagnucola Stage. «Ecco perché non voglio stare nella tua stanza! Oh, aspetta!» Il suo sguardo si posa di colpo su me. «Vuoi venire nella nostra stanza? Abbiamo due letti liberi, puoi sceglierne uno.»

Sussulto.

Il mio cervello è ancora impegnato a classificare queste persone. In questo momento, invitarmi spontaneamente in una camera è troppo per me, soprattutto perché non riesco a seguire questo rapido botta e risposta.

Se ho capito bene, Poetry, Tear e Drapes condividono la stanza, così come Stage e Rhyme.

«Non se ne parla!» Poetry viene in mio soccorso. Senza lasciare andare Tear, mi mette il braccio libero intorno al collo e mi tira a sé così da formare come un muro difensivo davanti ai ragazzi. Non posso fare a meno di inciampare contro il suo fianco, del tutto perplessa. «Sono sicura che Joy sia già stata abbastanza traumatizzata per oggi.»

Rhyme sussulta. «Chi dice che la mia stanza la traumatizzerebbe?»

«Tutte le ragazze che ci sono entrate!» ribatte la sorella.

Stage incrocia le braccia muscolose davanti al petto e annuisce per confermare. «Anche i ragazzi. Anche noi siamo stati seriamente traumatizzati dalla tua stanza.»

Sembra come uno scherzo, ma non riesco a scrollarmi di dosso la sensazione che ci sia un fondo di verità. Anche se sembra che tutti stiano solo prendendo in giro Rhyme, non posso fare a meno di notare il leggero brivido che percorre la schiena robusta di Stage. Anche Tear si cinge la vita con le sue lunghe braccia, mentre Drapes scruta furtiva Rhyme attraverso i suoi capelli neri.

«È così?» Rhyme solleva il mento indignato. «Mi precipito in giro per il mondo per un mese per salvarci la vita a tutti, ed è così che vengo ricompensato! Con una spudorata mancanza di rispetto per il vostro principe!»

«Non sei il mio principe, sei mio fratello.» Poetry mette le braccia sui fianchi e gli fa la linguaccia.

«Voglio dei veri amici» si lamenta Rhyme.

Stage gli mette un braccio intorno al collo, lo blocca per la testa e strofina il pugno scuro sui capelli biondi chiari: «*Siamo* veri amici, ecco perché non ti rispettiamo.»

Non posso farci niente. Anche se sono piuttosto sopraffatta da questo gruppetto variopinto e non capisco ancora bene come si relazionino tra loro, non posso fare a meno di ridere quando vedo il viso rosso acceso di Rhyme. Probabilmente è solo perché ho i nervi a fior di pelle. Quello che non mi aspettavo, però, è l'effetto che la mia risata ha sugli altri. All'improvviso, si ammutoliscono e mi guardano con orrore, come se dalle mie orecchie fossero usciti dei serpenti di carta colorati, o peggio ancora. La risata mi si blocca in gola all'istante.

«Ma che diavolo...» esordisce Stage, senza lasciare andare la testa di Rhyme. I due ragazzi rimangono impietriti. Tear sbatte le palpebre stupita, sopra il suo tatuaggio bianco a goccia. Drapes si scosta i capelli neri dal viso da elfo con entrambe le mani, come se volesse accertarsi di non essersi sbagliata. E persino la voce di Poetry, così sicura di sé fino a quel momento, è rauca e stupita. «Cosa... cosa stai facendo, Joy?»

CAPITOLO 9

Per un attimo regna il silenzio assoluto e tutti mi fissano con gli occhi sgranati.

Mi cingo la vita con le braccia e indietreggio di qualche passo. «Ehm, l'ho solo trovato divertente» ammetto con un debole sorriso.

«Certo che lo hai trovato divertente.» Poetry mi si avvicina e quasi mi trafigge con i suoi occhi verde ghiaccio da principessa delle nevi. «Tutti noi troviamo Rhyme divertente...»

«Ehi!» protesta lui.

«... ma non scoppiamo a ridere per questo» aggiunge scuotendo i suoi riccioli biondi.

Stage si fa strada tra di noi, o meglio, si mette tra di noi, e la sua stazza fa il resto. Si lascia cadere i rasta davanti al viso e abbassa la voce. «Non dovremmo proprio parlarne qui. Gli altri studenti sono appena andati a letto, non sappiamo chi altro si aggiri per i corridoi.»

Tear annuisce con così tanto vigore, che le sue crocchie rosa ondeggiano. «Sono d'accordo.»

«Andiamo nella mia stanza» propone Rhyme.

«NEANCHE PER SOGNO!» gridano Stage, Tear e Drapes all'unisono.

Le loro voci riecheggiano nella cupola sopra di noi. Si scambiano sguardi terrorizzati e ridacchiano a bassa voce. Drapes si tiene i capelli neri davanti alla bocca, ma non riesce a nascondere una risatina.

«A quanto pare, qui tutti possono divertirsi tranne me» borbotto.

Rhyme è in piedi accanto a me con le braccia incrociate. «Non sono divertenti neanche la metà di quanto credono di essere.» Tuttavia, non può fare a meno di sorridere leggermente come se, sotto sotto, fosse un po' orgoglioso dei suoi amici. O forse è solo contento di averli rivisti vivi. Sullo sfondo, i maggiordomi scompaiono silenziosamente con le loro palette piene di rose.

«Oh, andiamo!» Stage gli dà una pacca sulla spalla così forte che Rhyme disincrocia le braccia. «Andiamo su nella stanza delle ragazze, è un paradiso. E poi Joy è fradicia dalla testa ai piedi, dovrebbe mettersi qualcosa di asciutto.»

«Anch'io sono fradicio dalla testa ai piedi» brontola Rhyme. «Perché non sei premuroso nei miei confronti?»

«Smettetela di flirtare, ragazzi» interviene Poetry. «Abbiamo cose più importanti di cui parlare adesso.»

Mi prende a braccetto e mi trascina verso una stretta scala a chiocciola dietro i divani, che conduce a quattro rampe di scale. Sono troppo presa alla sprovvista per oppormi e posso solo fissare a bocca aperta la balaustra di legno decorata, composta da centinaia di serpenti intrecciati. Solo quando Drapes mi passa accanto e mi lancia un'occhiata furtiva attraverso i capelli a tenda, la mia bocca si chiude di nuovo.

Cosa stavano combinando prima?

Al terzo piano, Poetry ci conduce attraverso un corridoio di rivestito di legno di noce scuro illuminato da vere lampade a olio. Una ragazza con i capelli grigio cenere e una camicia da notte altrettanto grigia deve averci sentito e sbatte le palpebre assonnata da una porta. Poetry le assicura in fretta che va tutto bene e di tornare a letto. Prima che la porta si chiuda, intravedo la stanza di

Cenerentola: mobili di design bianchi come la neve, una bella illuminazione sul soffitto che brilla come il cielo stellato e opere d'arte moderna alle pareti.

«È come un collegio a cinque stelle?»

«Abbiamo fatto del nostro meglio» sospira Poetry, come se l'avesse presa come una critica. «Questi edifici sono incredibilmente antichi e sono in gran parte monumenti tutelati. Beh, almeno ufficialmente, sai, una piccola bustarella qui, qualche regalo là...» Mi strizza l'occhio con fare cospiratorio. «Ma la torre dei Capuleti è davvero speciale.»

«Un tempo le stanze della torre erano riservate esclusivamente ai discendenti dei capifamiglia» spiega Rhyme da dietro. «Ma dato che al giorno d'oggi non hanno più otto figli, ora anche i nostri amici alloggiano qui.»

Poetry si ferma alla fine del corridoio, davanti a una porta visibilmente più grande. La parete curva dolcemente verso l'esterno ed è ricoperta da una carta da parati blu acceso con piccole gocce d'argento in rilievo. Quando apre la porta e mi spinge con entrambe le mani attraverso un breve corridoio, mi trovo improvvisamente di fronte al mare.

Trattengo il fiato per lo stupore.

Ai miei piedi, l'acqua blu turchese risplende, piena dei coralli più colorati che abbia mai visto. Un serpente marino a strisce bianche e nere nuota tranquillo sotto di me e scompare nel verde brillante delle alghe che ondeggiano dolcemente. L'intero pavimento della sala della torre è il soffitto di un enorme acquario.

«Puoi anche saltarci sopra, è uno spesso vetro blindato» mi assicura Poetry con gli occhi lucidi che sembrano ancora più verdi alla luce dell'acquario. «Ti piace? Il letto di fronte al rosone è ancora libero, se vuoi.»

Mi guardo intorno stupita. Le pareti tutt'intorno sono dipinte in tinta con l'acquario e creano l'illusione che sia parte di un mare infinito. Solo in lontananza il blu turchese si mescola al bianco del cielo. Le nuvole sono state dipinte fino al soffitto a cupola e diventano sempre più scure, come se una tempesta grigia si stesse scatenando proprio sopra le nostre teste. Anche qui sono stati posizionati gli stessi lampadari a gocce di pioggia che cadono, come se fossero congelate.

Ma la cosa più straordinaria sono i letti: fluttuano sull'acqua. Sono quattro letti circolari a baldacchino con soffici cuscini argentati, e baldacchini semitrasparenti attaccati al soffitto, sopra di noi. Le lunghezze del tessuto luccicante si assottigliano verso l'alto, dando ai letti la forma di grandi gocce d'acqua. I Montecchi non sono gli unici a sfoggiare il loro logo ovunque; i Capuleti non sono affatto da meno. Come in un sogno, mi aggiro sopra l'acquario e tocco il delicato tessuto delle tende per convincermi che è reale.

Mi offrono un letto così nella loro stanza?

Mi volto proprio per chiederlo.

Ma nel momento in cui il mio sguardo si posa sulle ragazze dietro di me, tutte guardano rapidamente altrove. Le guance di Tear diventano rosa, Drapes gioca con i suoi capelli e Poetry si toglie un granello invisibile di polvere dalla spalla. Mi hanno osservata da vicino alle mie spalle. È possibile che mi vogliano qui per tenermi d'occhio meglio?

«Se non vuoi il letto, possiamo fare a cambio» mi propone Stage, indicando con il pollice Rhyme dietro di sé. Si è fermato all'ingresso della stanza, si è inginocchiato sopra l'acquario e ha appoggiato una mano sul vetro. Il serpente marino esce fuori dalle alghe e sbatte più volte la testa contro il vetro. Un sorriso dolce si diffonde sul volto di Rhyme, facendo gemere Stage. «Ha proprio bisogno di una fidanzata.»

L'altro nemmeno lo ascolta. Guarda il serpente, completamente ipnotizzato, e incoraggia Rambo a strisciare fuori dalla manica e a salutare il suo simile. Anche Poetry sospira: «Allora dovrò prendere in mano la situazione. Drapes, per favore, chiudi la porta. Tear, puoi scegliere qualche vestito per Joy? La tua taglia le andrà sicuramente bene. Non toccare nulla, Stage! Non è tuo! Siediti sulle mani! Rhyme? Rhyme, allontanati subito dal serpente! E tu, Joy...» Si gira verso di me, mi spinge sul materasso soffice come una nuvola del letto a baldacchino e mi avvolge una coperta di lana intorno alle spalle bagnate con una certa impazienza. «Ora ci spiegheresti perché riesci a scoppiare a ridere?»

Sbatto le palpebre sbigottita. «Vorresti prima spiegarmi cosa c'è di così strano?»

Tear mi porge un pigiama piegato con cura e me lo posa accanto con un sorriso ironico. Con mia grande sorpresa, questa volta non c'è ricamata una goccia d'argento, ma un unicorno bianco come la neve che vomita un arcobaleno, disegnando un ampio arco. Mi fa l'occhiolino con l'occhio sotto il quale è tatuata la lacrima.

«I Capuleti non sanno ridere.»

È Rhyme che l'ha detto.

Tutti si voltano verso di lui mentre attraversa lentamente la stanza verso di me. «Possiamo sorridere, ridacchiare, trovare qualcosa di estremamente divertente, ma non possiamo ridere di gusto.» Si siede accanto a me sul letto, facendolo oscillare leggermente, e mi guarda con curiosità. «Riesci a piangere?»

«Piangere?» Cerco sui volti degli altri un indizio su cosa possa significare questa domanda.

Tear e Drapes mi guardano con attenzione, Poetry aggrotta le sopracciglia e Stage si cinge la pancia con le braccia. «Non sanno piangere tutti?» chiedo cauta.

«I Montecchi non ci riescono» ribatte Rhyme.

«Questo vuol dire che non sono né una Montecchi né una Capuleti. Posso ridere e piangere. Forse alla fine avete trovato quella sbagliata?»

«È impossibile» dice pensieroso. «Sei riuscita a fermare la maledizione della rosa.»

Poetry si accovaccia davanti a me, forse per apparire meno intimidatoria. Anche se siamo quasi alte uguali, ha una presenza che si nota. Rivolge al fratello uno sguardo penetrante. «Potrebbero essere le sue origini? Voglio dire, l'altro lato della sua famiglia? Suo padre è quell'attore di teatro che hai rintracciato l'ultima volta, vero? È un uomo comune. Il suo sangue Capuleti potrebbe essere molto debole.»

«Probabile» commenta.

«E se fosse una spia?»

Tutti noi rivolgiamo lo sguardo verso Drapes.

Si mette i capelli a tenda dietro le orecchie e scrolla le spalle delicate. «Per quanto ne so, non sarebbe la prima volta che una spia dei Montecchi si infiltra tra gli studenti Capuleti per spiarci prima dei duelli. Si sarebbe perfettamente inserita nella combriccola del principe dei serpenti.»

Stage saltella da un piede all'altro e, a un tratto, sembra preoccupato. «Dovremmo verificare se è davvero in grado di piangere.»

«Lo faccio?» Drapes attraversa l'acquario con tanta leggerezza e innocenza che reagisco troppo tardi, quando all'improvviso si scaglia con la mano aperta e sta per darmi uno schiaffo in faccia. Per fortuna, viene fermata in tempo da Poetry, che le afferra il polso in un lampo. «Drapes!» grida inorridita. «Non picchiamo nessuno per avere le lacrime. Mai! Dovresti saperlo meglio di chiunque altro!»

Drapes abbassa lo sguardo e i suoi capelli lisci come la seta le ricadono subito davanti al viso. «Non volevo farle del male. Volevo solo aiutare.»

«Puoi piangere a comando, Joy?» Tear si affretta ad allentare la tensione. Sebbene la sua statura, il tatuaggio e i capelli tinti la rendano molto più appariscente della minuta Drapes, sembra essere l'elemento calmante di questo gruppo. «Forse quando pensi a qualcosa di emotivamente forte? È quello che faccio sempre.»

Scuoto la testa.

«Le lacrime dimostrerebbero solo che non è una Montecchi purosangue» sottolinea Rhyme. «È molto più importante togliersi ogni dubbio sul fatto che sia sicuramente una Capuleti. Dobbiamo metterla alla prova con il potere della tragedia.»

Tutti annuiscono come se avessero capito cosa intende. Sono troppo esausta per chiedere. Sono sicura che lo scoprirò prima di quanto vorrei.

«Posso darle una lacrima» si offre Tear.

Ma Poetry scuote la testa. «No, abbiamo bisogno di qualcosa di più efficace. Deve sentire l'effetto così che non possa fingere. Dobbiamo darle la cosa più forte che abbiamo.» I suoi occhi verde ghiaccio si posano sul fratello. «E sei tu, principe dei serpenti.»

Rhyme sospira. «Odio piangere.»

«Anch'io» conferma Stage comprensivo. «Forse questo ti aiuterà? Quando penso a quanti dei miei appuntamenti sono finiti bruscamente davanti alla porta della tua camera, piango da solo.»

Rhyme gli mostra il dito medio in un modo che solo i migliori amici possono fare senza offendere l'altro. Stage si limita a sorridere.

«Potrei darti uno schiaffo» suggerisce Poetry.

«Pensavo che non lo facessimo!» dice Rhyme indignato.

Lei sorride dolcemente. «Farei qualsiasi cosa per mio fratello.»

«La vostra amicizia mi fa quasi piangere» ringhia Rhyme. «Grazie, ma posso farcela.» Si toglie Rambo dal polso e sussurra al piccolo mamba parole affettuose che non capisco. Il serpente lo fissa con i suoi occhi neri come ipnotizzato. All'improvviso, l'animale verde gli salta sul volto così inaspettatamente, che io salto su dal letto, spaventata.

«L'ha morso!» grido con orrore. «È un serpente velenoso!»

Tear si avvicina al mio fianco e mi accarezza le braccia in modo rassicurante. «Non preoccuparti, Rhyme è immune al suo veleno. Guarda!»

Il ragazzo loda il serpente accarezzandolo dolcemente, allo stesso tempo pulendosi una goccia di sangue dalla guancia. «Sarò anche immune, ma brucia comunque come il fuoco.» Mentre il cuore mi batte all'impazzata, vedo che i suoi occhi si stanno riempiendo di lacrime. Posa Rambo sul letto e viene verso di me.

I miei piedi sono come congelati.

«I Capuleti hanno il potere della tragedia.» Mi si mette davanti e mi guarda dall'alto. «Questo significa che possiamo nutrirci delle lacrime altrui. Vediamo cosa ti sta per accadere.» Si asciuga una lacrima sotto l'occhio e me la accosta delicatamente alle labbra.

Il battito mi sale in gola.

Voglio riprendere fiato per dire qualcosa, ma aspiro la lacrima per sbaglio e posso sentirne il sapore salino sulla lingua. L'effetto è immediato: il mio cuore fa un balzo gigantesco, un bagliore luminoso si diffonde nel mio petto, riempiendo ogni fibra del mio corpo di luce abbagliante. Mi toglie il fiato per alcuni secondi, poi tutta la mia stanchezza viene improvvisamente spazzata via. Riesco solo a fissarlo, sopraffatta.

Sul volto di Rhyme appare lentamente un grande sorriso. «È una bella sensazione, vero?»

«Sì» sussurro un po' esterrefatta.

Il mio sguardo cade sulle sue ciglia scure e bagnate, che si attaccano tra loro. Mi basterebbe alzarmi in punta di piedi, far scivolare una mano tra i suoi capelli, avvicinare la sua testa un po' più a me e potrei baciare tutte quelle incredibili lacrime sulla sua pelle...

«Non credo che Joy sia così estasiata dalle lacrime» sussurra Stage alle nostre spalle. Le sue parole mi colpiscono come una doccia fredda e mi catapultano bruscamente alla realtà. Mi allontano da Rhyme così rapidamente da urtare Poetry.

Tear non si fa problemi a pestare indignata il piede di Stage. Ma Rhyme torna verso il letto come se nulla fosse.

Devo schiarirmi la gola per ritrovare la voce. «Quindi, questo dimostra che sono... ehm... una Capuleti?»

Poetry mi toglie qualcosa dal viso che luccica umido sul suo polpastrello. È una lacrima e la ragazza la fissa. «Le lacrime di Rhyme sono le più forti» sussurra con la voce roca. «Ma non ho mai visto nessuno piangere di felicità.»

Spaventata, mi porto le mani al viso e sotto le dita sento non solo le lacrime, ma anche il calore delle mie guance. Il mio viso deve essere in fiamme dall'imbarazzo. Forse dovrei controllare sul vetro blindato? Infilare la testa nel fresco acquario sembra estremamente allettante in questo momento.

Un sorriso soddisfatto appare sul volto di Poetry. «La questione è risolta. Non solo reagisci al potere della tragedia, ma sai anche piangere. Non c'è dubbio, sei una Capuleti.» Si volta verso gli altri e batte le mani in segno di incoraggiamento. «Okay, ragazzi, per oggi può bastare. Mezzanotte è passata da un pezzo, vogliamo essere tutti freschi e riposati per il brunch di domani. Forza, tutti a letto!»

«Che ne dite di un pigiama party?» suggerisce Stage con un luccichio negli occhi. «Potrei rubare qualche snack dalla cucina.»

Ma Poetry è irremovibile e sbatte fuori Stage dalla porta. I suoi muscoli non hanno scampo contro il suo tono autoritario. «No! Vattene da qui! Voglio andare a letto, finalmente!»

Drapes coglie l'occasione e annuncia che prima andrà in bagno. Come un'ombra, si infila dietro una porta laterale all'ingresso della stanza.

Solo Tear sembra esitare. Mi osserva con curiosità per qualche secondo, poi guarda qualcosa alle mie spalle e cerca, senza successo, di trattenere un sorriso. Il bagliore luminoso nel mio petto scivola immediatamente nello stomaco quando sento la voce di Rhyme alle mie spalle.

«L'effetto dovrebbe durare qualche ora, quindi dovresti dormire bene, nonostante tutto quello che è successo oggi.»

Con il cuore che mi batte all'impazzata, mi volto verso di lui.

È in piedi davanti al letto a baldacchino e si avvolge il mamba intorno al polso. «Ma su di te non ne sono così sicuro» aggiunge con un sorriso incerto.

Le sue ciglia sono ancora un po' bagnate e ho la gola secca come la polvere. Se questo potere della tragedia potesse essere imbottigliato, sarebbe stato vietato molto tempo fa.

«Ci vediamo domani» aggiunge mentre se ne va.

Lo guardo allontanarsi.

Domani, rispondo nella mia mente, *me ne andrò da qui.*

CAPITOLO 10

«In piedi, dormigliona!»

La terra trema; almeno è quello che sento. Prima ancora di svegliarmi, le mie mani si aggrappano di riflesso a tutto ciò che possono afferrare, ma trovano solo dei soffici cuscini. Mi blocco mentre guardo gli occhi verde ghiaccio sopra di me. I capelli biondi chiari lunghi fino alle spalle cadono verso di me in onde e mi solleticano la guancia. Mi ci vuole qualche secondo per capire dove mi trovo, poi ricordo tutto. Poetry è saltata sul mio letto e mi sorride dall'alto. «Sei sveglia, finalmente?»

Mi tiro su in fretta. «Io... non potrei essere più sveglia di così.»

«Scusa, Joy.» Tear piega il suo lungo busto sotto le tende argentate e si siede accanto a Poetry. Anche oggi ha i capelli rosa legati in due graziose crocchie sopra le orecchie. Il tatuaggio bianco a forma di lacrima risalta ancora di più sotto gli occhi truccati di nero. «Ho cercato di fermarla.»

«Primo, è impossibile fermarmi. E secondo, Joy non si sarebbe mai svegliata» risponde Poetry. «Non ha battuto ciglio nemmeno quando il ventilatore si è attivato per asciugare il pavimento.»

«Asciugare il pavimento?» ripeto confusa.

Poetry scuote la testa rivolta verso di me. «Almeno ti sei accorta della pioggia artificiale che è scesa delicatamente sul tuo baldacchino per tutta la notte? O pensavi che avessimo un buco nel soffitto?»

«Credevo fosse il temporale fuori.»

«È passato da un pezzo. Ora alzati!» Poetry scende giù dal letto e tira a sé la mia coperta. Un soffio d'aria fresca entra da una porta del balcone aperta e mi sfiora i piedi nudi. «Oggi è il tuo primo giorno in Accademia. Tutti saranno molto curiosi di conoscerti. Dopotutto, ci hai tenuto sulle spine per un mese.»

Sembra davvero... *fantastico.*

Guardo con desiderio la coperta sul pavimento.

Poetry attraversa la stanza come un tornado, girando più volte intorno al suo asse senza perdere un colpo. «Andiamo, Tear! Dobbiamo scegliere qualcosa dal tuo armadio per Joy.»

Tear la fissa finché non scompare nella cabina armadio accanto alla porta d'ingresso. Poi mi lancia un'occhiata furtiva e giocherella con una borchia d'argento all'orecchio. «A proposito, ci sarà anche Rhyme, se questo ti può motivare di più» dice in modo discreto.

«Come... perché questo dovrebbe motivarmi di più?» sbotto un po' troppo frettolosamente. Naturalmente, ricordo all'istante il momento in cui mi ha posato la sua lacrima sulle labbra. Non mi ha staccato i suoi occhi azzurro ghiaccio di dosso nemmeno per un secondo. Sembrava essersi completamente dimenticato del morso di serpente che gli bruciava sulla guancia. Ma chissà, forse lo fa spesso? Rabbrividisco. «La sua passione per i serpenti è piuttosto inquietante» cerco di cambiare argomento.

«Oh.» Tear sembra delusa e si alza dal mio letto. Si stiracchia il corpo tonico alla luce soffusa di una finestra circolare con una rosa di vetro. «Scusa, mi sono sbagliata. Pensavo che fossi diversa.

«Di-diversa?» balbetto. «Rispetto a chi?»

«Chi è diversa?» chiede Poetry, sporgendo la testa bionda e riccioluta dalla porta della cabina armadio. «Joy! Sei ancora a letto! Vieni subito qui o ti darò una camicetta a balze con il colletto alla coreana.»

Questa minaccia funziona con me. E comunque, credo che le

mie possibilità di rintanarmi sotto una coperta per il resto della mia vita siano piuttosto scarse. Ieri sera non vedevo l'ora che sorgesse il sole per andarmene da qui. Ora, però, una sconvolgente consapevolezza mi logora: non ho ancora idea di come farò esattamente.

Una cosa alla volta, decido. *Prima di tutto, biancheria intima pulita.*

Troviamo una maglietta senza fronzoli e un paio di jeans normali, che Tear mi tira su più volte intorno alle caviglie. Mi guardo allo specchio della cabina armadio, mi pettino i capelli con le dita e sono del tutto soddisfatta del mio aspetto, ma Poetry insiste per avere una vera spazzola e dice che ho urgentemente bisogno di avere dei vestiti miei.

«Non possiamo lasciare che se ne occupi Rhyme. Indossa la stessa cosa ogni giorno!» grida dal bagno di fronte, dove sta rovistando rumorosamente nei cassetti. «Non preoccuparti, Joy! Non ti abbandoneremo e ti porteremo a fare shopping.»

«Non mi piace molto fare shopping» ammetto.

«Nemmeno a me» mi confessa Tear coprendosi la bocca con la mano. «Ma Poetry pensa che sia un suo sacro dovere vestirci in modo degno dei Capuleti, anche se deve trascinarci da un negozio all'altro con le ultime forze. Probabilmente ci starebbe ancora rivestendo se non fossimo già svenute da tempo sul pavimento.»

«Ti ho sentita!» esclama Poetry indignata.

Un momento: da un negozio all'altro? Drizzo le orecchie. Rhyme aveva detto che d'ora in poi non avrei più potuto lasciare l'Accademia. Forse non è vero?

«Qualche vestito nuovo non sarebbe male» dico con la massima disinvoltura possibile. «Quindi possiamo uscire?»

«Perché pensi che abbiamo fatto costruire tutte quelle boutique di lusso sotto le arcate dell'Accademia?» Poetry riemerge armata di una spazzola argentata, mi gira verso lo specchio e mi spazzola i capelli. «C'è un'entrata riservata dall'interno, che possiamo usare solo noi. Ci sono anche dei commessi in più soltanto per noi.»

«Quindi anche le persone normali possono entrare? Dalla strada?»

«Certo.»

Il mio cuore sussulta; questo significa che da ogni uscita di un negozio si può anche uscire dall'Accademia! Rhyme è convinto che non ci sia permesso di farlo, ma se anche lui fosse stato manipolato? E se Lady Capuleti e Lord Montecchi ci tenessero qui inutilmente come hanno tenuto mio padre a Mantova?

Le mani cominciano a sudarmi dall'emozione, mentre nella mia testa un piano di fuga prende forma. Per precauzione, infilo le mani nelle tasche dei pantaloni e cerco di non darlo a vedere. Non sono particolarmente brava a mentire, ma almeno questa è una bugia necessaria. Tuttavia, evito di guardarmi allo specchio, così almeno non devo vedermi. Dopotutto, le ragazze sono state molto gentili con me.

«Questi jeans pizzicano un po'» dico, mettendo da parte i miei sensi di colpa. «Magari potremmo... andare a fare shopping oggi?»

«Certo!» esclama entusiasta Poetry. «Ma prima mangiamo qualcosa.»

Le due mi conducono al piano di sotto, nella mensa, che in realtà non merita questa semplice definizione. Dietro le antiche porte a vetri colorati, una sala con vetrate si erge per quattro piani. La parete esterna è formata da gigantesche arcate in pietra calcarea dell'Accademia, ma la luce del sole ci illumina dall'alto e dall'interno. Gli aranci spuntano tra le piastrelle del pavimento in pietra, il profumo dei limoni maturi mi colpisce il naso e per poco non inciampo nelle fitte radici di un vero ulivo. Le palme da dattero svettano verso l'alto, con interi sciami di farfalle esotiche che svolazzano intorno alle loro chiome.

Poetry deve guidarmi per le spalle tra i tavoli perché la mia testa si muove in tutte le direzioni dallo stupore. Sotto gli archi è stata costruita una galleria con un'imponente scalinata, tutte le sedie sono in ferro battuto, e i tavoli da pranzo hanno piani in vetro colorato riccamente decorati. Tutte le mense delle mie precedenti scuole si sarebbero buttate giù da un grattacielo, piangendo alla vista di tanta bellezza. Ammesso che le mense possano buttarsi giù dai grattacieli. «Quelle sono fontane?». chiedo con un filo di voce. «Avete delle fontane nella vostra mensa?!»

Lei alza le spalle. «Le torce sono accese solo la sera.»

Ci conduce a una pedana simile a un palcoscenico al centro della sala. Avvicinandomi, vedo che è fatta di marmo bianco e nero. La pietra è stata spezzata esattamente al centro, in modo che le due metà siano ben distanziate l'una dall'altra. Potrebbe essere successo accidentalmente, ma i due tavoli sopra mi fanno pensare il contrario. Entrambi hanno esattamente la stessa crepa, come se un tempo fossero stati un unico tavolo che è stato diviso contemporaneamente insieme alla pietra sottostante. Ma non può essere così, perché il tavolo a sinistra è d'argento e quello a destra d'oro. No, la spaccatura è voluta. Deve simboleggiare qualcosa.

«I tavoli dei principi» mi sussurra Tear. «È un onore potersi sedere qui.».

A capo dei tavoli, due sedie a forma di trono, in argento e oro, sono disposte una di fronte all'altra. Otto sedie più semplici sono allineate intorno. Quelle argentate sono ancora tutte libere, solo tre persone sono già sedute al tavolo d'oro. Ci guardano con curiosità, avvicinano le teste e ridono spudoratamente di noi.

Questo suscita l'interesse degli altri studenti. Finora non ci hanno prestato attenzione, ma quando saliamo sulla pedana di marmo e prendiamo posto al tavolo principesco d'argento, sempre più teste si girano nella nostra direzione. Alcuni si alzano addirittura in piedi e mi puntano palesemente il dito contro. È difficile a dirsi per la presenza degli alberi, ma credo che qui possano starci circa un migliaio di studenti.

Poetry si siede a testa alta accanto al trono d'argento e apre con calma un menù. Tear si siede accanto a lei, così scelgo la sedia di fronte e infilo anch'io il naso nel menù, ma solo per sfuggire a tutti gli sguardi indiscreti. Mio padre è quello che ama mettersi in mostra sul palco e farsi fissare dagli estranei. Io, invece... beh, distribuisco nasi di lattice e verruche di gomma nei camerini, e questo dice tutto.

Solo quando un'altra sedia viene spostata al nostro tavolo, sbircio oltre il menù. Drapes si siede accanto a Tear, si mette in grembo un tovagliolo di stoffa argentata e mi fa un sorriso un po' forzato. Delle macchie rosse le appaiono sulle guance, una dopo l'altra. Quando nota il mio sguardo perplesso, lascia cadere i capelli neri a tenda davanti al viso. Mi è difficile classificarla. Se queste tre ragazze fossero delle carte da gioco, Poetry sarebbe senza dubbio una regina, Tear il suo fante di cuori e Drapes il jolly che potrebbe stare per qualsiasi carta.

«Dove sei stata?» chiede Poetry. «Ti sei persa la prima mattina di Joy.»

Drapes indietreggia in modo quasi impercettibile, ma la sua risposta viene soffocata da un forte trambusto. Le tre persone al tavolo dorato di fronte battono i pugni sul tavolo finché gli studenti intorno a loro si uniscono al ritmo e l'intera sala trema sotto i loro colpi. Sembra che un esercito di soldati con stivali pesanti stia marciando nella sala.

Mi mi chino sul tavolo verso Poetry. «Che succede?»

Lei sgrana gli occhi verde ghiaccio. «Significa che uno dei principi è entrato nella sala.»

«E perché non ci uniamo a loro?»

«Non per *lui*» risponde Tear indicando con un'unghia dipinta di verde menta un secondo ingresso della sala proprio dietro di me.

Giro la testa sopra le spalle e vedo Cut. È vestito di nero come ieri, ma oggi indossa un maglione fatto ai ferri strappato così abilmente che non può che essere firmato. Sulle mani, sul collo e sulle orecchie brillano moderni gioielli d'oro. I capelli nero carbone sono perfettamente acconciati come se fosse appena uscito dal parrucchiere, il che non mi sorprenderebbe affatto con questa gente, secondo il motto *Fammi la piega per colazione, per favore*. A pochi metri dietro di lui, un felino nero avanza.

«Quella è... *una pantera*?»

«Puoi stare pure seduta tranquilla e ordinare i pancake» dice Drapes secca. Sarà anche bassina e minuta, ma c'è una certa durezza nella sua voce. Forse è necessaria quando si assomiglia a un elfo. «Il gattino non ti farà del male.»

Poetry allunga il collo. «Il gattino non ti farà nulla!» esclama in direzione di Cut con tono di scherno. «Soprattutto niente che il principe dei felini non voglia che faccia.»

«Poetry.» Un sorriso calmo appare sul volto del ragazzo. «Come ogni mattina, è un piacere essere insultato da te.» Sale sul blocco di marmo con le mani nelle tasche dei pantaloni – un'impresa realizzabile solo grazie a una forte muscolatura delle gambe - e mi sorride. «Hai dormito bene, Joy?»

Tutti mi fissano.

Sia al tavolo dei Capuleti che a quello dei Montecchi.

Scivolo giù di qualche centimetro sulla sedia. «Sì, ho dormito bene, grazie mille.» Gli lancio un'occhiata imbarazzata. «O adesso devo insultarti anch'io?»

Il ragazzo ride e si lascia cadere sul trono dorato.

Espiro rumorosamente.

«Dov'è Rhyme? È compito suo discutere con il principe dei felini» brontola Poetry da dietro il menù, che ora tiene anche davanti al viso come uno scudo. Un cameriere elegante le si avvicina da dietro e le chiede se può aiutarla a scegliere ciò che desidera, ma lei getta il menù sul tavolo sbuffando. «Portaci un po' di tutto.»

I Montecchi ridono di nuovo.

«Oggi Rhyme non viene» dice Stage salutandoci poco dopo. Si siede sulla sedia accanto a me e si butta i rasta sulle spalle, che ora scintillano per le perline d'argento. Una piacevole miscela di profumo e di odore di erba appena tagliata mi riempie il naso. Le studentesse Capuleti gli hanno teso un'imboscata durante la nostra corsa mattutina e lo hanno bombardato da ogni parte con le loro lamentele.»

«È impossibile che ci siano delle lamentele!» esclama indignata Poetry. «Mi sono occupata di tutto in sua assenza!»

«Lascia che ti spieghi meglio la situazione.» Stage si ventaglia con un menù. «Stavamo facendo il ventisettesimo giro del roseto. Il che, naturalmente, in questa splendida mattinata di sole, significava che la maglietta di Rhyme era appiccicata ai suoi muscoli, intrisa di sudore. Credimi, le ragazze hanno trovato un sacco di motivi per lamentarsi con lui.»

Poetry fa una smorfia, ma Stage mi fa un sorrisetto. «E tu, Joy? Magari vuoi lamentarti un po' anche tu con lui?»

Non c'è assolutamente una risposta giusta a questa domanda.

Per fortuna, i camerieri ci ronzano intorno e ci mettono un po' ad apparecchiare la tavola con vassoi d'argento pieni di pietanze deliziose. Stage, Tear e Drapes ci si avventano sopra con foga, solo Poetry prende un croissant corrugando molto la fronte; sembra avere problemi ad accettare l'idea che qualcuno possa trovare attraente suo fratello sudato.

«Oh, quasi dimenticavo!» grida improvvisamente Stage sopra il suo cappuccino. «Joy, mi hanno detto di dirti che hai un appuntamento con Lady Capuleti. Vuole parlarti delle tue emozioni.» Guarda l'orologio sportivo. «E proprio... ora!»

Il boccone mi si blocca in gola.

CAPITOLO 11

«Ti sei persa?»

Mi volto dalla porta dell'atrio e guardo verso i divani blu reale disposti a cerchio dove Poetry e gli altri ci aspettavano ieri sera. Oggi sono colmi di studenti vestiti molto eleganti, ognuno dei quali mi sta fissando.

Una ragazza dai capelli grigio cenere si alza e viene verso di me. È la Cenerentola che aveva sbirciato nel corridoio.

Anche oggi è vestita dalla testa ai piedi con raffinate tonalità di grigio e indossa una blusa lucente in seta con la scritta *The Romeo and Juliet Society*. I suoi occhi fanno a gara con le pietre preziose a chi brilla di più. «Sei nuova?»

Dov'è Rhyme?

Stage mi ha detto di aspettarlo qui. Ero così sollevata di non dover andare da Lady Capuleti da sola che mi sono rifiutata di farmi accompagnare da Poetry. Dopotutto, il refettorio è proprio lì accanto. Il chiacchiericcio e le risate degli studenti ci giungono ovattati.

Sorrido con gentilezza alla ragazza. «Sì, ehm... Ciao, io sono Joy.»

I suoi occhi grigio-argento mi scrutano il viso come se aspettasse che io dica qualcos'altro. Siccome non mi viene in mente nulla, finalmente apre la bocca. «Non credi che tu ti debba scusare?»

Rimango perplessa. «Per cosa?»

«Abbiamo rischiato di soffocare per delle rose!» sibila piano. «Lady Capuleti ci ha rassicurati che non dovevamo preoccuparci, ma è stata via per un mese intero e a un certo punto abbiamo cominciato a dubitare...».

Certo, perché la vostra influenza è diminuita.

Almeno questa è la mia ipotesi. Naturalmente non posso dirglielo.

«Mi dispiace molto se vi siete spaventati a causa mia.» Il mio sorriso si spegne un po', ma almeno è sincero. «A dire il vero, lo ero anch'io. Non sapevo nulla di tutto questo fino a ieri sera.»

La ragazza sbuffa. Gli altri si alzano dai divani e si avvicinano a noi.

Guardo verso la porta d'ingresso. Forse è stato un errore aspettare qui. Avrei fatto meglio a lasciar perdere il mio elaborato piano di fuga e andarmene subito? «Non è che per caso sai dov'è Rhyme? Doveva venirmi a prendere qui.»

«Rhyme?» Il suo volto si incupisce. «Chiami il nostro principe per nome?»

Lo fanno tutti, vorrei dire. Ma ovviamente capisco subito che non può essere così. Finora ho conosciuto solo i suoi amici che non prendono troppo sul serio il suo titolo. Ma non mi ha mai chiesto di farlo.

«Il nostro principe è andato nella sua stanza» dice un ragazzo con delle trecce elaborate e la bocca contratta con aria stizzita.

«È in fondo al corridoio» aggiunge una ragazza con un luccichio negli occhi. «L'ultima stanza della torre.»

Due ragazzi con lo stesso taglio rasato di lato confabulano tra loro e aggiungono rapidamente: «Sì, certo! Dovresti andare lì. Non gli dispiacerà».

«Esatto» aggiunge Cenerentola. «Entra e basta.» Lo dice con un tono così pericolosamente calmo, come se tenesse una gigantesca trappola per orsi davanti a me e aspettasse solo che io ci finisca dentro con la mia risposta. Ho la sensazione che lei possa essere una dei cattivi di questa favola.

Tutti mi fissano.

Non ho dimenticato le allusioni di ieri sera. Qualunque cosa mi aspetti nella stanza di Rhyme, infonde molto rispetto nella maggior parte dei presenti. Tuttavia, trovo ancora più inquietante essere circondata da un gruppo di studenti vendicativi. Mi stampo un sorriso sul volto. «Grazie per il consiglio. Lo farò.»

Riescono a malapena a nascondere la loro trepidazione. I Sidecut ridacchiano, Occhio di Fulmine ha delle macchie sul collo dall'eccitazione e la perfida Cenerentola solleva gli angoli della bocca fin quasi alle orecchie. Solo alcune studentesse più indietro, che si sono strette in un angolo, non sembrano particolarmente felici. Quando Cenerentola segue il mio sguardo, però, abbassano rapidamente la testa.

Saluto con la mano e faccio un cenno agli studenti da sopra le mie spalle.

Per fortuna, non si accorgono che il mio sorriso svanisce nel momento in cui mi volto. Né sanno quanto mi batte il cuore alla vista del corridoio dai pannelli scuri.

Spero che Rhyme sia davvero nella sua stanza.

Quanto terribile potrà essere se c'è lui?

Dall'esterno, la porta di Rhyme è identica a quella di Poetry due piani più in alto, dalla parete esterna leggermente curva alla carta da parati argentata e blu reale.

Ho tutto il tempo di scrutarla da vicino, perché nessuno risponde al mio bussare. Mi chino avvicinandomi un po' di più e sento il rumore di una doccia provenire dall'interno.

Mi affaccio di nuovo nel corridoio facendomi notare il meno possibile, ma i seguaci di Cenerentola mi stanno ancora fissando come avvoltoi affamati. Probabilmente posso scordarmi di fare marcia indietro. Busso di nuovo e, quando non risponde nessuno, spingo la maniglia verso il basso e apro la porta in un piccolo spiraglio, quel tanto che basta per farmi sentire meglio dall'interno.

«Rhyme? Sei lì? Sono io, Joy!»

Nella stanza accanto si sente un rumore e l'acqua viene chiusa.

«Joy?» risuona la voce di lui.

Infilo la testa attraverso la porta.

Davanti a me c'è un piccolo corridoio che assomiglia a quello della stanza di Poetry. Probabilmente le due stanze sono disposte esattamente nello stesso modo e questo mi fa pensare che, alla mia destra, ci sia una cabina armadio e alla mia sinistra il bagno. «Mi dispiace disturbarti, ma Stage ha detto che mi avresti accompagnata da tua zia. Ti aspettavo nell'atrio.»

Qualcosa cade nel bagno e Rhyme impreca piano. «Scusa, non mi ero accorto che fosse così tardi. Dammi cinque minuti.»

Penso agli avvoltoi nel corridoio. «Ti dispiace se aspetto in camera tua?»

Per un attimo non risponde. Comincio a pensare che non mi abbia sentito quando dice qualcosa. Sembra piuttosto sorpreso. «No, puoi... puoi aspettare nella mia stanza. Ma è meglio che tu stia lontana dal mio letto, okay? Ci dorme il mio serpente.»

Tutto qui?

Tiro un sospiro di sollievo e scivolo oltre la porta.

Non ho idea di cosa mi aspettassi di trovare all'interno: forse un'inquietante passione per gli strumenti di tortura medievali, una spaventosa collezione di coleotteri impalati, pile di compiti di matematica non finiti o qualsiasi altra cosa che potesse terrorizzare le persone, ma di certo non questo; non quanto sia incredibilmente sorprendente la stanza di Rhyme.

È un acquario gigantesco.

Certo, avrei potuto immaginarlo: dopotutto, la stanza di Poetry è proprio qui sopra. Ma qui sotto sembra ancora più grande. Circonda l'intera stanza, che è stata ricavata come una grande bolla di vetro. Di fronte, c'è un passaggio che conduce a una terrazza circondata da arbusti ornamentali.

Qui non ci sono letti a baldacchino, ma solo dei divani spessi e imbottiti disposti in due grandi semicerchi e abbastanza larghi da potercisi sdraiare. Innumerevoli cuscini in tutte le tonalità del verde e del blu del mare sono stati accuratamente allineati come squame di pesce che risplendono meravigliosamente. È il tipo di letto in cui si vorrebbe cadere a braccia aperte.

Rambo si trova all'estremità del semicerchio a sinistra, tutto raggomitolato su un cuscino blu notte. Il piccolo mamba verde è piuttosto carino... quando dorme. Tuttavia, preferisco stargli alla larga e andare dall'altra parte per dare un'occhiata più da vicino all'acquario. Da quaggiù, le coloratissime barriere coralline sono abbastanza vicine da poter essere toccate, le alghe che ondeggiano dolcemente hanno un effetto piacevolmente calmante e persino il serpente marino a strisce bianche e nere che si muove tranquillo nell'acqua, mi fa sorridere.

Il serpente nuota curioso verso il bordo e picchia la testa contro il vetro come se volesse che ci mettessi la mano sopra, proprio come ha fatto Rhyme ieri sera per salutarlo. Guardo di nuovo verso il bagno, ma l'acqua della doccia sta ancora scorrendo, quindi, per sicurezza, appoggio entrambe le mani sul letto e mi accorgo che ha un materasso ad acqua che oscilla leggermente sotto il mio peso. I cuscini blu-verdi sono così lisci e setosi, che le mie braccia vi affondano fino ai gomiti.

Striscio verso il serpente e lo osservo affascinata. I suoi movimenti a onda sono maestosi almeno quanto quelli di un grosso felino e le sue strisce bianche e nere sono persino un po' ipnotiche. Senza volerlo, le mie dita sfiorano il vetro, come se avessi il desiderio di accarezzarlo davvero.

«Joy?»

La voce di Rhyme sembra preoccupata.

Mi volto indietro e alzo le sopracciglia. Indossa solo un paio pantaloncini succinti, come se lo avessi distratto mentre andava verso l'armadio. Gocce d'acqua scintillano sulla sua pelle pallida e cadono dalle punte dei suoi capelli chiari.

Mi guarda con gli occhi azzurro ghiaccio sgranati. Senza interrompere il nostro contatto visivo nemmeno per un secondo, si avvicina a me con cautela, come se avesse paura di spaventarmi muovendosi troppo velocemente.

«Joy» mi implora. «Scendi dal mio letto molto lentamente.»

Lancio un'occhiata a Rambo, che sta ancora dormendo. «Scusa, pensavo che questo fosse il lato di Stage.»

«Rambo non capisce ancora qual è il lato giusto.» Allunga la mano sul letto verso di me, ma è troppo lontana perché possa raggiungermi. «Non aver paura, vieni qui lentamente.»

Mi viene da sorridere per la sua premura esagerata. «Non ho paura del tuo serpente. È dietro uno spesso vetro blindato e, a dire il vero, è piuttosto impressionante.»

«No, non lo è.» Si inginocchia delicatamente sul letto con il materasso ad acqua, che cede sotto il suo peso e mi spinge in alto di qualche millimetro. «Dammi la mano, ti aiuto a scendere.»

I cuscini tra noi si muovono.

Inizialmente penso che sia solo un movimento del materasso ad acqua, ma anche quando io e Rhyme non ci spostiamo di un altro millimetro, la fila di cuscini continua a inarcarsi sempre più davanti a me. E non solo lì. Anche i cuscini a pochi metri da me cadono improvvisamente uno dopo l'altro.

Qualcosa mi sfiora le mani sotto i cuscini, liscio come la seta e delicato come una federa, ma chiaramente squamoso. Rimango impietrita.

«Non devi avere paura, è un femmina di boa costrittore» mi sussurra Rhyme, come se questa informazione potesse rassicurarmi. Dal leggero sussulto che mi sfugge, deve rendersi conto che non è così. «Voglio dire che non è velenosa» aggiunge rapidamente. «Non ti morderà. Ignorala e afferra la mia mano.»

Vorrei farlo.

Sarei felice di farlo!

Ma non posso. Per la prima volta capisco davvero cosa significa essere paralizzati dalla paura. Mi gira la testa e il cuore inizia a battere all'impazzata. Non riesco nemmeno a rispondergli. Riesco solo a fissarlo finché gli occhi non si riempiono di lacrime, nascondendomi la sua vista.

«Vengo io da te» decide. «Niente movimenti bruschi, okay? Potresti farle del male.»

Farle del male?

Io? *A lei?!*

Rhyme è fortunato che la mia lingua sia paralizzata.

Riesco a sentire i suoi movimenti sul letto, almeno spero davvero che provengano da lui, e non da quello che c'è sotto i cuscini. Batte delicatamente sulle federe facendo rumore. «Balboa, dov'è la tua testa, vecchietta? Esci nel roseto, ci sono pietre riscaldate dal sole e nicchie accoglienti che ti aspettano.»

Qualcosa sibila davanti a me. Un corpo pesante cade sul pavimento dell'acquario con un tonfo.

Sbatto le palpebre terrorizzata per far uscire le lacrime. Almeno posso vedere di nuovo meglio. Tuttavia, tengo lo sguardo fisso su Rhyme. Non voglio guardare troppo da vicino ciò che vedo muoversi con la coda dell'occhio. Mi basta vedere la sua ombra terribilmente lunga.

Rhyme mi scruta con curiosità. «Stai bene?»

Almeno riesco a scuotere un po' la testa.

Per me è un passo avanti.

Mio padre dice sempre che bisogna concentrarsi sulle cose positive della vita.

«Mi hanno regalato Balboa per il mio primo compleanno. Allora era ancora una cucciola. I miei genitori volevano che crescessi con lei.» Rhyme la guarda sorridendo. «Abbiamo imparato a nuotare insieme, ci arrampicavamo sulle fontane e spaventavamo Cut finché non correva fuori dal roseto sulle sue gambette grassottelle. Non devi avere paura di lei. Né di nessun serpente nell'Accademia. Fanno tutti quello che gli dico io.»

Lentamente - *molto, molto lentamente* – abbasso lo sguardo, giusto in tempo per vedere la coda di un serpente gigantesco infilarsi tra i divani. Scivola attraverso la porta aperta della terrazza. Pochi secondi dopo, un paio di studenti urlano da fuori, terrorizzati a morte. Rhyme si china per guardare oltre l'acquario e ridacchia tra sé e sé divertito.

Lo guardo, stupefatta.

«Cosa?» chiede lui, sinceramente sorpreso quando incrocia il mio sguardo. «Erano dei Montecchi.»

«Allora immagino di essere fortunata a essere una Capuleti» dico.

«Puoi parlare di nuovo!» Rhyme mi guarda raggiante. «L'ultima fidanzata di Stage non riuscì a dire nulla per una settimana. Abbiamo dovuto inventare ogni sorta di scusa per nasconderlo agli insegnanti.»

Il mio sguardo si incupisce. «Non si può certo biasimarla, con quel mostro gigante.»

«Oh, non è stata Balboa, era già svenuta per i pitoni.»

«Pitoni? Ci sono... ci sono altri serpenti nel tuo letto?»

Il sorriso di Rhyme si blocca. «Te lo... dirò quando scenderai.»

«Significa che ce ne *sono* altri?»

Squittendo, mi alzo rapidamente dal materasso, ruzzolo sui cuscini e cado più o meno tra le braccia di Rhyme.

Il mio sguardo corre su tutti i divani disposti a semicerchio, ma non riesco a scorgere altri movimenti sospetti. Tuttavia, sussulto sulla spalla nuda di Rhyme come se avessi corso una maratona.

Mi aiuta a tirarmi su e mi conduce nel piccolo passaggio tra il guardaroba e il bagno. Anche se le mie unghie lasciano dieci piccole mezze lune nella sua pelle e affondo contro la porta, gemendo, l'angolo della sua bocca si contrae divertito. «Vuoi sapere la verità o preferisci una piacevole bugia?»

«Qual è la bugia?» sussulto.

Lui sorride. «Non c'erano affatto altri serpenti nel mio letto.»

CAPITOLO 12

«Pronta per il prossimo serpente?» mi chiede Rhyme dalla cabina armadio. Mi strofino le braccia per scaldarmi e borbotto contro la porta. «Perché? Vuoi mostrarmi le vipere velenose nel cassetto dei calzini?»

«Peggio.» Fa capolino e mi sorride. «Una zia velenosa.»

Oh! Me ne ero completamente dimenticata!

Una sensazione di disagio mi pervade lo stomaco.

Quando Rhyme esce dalla cabina armadio, indossa un paio di jeans blu e una maglietta bianca con un discreto logo dei Capuleti. Esattamente come ieri. Anche se, a differenza di Cut, non fa niente per valorizzare il suo aspetto, devo ammettere che sta dannatamente bene. Con quel fisico, sarebbe attraente anche se indossasse un sacco di farina.

E gli studenti nell'atrio sembrano essere d'accordo.

Trattengono il fiato alla vista del loro principe dei serpenti, mostrando immediatamente i loro lati migliori e sembrando a un tratto così innocenti, come gentiluomini vittoriani con belle camicie di seta e signore in abiti da giorno a collo alto.

Alcuni gli fanno persino un inchino.

Rhyme sembra esserci abituato, perché si limita a fare un cenno con la mano e a proseguire. Solo quando esce dalla porta le loro teste si girano verso di me. Sui loro bei visi appaiono all'istante delle smorfie assetate di sangue.

Solo la Cenerentola cattiva mi fissa scioccata.

Probabilmente la sua trappola per orsi non è scattata come aveva immaginato. Guarda prima me, poi Rhyme e infine di nuovo me, sbalordita.

«Grazie ancora per la dritta» dico mentre le passo accanto. «La stanza di Rhyme è davvero impressionante.» Non riesco a trattenere un sorrisetto maligno.

Fuori, il sole splende.

Respiro l'aria fresca, che profuma leggermente di petali di rosa, e sollevo il viso in direzione del calore, con gli occhi chiusi. O almeno è quello che faccio per qualche secondo.

Sbatto le palpebre e vedo Lady Capuleti, che mi sovrasta con i suoi tacchi alti.

Mette le braccia sui fianchi stretti nel suo completo bianco e trafigge prima me, poi Rhyme, con i suoi occhi grigio tempesta. «E cosa, prego, vi ha trattenuto così a lungo?»

«Questioni amministrative» risponde Rhyme come se gli avessero sparato. Mi si mette accanto con fare provocatorio e incrocia le braccia davanti al petto. «Siamo stati via per un mese, dopotutto.»

«Infatti.» Lady Capuleti guarda al di sopra delle nostre teste e scruta la combriccola di Cenerentola, il cui forte mormorio ci raggiunge sul piazzale di marmo. «Si stanno innervosendo, è ora di ravvivare la loro motivazione per i duelli in maschera.»

«Quali duelli in maschera?» chiedo. Solo ora mi ricordo che, in realtà, volevo saperne di più già ieri.

Lo sguardo della donna si posa su di me. «Come ti senti, Joy?»

«Non vorrei essere scortese, ma prima potrebbe rispondere alla mia domanda? Che tipo di duelli sono? E cosa c'entrano con gli studenti?»

Lady Capuleti si china accostandosi al mio viso, come se volesse baciarmi. Invece, mi sussurra con le labbra dipinte di rosso: «Ti senti benissimo qui. Non c'è posto più bello al mondo. Vuoi sempre stare al fianco di Rhyme. Non c'è niente che ti renda più felice che fare tutto ciò che ti chiede».

Mi gira forte la testa.

Cado a terra prima che Rhyme riesca ad afferrarmi. I motivi luccicanti delle piastrelle di marmo si fondono l'uno con l'altro, come se le pietre si fossero fuse sotto il sole. Vorrei immergervi le dita, ma rimbalzano contro la superficie dura. Sopra di me, le voci riecheggiano come attraverso un tubo di metallo.

«Dovevi proprio farlo?»

«Fa troppe domande.»

«Sarebbe bastata una semplice risposta. Non c'è bisogno di arrostirle il cervello! Ha appena iniziato a fidarsi di me.»

Lady Capuleti sbuffa divertita. «Non deve fidarsi di te, deve soltanto obbedirti.»

Cosa stanno dicendo?

Tutto sembra così irreale.

«Ora è una studentessa Capuleti, e quindi è una mia responsabilità» sibila Rhyme. «Non sei più la principessa dei serpenti.»

«Allora assicurati che non arrivi in ritardo in futuro, se ti è così cara» gli raccomanda con voce mielosa. «Ah, e dalle questo, nel caso avesse ancora dei dubbi sul suo posto qui.»

Un piccolo libro bianco viene posato davanti a me.

I suoi tacchi alti bianchi tintinnano sul pavimento di marmo. Sbatto le palpebre finché qualcuno non mi spinge delicatamente il mento verso l'alto. Gli occhi azzurri di Rhyme appaiono davanti a me. «Joy? Ti gira la testa?»

Per qualche motivo, ha la fronte corrugata. Non c'è n'è motivo. Al contrario, mi sento *benissimo* qui! Metto le braccia intorno al collo di Rhyme e mi stringo forte al suo corpo. «Profumi di erba appena tagliata» sospiro profondamente nella sua maglietta. «Tu e

Stage usate un bagnoschiuma simile, vero? Il tuo ha un profumo ancora più buono.»

Per un attimo non dice nulla.

Poi sospira. «Mi dispiace, Joy.»

«Ti dispiace per cosa?» Strofino la mia guancia sulla sua spalla e scruto il roseto da sotto le palpebre pesanti. I passerotti svolazzano intorno a un cespuglio di rose, i cui magnifici fiori si protendono desiderosi verso il sole. «Non c'è posto più bello al mondo» sussurro un po' stordita. «Voglio stare sempre con te.»

Le sue mani si abbassano esitanti sulla mia schiena.

«L'effetto svanirà presto» dice a bassa voce. «Per fortuna, molto più rapidamente rispetto agli altri.»

Sono stata… *influenzata*?

Ma… non mi sento affatto così.

Lady Capuleti avrà anche uno strano modo di parlarmi dei miei sentimenti, ma questo non cambia il fatto che ha assolutamente ragione su tutto. Questo *è* il posto più bello in cui sia mai stata e *sono* felice con Rhyme.

Sospira di nuovo, forte. «Non immaginavo che sarebbe arrivata a tanto, altrimenti non glielo avrei mai permesso.»

«Magari non è contenta quando ritardi?» mormoro nella sua maglietta.

«Montecchi aveva ragione» sbuffa. «Anche se noi principi siamo immuni ai loro poteri, possono comunque farci fare tutto quello che vogliono. Forse è per questo che non ha dei veri amici.»

«Anch'io voglio fare tutto quello che vuoi.»

Rhyme si stacca da me e mi scosta i capelli dagli occhi. «Potresti davvero fare qualcosa per me.»

Qualcosa nel mio petto si accende. «Qualsiasi cosa!»

Mi sorride incerto. «Sii te stessa, okay?»

Mi stringo a lui sorridendo raggiante. Potrei stare qui al sole con Rhyme per il resto della mia vita e godermi soltanto la sua vicinanza. Ma purtroppo, non passa molto tempo prima che il fatto che il principe dei serpenti sia inginocchiato davanti a una ragazza nel piazzale di marmo generi un gran mormorio. A quanto pare, la notizia raggiunge il refettorio. All'improvviso, le porte sbattono all'interno e la voce di Poetry riecheggia nell'atrio.

«Rhyme!» grida stupita. «Che cosa hai fatto a Joy?!» Si precipita al mio fianco, seguita a ruota da Stage, Rhyme e Drapes, mi scruta il viso e impreca sottovoce. «Non ho avuto un buon presentimento prima, quando ho sentito che Giulietta voleva parlarle. Ma a che scopo? Sembra che qualcuno le abbia fuso il cervello.»

Il volto di Rhyme si incupisce. «Joy voleva sapere da Giulietta in cosa consistono i duelli in maschera.»

«Non è un motivo valido! Lo scoprirà comunque stasera.»

«Non hai visto Giulietta nell'ultimo mese.» I suoi muscoli si tendono sotto le mie mani. «Da quando l'infausta stella è apparsa nel cielo, il suo potere è aumentato. Lo sento, è ossessionata da questa maledizione. È sempre al cellulare e parla con quelle strane persone.»

«Quali persone?»

Rhyme scuote la testa. «Non ne ho idea, ma sono quelli che ci hanno messo sulle tracce di Joy. All'inizio ho pensato che fossero una specie di investigatori privati, ma parlavano a Giulietta in modo molto strano, come se fossero in qualche modo sopra di lei. Quando chiamano, sul display appaiono solo le lettere "SL".»

Poetry corruga la fronte. «Ma *nessuno* è al di sopra dei capi famiglia.»

Il volto di Rhyme è livido. «È quello che ho pensato anch'io.»

Sempre più studenti escono dal refettorio, sentendo il bisogno di prendere una boccata d'aria sul piazzale di marmo, e guardano accidentalmente nella nostra direzione. Stage, Tear e Drapes non riescono a coprirci da tutti i lati. Gli amici di Cenerentola mi lanciano delle occhiate da dentro come se stessi disonorando il loro santuario personale e io chiudo gli occhi, accoccolandomi contro il collo di Rhyme con un sorriso soddisfatto.

«Rhyme! Cosa credi di fare?! Non approfittare della sua condizione in modo così spudorato» dice Poetry indignata, trascinandomi via dal fratello.

«Non sto approfittando di lei! Mi si è aggrappata.»

Tear si precipita in aiuto di Poetry. Mi prendono sottobraccio da entrambi i lati e mi tirano su contro la mia volontà. «Lasciatemi in pace! Voglio stare per sempre con Rhyme» protesto.

«Oh mio Dio» dice secco Stage. «Ha perso il lume della ragione.»

Drapes sbuffa tra i suoi lunghi capelli.

Mi giro per affrontare Stage. Almeno ci provo, ma rimango impigliata nelle braccia di Poetry e Tear finché non rinuncio a lottare, sbuffando. «Per tua informazione» spiego sollevando il mento orgogliosa. «Rhyme ha un odore molto più buono del tuo. Profuma di… luce solare liquida.»

Stage rimane a bocca aperta.

Poetry mi mette una mano sulla bocca. «È meglio che tu non dica nulla di cui poi potresti pentirti. Siamo dalla tua parte, Joy.» Mi lamento ad alta voce tra le sue dita, ma mi sfugge solo un mormorio soffocato. «Che facciamo con lei?»

I ragazzi sembrano perplessi.

Solo Drapes fa un passo avanti, raccoglie il libro bianco dal pavimento e se lo stringe al petto. «Faremo qualcosa per cui Joy non ha bisogno di usare il cervello. Andremo a fare shopping!»

«Non capisco perché devo venirci anch'io.» Rhyme incrocia le braccia davanti al petto e sbircia con sguardo struggente oltre le spalle. Non sembra avere in mente una meta specifica, probabilmente è più il bisogno di fuggire dal nostro giro di shopping. Gli altri sono piuttosto indifferenti. Continuano a trascinarmi verso un arco in muratura, come se niente fosse. «Devo preparare i piani di allenamento e mille altre cose per il ballo in maschera. Voi ragazze non potete andarci da sole?»

Tear, che è mi tiene ancora stretta sottobraccio, gli rivolge uno sguardo impietoso. «Tanto per chiarire ogni equivoco: è uno stupido luogo comune che tutte le ragazze amino lo shopping. Io, per esempio, preferisco leggere un buon libro.»

«Ed è un luogo comune altrettanto stupido che ai ragazzi *non* piaccia lo shopping» interviene Stage. «Spero che da Gucci mi abbiano finalmente fatto il vestito come lo volevo. Se ci metteranno un altro mese a fare le modifiche, verrò nudo al ballo.»

«Mi piacerebbe molto vederlo», ridacchio.

«NESSUNO VUOLE VEDERLO!» risuona da ogni parte.

Stage sussulta indignato.

L'arco è fiancheggiato da due guardie e chiuso da una grata in ferro battuto. Poetry allenta la presa sul mio braccio, estrae dalla tasca dei pantaloni una carta di credito argentata e la passa attraverso un lettore collocato con discrezione in una nicchia dell'antico muro. Il lettore emette un segnale acustico e le guardie ci aprono il cancello. Entriamo in un passaggio a volta fatto di mattoni rossi e illuminato da torce tremolanti. La luce artificiale brilla verso di noi dall'interno.

«Per secoli, questa è stata la cantina dei vini» spiega Poetry con un pizzico di eccitazione febbrile. Non si rende nemmeno conto che mi sta quasi urtando la spalla dall'impazienza. «Ora è il nostro paradiso dello shopping!»

Giriamo l'angolo e la luce ci investe.

Davanti a noi c'è una galleria che gira intorno all'Accademia, con vetrine luminose su entrambi i lati. Socchiudo gli occhi davanti a vetrine ornate di gioielli scintillanti, tessuti luccicanti, coltelli elegantemente lucidati, bottiglie di vino rivestite di foglie d'oro e cioccolatini incartati singolarmente, uno dei quali costa più della mia paghetta mensile. «Con che cosa sono riempiti?» Indico con orrore il cartellino del prezzo a tre cifre. «Con banconote da cento Euro?!»

Poetry non sembra impressionata. «Oggi ce n'erano alcuni sul nostro tavolino. Se vuoi, posso ordinartene altri per il banchetto.»

«Banchetto?»

Si volta verso Rhyme e schiocca le dita. «Ce l'ho sulla punta della lingua. Come lo chiama la gente comune?»

«Cena» brontola Rhyme.

«Cena! È così ovvio quando lo sai.» Poetry scuote i suoi riccioli biondi e mi sorride.

«So cos'è un banchetto» borbotto. «Ma mi sembra piuttosto formale.»

«Ma dai, davvero?» Mi fa l'occhiolino. «Ti daremo un abito da sera, ti acconceremo un po' i capelli, magari un po' di trucco se vuoi, e naturalmente tacchi alti...»

«Voglio andarmene da qui!» Rhyme si volta, ma Stage gli mette un braccio muscoloso intorno al collo e lo tira a sé con un ampio sorriso. «Ti avverto!» sibila Rhyme, lottando contro la sua presa. «Ci sono vipere in queste vecchie mura! Le userò se necessario!»

«È un'ottima idea» concordo. «Tu paralizzi Stage e Poetry con i tuoi serpenti, e io mi occuperò degli addetti alla sicurezza all'uscita. Così nessuno di noi dovrà comprare tacchi alti.»

Rhyme si ferma a metà movimento e mi sorride.

Anche sulla mia bocca appare un sorriso.

«Fantastico, due non modaioli si sono trovati.» Poetry geme e mi spinge con entrambe le mani lungo la galleria: «D'ora in poi vi considererò entrambi come una sfida personale. Non possiamo permettere che il principe dei felini sia il ragazzo meglio vestito della stanza, il modo in cui si pavoneggia sempre e attira l'attenzione di tutti. È una vergogna per noi Capuleti!»

Poetry ci costringe a entrare in una boutique - come potrebbe essere altrimenti - appositamente progettata per la casata Capuleti, dove tutti gli abiti sono bianchi, argento o blu reale, con il loro logo a forma di vere gocce di diamante. Quando varchiamo l'ingresso riservato, che può essere aperto anche con la carta di credito di Poetry, veniamo subito accolti da un battaglione di commessi. Stage si lascia guidare con entusiasmo, Drapes scompare tra gli appendiabiti e, proprio in quel momento, Tear si ricorda di un ordine molto importante fatto in libreria di cui si era completamente dimenticata. Solo io e Rhyme non ce la caviamo così facilmente.

Poetry ci costringe a sederci su una candida chaise longue e sceglie per noi dei cosiddetti campioni. Non che io sappia cosa sia un campione. È solo quando mette una commessa accanto a me e confronta le misure del nostro corpo che ho un presentimento. «Non dobbiamo provarci i vestiti?» chiedo sorpresa. «I commessi lo fanno per noi?»

«Provare abiti che qualcun altro ha già indossato?» Poetry sembra confusa. «Ci fanno i vestiti su misura, naturalmente. Qui noi scegliamo solo i campioni.»

Propone un modello piuttosto ben fatto per suo fratello, ma Rhyme si limita a scrollare le spalle e a lasciarla decidere. Preferisce concentrarsi sul profumato tè speziato e sui biscotti al cardamomo appena sfornati che ci vengono serviti su un tavolino d'argento. «Non ho fatto colazione» spiega masticando e guardandomi. «E poi non posso resistere senza zuccheri. L'ultima volta siamo stati qui per sette ore. Per un paio di calzini. Volevo morire.»

Sette ore?!

Prendo anch'io qualche biscotto per precauzione.

In effetti, i commessi che indossano i campioni sono molto pratici. Si cambiano senza che noi dobbiamo alzare un dito. È come fare shopping online in un cinema 3D. Solo che non siamo noi a scegliere i nostri vestiti; Poetry lo fa per noi.

All'inizio vuole il nostro parere su ogni asola, ma quando Rhyme sbadiglia sempre di più e alla fine si rannicchia nell'angolo della chaise longue, si arrende con il mento orgogliosamente alzato. Anche agli occhi dei commessi, che ascoltano solo Poetry, sbiadisco sempre più finché, a un certo punto, scompaiono tutte in un grande camerino e io me ne sto lì del tutto inosservata.

Il mio sguardo scivola verso l'uscita.

È sorvegliata da un addetto alla sicurezza. Sotto gli alti archi di pietra dell'Accademia si vede una strada trafficata. Alcuni mucchi di foglie che sono stati spazzati via è tutto ciò che resta della tempesta di ieri sera. Passano auto normali e persone comuni allontanano i loro bambini curiosi dalle vetrine di negozi costosi. Un padre solleva la figlia piccola sulle sue spalle, che si aggrappa felice ai suoi capelli. Nel vederli, qualcosa mi fa stringere il cuore, nostalgica.

«Papà...»

Mi alzo e mi dirigo verso la porta, ma il padre e la bambina scompaiono nel trambusto della strada prima che io li raggiunga. L'addetto alla sicurezza china gentilmente il capo e si fa da parte. Con un tuffo al cuore, mi rendo conto che non è stato assunto per tenermi qui. È solo una normale guardia antitaccheggio, potrei andarmene in qualsiasi momento.

E... non era quello che volevo fare?

Questa mattina?

«Joy?»

Mi giro e vedo il viso assonnato di Rhyme. I suoi capelli biondi chiari sporgono ai lati della testa, ma gli stanno bene. Si strofina gli avambracci e si guarda intorno nella boutique. «Immagina che abbia fatto un incubo terribile» borbotta. «E immagina che fosse ancora lì quando mi sono svegliato.»

Mi viene da sorridere.

Di questo ragazzo. E di me stessa.

Non ho idea del perché abbia mai voluto andarmene da qui.

Gli appendiabiti frusciano accanto a me e Drapes esce con passo leggero da una fila di camicette luccicanti, tutte ricamate con la scintillante scritta *The Romeo and Juliet Society*. Si mette i capelli lisci come la seta dietro l'orecchio e mi porge un libro bianco. Sul suo collo sottile brillano già delle macchie rosse.

«Me ne ero dimenticata» dice ansimando. Tutti quei vestiti costosi devono averla eccitata parecchio, perché questa boutique non è abbastanza grande da farle avere il fiatone. «Questo era per terra lì fuori, accanto a te. Credo che Lady Capuleti volesse dartelo.»

CAPITOLO 13

«Togli il naso dal libro e guardati!»

Sbircio oltre il libro e mi guardo nello specchio del bagno. Poetry è appostata dietro di me con una piastra e un arricciacapelli, e ha fatto ai miei capelli qualcosa che non avrei pensato mai fosse possibile. Ciò che prima proteggeva semplicemente la mia testa dalla pioggia, ora aderisce al profilo della mia mascella risplendendo al massimo e facendo sembrare il mio collo molto più lungo.

«Un miracolo» mi stupisco.

Poetry sembra profondamente soddisfatta di se stessa.

Dietro di lei, Tear si strofina i capelli per asciugarli, Tuttavia, il colore che traspare da sotto l'asciugamano non è più rosa tenue, ma verde brillante. A quanto pare, il suo giro in libreria l'ha portata davanti a un parrucchiere, che le ha ispirato un nuovo colore di capelli. «Si chiama verde serpente» spiega con un sorriso raggiante. «In onore del nostro principe.»

Poetry sospira con aria sognante. «Ogni colore di capelli ti dona. Invidio la tua carnagione! Io sembrerei un cadavere con questa tonalità di verde.» Tira via l'asciugamano dai capelli umidi di Tear e le dà un rapido bacio sulla guancia. «Sei uno schianto!»

Tear ridacchia, la mano davanti alla bocca. I suoi occhi brillano di felicità.

«C'è una cosa che non capisco» obietto. «Delle persone si provano i vestiti per voi, ma vi tingete i capelli da soli?»

«Mille studenti frequentano questa Accademia, ma abbiamo solo un salone di parrucchieri.» Poetry scuote i suoi riccioli biondi come se non riuscisse a comprendere la portata di questa tragedia. «Ho risposto alla tua domanda? Normalmente possiamo ripiegare in città, ma da quando è iniziata questa sciagurata maledizione, gli studenti si scambiano i loro appuntamenti da parrucchiere come al mercato nero.»

«Il blu reale ti sta benissimo, tra l'altro» mi dice Tear. «Non vedo l'ora che gli altri ti vedano... così.» Non mi sfugge la sua breve pausa, ma quando distolgo lo sguardo dallo specchio per guardarla direttamente, la sua testa scompare di nuovo sotto l'asciugamano.

«Ma certo! I colori della nostra casata ti donano» concorda Poetry e mi aggiusta la mia nuova maglietta. È dello stesso blu intenso e brillante dei miei nuovi pantaloni e, anche se i miei jeans scoloriti mi piacciono ancora, devo ammettere che questo colore è davvero impressionante. Poetry mi aggancia un braccialetto d'argento scintillante al polso e subito ribatte alla mia obiezione. «Non discutere con me! Si abbina ai tuoi nuovi stivali.»

«Nuovi stivali?» Corrugo la fronte. «Con i tacchi?»

Poetry sorride ancora di più. «Con tacchi assassini!»

Tira fuori una scatola da scarpe da una busta che il maggiordomo ha consegnato alla porta della nostra stanza un'ora fa e la sbatte sul tavolo della toeletta con una tale forza da far schizzare via l'eyeliner di Tear. Prima che io possa fuggire dalla stanza (sempre che non debba indossare i tacchi alti, con i quali potrei rompermi le caviglie), Poetry apre la scatola, il cui contenuto mi abbaglia. Si tratta di stivali argentati con suole robuste e tacchi larghi e lucenti. Incredibilmente, sembra che ci si possa davvero camminare.

«Con questi, farai girare la testa a tutti i ragazzi dell'Accademia!» Poetry aggrotta le sopracciglia con aria di sfida. «O dargli un bel calcio nel sedere. Come preferisci. Che ne dici?»

Tiro fuori uno degli stivali lucidi, lo giro sotto la luce e mi mordo l'interno delle guance per neanche dieci secondi. Poi non resisto più e scoppio a ridere. «Non posso credere di dirlo, ma... *sono stupendi!*»

Poetry mi tende la mano per batterla.

Le do il cinque.

Attiriamo l'attenzione di Drapes, che infila la testa nella porta. I suoi lunghi capelli scivolano lisci come la seta sulle spalle, anche se è stata in bagno a malapena per più di dieci minuti. È il tipo di ragazza naturalmente bella che ha solo bisogno di picchiettarsi una goccia d'acqua sul viso da elfo per avere un aspetto fresco. Finora avevo pensato che creature del genere esistessero solo nelle fantasie di qualche perfido esperto di pubblicità, ma la prova vivente si avvicina a me con passo leggero e fa un cenno in direzione del libro bianco. «Allora?» mi chiede curiosa «Hai scoperto perché Lady Capuleti ti ha dato un vecchio annuario?»

Spingo verso di lei la doppia pagina aperta, che nell'ultima mezz'ora ho analizzato pixel per pixel. Ritrae degli studenti della classe dei diplomandi di diciassette anni fa. Sono sui gradini del roseto, con la residenza dei Capuleti sullo sfondo. Indossano tutti la stessa uniforme scolastica bianca con le inconfondibili gocce d'argento sul petto. Anche la ragazza all'estrema sinistra, che mi rivolge lo stesso sorriso che ho visto su dozzine di foto di quando ero bambina.

«Lady Capuleti voleva dimostrarmi che sono una di loro.» Tocco la foto. «Questa è mia madre. Ha frequentato l'Accademia.»

E non ce ne ha mai parlato, aggiungo nella mia mente.

Perché mi ha tenuto nascosto il posto più bello del mondo?

«Basta con questo libro» esclama Poetry e me lo chiude sotto il naso. «Il discorso dei conti ci aspetta. E ancora più emozionante: la prima entrata insieme dei due principi.»

Usciamo dall'ala dei Capuleti e attraversiamo il piazzale di marmo, il sole non è ancora tramontato, ma è molto più basso nel cielo e proietta le lunghe ombre dei cespugli di rose davanti alle nostre eleganti scarpe nuove. Intorno a noi, nell'aria si diffonde il frinire delle cicale.

«Sei sicura che Stage sia in grado di portare a termine il compito da solo?» dubita Tear. «Dopotutto, Rhyme ha un boa constrictor e può controllarlo.»

Poetry alza gli occhi al cielo e scuote la testa con sufficienza. «C'è un modo estremamente semplice ed efficace per costringere mio fratello a indossare quello che voglio.» Le rivolgiamo uno sguardo curioso e il suo sorriso diventa diabolico. «Deve essere appeso in cima al suo guardaroba. Quel non modaiolo tira fuori sempre la prima cosa su cui riesce a mettere le mani.»

Il roseto è già pieno di studenti.

Prima Poetry ha detto che un migliaio di studenti frequentano questa Accademia, e sembra che oggi siano tutti riuniti qui. Gradino dopo gradino, si stringono gli uni agli altri, fino al palco di ferro nero, dove nessuno ha ancora messo piede. Alla luce del giorno, noto che solo metà del palco è circondato dall'acqua. L'altra metà è costituita da lastre di metallo bucherellate da cui fuoriescono fiamme. Probabilmente ieri non si vedevano a causa del temporale. Anche sulle terrazze, invase dalle rose, grandi vasche di fuoco bruciano di tutti i colori possibili dell'arcobaleno. Al centro, ingegnosi giochi d'acqua spruzzano scintillanti zampilli da antiche fontane. Nonostante la folla sui gradini, non c'è nemmeno uno studente.

«È vietato calpestare l'erba?» chiedo.

Poetry scuote la testa. «No, solo che non è consigliabile. Capirai perché tra un minuto. Forza, avviciniamoci verso il palco.»

Più facile a dirsi che a farsi. Dopo circa un terzo della scalinata, figure sinistre disposte a cerchio sbucano tra la folla di studenti e ci bloccano la strada. Sono vestiti con gli stessi abiti neri dello strano suggeritore di ieri sera, ma alcuni di loro hanno volti piangenti intagliati nelle loro maschere teatrali scure anziché sorridenti. A giudicare dalle forme dei loro corpi, tra loro ci sono anche delle donne.

Un maggiordomo si inchina davanti a Poetry. «I suggeritori e le suggeritrici hanno l'ordine di far entrare solo i Capuleti e i Montecchi nella parte bassa del roseto.» Indica Tear e Drapes. «Temo che le sue fonti di potere dovranno accontentarsi di un posto quassù.»

«Fonti di potere?» chiedo perplessa.

Poetry lancia un'occhiata triste a Tear. «Mi dispiace, non lo sapevo.»

Tear le sorride calorosamente. «Va tutto bene, scendi, forza! Rhyme ha bisogno del tuo sostegno morale.»

«Io… non capisco.» Poetry mi guida per le spalle tra due suggeritori e mi fa voltare con decisione quando cerco di guardare Tear e Drapes. «Stai dicendo che non sono Capuleti?»

«No, non lo sono. Fanno parte della nostra casata, ma non della famiglia. Le fonti di potere piangono per noi, solo così ci rafforzano» mi sussurra all'orecchio. «Proprio come ha fatto Rhyme con te ieri sera. Il potere della tragedia, ricordi? Circa un terzo degli studenti qui sono fonti di potere. La maledizione non li colpisce, ma devono comunque rimanere qui con noi finché non sarà tutto finito. Forse un tempo gli antenati di Tear e Drapes avevano una goccia di sangue Capuleti nelle vene, ma non è più abbastanza potente da attivare i nostri poteri. La maggior parte delle famiglie da cui provengono le nostre fonti di potere, invece, sono semplicemente fedeli alla nostra casata da secoli. Non senza godere di alcuni vantaggi, naturalmente. I posti in questa Accademia sono molto ambiti.»

«Una sorta di scambio, quindi? Vi forniscono le lacrime in cambio di poter frequentare un collegio per ricchi?»

«Lusso, contatti, potere…»

«Perché non piangete l'uno per l'altro?»

«Potremmo» risponde Poetry esitante. «Ma come hai detto tu, è uno scambio. Se un Capuleti si rafforza con le lacrime, indebolisce la sua fonte di potere. Solo con fonti di potere esterne tutti i Capuleti si rafforzano allo stesso tempo. L'energia che hai sentito ieri era di Rhyme. Non preoccuparti...» aggiunge Poetry facendomi l'occhiolino, mentre io mi giro con orrore. «I principi lo reggono.»

Quella sensazione incredibile dentro di me era il potere di Rhyme...

E Cut ha lo stesso potere?

«E i Montecchi?» chiedo. «Anche loro hanno fonti di potere?»

Poetry ci prende posto davanti alla prima fila, disinvolta, ma gli studenti dietro di noi non fiatano per protestare. Al contrario, si accalcano ancora di più per fare spazio alla sorella del loro principe. Si mette dietro di me e indica, oltre le mie spalle, l'altro lato del palco. «Guardali bene. Anche i Montecchi si stanno fortificando. Riesci a indovinare con cosa?»

Dietro il cerchio di fuoco, gli studenti in abiti neri, rossi o dorati si muovono. Ma non è il loro aspetto a distinguerli dai Capuleti: è il tipo di rumore che fanno.

Trattengo il respiro. «Stanno ridendo!»

Poetry annuisce. «Il suono di una risata forte li rafforza, proprio come il tocco delle lacrime rafforza noi. Lo chiamano il potere della commedia. Li rende immuni al fuoco e a ogni tipo di lama. Nessun coltello al mondo li può uccidere.»

«Cosa?!» Scoppio a ridere, incredula.

Poetry mi copre la bocca e mi avvicina a sé, i suoi occhi verde ghiaccio brillano mentre guarda gli altri studenti, ma grazie al trambusto generale nessuno mi ha sentita. Sospira rumorosamente nel mio orecchio. «Non dovresti farlo, Joy. Tutti abbiamo le nostre debolezze. Il trucco è non servirle agli altri su un piatto d'argento.

Soprattutto quando possono privarti della tua forza per rafforzare il nemico.»

«Il nemico?»

I Montecchi iniziano a battere i piedi. È un po' come stamattina nel refettorio, quando hanno battuto i pugni sui tavoli, ma ora sono centinaia di scarpe che calpestano le lastre di pietra all'unisono. Il suono ci travolge come un esercito e mette a tacere i Capuleti.

«Eccolo che arriva» ringhia Poetry.

All'inizio sembra che sia solo il vento a soffiare tra i cespugli di rose. Poi mi rendo conto che i rami sono piegati da qualcos'altro. Una pantera esce dalle spine e balza maestosa sulle pareti della terrazza. Altri grandi felini emergono dall'ombra e lo seguono. Linci, puma, ghepardi e anche piccoli gatti selvatici di cui non conosco il nome, fino ad alcuni esemplari molto simili ai comuni gatti domestici. Saltano giù senza sforzo oltre il cerchio di fuoco, corrono sul palcoscenico e soffiano ai Capuleti oltre la vasca d'acqua.

Seguiti da Cut.

Salta giù dalle terrazze con grazia felina, accompagnato dal possente trambusto della sua casata. Quando salta oltre il fuoco con le sue lunghe gambe e si gira verso i Montecchi sul palco, tutti alzano le braccia e lo acclamano con i pugni chiusi. Lui ricambia il saluto, sicuro di sé come una rockstar.

«Questa schiappa indossa la stessa cosa di stamattina» osserva Poetry con soddisfazione. «Deve essersi cullato in una falsa sicurezza per il fatto che Rhyme non si sia presentato. Ma dov'è Stage?»

«Qui! Sono qui!» Stage si fa strada senza sforzo tra gli studenti con le sue spalle larghe e si spinge tra me e Poetry. Ci posa le braccia sulle spalle e si appoggia a noi. «È filato tutto liscio come l'olio» ansima quasi senza fiato. «Fino ai gioielli. Voleva aizzarmi

Balboa al collo. Per fortuna, la bestia è cieca come una talpa. Invece ha mangiato i suoi stivali nuovi.»

Poetry sgrana gli occhi. «Stai dicendo che non indossa i gioielli e gli stivali?!»

«Pensi solo a questo? Hai profondamente ferito i miei sentimenti.» Mette il broncio «Inoltre, non ho detto che non indossa i gioielli.»

Gli studenti ricominciano a battere i piedi.

Ma questa volta dall'altra parte del roseto. Guardo dietro di me proprio mentre i cespugli di rose vengono sommersi da una marea di serpenti. Decine di studenti, tra cui alcuni della casata Capuleti, urlano mentre fuggono dalle aree verdi, molti dei quali cadono l'uno sull'altro nella calca. Ci sono serpenti di tutti i tipi che sfrecciano sulle terrazze, ma è solo quando non riesco a nominare una sola specie che mi rendo conto di quanto questi animali siano diversi dai felini. E non mi riferisco al loro aspetto, ma al modo in cui vengono visti dagli esseri umani. I nomi dei serpenti non sono qualcosa che si insegna ai bambini: a noi viene insegnato solo a temerli fin da piccoli.

Ed è quello che fanno gli studenti.

Ma non sono solo i serpenti a suscitare rispetto.

È anche il loro principe.

Rhyme salta sul muro della terrazza in mezzo ai serpenti. I suoi movimenti sono ancora più fluidi di quelli di Cut, e il suo ultimo salto oltre la vasca d'acqua è così fulmineo, che quasi me lo perdo. È solo quando gira intorno al palco e alza il pugno al cielo nel saluto di Capuleti che lo osservo più attentamente.

Indossa una giacca firmata dello stesso blu reale della mia maglietta. Gli calza a pennello e mette in risalto le sue spalle, che sembrano larghe quasi quanto quelle di Stage. Sulle sue dita brillano pesanti anelli d'argento e tra i capelli scompigliati spuntano orecchini bianchi di diamanti. Gli studenti, che erano appena scappati in preda al panico per i serpenti, ora si spingono con maggior vigore nella sua direzione e quasi urlano a squarciagola per l'eccitazione.

Poetry strilla di gioia. «È bello, vero? È mio fratello e non lo trovo attraente. Ho bisogno di un parere sincero.»

«È sexy da morire» conferma Stage.

«Non da te!» sibila Poetry. «Da una persona che potrebbe davvero essere interessata a lui: Joy!» Indietreggio in fretta. «Sii sincera, ti piacerebbe strappargli i vestiti di dosso o no?»

«Ehm» rispondo, il che non sembra essere sufficiente, perché Poetry solleva le sopracciglia, impaziente. Cerco freneticamente una risposta neutra. «Se volessi strappargli i vestiti di dosso, significherebbe che non mi piacciono, no?»

Queste parole la lasciano interdetta. Una ruga profonda le si forma sulla fronte. «Non ci avevo ancora pensato...»

Per fortuna, ci pensa Rhyme a cambiare argomento.

«Per la casata Capuleti!» La sua voce riecheggia tra le file degli studenti. «Onorate la vostra contessa!» Si inchina con un movimento elegante e si inginocchia con una gamba sul pavimento. Cut fa altrettanto dall'altra parte del palco. «Per la casata Montecchi! Onorate il vostro conte!» C'è qualcosa di rispettoso nel modo in cui questi due ragazzi, che hanno appena irradiato tanta forza e fiducia in se stessi, si inginocchiano umilmente davanti ai capi delle loro famiglie. Gli studenti si zittiscono, premono i pugni sul cuore e chinano il capo con riverenza.

Poetry mi dà una gomitata sul fianco. «Anche tu, Joy!»

«Oh!» Chino in fretta la testa, ma scruto furtivamente tra i capelli.

Lady Capuleti e Lord Montecchi camminano fianco a fianco sulla passerella di ferro che conduce al palco superando acqua e fuoco. Giulietta indossa un completo bianco scintillante e una fiala rosa luccicante al collo. Romeo indossa un abito nero carbone, con la punta di un pugnale dello stesso materiale rosa che fa capolino da sotto la giacca. I due principi si alzano in piedi e gridano insieme: «NOSTRA POTESTAS IN VERBIS IACET!».

Tutti gli studenti rispondono in coro.

«Il credo dell'Accademia» mi sussurra Poetry. «Il nostro potere risiede nelle...»

«...parole» finisco la frase e non riesco a trattenere un brivido che mi corre lungo la schiena.

Stage, che mi ha messo un braccio intorno al collo, deve avermi sentita. Mi guarda con aria interrogativa. «Il nostro potere risiede nelle parole. È scritto nel nostro camper» spiego, con la gola improvvisamente stretta. «Inciso nel legno proprio sopra il mio letto. Esattamente la stessa frase. L'ho cercata su Google.»

Poetry giunge alla mia stessa conclusione. «Tua madre deve averla lasciata lì per te. Forse non voleva tenerti del tutto all'oscuro come pensavi?»

Sul palco, i conti prendono la parola.

«Ascoltate attentamente!» La voce di Lord Montecchi ci travolge, mettendo a tacere tutti gli studenti all'istante. Sento la sua influenza come una leggera brezza. Ricordo le parole di Rhyme sull'aereo. Quando i capifamiglia influenzano un intero gruppo di persone contemporaneamente, il loro potere è meno forte e non dura a lungo. Ed è vero: voglio ascoltare Lord Montecchi, ma più che altro perché mi interessa davvero quello che ha da dire.

«L'infausta stella è apparsa per la prima volta nel cielo mille anni fa. Rimase invisibile alla gente comune, ma i pochi che riuscivano a vederla, sentirono dei poteri speciali nello scorgerla. Alcuni divennero immuni a tutti i veleni, altri non potevano più essere feriti dalle lame delle spade. Da queste persone sono nate due famiglie, due casate, uguali per dignità e comando.»

«DUE CASATE, UGUALI PER DIGNITÀ E COMANDO!» gridano gli studenti.

Lady Capuleti fa un passo avanti. «Le nostre casate controllano le persone più potenti del mondo! Niente e nessuno osa ostacolare il nostro cammino, da oltre mille anni; niente e nessuno tranne una cosa.» Alza l'indice e indica il cielo.

Tutti guardano in alto.

L'infausta stella brilla proprio sopra di noi.

Forse è la mia immaginazione, ma ho l'inquietante sensazione che mi osservi. Le braccia di Stage scivolano lentamente dalle nostre spalle. Anche Poetry saltella da un piede all'altro, inquieta.

«L'infausta stella ci ha traditi tutti» riprende Lord Montecchi. «Il suo potere ha un prezzo crudele. Ogni diciassette anni ritorna per esigerlo dalla generazione successiva, per esigerlo *da voi*. Con la maledizione della rosa, ci costringe a sacrificarle ciò che ci fa più male. Una maledizione che solo la forza unita delle nostre due casate può sconfiggere! Dobbiamo affrontarla! Con tanto coraggio, tanta forza e tanta passione!»

Gli studenti esultano entusiasti.

«Nella sua opera, lo stesso Shakespeare vi ha dato un assaggio di cosa aspettarvi quest'estate.» Lady Capuleti gira intorno alla teca con i suoi tacchi alti e passa le sue lunghe unghie sul vetro. «Proprio come nella sua opera, terremo dei balli in maschera. Proprio come nella tragedia, le nostre due casate si incontreranno lì. E proprio come nella tragedia, due di noi si innamoreranno. Sfortunati! Immortali! Indimenticabili!»

Cut pronuncia il nome di una ragazza.

Rhyme quello di un ragazzo.

Tutti gli studenti si uniscono con riverenza. Sembra che tutti abbiano memorizzato una lista di antichi nomi. Dopo un po', mi accorgo che i Montecchi e i Capuleti dicono ciascuno un nome diverso. Vorrei chiedere a Poetry, ma anche lei elenca una persona dopo l'altra con gli occhi lucidi. Solo quando tocca a due nomi molto speciali capisco.

«Romeo!» esclama Cut.

«Giulietta!» aggiunge Rhyme.

Coppie di innamorati!

Dicono i nomi delle coppie di innamorati passati dalle loro casate. Ma perché sono così tanti? E perché sembrano tutti così commossi? Solo allora mi rendo conto di ciò che hanno detto Lord Montecchi e Lady Capuleti. La maledizione ritorna ogni diciassette anni, e lo fa da un millennio. Se solo i due innamorati possono porvi fine, devono essere decine. Ma cosa intendeva esattamente Lord Montecchi quando ha detto che dobbiamo sacrificare all'infausta stella ciò che ci fa più male?

Ma non…

«I nostri innamorati si sono volontariamente sacrificati per le nostre casate» conferma Lady Capuleti i miei peggiori timori. «Ora tocca a voi fare lo stesso. Non temete! Solo due si incontreranno! Due prescelti, uno per casata, si innamoreranno perdutamente, come hanno fatto per più di mille anni, e diventeranno gli amanti leggendari che ci libereranno tutti!»

«È un destino difficile» aggiunge Lord Montecchi. «Ma è il *nostro* destino. Lo affrontiamo con coraggio. E lo sconfiggeremo!»

Gli studenti alzano i pugni e gridano in segno di assenso.

Persino Poetry e Stage. Con mia assoluta sorpresa, il mio braccio si è improvvisamente sollevato. Quando alzo lo sguardo, il mio pugno si protende verso l'infausta stella come una minaccia personale. Lo riabbasso in fretta.

«Dunque, chi è di voi?» chiede Lady Capuleti. «Chi ama qualcuno dell'altra casata? Ditelo subito e risparmiateci i duelli!»

A un tratto, tutti tacciono.

Le braccia degli studenti si abbassano timidamente, come se temessero che un movimento troppo rapido possa attirare l'attenzione dei conti su di loro. Nessuno si offre volontario, né da parte dei Capuleti né da parte dei Montecchi.

«Come volete!» Lady Capuleti sbuffa divertita, come se non si aspettasse altro. «Continueremo le vecchie tradizioni. Il principe dei serpenti e il principe dei felini vi spiegheranno il resto. Ricordate: niente che vi darà più onore che stare al fianco del vostro principe con lealtà e coraggio.»

Gli studenti gridano entusiasti. Anche nel mio petto si accende qualcosa che posso descrivere solo con orgoglio, anche se questa sensazione mi confonde un po'. Come possono i principi dell'Accademia essere così importanti per me se li conosco solo da un giorno? Mi hanno già influenzata di nuovo?

Lady Capuleti e Lord Montecchi lasciano il palco, vengono immediatamente accerchiati dalle figure nere dei suggeritori e delle suggeritrici, e scortati in alto, fino all'uscita del roseto. Le tonache incappucciate lunghe fino a terra si chiudono dietro di loro come un muro. Una sensazione inquietante mi assale alla loro vista; i movimenti dei suggeritori e delle suggeritrici non sono solo sincronizzati, ma assolutamente identici; come se fossero tutti telecomandati.

Cut prende il posto di Lord Montecchi e grida sopra il chiacchiericcio degli studenti. «Facciamo chiarezza! Le lezioni regolari sono sospese fino alla fine della maledizione. Ci alleneremo invece ogni giorno per i balli e i duelli. Il principe dei serpenti e io abbiamo preparato dei piani di allenamento speciali, che controlleremo personalmente. Ne saprete di più domani, durante il vostro primo allenamento. Tra un mese, giusto in tempo per la prossima luna nuova, si terrà il primo ballo in maschera, in cui Montecchi e Capuleti dovranno ballare insieme sotto l'occhio vigile del comitato del ballo, che sceglierà due di voi come potenziali innamorati, che dovranno duellare nel roseto quella stessa notte. Questa coppia placherà l'infausta stella con un sacrificio parziale per un altro mese, o confesseranno il loro vero amore e sospenderanno la maledizione per altri diciassette anni.»

«Facciamo chiarezza? Non capisco una parola» borbotto.

«I balli servono per trovare i potenziali innamorati e i duelli immediatamente successivi a dimostrare il loro amore reciproco, o meno» mi sussurra Stage. «Secondo la maledizione, è impossibile che i veri innamorati si facciano del male a vicenda in un duello. Quindi è un metodo infallibile per trovarli.»

«Sì» sospira Poetry. «Infallibile.»

Ecco cosa intendeva Lady Capuleti prima. Se una coppia di innamorati si offrisse volontaria ora, questi balli e duelli sarebbero ovviamente un lontano ricordo.

«Sono anni che ci prepariamo a questi duelli.» Lo sguardo di Rhyme mi sfiora solo per una frazione di secondo, ma è sufficiente a farmi battere il cuore più forte. «Nelle prossime settimane, perfezioneremo le arti delle nostre rispettive casate e ci alleneremo in quelle dei nostri avversari. Respireremo acqua e fuoco! E balleremo fino a cadere nel letto da quanto ci gira la testa! Ma non stasera...» per un attimo, attende che tutti gli studenti tacciano e pendano dalle sue labbra come incantati, poi alza entrambe le braccia e spinge i pugni in alto. «STASERA FESTEGGIAMO!»

Gli studenti scoppiano in un applauso assordante.

Le luci del refettorio si accendono e tutti sono attratti da loro come falene.

Eccitati, si spingono l'un l'altro su per i gradini e chiacchierano di destino condiviso e sacrificio onorevole. Alcuni ipotizzano ad alta voce se il famigerato vino di rose sarà servito con la cena, ma anche questo non mi dice nulla.

«Sembra che nessuno abbia più domande, a parte me» brontolo. «Per esempio, come dovrebbe svolgersi esattamente questo duello? E che cosa intendeva con "respirare acqua e fuoco"? Devo prima leggere *Romeo e Giulietta*?»

«Non ti servirebbe assolutamente a niente» dice Stage. «*Romeo e Giulietta* non è di certo stato scritto per dire qualcosa sulla nostra maledizione, ma piuttosto per nasconderla.»

«Nasconderla? Perché?»

Scrolla le spalle. «Nel Medioevo girava voce che gli innamorati delle nostre due casate morissero molto spesso. A quei tempi, tutto veniva immediatamente associato al diavolo e non di rado si finiva sul rogo. Per questo i nostri antenati dovettero inventarsi qualcosa. Incaricarono Luigi da Porto di inventare una storia, che fu poi modernizzata da Shakespeare. Quindi, a meno che tu non sia appassionata di tragedie medievali, i vecchi testi non ti serviranno a nulla.»

Faccio una smorfia.

«Non preoccuparti.» Stage mi passa un braccio intorno al collo e mi tira contro il suo petto in un gesto fraterno. Il suo sorriso bianco come la neve quasi mi acceca. «Sono sicuro che a Rhyme non dispiacerà se stasera gli farai qualche altra domanda» mi sussurra con fare cospiratorio. Il suo sguardo vaga sul mio abbigliamento blu reale e si sofferma sui miei scintillanti tacchi assassini, che suscitano un fischio di apprezzamento da parte sua. «Poetry ne sa qualcosa di contrasti interessanti. Sei...»

«Bellissima» mi sussurra qualcuno alle spalle tra i capelli.

Mi viene la pelle d'oca sul collo. Mi giro di scatto, con il cuore che batte all'impazzata, ma mi rendo conto confusa che Rhyme è ancora sul palco a parlare con Poetry. Non c'è nessuno dietro di me. Mi volto verso le scale, dove un paio di Montecchi vestiti di nero stanno ridendo per una battuta. Cut è con loro. Ha le mani infilate con disinvoltura nelle tasche dei pantaloni e mi rivolge un sorriso sfacciato da sopra le spalle.

Mi viene la nausea.

«Smamma, Montecchi» gli grida Stage e si volta verso di me con sguardo preoccupato. «Non lasciare che ti infastidisca! Che diavolo ti ha fatto, Joy? sembri completamente sconvolta.»

All'improvviso, mi gira la testa.

Mi accovaccio e mi stringo la testa tra le mani finché il terreno sotto i miei piedi non smette di girare. A un tratto, vedo tutte le sottili crepe e le imperfezioni degli antichi gradini. È come se un filtro di bellezza si fosse dissipato davanti ai miei occhi.

«Joy? Stai bene?»

Sollevo lo sguardo.

Rhyme si accovaccia davanti a me. Poetry è ancora in piedi sul palco e si volta verso di lui, come se gli avesse parlato un secondo fa. Deve aver attraversato lo specchio d'acqua per raggiungermi in un lampo. Sembra anche un po' diverso, noto molti più dettagli rispetto a prima. La pelle pallida ha delle minuscole imperfezioni della pigmentazione, i capelli chiari sudati gli si incollano al collo e l'azzurro ghiaccio degli occhi è un po' troppo acuto.

Non è più perfetto, ma è comunque uno dei ragazzi più belli che abbia mai visto. Arrossisco quando l'ultimo residuo di influenza di Lady Capuleti svanisce.

«Dimentica tutto quello che ti ho detto oggi pomeriggio» sussulto.

CAPITOLO 14

«STAGE!» si lamentano tutti in coro.

Abbiamo lasciato il roseto, recuperato Tear e Drapes sul piazzale di marmo e ora ci stiamo dirigendo verso il refettorio. Dovremmo davvero parlare di questo duello - dopotutto, potrebbero essere in gioco le nostre vite - ma purtroppo Stage trova molto più eccitante un altro argomento.

Si batte una mano sul petto con finto sgomento. «Che c'è? Era una domanda legittima! Voglio solo scoprire fino a che punto Joy si è ripresa dall'influenza di Lady Capuleti. Quindi, Joy» aggiunge con un ampio sorriso, «ti prego di essere schietta e onesta, nessuno ti giudica qui: Rhyme profuma ancora di luce solare liquida?»

«Oh Dio» mormoro, tenendo lo sguardo fisso davanti a me: sul cancello d'ingresso dell'ala Capuleti. Prima raggiungiamo il refettorio, così tutti saranno distratti dal cibo e dai Montecchi, meglio è.

Rhyme, che mi cammina accanto con le mani nelle tasche dei pantaloni, si china, entrando nel mio campo visivo. «Non farti prendere dal panico, Joy. So che non mi hai gettato le braccia al collo volontariamente. Ho sentito ogni parola che Giulietta ti ha detto.» I suoi occhi brillano e un ghigno estremamente sfacciato gli appare all'angolo della bocca. «Però non ti ha detto una parola sul mio odore.»

Il cuore mi balza in gola.

Vorrei rispondergli, ma il destino è crudele: proprio quando apro bocca, il vento soffia tra le rose, scompiglia i capelli di Rhyme sulla nuca e mi avvolge in una nuvola del suo profumo. "Luce solare liquida" riassume ancora bene il concetto. Vorrei obiettare, ma qualsiasi parola mi si blocca in gola.

Per fortuna, Poetry interviene al posto mio. «Smettila di infastidirla!»

«Non la sto infastidendo!» si difende Rhyme. «È solo che ho un buonissimo odore.»

«Non è vero, Joy?» aggiunge Stage.

Li prendo a calci con i miei tacchi assassini, ma i due codardi scappano via, divertiti. Tear mi prende sottobraccio e mi accarezza il braccio, mentre Poetry borbotta almeno una dozzina di modi per fargliela pagare. Solo poco prima di raggiungere le doppie porte del refettorio, una profonda soddisfazione si diffonde sul suo volto. «Sai una cosa, Joy?» sussurra con fare cospiratorio. «Oggi non sei stata l'unica a mostrare i tuoi sentimenti davanti a tutti.»

Questo non mi rassicura affatto.

«C-cosa vuoi dire?» dico.

Lei mi tira per la mano attraverso l'atrio e ferma i ragazzi davanti alle porte di vetro colorato del refettorio. «Aspettateci! D'ora in poi, ogni cosa che faremo influirà sul morale della nostra casata. Dovremmo entrare come gruppo, rafforzerà la nostra immagine.»

Stage si china verso Rhyme. «Sarebbe una principessa migliore.»

Rhyme gli dà una gomitata sul fianco, ma aspetta pazientemente che Tear e Drapes ci raggiungano. Due maggiordomi in eleganti giacche da sera ci aprono le doppie porte. «Non esitate» ci ricorda Poetry mentre entriamo insieme. «Camminiamo a testa alta verso il tavolo dei principi.»

Il refettorio è strapieno stasera.

A ogni singolo tavolo ci sono studenti che chiacchierano, gesticolano con coltelli e forchette, fanno tintinnare i bicchieri l'uno contro l'altro e chiedono ai camerieri di esaudire ogni loro desiderio culinario. In tutto questo trambusto, nessuno ci nota, almeno fino a quando Stage non gonfia il petto e annuncia a gran voce il nostro arrivo. «Il principe dei serpenti è entrato in sala!»

Gli studenti Capuleti saltano sulle sedie e iniziano immediatamente a battere i pugni sui tavoli, e alcuni saltano addirittura in piedi per farlo. Il loro chiacchiericcio si spegne nel ritmo dei colpi, persino le foglie degli alberi sopra le nostre teste tremolano a tempo.

«Un po' più veloce, Joy!» Poetry mi spinge da dietro per farmi raggiungere Rhyme e allo stesso tempo tira indietro Stage per la cintura. «E tu rallenta, stai coprendo il principe.»

Non penso più a niente.

Fino a quando non sento bisbigliare tutt'intorno a noi.

«È quella nuova?» risuona da ogni parte. Gli studenti ci fissano così intensamente che alcuni sbattono accidentalmente i piatti e schizzano il cibo sui tavoli pregiati. «Perché le è stato permesso di camminare accanto al principe dei serpenti? Forse è sua cugina? Ma perché sono vestiti coordinati?»

Abbasso lo sguardo stupita sul mio outfit blu reale, scruto la giacca firmata di Ryme, dello stesso colore e lancio una rapida occhiata alle mie spalle.

Poetry indossa un abito da cocktail bianco che mette perfettamente in risalto le sue curve, Tear una tuta bianca che la fa sembrare fighissima e Drapes una camicetta bianca a balze che si addice solo a un elfo come lei. Persino Stage indossa una camicia bianca candida in stile Capuleti che gli si tende sopra il torace ampio. Di fronte agli altri, io e Rhyme sembriamo proprio una coppia.

Rhyme corruga la fronte e tira il colletto. «Non ricordo di aver comprato una giacca del genere. Come è finita nel mio armadio?»

Dietro di noi, Stage fa uno strano verso soffocato, ma Poetry lo zittisce prima che possa rivelare i suoi trucchi.

Per il suo bene, distraggo Rhyme e faccio un cenno in direzione dei miei tacchi luccicanti, che scintillano e brillano a ogni passo che faccio attraverso la sala. «Almeno non devi indossare scarpe che richiedono un porto d'armi.»

Rhyme mi sorride. «Il tuo look è davvero micidiale.»

«È vero» ammetto. «Non sono sicura chi elimineranno esattamente, però. Forse me. Dai loro ancora qualche ora.»

Raggiungiamo i tavoli dei due principi al centro della sala.

Il lato del principe dei felini è già pieno. Alcune sedie in ferro battuto sono state portate su dal basso e spinte tra quelle dorate per fare più spazio. Tuttavia, i Montecchi sono quasi seduti l'uno sull'altro, tanto che si stipano verso Cut. Al contrario, il lato del principe dei serpenti è completamente vuoto.

A un tratto, gli studenti smettono di battere i pugni quando Rhyme si siede sul trono d'argento e mi offre il posto al suo fianco. Un cameriere vuole correre in mio aiuto e tirarmi indietro la sedia, ma lo respingo rapidamente; preferisco fare da sola. «Non è permesso a nessuno di sedersi davanti al principe?» chiedo. «Perché non ci sono altri studenti seduti qu... AAAAAAAAH!»

Un enorme serpente si è posato sulla mia sedia.

Inciampo all'indietro, terrorizzata.

I Montecchi scoppiano a ridere.

«Vieni qui, Balboa!» ordina Rhyme con un tono che sembra più un tenero suggerimento. L'espressione nei suoi occhi può essere descritta solo come "amore incondizionato". Questo e il fatto che le mie gambe hanno perso ogni sensibilità per lo spavento mi impediscono di saltare sul blocco di marmo con i miei tacchi pericolosi.

Per fortuna, non è necessario perché Balboa obbedisce a ogni parola di Rhyme. Scivola sulle sue ginocchia e si avvolge metro per metro intorno alla parte superiore del suo corpo, come se volesse abbracciarlo, o divorarlo per cena più tardi. Rhyme sorride con aria trasognata e le sfiora la testa con il naso. Anche la testa verde di Rambo sbuca dalla manica della giacca. Avrei dovuto sapere che il mamba era stato lì sotto per tutto il tempo.

«Vuoi ancora sapere perché nessuno è seduto qui?» chiede Stage in tono ironico e si siede accanto a me. I peli sottili sugli avambracci muscolosi gli si rizzano.

Tear e Drapes scelgono i posti più lontani da Rhyme, e gli sorridono per scusarsi. Solo Poetry non fa caso al serpente gigante. Afferra la coda squamosa che è ancora al suo posto e la posa semplicemente sulla coscia di Rhyme.

«Siediti, Joy» mi sussurra dall'altra parte del tavolo. «Mostra lealtà al tuo principe. I Montecchi ti tengono d'occhio.»

Mi siedo cauta accanto a Rhyme e mi rendo conto, con mia grande sorpresa, che lo shock si attenua davvero rapidamente, anche se il boa constrictor è a un metro da me. È davvero possibile che mi stia abituando così in fretta a tutto questo?

Il pensiero mi innervosisce, ma mi ci vuole un po' per capire perché. Solo quando i camerieri ci servono gli antipasti disposti ad arte mi ricordo di mio padre. A parte per quel breve attimo nella boutique, non ho pensato a lui nemmeno una volta in tutto il pomeriggio. Lady Capuleti non mi ha dissuasa dal pensarci, ma per me era importante rimanere qui. Con Rhyme. Ho lasciato perdere anche l'occasione, forse unica, di uscire dal negozio e vedere con i miei occhi in cosa consistesse questa maledizione.

Mi chino sul tavolo e abbasso la voce. «Qualcuno di voi potrebbe prestarmi il cellulare, per favore? Vorrei chiamare mio padre.»

Tutti mi guardano sorpresi.

Drapes abbassa il cucchiaio colmo e mi guarda con occhi sgranati. Le sue maniche a balze arrivano fino alle dita, facendola sembrare ancora più minuta e quasi infantile. Ma le sue parole, come sempre, vanno dritte al punto. «I cellulari sono vietati all'interno dell'Accademia. Non te l'hanno detto?»

Mi giro verso Rhyme. «Ma Cut ne ha uno!»

Lui preme la testa di Balboa contro la sua spalla e le accarezza il collo scintillante. «Gliel'hanno concesso solo perché ti stavamo cercando per mezzo mondo e avevamo bisogno di restare in contatto. Se ce l'ha ancora, non sarà per molto.»

«Perché non lo chiedi a Lady Capuleti?» suggerisce Tear sorridendo. Con i suoi capelli verdi, il completo elegante e il tatuaggio bianco a goccia, sembra più grande di Drapes. Eppure, ha una voce molto più calda e dolce. È quasi come se le due ragazze si fossero scambiate la voce. Un elfo con un tono da donna d'affari e una hipster con un cuore. «Deve permetterti di parlare con tuo padre.»

«Non è possibile» fa notare Poetry. «Quando Joy chiede di suo padre, Giulietta capisce subito che l'influenza è svanita. Chissà cosa le farà la prossima volta? Forse vorrà dormire con il pigiama di Ryme e condividere il suo spazzolino da denti.»

«Oh!» Stage batte le mani con entusiasmo. «Chi vorrebbe vedere una cosa del genere?»

«NESSUNO!» ribattono Poetry, Tear e Drapes all'unisono.

Solo Rhyme è preso totalmente dal suo boa.

Mi ci vuole un po' più del solito per distogliere lo sguardo da lui.

«Allora tenteremo il piano B» dico infine.

Batto le mani sul tavolo e mi alzo con decisione. Anche se Stage quasi cade dalla sedia mentre cammino verso i Montecchi, non mi faccio distogliere dal mio obiettivo. Mi limito a superare la fessura ornata nel blocco di marmo e mi ritrovo sul lato dorato del tavolo dei principi prima che Tear possa sussultare orripilata.

I Montecchi mi fissano come se delle corna mi spuntassero dalle orecchie. Persino Cut, che ha appoggiato con noncuranza uno stivale contro il bordo del tavolo e si stava per mettere in bocca un acino d'uva, si ferma a metà movimento.

Mi schiarisco la gola. «Mi presti il tuo cellulare, per favore?»

Abbassa lentamente l'acino d'uva. I suoi occhi dorati non smettono di fissarmi nemmeno per un secondo. «Non posso, mio padre me lo ha tolto stamattina.»

«Chi sei?» chiede un ragazzo visibilmente più giovane.

Non può avere più di undici o dodici anni. I suoi capelli ricci e folti sono neri come il carbone, e i suoi occhi sono giallo oro. Mentre i lineamenti di Cut sono già mascolini e spigolosi, i suoi sono ancora dolci, da bambino. A parte questo, è identico al principe dei felini.

«Qualcuno che non può stare al nostro tavolo!» sibila una ragazza dai capelli neri seduta quasi sulle ginocchia di Cut. Le sue unghie dipinte di rosso sangue si conficcano possessivamente nel bracciolo dorato del ragazzo.

A quanto pare, gli altri Montecchi condividono il suo pensiero, perché mi guardano tutti con ostilità.

Solo Cut sembra divertirsi un mondo. «Vuoi qualcos'altro da me, Joy?» mi chiede, contraendo l'angolo della bocca. Non mi sfugge la sfumatura allusiva.

«Che ne dici di un giretto sulla tua Ferrari?» propongo. «Mi va bene qualsiasi mezzo per arrivare a Mantova. Ieri sera qualcuno mi ha detto che la vista sul Lago Superiore è mozzafiato.»

I Montecchi sbuffano indignati.

«Come osi parlare al nostro principe?» dice sdegnata la ragazza dai capelli neri e salta in piedi.

Cut, disinvolto, non si muove di un millimetro, ma posa una mano sul braccio della ragazza per trattenerla. «Non lasciarti provocare dai Capuleti, Blaze» la rimprovera in tono annoiato, «Joy non vuole andarsene da qui come tutti noi. Vuole solo creare un po' di problemi.» Mi guarda con una tale insistenza che mi rendo subito conto del mio errore. Non è stata un'idea molto intelligente rivelare ai Montecchi che volevo lasciare l'Accademia.

Soprattutto non subito dopo un discorso che ha vincolato tutti gli studenti alla maledizione.

Cut si sporge superandomi. «Ehi, Capuleti! Riprenditi la tua ragazza! O non può resistere nemmeno fino all'antipasto con te?»

I Montecchi ridacchiano maligni e si girano per vedere la reazione di Rhyme. È all'altezza del nome del principe dei serpenti. Si appoggia con sicurezza al trono d'argento, accarezza il mamba letale sul polso e sorride freddamente. «Forse dovresti stare con la stessa ragazza per più di una settimana?» risponde con calma. «Nessuna delle tue frequentazioni occasionali ti ha insegnato che le donne non appartengono a nessuno? Joy può fare sempre quello che vuole.»

Poetry si illumina di orgoglio.

Tutte le ragazze ai tavoli intorno a loro sospirano con aria sognante e guardano a Rhyme con gli occhi a cuore, almeno fino a quando Balboa non allunga la grande testa sopra la spalla del ragazzo e sibila con la sua lingua biforcuta. A quel punto, le ragazze rabbrividiscono e si concentrano in fretta sul cibo.

Salgo di nuovo sulla crepa nel blocco di marmo e lancio a Cut un'occhiata da oltre le spalle. «Grazie» dico con enfasi, sperando capisca il messaggio. Sono davvero grata che mi abbia impedito di fare un errore più grande. Ma non posso dirlo davanti ai Montecchi più di quanto lui possa esprimere il suo avvertimento, quindi aggiungo: «Resisterò con Rhyme fino al dessert».

I Montecchi la prendono come una provocazione, come speravo, e mi lanciano numerosi insulti. Solo il ragazzo più giovane guarda di lato il principe dei felini, curioso.

Un sorriso appare sulle labbra di Cut.

CAPITOLO 15

«Non dite niente!» Mi lascio cadere al mio posto accanto a Rhyme e sospiro tra me e me. «Ora capisco perché non sarei dovuta andare dai Montecchi.»

Nessuno risponde. Si mettono i tovaglioli sulle ginocchia, sorseggiano le loro bevande o accarezzano serpenti velenosi e letali, ma nessuno fiata; non fino a quando non ce la faccio più e la mia coscienza sporca mi fa esplodere.

«Okay, per favore, dite qualcosa!» mi lagno. «Prendetevela con me! Me lo sono meritata.»

«Non saresti dovuta andare dai Montecchi» risponde subito Rhyme. «Ma non solo per le ragioni che probabilmente avrai già capito. Non è molto saggio rivelare che la tua influenza si sta esaurendo così in fretta, ma è ancora più pericoloso essere amica di uno di loro.»

«Molto, molto più pericoloso» concorda Poetry, con le sopracciglia aggrottate. «Potrebbe essere interpretato male. Non devi dimenticare che solo una coppia di innamorati di entrambe le casate può liberarci da questa maledizione. Ecco perché tutti vogliono trovarli il prima possibile.»

«Pensavo che sarebbe successo solo a questo ballo in maschera.»

«Al ballo, i membri delle casate devono ballare insieme per dieci balli, ma le coppie vengono decise in anticipo. Senza le fonti di potere, ci sono ancora più di seicento Capuleti e Montecchi. Non ci sarebbe tempo per tutte le combinazioni di coppie in una sola serata.»

«E chi lo decide?»

Poetry esita e si scambia un'occhiata eloquente con Rhyme. «Non… non lo sappiamo.»

Okay, comincio a capirci qualcosa di tutta questa storia. È un processo di selezione in più fasi. La ricerca degli innamorati è già iniziata; d'ora in poi, chi si distingue si qualifica per un ballo a questo evento in maschera. La coppia che sembra più innamorata durante il ballo deve sfidarsi in un duello, dove i due dovranno sconfiggersi a vicenda o ammettere di essere innamorati l'uno dell'altro. Fin qui tutto chiaro. Rimangono solo una dozzina di domande senza risposta. Per esempio, cosa bisogna fare in questo duello per sconfiggere l'avversario?

Lancio un'occhiata furtiva a Cut, che ha appoggiato entrambi gli stivali sul tavolo e sta insegnando al ragazzo più piccolo a far girare un coltello tra le dita. Quando mi volto, gli occhi azzurro ghiaccio di Rhyme mi fanno trasalire. «Solo perché parlo con un ragazzo non significa che voglio qualcosa da lui» dico in fretta.

Rhyme mi guarda pensieroso. Ha una postura molto eretta e principesca, soprattutto qui nel refettorio, dove tutti gli occhi sono puntati su di lui. Solo il continuo accarezzare il suo serpente lo fa sembrare un po' vulnerabile, ma anche un po' pericoloso. «Sai come sono morti Romeo e Giulietta?»

La domanda mi sorprende.

Giocherello con il tovagliolo. Chi avrebbe mai pensato che saltare una lezione d'inglese mi avrebbe messa in imbarazzo? Certo, so che il loro amore è finito in tragedia, ma non il *perché*. Non mi resta che tirare a indovinare. «E vissero per sempre felici e contenti?»

«Sì.» Stage sbuffa piano. «Per ben quattro giorni.»

Le mie sopracciglia si sollevano. «Solo quattro giorni?!»

«Probabilmente per più di quattro mesi» dice Rhyme con un'espressione seria. «Ha più senso. Tre balli per scoprirsi, poi il loro ultimo mese passato insieme come coppia leggendaria. Il loro destino è stato ridotto a pochi giorni per il palcoscenico, in modo che potesse essere rappresentato in due ore. I capifamiglia dell'epoca, inoltre, hanno fatto scrivere nell'opera tutto quello che faceva comodo a loro. La maggior parte delle cose è inventata, tranne il modo in cui Romeo e Giulietta si sono uccisi.»

Il mio cuore batte più forte. «Vuoi dire che si sono suicidati?»

Un'ombra gli attraversa il viso. «Suicidio, sacrificio volontario, chiamalo come vuoi. Nella versione di Shakespeare è stato rappresentato come un tragico equivoco. In quelle precedenti, sembrava più una punizione per aver disobbedito ai genitori. In ogni caso, Romeo Montecchi si è avvelenato e Giulietta Capuleti si è pugnalata. Non noti niente?»

Mi ci vuole un momento per capire cosa intende. «Romeo si è avvelenato? E Giulietta si è pugnalata? Perché non sono morti entrambi nello stesso modo? Perché questa differenza?»

All'improvviso, mi scatta qualcosa. «I Capuleti sono immuni al veleno! E i Montecchi sono immuni alle lame! Si sono uccisi utilizzando il modo al quale l'altro è immune.»

«Esattamente.»

«Ma perché?» Scuoto la testa sconcertata. «Perché due persone che si amano più di ogni altra cosa dovrebbero uccidersi?»

«Perché non avevano altra scelta.»

Gli altri si agitano sulle loro sedie, solo lo sguardo di Rhyme rimane fisso su di me. «La maledizione ci tiene intrappolati qui» spiega. «Ballo dopo ballo, possiamo rimandarla con un sacrificio parziale, ma non saremo liberi finché i veri innamorati non si sacrificheranno all'infausta stella, proprio come fecero Romeo e Giulietta. Per mille anni, i Montecchi si sono dovuti avvelenare e i Capuleti pugnalare.»

«Solo allora ci libereremo per sempre di questa maledizione» sospira Stage, ma aggiunge guardando stupito Rhyme: «Scusa, io…».

«Va tutto bene» dice l'altro.

Poetry posa una mano sul braccio del fratello, un gesto di conforto che non capisco finché non si china sul tavolo verso di me. «La maledizione ritorna ogni diciassette anni, quindi ogni generazione deve sconfiggerla di nuovo. La prossima maledizione colpirà solo coloro che sono nati dopo il sacrificio dell'ultima coppia di innamorati e che hanno l'età giusta per innamorarsi. In altre parole, tutti i Capuleti e i Montecchi tra i tredici e i diciassette anni, a eccezione dei capifamiglia. L'infausta stella conferisce loro poteri speciali che li rendono più potenti di chiunque altro, ma pagano per questo non potendo sfuggire alla maledizione per il resto della loro vita. Questo vale anche per i loro successori. I principi.»

È una pugnalata al cuore.

Rhyme non sfuggirà mai alla maledizione.

Il mio sguardo si dirige automaticamente verso l'altro tavolo.

Anche Cut?

«Perciò è importante che tu stia lontana dai Montecchi» sottolinea Rhyme. «Più a lungo resteremo rinchiusi qui, più tutti cercheranno disperatamente di trovare gli innamorati. Interpreteranno ogni piccola cosa come se fosse una dichiarazione d'amore. Ma non è tutto: anche se non sei veramente innamorata di un Montecchi, puoi comunque finire a duello con lui. E solo uno di voi ne uscirà.»

Vorrei sapere cosa significa esattamente, ma le parole mi si bloccano in gola. È meglio che non lo scopra mai. Infatti, voglio prima di tutto andarmene da qui.

A quanto pare, gli altri studenti si sono rassegnati da tempo al loro destino, perché da una rapida occhiata in giro vedo che tutti mangiano allegri. Un brivido mi corre lungo la schiena. «Gli studenti sanno di tutto questo?»

Poetry annuisce. «Lo sanno, è dall'inizio dell'anno che non si parla quasi mai di altro. Ma Giulietta e Romeo fanno in modo di far credere che si tratti di un sacrificio onorevole, e alla fine lo è. Dopotutto, la coppia leggendaria ci salva davvero.» Corruga la fronte, pensierosa. «O lo dico solo perché sono io stessa troppo influenzata?»

«Esattamente.» Mi manca l'aria. «Perché i conti non influenzano una coppia qualsiasi? Non potrebbero convincerli che sono follemente innamorati l'uno dell'altro?»

«Impossibile» risponde Rhyme. «I sentimenti degli amanti devono essere reali, altrimenti non possono fermare la maledizione. Ecco perché, nei loro discorsi, Romeo e Giulietta usano le loro capacità il meno possibile. Gli allievi devono comunque essere se stessi e agire volontariamente. Naturalmente, lo svantaggio è che, di tanto in tanto, alcuni studenti si rendono conto di ciò che accade.»

«È qui che di solito entrano in gioco i principi.» Stage sorride a Rhyme con fare cospiratorio. «In realtà, il nostro principe dei serpenti dovrebbe assicurarsi che non pensiamo troppo a tutto questo e che, in caso di emergenza, spifferare tutto a sua zia.»

Le guance di Rhyme si colorano leggermente di rosa.

Quindi il suo compito è quello di tenerci d'occhio. È per questo che mi ha inserita così volentieri nella sua cerchia di amici? D'altra parte, non sembra che si attenga davvero a questo proposito.

«C'è ancora una cosa che non capisco» dico. «Chi farebbe una cosa così folle? Voglio dire, chi si innamorerebbe volontariamente di qualcuno dell'altra casata sapendo che poi dovrà sacrificare se stesso e la persona che ama con tutto il cuore?»

«Negli ultimi mille anni ha sempre funzionato, comunque» sussurra Tear a voce così bassa che si sente a malapena sopra il chiacchiericcio dei Montecchi. Tuttavia, è sufficiente a farci tacere. Per un attimo, tutti fissiamo la tovaglia, turbati.

«Forse non lo sanno ancora» risponde Rhyme rompendo il silenzio. «I due che saranno scelti. Forse i sentimenti che provano l'uno per l'altro si stanno ancora evolvendo. Dopotutto, i balli servono a questo. Quando se ne accorgeranno, sarà troppo tardi. Cercheranno di nascondere il loro amore, finché il duello non li smaschererà.»

I Montecchi ridono così all'improvviso che tutti noi trasaliamo.

«Ci sono!» Stage batte il pugno sul tavolo. «Facciamo un patto! Da oggi in poi ci guarderemo le spalle a vicenda! Nessuno di noi si innamorerà di un Montecchi, così saremo tutti al sicuro. Siete d'accordo?»

Tear si allunga sul tavolo e mette una mano sopra la sua. «Niente di più facile. Non mi innamorerò di un Montecchi.» Guarda Poetry per una frazione di secondo e le sue guance diventano rosse.

Poetry vi posa una mano sopra. «Non esiste! Non ci sarà nessun Montecchi! Mai!»

«Come fonte di potere, non mi interessa molto...» esordisce Drapes, ma poi allunga il suo braccio minuto quando vede lo sguardo deluso di Stage. «Non c'è problema. Ci sto anch'io.»

Anche Rhyme mette una mano sopra le altre. «Non mi innamorerò di una Montecchi.» Il suo sguardo azzurro ghiaccio incrocia il mio e non mi lascia più. Prima ho caldo, poi freddo, finché non mi rendo conto che sono l'unica che manca e che tutti gli altri mi guardano altrettanto impazienti.

Metto la mano sopra quella di Rhyme con una sensazione di nausea nello stomaco. «Forse non ho ancora capito tutto quello che sta succedendo qui, ma sono certa di una cosa: l'infausta stella non mi avrà. Sono sicura che non mi innamorerò di un Montecchi.»

Perché a quel punto me ne sarò già andata da un pezzo!

Al tavolo accanto, i Montecchi scoppiano a ridere e io mi

trattengo dal guardare nella loro direzione per il resto della cena. Ora capisco perché Rhyme non voleva che Cut si sedesse accanto a me sull'aereo o che indossassi la sua felpa; perché era quasi innervosito dal suo filtrare senza importanza. Perché non era insignificante: era pericoloso. Rhyme mi stava semplicemente proteggendo come membro della sua casata.

Ma perché il principe dei felini ha corso un rischio simile?

«Non ti piace il dolce?» chiede Tear dall'altra parte del tavolo.

Sollevo lo sguardo e mi rendo conto che tutti lo hanno già mangiato e nel mio piatto ce n'è ancora metà. È un sogno cremoso alla frutta che quasi scioglie le papille gustative sulla mia lingua, ma il mio stomaco si contorce alla vista della coppa di cristallo elegantemente lavorata. I dolci di mio padre erano sempre in bicchieri di plastica con il coperchio. Quando eravamo tra noi, facevamo segretamente una scommessa su chi riusciva a leccare il coperchio più velocemente, ma preferisco non dirlo ad alta voce. I camerieri qui hanno l'aria di poter svenire al solo sentir parlare di piatti pronti.

«È squisito, solo che…» Sospiro.

Tear annuisce comprensiva. Un boccolo verde acceso si stacca da una delle sue crocchie, sfiorandole il viso. «Troppe cose tutte in una volta, vero? Noi abbiamo avuto anni per abituarci, ma tu devi digerire tutto in un solo giorno.»

Poetry batte le mani sul tavolo, emanando all'istante immediatamente l'autorità di una regina delle nevi. «Forse non possiamo fare nulla per il nostro destino, ma possiamo fare qualcosa per il cattivo umore. Dimentichiamo la maledizione per stasera e festeggiamo e basta! Più tardi dovrebbe esserci una band che suona. Vero, Rhyme?»

«Oh sì!» Gli occhi di Stage brillano. «Possiamo esercitarci nei balli, sorseggiare cocktail dolci e sparlare dei Montecchi. Sarà fantastico, Joy!»

Mi sforzo di sorridere. «Sembra proprio meraviglioso, ma sono davvero molto stanca. Stanotte ho dormito poco. Mi sento come se la testa fosse stata imbottita di ovatta. Per favore, voi festeggiate pure, ma è meglio che io vada a letto, okay?»

Ed elaborare con calma un nuovo piano di fuga.

Senza aspettare la sua risposta, spingo la sedia indietro e mi alzo.

Rhyme si alza inaspettatamente dal trono.

Il boa constrictor gli scivola dal petto, cade sul tavolo con un tonfo e sibila indignato contro un bicchiere d'acqua che tremola sotto il suo peso.

Tutti guardano Rhyme con stupore e lui sembra altrettanto sconcertato dalle sue azioni. Osserva il serpente con profondo rammarico, ma poi raddrizza le spalle e mi guarda con decisione. «Ti accompagno nella tua stanza.»

Sollevo le sopracciglia, sbigottita. «In che secolo siamo?»

Sorride. «Nel secolo in cui un ragazzo può accompagnare una ragazza in una stanza senza essere seguita da dame di compagnia che strillano?»

«Oh no!» esclama Poetry. «Non te la svignerai di nuovo lasciandomi sola con i Montecchiiiiii…» Strilla a metà frase, come se fosse stata segretamente presa a calci sotto il tavolo.

Tear sposta in fretta la sedia e ci strizza l'occhio. «Filate via, voi due! Forza!»

Rhyme salta con disinvoltura dal blocco di marmo e mi tende la mano. Speravo di poter sgattaiolare fuori dalla stanza senza farmi notare, ma non appena alcuni Capuleti si accorgono che il principe dei serpenti ha lasciato il suo posto, iniziano a tamburellare sui loro tavoli più scatenati che mai. Le mie orecchie si scaldano e mi avvicino a lui. «La prendo solo per educazione.»

«Te la porgo solo per educazione» risponde con un luccichio negli occhi. «E forse anche perché tu non cada sui tuoi tacchi assassini e io non sia costretto a portarti fuori di qui in braccio. O per questo secolo sarebbe più appropriato se tu zoppicassi fuori dalla sala con le caviglie slogate senza un aiuto maschile?»

«Chiedi a Internet. Troveranno sicuramente un modo per incolparti di entrambe le cose.»

Gli ho permesso di aiutarmi a scendere. Il palco sarà anche alto solo mezzo metro, ma le mattonelle di pietra naturale hanno bordi insidiosi e non escluderei di cadere sulla schiena con queste scarpe.

«Non abbiamo Internet» dice Rhyme mentre camminiamo fianco a fianco per la sala. «È vietato come i cellulari.»

«Nemmeno durante le lezioni?» chiedo stupita. «Guardate i filmati didattici su DVD?»

Le sue guance diventano rosa.

«Oh mio Dio... su videocassetta?»

«Noi...» Si schiarisce la voce. «Abbiamo due biblioteche estremamente ben fornite, con prime edizioni di incredibile valore. Il soffitto a cupola della biblioteca dei Montecchi è stato dipinto da Raffaello, quello della biblioteca dei Capuleti da Michelangelo. Ha persino lasciato perdere la facciata della chiesa di San Lorenzo a Firenze nel 1518. Abbiamo offerto di più.»

«Sono sicura che in questo momento ad alcuni storici dell'arte ansimerebbero» mormoro.

A proposito di sussultare.

Sentiamo bisbigliare ovunque. Non voglio nemmeno immaginare le folli voci che gli studenti stanno inventando mentre ce ne andiamo insieme.

Quando le porte di vetro colorato del refettorio si chiudono alle nostre spalle e i colpi sui tavoli finalmente cessano, vorrei buttarmi su uno dei divani blu e tirare un sospiro di sollievo, ma resisto stoica finché non raggiungiamo la scala a chiocciola.

Alla ringhiera, sollevo lo sguardo verso i quattro piani. «Ti libererei dal tuo dovere autoimposto, così non dovresti trascinarti fin lassù, ma con tutti quei muscoli, probabilmente ti piace fare esercizi inutili.»

«Hai notato i miei muscoli?» chiede divertito Rhyme. «Una donna emancipata del XXI secolo non dovrebbe concentrarsi sulle qualità interiori di un uomo?»

Le mie guance avvampano. «Sono una femminista, non sono cieca.»

«Mi piace il tuo atteggiamento!» mi grida mentre corro su per le scale per sfuggire alla mia boccaccia.

Mi corre dietro senza sforzo con le sue lunghe gambe. «Come femminista non cieca, devo dire che puoi correre incredibilmente veloce con tacchi alti e sexy.»

«Non ho idea di come la nostra conversazione possa essere deragliata in questa direzione» gli rispondo alzando le spalle.

Cosa che lo diverte ancora di più.

Solo poco prima di arrivare alla porta della stanza di Poetry mi viene in mente che Rhyme potrebbe voler tornare in camera e mi restano appena dieci passi per capire come la penso, ma mentre li faccio e le mani cominciano a sudare, lui mi saluta come un perfetto gentiluomo. Essere cresciuti in biblioteche polverose deve aver lasciato il segno.

Mi sorride. «Dormi bene.»

«Anche... anche tu.» Spingo la maniglia della porta verso il basso e faccio per varcare la soglia, ma vengo richiamata.

«Joy?»

Il cuore mi batte più forte. «Sì?»

Infila le mani nelle tasche dei pantaloni e cammina all'indietro lungo il corridoio, senza togliermi gli occhi di dosso. «Posso anche non avere un cellulare o Internet» dice con voce improvvisamente seria. «Ma ti prometto che troverò un modo per farti parlare con tuo padre.»

Poi si gira e lascia il corridoio.

Solo quando la pesante porta di noce della stanza di Poetry si chiude con uno scatto alle mie spalle e mi immergo nel silenzio della stanza deserta, mi rendo conto che il mio cuore batte ancora all'impazzata. Non so se sia a causa di Rhyme o di ciò che ha detto.

Mi allontano dalla porta sospirando e sbatto il piede contro qualcosa che non ho visto nella penombra. Una busta viene sparata via sul pavimento turchese dell'acquario, da cui esce una carta argentata.

Mi avvicino e le raccolgo entrambe.

Sulla spessa busta c'è scritto in inchiostro blu:

Ha lasciato la sua chiave magnetica nella boutique.

Ed è proprio quello che tengo nell'altra mano: la carta di credito argentata di Poetry, che ha usato per aprire i cancelli e le porte delle boutique questo pomeriggio. Questa carta non serve solo per pagare, ma è qualcosa di molto più prezioso; qualcosa che improvvisamente mi fa salire il battito in gola. È un'opportunità che capita una volta nella vita e che forse non mi capiterà mai più.

«Una chiave per uscire da qui» sussulto.

CAPITOLO 16

Mi sento come una ladra che vuole rubare a se stessa.

La festa nel refettorio è appena entrata nel vivo quando passo furtivamente davanti alla vetrata illuminata.

L'atrio era deserto e il portiere che mi ha elegantemente aperto la porta dell'ala Capuleti si è limitato ad augurarmi una buona passeggiata, ma io sono sgattaiolata dall'altra parte del piazzale di marmo per nascondermi all'ombra dei cespugli di rose. Ho sostituito i miei tacchi assassini con delle scarpe da ginnastica, ma indosso ancora i vestiti blu reale perché i miei sono scomparsi.

Dalla vetrata riesco a vedere bene i tavoli dei principi, entrambi ormai deserti. Quindi Rhyme non è tornato, o per lo meno non si è seduto di nuovo al tavolo.

Guardo furtivamente verso la torre dei Capuleti, dove solo il bagliore turchese dell'acquario traspare dalla porta della stanza di Rhyme.

O forse è già andato a letto?

Una strana fitta mi attraversa lo stomaco e mi fa sentire un po' come se avessi la coscienza sporca. Rhyme e i suoi amici mi hanno trattata bene, ma questo non cambia il fatto che sono bloccata qui. Anche se credono senza ombra di dubbio che non possiamo lasciare l'Accademia, sarebbe terribilmente stupido non verificarlo di persona.

Dopotutto, è possibile che i conti abbiano convinto tutti solo per non dover cercare un migliaio di studenti in ogni angolo di mondo.

È da ieri sera che non avverto traccia della maledizione della rosa.

E se fosse vero, penso con il cuore che mi batte forte, *tornerò qui e me ne andrò a dormire. Nessuno deve saperlo.*

Continuo a sgattaiolare.

Dall'altra parte del refettorio, scorgo un edificio speculare; davanti a me appaiono un'altra porta, con la parola MONTECCHI incisa a lettere d'oro, e un portiere. Questa deve essere la loro ala. Scorgo anche una torre più indietro.

Quando la raggiungo, mi acquatto così vicina ai cespugli di rose che le spine mi graffiano le braccia.

Davanti alla stanza al pianterreno che si affaccia su una terrazza - la stanza che corrisponde a quella di Rhyme dall'altra parte – un fuoco arde in una coppa dorata.

All'improvviso, un'ombra si alza davanti al fuoco.

Il mio cuore sussulta.

Poi mi rendo conto che la persona è troppo piccola per essere il principe dei felini: è il ragazzo che ho visto prima seduto al tavolo, quello che assomiglia tanto a Cut.

Mi guarda dritto negli occhi e, per qualche secondo, mi convinco che i suoi occhi dorati possono vedere attraverso le ombre dei cespugli di rose con la stessa facilità di quelli di un gatto. Ma poi inclina la testa e scompare nella stanza rossa.

Faccio un respiro profondo e continuo a correre.

Vedo il cancello da cui sono entrata ieri sera, ma è chiuso da pesanti grate di ferro e sorvegliato da quattro guardie.

Se ho qualche possibilità di sgattaiolare fuori di qui senza essere notata, probabilmente dovrò passare per una delle tante boutique intorno all'Accademia, deserte a quest'ora. Ma prima devo ritrovare l'ingresso. Questa mattina abbiamo attraversato il roseto, ma mi fa paura nel cuore della notte.

Nonostante il pallido bagliore rosa dell'infausta stella sopra l'Accademia, abbastanza luminoso da farmi scendere i gradini di calcare chiaro, non ho dimenticato tutti i felini e i serpenti sulle terrazze tutt'intorno.

Passo davanti a una villa con la facciata in marmo nero che non ho mai visto prima. Anche i muri degli edifici che la affiancano senza soluzione di continuità sono in pietra più chiara, invasi da viti selvatiche ed edera. Ci sono molte porte e cancelli, ma nessuno sembra quello da cui siamo entrati oggi pomeriggio. Anche se devo ammettere che in quel momento la mia attenzione era rivolta ad altro.

O meglio, a *qualcun* altro.

Mi massaggio la pancia per scacciare la nausea. «Non ci si può perdere in un campus circolare» borbotto a bassa voce tra me e me. «Perché gli antichi cancelli sono tutti uguali? I cancelli in ferro battuto erano a prezzo scontato?»

Davanti a me appare una graziosa villa con un cancello d'ingresso particolarmente alto e una torre ancora più alta.

Il cancello è ricoperto di rose, le cui teste si chiudono di notte, lasciando intravedere l'edificio retrostante.

Scorgo un magnifico balcone che sarebbe degno di Romeo e Giulietta; dopotutto, conosco questa famosa scena dell'opera. La torre sovrastante scintilla alla luce dell'infausta stella, come se fosse tempestata di diamanti veri.

Alla fine, ho corso così tanto che la torre dei Capuleti appare di nuovo nella curva davanti a me.

Ho quasi girato intorno all'intero roseto. Se non l'ho già superato, l'ingresso delle boutique deve essere lì vicino.

Mi guardo rapidamente intorno da ogni parte e mi precipito sul piazzale di marmo per osservare da vicino gli ingressi degli edifici. In una villa dalla facciata bianca scorgo infatti un cancello ad arco molto simile a quello visto oggi pomeriggio, anche questo chiuso da una serratura elettrica con un lettore per le tessere. Ed ecco la cosa migliore di tutte: non ci sono addetti alla sicurezza nei dintorni.

«Chi non risica, non rosica» mormoro tra me e me per incoraggiarmi e passo la chiave magnetica di Poetry.

Emette un debole bip e, con mia grande gioia, la serratura si apre. Afferro il cancello per sgattaiolare dentro velocemente, ma mi sfugge di mano e si schianta contro il telaio di ferro con un colpo forte. Un'ampia spalla dentro un maglione nero, distrutto ad arte, vi si appoggia.

Faccio un passo indietro e fisso degli occhi dorati.

«Ehi, Joy» mi saluta il principe dei felini con un sorriso incerto e incrocia le braccia davanti al petto. «Che ci fai qui?»

«Faccio una passeggiata» mi esce dalla bocca.

«Con la chiave magnetica di Rhyme?»

«Non è la chiave magnetica di Rhyme.» Il che è assolutamente vero. «Magari ne ho una?» Il che non è vero, ma che importa? A mali estremi, estremi rimedi.

Il suo sorriso si allarga. «Potrei anche bermela se tu non avessi appena cercato di entrare in casa di Lady Capuleti, alla quale hanno accesso solo i suoi parenti più stretti.» Si china in avanti e mi scruta il viso con la stessa intensità con cui conterebbe le mie lentiggini, se le avessi. «No» dice con finta sorpresa. «Non le assomigli per niente, non un briciolo di pallida arroganza.»

«Molto divertente.» Mi cingo la pancia con le braccia e guardo la torre dei Capuleti.

Forse dovrei fingere di andare in camera mia, aspettare che Cut scompaia e ritentare la fortuna?

Lui sorride. «Non fraintendermi, sono assolutamente colpito; non deve essere stato facile rubare una chiave magnetica al principe dei serpenti senza che se ne accorgesse. D'altra parte» aggiunge con un tono divertito e soave, «sembra che tu lo distragga. Non l'ho mai visto far cadere uno dei suoi serpenti prima d'ora.»

«È interessante che ci osservi così da vicino. Chi di noi ti ha distratto così tanto?»

Ride. «Touché.»

«Okay, allora…» Mi volto in direzione della torre dei Capuleti. «Proseguo la mia passeggiata. Buonanotte!»

Faccio esattamente dieci passi - li conto davvero nella mia testa - prima che Cut mi raggiunga, con passo leggero e senza fare il minimo rumore. Infila le mani nelle tasche dei pantaloni e mi fa un sorrisetto, un po' incoraggiante nel bagliore rossastro della luce delle stelle. «Posso accompagnarti per un po'?»

«Posso impedirtelo?» chiedo con un sopracciglio alzato.

«Basta una sola parola.»

«Sparisci?»

«Ahia.» Fa una smorfia. «Sembri proprio una vera Capuleti.»

«Mi dispiace.» Sospiro. «Onestamente, non volevo essere così scontrosa. È solo che…» *Sto cercando di uscire da qui con una chiave magnetica rubata e più parliamo, più è probabile che qualcuno se ne accorga.* «Da ieri sera, non sono mai stata sola neanche per un secondo. Ho bisogno di un po' di tempo per me stessa per digerire tutto questo.»

Il che, almeno, non è una bugia.

Cut fa un verso comprensivo. «Capisco.» Si allontana dal mio fianco e si dirige verso una delle scale che portano al roseto. «Allora ti lascio proseguire da sola. E nel caso in cui la tua tessera si infili per sbaglio in un'altra fessura, ecco un piccolo consiglio: se cerchi di aprire una porta dei Montecchi con una chiave magnetica dei Capuleti, scatterà un allarme silenzioso.»

Quasi inciampo sui miei piedi.

Cut ride. «Serrature d'argento, carte d'argento. Serrature d'oro, carte d'oro. Tutto chiaro?» Mi saluta con la mano sopra le spalle e scende le scale.

Lo guardo senza dire niente per qualche secondo.

Poi riconosco la scala che sta scendendo: è la stessa che abbiamo preso oggi pomeriggio; la scala che mi porterebbe dritta al cancello giusto.

Do un'ultima occhiata alla torre dei Capuleti, faccio un respiro profondo e mi precipito a capofitto dietro di lui. «Aspetta! Volevo scendere anch'io nel giardino.»

Cut si gira sorpreso: «Devo fare un'altra strada?»

«No, va bene così.» Lo raggiungo, felice che la notte celi la mia perfidia. Per lo meno, lo spero davvero, ma le mie guance avvampano. «Ho cambiato idea, preferisco non imbattermi in un serpente da sola.»

«Non hai paura dei felini?»

Non posso fare a meno di sorridere un po'. «Perché altrimenti passeggerei con il principe dei felini?»

Sbuffa divertito. «Non sei così innocente come sembri, vero?»

«Lo sembro?»

Il suo sguardo vaga sul mio abbigliamento, che lo fa sorridere ancora di più. «Con queste scarpe, sì.»

È solo allora che mi ricordo di quello che mi ha sussurrato prima di cena.

Bellissima.

Manco lo scalino successivo, perdo l'equilibrio e mi vedo cadere lunga e distesa per le scale, ma per fortuna vengo afferrata in tempo. Ma non è Cut ad afferrarmi per un braccio.

È una figura sinistra con una maschera teatrale che è uscita dall'ombra dei cespugli di rose, come dal nulla.

Stupita, mi stacco dal suo guanto nero e inciampo all'indietro contro Cut.

Il suggeritore lascia cadere la mano.

Mi ero completamente dimenticata di quei tipi inquietanti!

«Tu... mi hai spaventata» balbetto imbarazzata. «Ma... grazie.»

Il suggeritore non dice una parola e non si muove. Si limita a starmi davanti sui gradini e a guardarmi attraverso le orbite scure della sua maschera del riso.

«Non possono più parlare» mi mormora Cut da dietro. «Almeno non come facciamo noi. A volte recitano versi di vecchie opere teatrali.»

Mi viene la pelle d'oca sulla nuca.

Cut mi passa accanto e guarda il suggeritore dall'alto in basso. «Vivo dentro l'Accademia da quando sono nato, ma non ho mai visto nessuno di loro reagire così con un essere umano.» Mi guarda da sopra le spalle. «Che hai di speciale, Joy?»

A quelle parole, deglutisco. «Forse è stata solo una coincidenza?»

Cut fa un verso scettico. «Prima eravamo in un refettorio, dove un migliaio di studenti mangiavano, bevevano e facevano festa, anche se era stato appena detto loro che due non sarebbero sopravvissuti all'estate. E tutto a causa di alcune parole rassicuranti di mio padre, che ha venduto loro la cosa come un destino inevitabile e un onore glorioso. Mille studenti, Joy, nessuno dei quali vuole andarsene da qui» sottolinea con un luccichio negli occhi. «O ne vedi altri che si aggirano furtivamente con chiavi magnetiche rubate? Non credo più alle coincidenze quando si tratta di te.»

«Io... non so cosa dire.»

«Che ne dici della verità?» Fa un cenno in direzione della tessera che ho in mano. «Cosa ci farai?»

Mi cingo la vita con le braccia. «Vuoi sapere la verità? Eccola qui: non voglio mentirti.»

«Quindi non dovrei fare domande imbarazzanti?» L'angolo della sua bocca si contrae in un sorriso, facendomi capire che almeno non se la prende a male. «Lentamente, ma inesorabilmente, non invidio più Rhyme per averti nella sua casata. Hai la testa dura come un pugno dietro le orecchie, Joy Capuleti.»

«Lo prendo come un complimento» sbotto.

Il sorriso di Cut è più marcato. «Lo era anche per me. Vieni, ti mostro una via d'uscita sicura.»

Lo seguo, perplessa.

Solo dopo aver fatto qualche passo si volta verso di me. «Forza! Sbrigati prima che cambi idea! O non vuoi andartene da qui?»

«Sì, lo voglio!» Quasi inciampo nei miei piedi, tanto mi precipito in fretta dietro di lui.

Di notte, il roseto dell'Accademia è ancora più suggestivo che di giorno. Tra le alte siepi, si alternano campi di fuoco e vasche d'acqua, illuminati di tutti i colori dell'arcobaleno. Al centro, fontane decorate zampillano luccicanti e statue maestose si innalzano verso il cielo stellato torce di fuoco con fiamme vere. Se non stessi fuggendo, farei un giro ammirando tutto.

Sollevo rapida lo sguardo.

Il suggeritore è ancora in piedi nello stesso punto delle scale dove l'abbiamo lasciato, e mi fissa con la sua maschera nera. O almeno sento il suo sguardo su di me, perché non riesco a vederlo sotto il cappuccio.

Tutto in lui è completamente immobile, solo il vento gli agita la lunga tonaca, facendola sbattere contro i suoi stivali pesanti. Mi viene la pelle d'oca sul collo.

Mi volto ancora una volta, rabbrividendo. «Quindi mi stai davvero facendo uscire di qui? Credevo che non potessimo lasciare l'Accademia.»

«Neanche noi possiamo.»

«E perché pensi che sia una buona idea che io lo faccia?»

Il ragazzo davanti a me sbuffa divertito. «Non pensavo che fosse una buona idea, ma che fosse un'ottima idea se ne avessi scoperto da sola il motivo.»

«Che vuoi dire?»

Mi guarda a lungo.

Proprio sopra la sua testa, a milioni di chilometri di distanza, l'infausta stella risplende nel cielo notturno e proietta un pallido bagliore rosa intorno ai suoi capelli. «Voglio dire» mormora sottovoce, «che faresti meglio a ricordare la strada di ritorno».

CAPITOLO 17

«È… è davvero sicuro?»

Dubbiosa, mi sporgo dalla ringhiera arrugginita di un'antica scala antincendio che scende per due piani da una sala riunioni, dove sono appesi quadri ad olio.

«È più sicuro del tuo folle piano delle boutique. Di notte sono piene di allarmi.» Cut cerca di liberare la scala dal suo ancoraggio, ma è talmente bloccata che deve darle un forte calcio. Come se volesse recuperare il ritardo, la scala cade giù lungo la facciata ancora più velocemente e si abbatte sulla strada con uno schianto che ci fa trasalire entrambi. Un piolo cade e sporca il pavimento di macchie arancioni di ruggine.

«Forse, dopotutto, è meglio che litighi con le guardie?»

Cut mi guarda. «Le nostre guardie sono addestrate al corpo a corpo.»

Indico verso il basso. «È caduto un piolo, così! Sarebbe da pazzi scendere laggiù.»

«Ecco perché non lo farei neanche morto» concorda Cut.

Rimango a bocca aperta, incredula.

Lui scrolla le spalle. «Puoi sempre cambiare idea» mi propone. Ma io mi limito a imprecare con rabbia, facendolo sorridere molto. Non conosco altre vie d'uscita. Se voglio vedere mio padre, devo scendere.

Con le ginocchia tremanti, salgo sul primo piolo, appoggiandovi esitante il mio peso e aggrappandomi il più forte possibile alla scala. Una volta ho visto in televisione che gli alpinisti usano le mani e i piedi come quattro punti di ancoraggio. Il trucco consiste nel fissare sempre tre punti e testarne uno nuovo con la mano o il piede libero. Dovrebbe funzionare anche in questo caso, a patto che l'intera scala non crolli sotto di me.

Guardo in alto verso Cut. «Ora sarebbe un buon momento per parlarmi degli altri fantastici poteri dei Capuleti. Che ne dici di volare? O avere un cranio indistruttibile?»

«Non cadere» si limita dire.

Da ieri sera, ho vissuto molte cose incredibili. Al momento, però, sembra impossibile che io riesca a scendere indenne da questa scala. Scendo lentamente, piolo dopo piolo, concentrandomi nell'avvertire qualsiasi scricchiolio e cigolio del metallo, per quanto flebile. Quando raggiungo il piolo rotto, mi si contorce lo stomaco e devo chiudere gli occhi per evitare che mi giri la testa. Alla cieca, cerco con il piede il piolo successivo, lo appoggio con cautela e tiro un sospiro di sollievo quando resiste al mio peso.

Poi si stacca sotto di me.

Cado con un urlo, per poi rendermi conto un attimo dopo di essere atterrata su una superficie solida. Sbatto le palpebre prima con un occhio e poi con l'altro sulla strada sotto i miei piedi. Ero talmente concentrata da non essermi accorta di essere quasi arrivata in fondo.

Cut non perde tempo e tira su la scala antincendio.

«Non me la lasci giù per rientrare?» gli chiedo a voce più bassa possibile. Secondo lui, ci troviamo dall'altra parte dell'Accademia, ma è un miracolo che nessuna guardia sia arrivata a corsa, con tutto quel rumore.

«Devo coprire le mie tracce!» sibila. «Non avresti mai trovato questa uscita senza di me.»

«Hai paura che Rhyme lo scopra?»

Sbuffa. «Rhyme non è la cosa più pericolosa qui.»

«Sono i conti?»

Ride piano, ma con una punta di amarezza. «La cosa più pericolosa qui sono i nostri nomi. Perciò vattene, Joy Capuleti.»

Solo quando ha messo in sicurezza la scala ed è sparito all'interno della sala riunioni da un po', sussurro la mia risposta nella notte.

«Addio, Cut Montecchi.»

Non sono mai fuggita in vita mia.

Con il cuore che batte all'impazzata, corro per le strade, aspettandomi di essere fermata da un momento all'altro da grida acute e torce lampeggianti. Solo quando l'imponente anello di edifici dell'Accademia scompare dietro a dei normali condomini e le guardie non sono ancora apparse, comincio a calmarmi lentamente, lasciando il posto a un altro pensiero; un pensiero che non mi fa sentire molto meglio.

Non ho idea di come raggiungere mio padre.

Ansimando, mi fermo e mi stringo le mani sui fianchi doloranti. Ho raggiunto un fiume circondato da spesse mura. Da lontano, un magnifico ponte ad arco mi illumina. Sull'altra sponda, edifici storici con tetti di tegole rosse si susseguono l'uno accanto all'altro, formando presumibilmente il centro della città. Ieri sera Rhyme ha detto che la maledizione mi avrebbe trattenuta a Verona. Se è davvero così, non c'è modo di arrivare a Mantova. Ma se fosse possibile?

Nella mia immaginazione, mi intrufolo come un ninja attraverso cortili e vicoli nascosti fino all'autostrada più vicina, dove un camionista dal buon cuore mi porta, gratuitamente, all'indirizzo giusto di Mantova (che non conosco), mi arrampico senza sforzo sul balcone nemico per andare da mio padre, proprio come fece Romeo una volta, e ci faccio uscire di nascosto dal Paese (senza passaporti e senza soldi).

In realtà, però, so che questo piano grandioso ha alcune lacune, e non solo quelle tra parentesi.

Il piano B mi sembra molto più realistico.

Trovare la stazione di polizia più vicina.

«Speriamo che anche in Italia siano miei amici e mi aiutino» mormoro tra me e me, cercando di contrastare il silenzio della notte. Ovunque mi trovi, non c'è quasi nessuno in giro a quest'ora. Scorgo solo alcune figure barcollanti sotto un lampione arancione, che lanciano sassolini alle lattine di birra vuote per farle cadere in acqua. Senza fiatare, faccio il giro tenendomi il più possibile alla larga da loro quanto muri e cancelli degli edifici vicini consentono.

Purtroppo, non basta.

«*Che bello vederti, topolino*!» mi grida uno di loro.

I suoi compagni ridono a crepapelle.

Accelero il passo finché una lattina di birra non mi passa a pochi centimetri dalla testa e cade sferragliando ai miei piedi. È vuota, ma io mi volto con il cuore che batte all'impazzata.

«Che fate? Lasciatemi in pace!»

«*Non sei italiana*?!» mi gridano dietro.

Mi volto e proseguo con i pugni stretti. È facile ignorare le loro battute perché non capisco l'italiano, ma i loro fischi invadenti parlano una lingua che è uguale in tutto il mondo.

Se solo avessi con me il mio spray al peperoncino! Purtroppo, il fiume profondo sottostante da un lato e gli edifici uno accanto all'altro dall'altro non mi lasciano scampo. Posso solo correre più velocemente.

Un sottopasso buio appare davanti a me. Sarebbe imprudente attraversarlo senza sapere cosa mi aspetta nell'oscurità o dall'altra parte.

Lancio un'occhiata furtiva alle mie spalle tra i capelli e trasalisco violentemente quando vedo i ragazzi dietro di me. Si sono avvicinati silenziosamente e mi guardano sorridendo. Sono meno numerosi di prima. Non so se gli altri siano rimasti indietro o se siano stati mandati avanti per intercettarmi da qualche parte. So solo che c'è un'ultima via d'uscita.

Uno dei tizi barcolla verso di me, ma non aspetto che mi afferri. Invece, salto di lato e mi arrampico sopra un muro con tutta la mia forza. Le vecchie pietre mi sfregano le ginocchia e si sbriciolano sotto le suole, ma faccio appena in tempo a superare il bordo prima che il tizio mi afferri la caviglia. Solo le sue unghie mi graffiano prima di cadere dall'altra parte e atterrare tra bidoni della spazzatura che tintinnano.

Una luce si accende e mi illumina direttamente il viso.

«*Che ci fai lì*?!» grida una voce di donna davanti a me.

Mi porto una mano davanti agli occhi, ma riesco a scorgere solo una sagoma scura dietro una torcia dalla luce accecante. «Mi dispiace, non parlo italiano.»

La luce si è abbassata un po', ma ancora non riesco a vedere molto, a parte le macchie colorate. I sassi scricchiolano sotto le sue scarpe mentre si avvicina. «Cosa ci fai lì?» traduce in inglese con un pesante accento italiano.

Il mio sguardo cade sui suoi stivali robusti, risale lentamente lungo i pantaloni scuri e si sofferma su una spessa cintura con dentro una pistola vera. Mi blocco per un attimo, poi alzo lo sguardo, con il cuore che batte all'impazzata, e scorgo il distintivo sul suo cappello.

Sollevata, sprofondo di nuovo tra i bidoni della spazzatura.

È una poliziotta!

Ho la gola secca per aver parlato molto alla stazione di polizia. Mi schiarisco la gola e me la sfrego. «Posso avere un bicchiere d'acqua?»

«Abbiamo quasi finito» risponde la poliziotta, congiungendo le mani sul tavolo. Non so cosa mi aspettassi dalla polizia italiana, ma le sale riunioni sono deprimenti come quelle in TV in America. Forse è una strategia per togliere ogni speranza ai criminali? In ogni caso, mi sento un po' come una di loro; anche se al mio arrivo mi è stata data una tazza di cioccolata calda da un distributore automatico, mi sento come se fossi sottoposta a un interrogatorio per omicidio in questa stanza spoglia.

«Ricapitoliamo» continua la poliziotta. «Tu e tuo padre siete stati portati in Italia. Tuo padre è stato drogato e attualmente si trova a Mantova. Tu sei stata portata qui a Verona.»

Annuisco in fretta; naturalmente non ho detto una parola su eventuali poteri soprannaturali; magari mi avrebbero messo una camicia di forza legata con un bel fiocco. Ma dovevo accennare in qualche modo all'influenza su mio padre. Non che la polizia si sarebbe presentata da lui a Mantova e lui li avrebbe allegramente mandati via di nuovo. La droga sembrava la cosa più ovvia da dire.

«Mm.» La poliziotta preme il pulsante di stop del suo registratore e mi guarda dritta negli occhi. «È stato prima che i tuoi rapitori ti comprassero dei costosissimi abiti Capuleti o dopo?»

La guardo sorpresa. Lei indica con il mento la mia maglietta blu reale, su cui è cucito il discreto logo a forma di goccia. Il piccolo diamante scintilla come un fuoco freddo sotto la forte illuminazione al neon della stanza.

Devo schiarirmi di nuovo la gola. «Conosce i Capuleti?»

«*Conosciamo tutti le famiglie Cappelletti e Montecchi*» dice. Si alza e mi fa un sorriso che non arriva agli occhi. La sua traduzione è molto scarsa, e così suppongo che abbia tralasciato alcune cose. Consiste in una sola parola: «Sì».

Ho un groppo in gola.

«Può aiutarmi?» chiedo con voce roca.

«Certo. Aspetta qui.» Prende il registratore ed esce dalla stanza.

Ho il voltastomaco quando sento un clic sospetto della serratura. Guardo lo specchio sulla parete, che sono sicura sia per gli interrogatori, ma ovviamente non riesco a vedere nessuno dietro. Sopra c'è una telecamera, ma proprio mentre la guardo, la lucina rossa si spegne.

Un brutto presentimento si fa strada dentro di me.

Cerco di mandar giù il groppo in gola con l'ultimo sorso di cioccolata fredda, ma la stretta in gola si fa sempre più forte. Finché la poliziotta era seduta davanti a me e voleva ascoltare la mia storia, riuscivo a distrarmi abbastanza bene, ma ora non posso più sfuggire alle mie paure.

La maledizione ritorna.

E non ho idea di quanto tempo mi resti.

Il mio sguardo vaga verso l'orologio sopra la porta. La lancetta si muove minuto dopo minuto, ma non appare nessuna poliziotta, né per dirmi che mi crede e che sta mandando una pattuglia a Mantova, né con il bicchiere d'acqua promesso. Mentre l'impulso di tossire aumenta, mi alzo e spingo la maniglia della porta verso il basso. È chiusa a chiave.

Mi avvicino allo specchio per gli interrogatori come se potessi guardarci attraverso da vicino e vedere cosa succede dietro, ma a parte i miei occhi, che bruciano per la stanchezza e allo stesso tempo sono sgranati dall'agitazione, non vedo nulla.

Una volta tornata al tavolo, lascio cadere l'ultima goccia di cioccolata sulla lingua, ma non ce la fa neanche a scendermi in gola. Mi piego in avanti, tossendo, e sputo una rosa perfetta nel bicchiere. Lo fisso con orrore per un po', incapace di muovermi. Sento il battito del mio cuore sulla punta delle dita.

Ieri sera sono stata l'ultima di noi tre a essere colpita dalla maledizione della rosa. Mi sono rimasti solo pochi minuti dopo aver tossito il primo fiore prima che non potessi più respirare completamente.

Se solo fossi corsa giù nel roseto un po' più tardi, forse non avrei fatto in tempo.

Lascio cadere il bicchiere come scossa da un tuono, corro alla porta e ci sbatto contro i pugni. «Mi faccia uscire! Per favore! È urgente!»

Nessuno mi risponde.

La tosse peggiora.

A quanto pare, alla maledizione non basta tenermi qui a Verona, vuole tenermi ancora più vicina a sé. Sento nelle ossa che vuole trascinarmi in un determinato posto. Anche se questa stanza non ha finestre, posso sentire l'infausta stella brillare nel cielo sopra di me. Sento che mi guarda dall'alto, che mi stringe lentamente, ma inesorabilmente, la gola.

Do un calcio alla porta. «Mi sente? Devo uscire da qui! Subito!»

Non arriva il minimo rumore dall'esterno.

All'improvviso, mi assale un pensiero terribile. E se nel frattempo la polizia avesse finito di lavorare? Se si fossero semplicemente dimenticati della ragazza nella stanza degli interrogatori, si fossero messi la giacca e fossero tornati a casa? E se non tornassero prima di qualche ora?!

«C'è una maledizione!» grido più forte che posso. «Mi aiuti, aiuto!»

Disperata, afferro persino la sedia e la scaravento contro lo specchio, ma rimbalza e cade a terra sferragliando.

Mi accascio e sputo un'altra rosa sul pavimento, poi un altro e un altro ancora, finché non cado in ginocchio e faccio fatica a riprendere fiato.

Sento un clic sopra di me.

Sollevo velocemente la testa.

La serratura della porta! Qualcuno sta aprendo la porta!

Sto per correre dalla poliziotta o da chiunque altro, per quanto pesantemente armato possa essere, e seguirla fino all'Accademia, finché mi resta un ultimo respiro per farlo.

Ma non c'è nessun agente in uniforme ad aspettarmi fuori.

C'è qualcuno in piedi davanti alla porta con una maglia sgualcita, i capelli arruffati e uno sguardo così gelido che dovrebbe farmi venire i brividi lungo la schiena.

Tuttavia, gli getto le braccia al collo.

CAPITOLO 18

«Non c'è bisogno di strangolarmi» si lamenta Rhyme e stacca le mie braccia dal suo collo. «Ci pensa già la maledizione della rosa a farlo.»

«Mi hai trovata!» Ho le lacrime agli occhi per il sollievo, celandomi la sua vista. Mi asciugo il viso con il dorso della mano. «Come hai fatto a trovarmi? No, aspetta, lascia perdere! Dobbiamo andarcene subito!»

Lui scuote la testa e sopra di me gira i tacchi. Noto che è scalzo. È come se si fosse appena svegliato.

La poliziotta e i suoi colleghi non sono affatto usciti dalla stazione. Stanno dietro le loro scrivanie e ci guardano con curiosità, senza dire una parola mentre usciamo. Quando Rhyme passa davanti alla poliziotta, questa china il capo con rispetto. «*Mio signore dei serpenti.*»

Rhyme non pensa sia necessario rispondere; forse è solo troppo stanco. Con gli occhi socchiusi, esce dall'edificio e sale su una limousine bianca che ci aspetta in strada. Deve essere sicuro che lo sto seguendo, perché non si volta indietro. Ringrazio silenziosamente l'autista, che mi tiene aperta la portiera, e scivolo sugli eleganti sedili imbottiti.

Alcune rose giacciono a terra delicati e freschi; quindi, la maledizione ha colpito anche il principe dei serpenti. Tossisco violentemente nell'incavo del braccio e, dopo una rapida occhiata a Rhyme, decido di risparmiare il fiato e non dire nulla. Lui guarda fuori dal finestrino oscurato come uno zombie, solo Rambo si agita eccitato intorno al suo polso e mi sibila con la sua lingua rosa. Quando l'auto parte, i fari illuminano le auto della polizia parcheggiate e sussulto sorpresa: sono Alfa Romeo Giulietta nuove di zecca.

Non credo più alle coincidenze.

Il viaggio di ritorno dura solo due minuti, ma i secondi si allungano a causa del silenzio di Rhyme, interrotto solo ogni tanto da colpi di tosse. Soltanto quando le alte mura dell'Accademia si profilano davanti a noi, preme un pulsante e ordina all'autista di farci scendere. Nonostante indossi solo il pigiama, scende in mezzo alla strada e mi tira per una mano sotto l'arco più vicino. L'impulso di tossire svanisce non appena metto piede dentro l'Accademia.

Mi accascio sollevata contro un muro e faccio un respiro profondo. «Questa maledizione rispetta scrupolosamente i confini della proprietà» mormoro con voce flebile. «L'infausta stella ha assunto dei geometri dallo spazio?»

Rhyme incrocia le braccia davanti al petto. «La maledizione esisteva già molto prima dell'Accademia. È stata costruita volutamente così per circoscrivere il suo esatto raggio d'azione.»

«Il che è una spiegazione abbastanza plausibile» ammetto contrita. «Perché stavolta non dobbiamo andare fino alla teca per fermarla?»

«Una volta qui, la maledizione ti dà un certo spazio di manovra.»

«Perché?»

Gli occhi di Rhyme brillano. «Per giocare con te.»

Si volta e bussa alla porta di vetro di un'elegante pasticceria.

Mi avvicino alle sue spalle. «Mi dispiace di aver scatenato la maledizione della rosa. Non avevo capito che avrebbe colpito anche te quando me ne sono andata. A dire il vero, non ero nemmeno sicura che sarebbe tornata. Finora ti sei limitato ad accennarne vagamente, e tu sei una delle persone che mi tengono qui.» Mi interrompo un attimo, poi aggiungo: «Beh, se mi sento così, non ho davvero nulla di cui scusarmi. Dopotutto, mi avete rapita!».

Rhyme mi guarda da sopra la spalla. «Sai che ora è?»

«Le quattro?» ipotizzo.

«Ho bisogno di un espresso.»

Batte con impazienza sulla porta a vetri.

La luce si accende nel negozio e una pasticcera con un grembiule bianco a balze esce da dietro il bancone. Si acciglia, ma poi riconosce Rhyme e la sua espressione si illumina di colpo. Si affretta ad aprire la porta, facendo tintinnare un campanello in bronzo sopra di noi, e lo accoglie gesticolando entusiasta e con un fiume di parole in italiano. I due parlano così velocemente che non capisco nulla, a parte *buongiorno*, *espresso* e *grazie mille*.

La pasticceria è per lo più un negozio con una lunga vetrina, ma davanti alla finestra ci sono tre graziosi tavolini con tovaglie bianche come la neve che arrivano fino al pavimento. Rhyme si siede su una sedia dipinta di bianco con una rosa intagliata nello schienale.

Esitante, prendo posto di fronte a lui. «Mi farai una paternale?»

Il suo sguardo vaga malinconicamente verso la macchina del caffè espresso dietro il bancone. «Mi dispiace di non essere stato abbastanza chiaro riguardo alla maledizione della rosa.»

Aspetto qualche secondo, poi mi chino sopra il tavolo e lo scruto con sospetto. «Tutto qui?»

«Cosa vuoi sapere da me?» Sta ancora fissando la macchinetta del caffè, come ipnotizzato. «Che non riesco a capire perché l'hai fatto? Nei tuoi panni, avrei cercato di andarmene da qui molto prima.»

Questo non me l'aspettavo.

Sprofondo di nuovo nella sedia.

Rhyme prende il suo espresso, lo beve tutto d'un fiato e ne ordina un altro prima ancora che io possa toccare la mia tazzina. Non ho ordinato nulla, ma la pasticcera appoggia la tazzina sulla tovaglia facendomi l'occhiolino in modo così amichevole che non riesco a rifiutarla. Quando sorseggio il caffè, faccio una smorfia. «Oh, è amaro!»

Rhyme spinge la zuccheriera verso di me. Il caffè lo ha rivitalizzato un po'. Guardando i suoi capelli, sembra ancora che si sia rotolato nel letto più volte, ma almeno ora riesce ad aprire completamente gli occhi.

«Nel caso in cui tu abbia in programma altre gite, permettetemi di chiarire alcune cose» dice. «La maledizione colpisce non appena lasci l'Accademia. Non ti ucciderà immediatamente perché l'infausta stella vuole che torni. Ma se ti rifiuti, ti colpirà senza pietà. E non solo te, ma anche tutti gli altri.»

Sussulto. «Stai dicendo che stanotte tutti i mille studenti erano seduti sul letto a tossire per colpa mia?»

«Solo i Capuleti e i Montecchi.» Accarezza la testa verde di Rambo senza guardarmi. Il serpentello si accoccola amorevolmente contro di lui. «Naturalmente non ha effetto sulle nostre fonti di potere.»

«Ma tu, Poetry e Stage?»

E Cut?

Il suo sguardo si posa su di me. «All'inizio pensavo di avere solo la gola secca, finché Poetry non ha bussato alla porta della mia camera, ansimando, e voleva sapere se dormivi da me.»

«Perché dovevo dormire da te?» chiedo un po' troppo frettolosamente e le mie guance avvampano quando Rhyme ignora la mia domanda. Dovrei davvero concentrarmi sulle cose importanti!

«Poi» continua impassibile, «ha chiamato la polizia. Sei fortunata che ho intercettato il nostro capo della sicurezza prima che potesse svegliare mia zia. Non aveva molta voglia di dirle che eri sfuggita ai suoi uomini e che non se ne erano accorti. Non credo che spifferera mai la verità. Lo faranno passare per sonnambulismo, così Giulietta non ti starà addosso.»

È già qualcosa.

Ho versato così tanto zucchero nel mio espresso che il cucchiaino si è quasi incastrato quando l'ho mescolato. Rhyme fa una smorfia, come se avessi fatto particolarmente male ai suoi amati chicchi di caffè.

«Come hai fatto a uscire?» mi chiede a un tratto.

Il mio cuore sussulta.

Non voglio tradire Cut, così tiro fuori la chiave magnetica dalla tasca dei pantaloni e la faccio scivolare sul tavolo. «Poetry l'ha dimenticata nella boutique. Era in una busta sul pavimento quando mi hai accompagnata in camera. Non l'avevo previsto, ma non potevo lasciarmi sfuggire l'occasione.»

Rhyme fischia. «Hai rubato a mia sorella?»

«Avete rapito me e mio padre!»

Prende la tessera e la gira nella luce. Rambo è ipnotizzato dai suoi riflessi argentati e fa ruotare la testolina avanti e indietro. «Ti abbiamo salvato la vita. Non in modo disinteressato, devo ammetterlo. Dopotutto, abbiamo salvato la vita a *tutti* noi portandoti a Verona. Ma non devi dimenticare che la maledizione della rosa avrebbe ucciso anche te se non ci fossimo mai incontrati. Non siamo criminali che si divertono a rapire le persone; semplicemente non avevamo altra scelta.»

«Come me adesso» aggiungo a bassa voce. «Devo restare qui.»

«Era una domanda?»

Scuoto la testa.

«Se ti può consolare» continua Rhyme dopo un po', «posso assicurarti che tuo padre sta bene a Mantova. Meno contatti hai con lui, più a lungo durerà la sua influenza, ed è ovviamente il motivo per cui Giulietta non ti permette di parlargli.»

«Perché? Non possono semplicemente influenzarlo di nuovo?»

«Sì, ma solo se sono sul posto. Giulietta e Romeo possono lasciare l'Accademia per un breve periodo, proprio come hai fatto tu, prima che la maledizione li costringa a tornare, ma ogni passo lì fuori comporta sempre un certo rischio.»

«Non posso lasciare papà con gente del genere!»

Rhyme mi guarda comprensivo. «Ascolta, cosa pensi sia meglio per lui? Trascorrere qualche mese felice in un'elegante villa sul lago e fare progetti per il teatro? O stare seduto, tremante, in una stazione di polizia, preoccupandosi che una maledizione possa costare la vita a sua figlia?»

Mi vengono le lacrime agli occhi, ma cerco di non farle vedere. Bevo in fretta l'espresso zuccherato e ingoio i miei sentimenti insieme al caffè.

«Stai disonorando terribilmente la nostra arte del caffè.» Rhyme rabbrividisce e schiocca le dita in aria. «*Per favore, portaci qualcosa di dolce*!»

Sorrido debolmente dietro la tazzina. «Mi farai sbattere fuori?»

«Ti ordinerò lo zucchero nella forma in cui dovrebbe essere mangiato.»

La pasticcera si affretta a portare un piatto di biscotti di pasta frolla che profumano deliziosamente di cacao, nocciole e mandorle. Anche se finora non ho avuto fame, il mio stomaco decide da solo di farmi venire l'acquolina in bocca. La pasticcera preme i polpastrelli delle dita e li bacia nel tipico gesto italiano per indicare un sapore particolarmente buono. «*Baci di Giulietta e Romeo*!»

Rhyme spinge il piatto verso di me. «Quale preferisci? Nero o bianco?»

Entrambi i gusti sembrano ugualmente deliziosi, ma scelgo il biscotto bianco, il che fa sorridere Rhyme. «Hai scelto il bacio di Romeo» dice. «I turisti ne vanno matti. In origine c'erano solo i biscotti scuri, i baci di Giulietta, ma così si fanno più soldi.» Si mette in bocca un biscotto al cioccolato e lo mastica con fare critico. «Troppo dolce per me.»

La pasticcera sospira sognante. «*Che bella coppia!*»

Non ho idea di cosa significhi, ma le guance di Rhyme diventano rosa. Risponde qualcosa che suona come una giustificazione, e la pasticcera china la testa approvando con educazione.

«Che cosa ha detto?» gli sussurro quando lei non è più a portata di orecchio.

Rhyme si agita sulla sedia. Anche Rambo lo guarda con attenzione, con i suoi occhi neri e lucidi. «Che bella coppia» traduce esitante. Quando si accorge del mio sguardo scioccato, aggiunge in fretta: «Intendeva i biscotti».

«Certo» concordo altrettanto velocemente. «Che altro?!»

Il silenzio cala tra noi.

Ci mettiamo in bocca un biscotto nello stesso momento.

CAPITOLO 19

«Mi hai delusa terribilmente!»

La luce del sole mi inonda gli occhi, che sbattono le palpebre per adattarsi.

Lentamente, una sagoma emerge al mio fianco. Noto le tende argentate del baldacchino e i morbidi cuscini sotto di me. Per qualche istante non so come ho fatto a mettermi a letto, poi ricordo che Rhyme mi ha riportata alla torre dei Capuleti.

Sulla porta mi ha fatto promettere di lasciarlo dormire almeno per qualche ora prima di riprovare a uccidere tutti gli studenti alle sue spalle, e io gli ho promesso che avrei fatto del mio meglio. La persona seduta accanto al mio letto in questo momento gli assomiglia molto, ma invece di due occhi azzurro ghiaccio, due verde ghiaccio brillano nella mia direzione. Mi siedo con il cuore che batte forte.

«La prossima volta che vuoi svignartela di nascosto di notte» continua indignata Poetry, «portami con te! È un mese che non esco! Da quando Giulietta e Romeo hanno annunciato che mancava uno studente, non ci hanno più fatto uscire.»

«Non... non sei arrabbiata?» chiedo cauta.

«Per colpa di una stupida tessera?» Poetry sgrana gli occhi. «Ruberei a me stessa e scapperei via da qui senza salutare nessuno se servisse a qualcosa.»

«Siamo tutti sulla stessa barca» traduce Tear con un sorriso. Si appoggia al rosone, che dà ai suoi capelli tinti di verde un bagliore rosa.

«In realtà, solo i Capuleti sono nella barca.» Drapes viene verso di me con un vassoio stracolmo, che profuma di cibo delizioso. «Noi fonti di potere siamo più simili alla benzina nel motore.»

«Che sciocchezza» obietta Poetry. «Questo paragone non ha senso. Se voi foste la benzina e la barca rappresentasse l'infausta stella, allora sareste voi, in un certo senso, ad alimentare la maledizione.»

«Allora siamo i panini della colazione dei Capuleti. Ecco a te, Joy.» Drapes posa il vassoio sul mio materasso un po' troppo in fretta, tanto che qualche goccia di succo d'arancia si rovescia oltre il bordo del bicchiere. C'è un piatto di cialde appena fatte, una caraffa piena di sciroppo dorato e una ciotola di fragole rosse e lucenti.

Sollevo lo sguardo sorpresa. «È per me?»

Drapes si scosta i capelli a tenda e alza le spalle: «Ti sei persa il brunch. Sono le due del pomeriggio, ho pensato che avessi fame.»

«Inoltre, hai bisogno di energia per il tuo primo allenamento.» Poetry mi porge una busta scintillante con un sorriso solenne. «Ti servirà anche questo. Abbiamo tutti lo stesso, quindi pensa bene a quello che dici.»

Apro la busta e tiro fuori una rete argentata che non riesco a inquadrare. Solo quando Poetry mi rigira il tessuto tra le mani mi faccio un'idea di cosa dovrebbe essere. «È un costume da bagno?» chiedo perplessa. «O una rete da pesca molto elegante?»

Poetry aggrotta eloquentemente le sopracciglia. «Siamo incredibilmente sexy con questa cosa! Non vedo l'ora di vedertelo addosso!»

«La prima volta che lo abbiamo indossato, Stage per poco non è annegato» conferma Drapes impassibile.

«E chi se ne importa di Stage!» piagnucola Poetry. «Siamo

incredibilmente sexy perché ci piace così. È l'unica cosa che conta.»

«Siamo anche molto progressisti qui all'Accademia. Se necessario, anche i pantaloncini da bagno dei ragazzi lasciano poco all'immaginazione da degradarli a oggetti sessuali» mi informa Drapes. «Dovresti prepararti mentalmente ad addominali scolpiti.».

«*Bleah!*» Poetry salta giù dal letto. «Stavo pensando a mio fratello nudo. Per favore, fai fare colazione a Joy, sto per vomitare.»

Tear e Drapes ridacchiano mentre Poetry entra in bagno.

«Quindi prima colazione a letto e poi un bagno nella rete da pesca?» chiedo. «Non mi lamento, sembra una bella giornata estiva, ma cosa c'entra esattamente con la maledizione?»

Le ragazze si guardano a lungo.

«Non con la maledizione» risponde esitante Tear. «Ma con i duelli.»

«Non… non mi aspettavo questo» dico mezz'ora dopo.

Quando le ragazze hanno parlato di nuotare, mi sono venute in mente immagini di sontuosi spazi in marmo, vasche idromassaggio turchesi, lettini bianchi come la neve e cocktail dai colori vivaci portati da camerieri su vassoi d'argento. Non mi aspettavo che saremmo scese nel roseto.

«Mi state prendendo in giro, vero?» Guardo le ragazze, una alla volta. «Uno scherzetto perché stanotte sono scappata, giusto?»

«No» risponde Poetry aggiustandosi gli occhiali da sole argentati. «Qui facciamo davvero il bagno.»

«Nelle fontane?!»

«Sono piscine da duello» mi informa Tear. «I giochi d'acqua sono disattivati durante l'allenamento. Non sono grandi, ma sono molto profonde: ogni piscina è profonda cinque metri. Più si scende, più diventano fredde.»

«Sembra fantastico.» Rabbrividisco. «Significa che i duelli si svolgono in acqua?»

«Si svolgono in tutto il roseto, anche nelle piscine se un Capuleti vi si rifugia. O se un Montecchi è così stupido da caderci dentro» aggiunge Poetry con un sorriso. «E ora andiamo, devi allenarti il più possibile.»

Insieme a Tear, inizia a correre per assicurarci una piscina soleggiata sulle terrazze disposte a cerchio più in alto. Sono i posti migliori, spiega Drapes, perché le vasche sono le più lontane tra loro e offrono la massima privacy. Ma i cespugli di rose che le separano sembrano anche i più impenetrabili. Ci avviciniamo a piedi nudi al bordo del muro della terrazza.

«Se per te l'acqua è troppo fredda, puoi riscaldarti vicino ai campi di fuoco» suggerisce Drapes. «Le rose lo mascherano un po', ma acqua e fuoco si alternano sempre. Vedi?» Con un braccio teso, indica da un punto all'altro: tra folti cespugli di rose, si scorgono alternativamente onde e fiamme, statue di marmo ornate e magnifiche fontane con colonne di marmo. «Devi solo fare attenzione a non farti trascinare nel fuoco dai Montecchi.»

«Vuoi dire durante i duelli?»

Mi lancia un'occhiata eloquente. «Non solo.»

Forse sono stato un po' troppo precipitosa a entusiasmarmi all'idea di fare il bagno in piscina.

Drapes si piega per entrare in un'apertura tra le rose. I cespugli sono abbastanza vecchi da aver sviluppato radici così forti che sono cresciute l'una sull'altra in fitti nodi e coprono completamente il terreno. Dopo le scarpe assassine di ieri, sono un meraviglioso massaggio sotto i piedi. Il dolce profumo delle rose mi riempie il naso e il frinire di innumerevoli cicale riempie l'aria intorno a noi.

«Attenta alle spine, ti si conficcano nei capelli.» Drapes spinge con entrambe le mani le teste delle rose basse e, con i capelli lunghi fino alla vita e il costume da bagno argentato, sembra più che mai un elfo in un sogno di una notte di mezza estate. Tra le rose appare una vasca d'acqua circolare di circa cinque metri di diametro. Tear allunga una lunga gamba nella piscina per testare la temperatura dell'acqua con l'alluce. Con i suoi capelli verdi serpente e il corpo tonico, sembra una dea della guerra. Poetry, invece, con le sue curve generose e i suoi occhiali da sole freddi e specchiati, è spietatamente sexy mentre schizza via due Montecchi dal bordo della piscina e li insegue lungo la terrazza con un sorriso. Quanto a me… beh, tiro la rete aderente del mio costume da bagno e la lascio rimbalzare contro la pancia.

Almeno mi sta bene.

«Oh, è ancora fredda!» Tear tira velocemente il piede fuori dall'acqua.

Mi avvicino al bordo della piscina e mi cingo la vita con le braccia. L'acqua è pulita, ma brilla alla luce del sole come se fosse stata cosparsa di glitter rosa pallido. Sembra davvero invitante, se non fosse così profonda da non riuscire a vedere il fondo. Lì sotto potrebbe nascondersi qualsiasi cosa.

Il mio sguardo si sposta su Poetry. «Perché non ho ancora visto un serpente?»

«Devono averti vista.» Poetry fa cenno a un dipendente di scendere dalle scale per portarci gli asciugamani e le borse. Volevo portarli io, finché Tear non mi ha sussurrato che non avrei dovuto rubare il lavoro a quel poveretto.

«Non preoccuparti» dice Tear con un sorriso. «Di solito i serpenti stanno in acqua solo di notte. Di giorno preferiscono nascondersi tra le pietre calde.»

«O nel letto di Rhyme» aggiungo con un brivido.

«Come fai a saperlo?» Stage sbuca tra le rose. Se Poetry è una principessa dei ghiacci, Drapes un elfo e Tear una dea della guerra, allora lui è un ballerino sexy di un night club. Di certo ha gli addominali promessi. Cerco di non fissarlo. «Come fai a sapere che i serpenti dormono nel letto di Rhyme?» chiede con un sorriso allusivo. «Finora nessuno ne ha mai parlato, mi pare.»

All'improvviso, ho caldo.

Forse dovrei testare la temperatura dell'acqua con la testa?

Per fortuna, Poetry mi impedisce di compiere qualsiasi azione avventata. «Comunque, dov'è Rhyme?» chiede e allo stesso tempo ordina al dipendente di stendere i nostri asciugamani sull'erba e non sopra le radici dure. «È compito suo spiegare a Joy tutto ciò che riguarda i duelli e occuparsi del suo addestramento.»

«Ti ricordi la storia della corsa di ieri?» sospira Stage e Poetry aggrotta le sopracciglia con sospetto. «Quando le ragazze hanno assalito Rhyme con la sua maglietta sudata?» continua Stage. «Mettiamola così: oggi non indossa affatto una maglietta. Riesci a indovinare il resto?»

«Non può scaricarlo su di me.» Poetry stringe i pugni, salta il muro della terrazza con un solo balzo e passa davanti a un campo di fuoco incutendo talmente rispetto che tre Montecchi saltano su dai loro asciugamani e le fanno rapidamente spazio. «Dove si è cacciato mio fratello? Se vuole il titolo di principe dei serpenti, dovrà lavorare per meritarselo.»

«Cosa intende dire?» chiedo.

Tear la guarda sospirando. «Rhyme ha ottenuto il titolo automaticamente perché è più grande di un anno.»

Sollevo le sopracciglia. «Altrimenti Poetry sarebbe stata la principessa dei serpenti?»

«Lo sarebbe stata e potrebbe esserlo ancora» aggiunge Drapes, scrollando le spalle in segno di scusa mentre riceve un'occhiataccia da Stage. «Se un principe viene sconfitto in un duello, il prossimo in successione prende il suo posto. Mi dispiace, ma non l'ho deciso io, Stage. Sto solo spiegando a Joy come funzionano le cose qui.»

Ricordo quello che Lord Montecchi ha detto a Cut nel nostro camper.

Non sei insostituibile, ricordatelo!

Inevitabilmente, scruto le terrazze alla ricerca del ciuffo di capelli neri di Cut, ma non riesco a scorgerlo tra tutti i cespugli di rose. Anche se ha rischiato la vita, ieri sera mi ha fatta uscire di qui. Almeno ora so cosa stava cercando di fare. Sapeva benissimo che c'è solo una persona che può convincermi dal profondo del cuore a restare qui, e sono io.

Tear si avvicina al bordo della terrazza e salta giù dal muro facendo molta più attenzione di Poetry. «È meglio che vada a cercarla prima che atterri di nuovo le ragazze come l'ultima volta.»

«Adoro vederla in azione!» esclama entusiasta Stage. «Vengo con te!»

Drapes guarda i due e scuote la testa, facendo ondeggiare i capelli avanti e indietro in dolci onde. «E rimasero solo in due. Mi piacerebbe spiegarti tutto, ma a essere sincera, io stessa ho sempre ascoltato solo a metà. Come fonte di potere, sono esclusa dai duelli, quindi non ho davvero bisogno di stare lì dentro.» Indica la vasca e rabbrividisce. «Queste piscine sono fredde come buchi nel ghiaccio e, per quanto ne so, durante la prima fase dell'allenamento devi nuotare come una matta per non congelarti, quindi forse potresti iniziare da lì? Se non ti dispiace, preferirei andare ad ascoltare un po' di musica.»

Drizzo le orecchie. «Pensavo che i telefoni cellulari fossero vietati»

«Lo sono. La musica dal vivo è molto meglio.» Mi indica il palco di ferro, dove alcune persone sono sedute con delle chitarre. «Vuoi venire con me finché non arriva Rhyme? Se lo conosco, avrà lavorato tutta la notte a un piano di allenamento dettagliato per te, quindi questa potrebbe essere la tua ultima occasione per divertirti un po'.»

A cosa diavolo avrà lavorato tutta la notte? Cosa mai mi aspetta qui? Esito, perché l'offerta di Drapes sembra molto allettante, ma poi declino. Rimandare il tuffo nell'acqua fredda non lo renderà più facile. Almeno posso abituarmi al mio ritmo. «Immagino che ora sono una Capuleti, che mi piaccia o no» sospiro. «Sarà meglio che faccia amicizia con il buco nel ghiaccio.»

Dieci minuti dopo, i miei polmoni desiderano che Drapes abbia esagerato, i miei muscoli si irrigidiscono nell'acqua fredda e spremono l'aria dal mio petto. Il fatto che queste piscine possano essere usate in un duello ora mi sembra molto più realistico. Mi pento di non aver fatto più domande ieri sera. Non appena Rhyme si farà vivo, lo torchierò su ogni minimo dettaglio.

Mentre batto i denti, torno a nuotare verso il bordo e con le dita dei piedi cerco un gradino sott'acqua, come quelli che si trovano nelle piscine pubbliche. Ma non ce ne sono, né c'è una pratica scaletta per entrare in acqua o un bagnino disponibile che mi lancia la sua boa. Quindi non mi resta che la buona vecchia forza muscolare per tirarmi fuori da questo buco nel ghiaccio. Sto cercando un appiglio sui bordi bagnati quando un'ombra si posa su di me.

Una delle ragazze Capuleti si erge sopra di me.

La Cenerentola cattiva.

«Non è esilarante?» Mi guarda dall'alto in basso. «Tutti gli studenti rispettano il coprifuoco per un mese senza eccezioni, anche se non ci sono né i conti né i principi, ma non appena appaiono scatta la maledizione della rosa nel cuore della notte. È una coincidenza?»

Solo allora mi rendo conto che altri Capuleti hanno circondato la piscina. Sul bordo della terrazza, l'unico lato che non è circondato da alte siepi di rose, due ragazzi stanno scuotendo via l'asciugamano del lettino di Poetry, così che nessuno possa vederci dal basso.

Mi spingo fuori dall'acqua, ma Cenerentola mi dà un forte calcio sulla mano. Con un gemito, scivolo di nuovo dentro la piscina. «Sei pazza? Mi ha fatto male!»

Sbuffa in modo sprezzante. «Il nostro principe sta perdendo

troppo del suo prezioso tempo con questa qui, lasciandola persino sedere al suo fianco solo perché è nuova e schifosamente inutile. Dovremmo aiutarlo ad allenarla, non credete?»

Fa cenno agli altri.

Tre ragazze e un ragazzo si tuffano nella piscina e scendono così in profondità che scompaiono nell'acqua rosa scuro sotto di me. Sospetto quello che stanno facendo, mi aggrappo al bordo della piscina e cerco di tirarmi fuori dall'acqua il più velocemente possibile, ma loro mi afferrano le caviglie dal basso e mi tirano giù così bruscamente che ho appena il tempo di fare un ultimo respiro.

L'acqua gelata mi avvolge.

Li prendo a calci, ma loro sono incredibilmente abili a schivarmi e, una volta che i miei occhi si sono adattati all'acqua e riesco a scorgere più o meno qualcosa, mi girano intorno con la stessa grazia delle sirene, e almeno altrettanto furtivamente. Nonostante io scalci come una matta, mi tirano sempre più giù finché la pressione dell'acqua non mi fa fischiare le orecchie. Quando mi manca l'aria e loro non mi lasciano andare, comincio a spaventarmi.

Non mi lasceranno annegare, vero? O... o forse sì?!

La mia mente cerca freneticamente una via d'uscita. Se smetto di resistere, forse mi lasceranno andare. Chiudo gli occhi e fluttuo senza opporre resistenza nell'acqua, ma sento ancora le loro mani su di me. Implacabili. Come artigli intorno alle caviglie.

Lasciatemi andare, urlo dentro di me. *Lasciatemi andare prima che anneghi davvero!*

Invece mi danno uno schiaffo in faccia. È rallentato dall'acqua, ma è sufficiente a farmi aprire gli occhi. Ormai siamo così in profondità che non c'è quasi più luce e riesco a percepire solo debolmente i loro movimenti intorno a me. Le braccia e le gambe mi bruciano per la mancanza di ossigeno, ma stringo i denti un'ultima volta e li colpisco con tutta la mia forza.

La presa sul mio piede si allenta.

Mi allontano dal corpo sotto di me e mi sforzo di risalire metro dopo metro. Quando finalmente la mia testa esce dall'acqua e inspiro rumorosamente l'aria nei polmoni, mi ritrovo al centro della piscina circolare. Mancano solo tre forti bracciate al bordo, ma non riesco a raggiungerlo, per quanto lo voglia, non c'è più un briciolo di energia nei miei muscoli. Le mie braccia cadono flosce sulla superficie dell'acqua e la mia testa si immerge di nuovo.

Questa volta annego da sola.

CAPITOLO 20

«Tenetele le gambe sollevate! Così! È svenuta perché non ha abbastanza ossigeno nel cervello.»

«Com'è possibile? È una Capuleti!»

«Oggi era il suo primo giorno nella piscina.»

«Ma non può affogare così?!»

«Ehi, Joy» sussurra una voce premurosa sopra di me. «Bentornata.»

Qualcuno mi accarezza la testa. Sbatto le palpebre nella luce accecante da cui cade una pioggia calda su di me. Socchiudo gli occhi d'istinto e giro la testa. Il mio naso preme sui capelli umidi che si attaccano quasi trasparenti a una spalla pallida sotto la mia guancia. Un mal di testa martellante mi pulsa dietro la fronte. Mentre gemo sommessamente, braccia forti mi avvolgono e mi tirano più vicino a sé.

«Hai rotto uno dei loro nasi arroganti. Direi che non è male per il tuo primo combattimento in piscina. Anche se in futuro dovresti limitarti ai Montecchi.»

«E, se possibile, non galleggiando esanime sull'acqua» aggiunge qualcuno. «Anch'io sono quasi caduta per lo shock.»

«Hai un odore diverso» mormoro.

«Ho lo stesso odore di sempre» risponde la voce sopra di me in tono leggermente divertito. «Ma forse non ho quello che ti aspettavi?»

I capelli mi vengono delicatamente scostati dagli occhi. Devo sbattere le palpebre diverse volte prima che il viso sopra di me venga messo a fuoco. Capelli biondi cadono verso di me in onde umide. Gli occhi verde ghiaccio di Poetry brillano sopra di me. «Bentornata tra i vivi.»

«Mi hai salvata?» sospiro.

«Ti sei salvata da sola dalla combriccola di Sorrow, ma ti ho ripescata dalla piscina.» Flette il braccio e mostra i muscoli. «Ti ho portata qui io stessa. Pesare qualche chilo in più può essere un vantaggio.»

Il mal di testa sta diventando così forte che faccio fatica a concentrarmi. Poetry si allunga verso l'alto e spegne la pioggia calda, che ovviamente non è altro che una doccia. Siamo in un box doccia aperto, fatto di piastrelle di ardesia nera. Quindi non siamo nella sua stanza. Le nostre voci riecheggiano come se lo spazio dietro la parete del box fosse molto più grande.

«Credo che Joy provi dolore.» Poetry si rivolge a Tear, che ha i miei piedi sulle sue ginocchia. «Puoi darle una lacrima, per favore? Dovrebbe alleviare un po' il dolore.»

«Tranquille, ci penso io.»

Rhyme appare dal nulla da dietro la parete della doccia.

Mi scavalca le gambe e si inginocchia accanto a me. Nonostante dal respiro accelerato capisca che deve aver corso fin qui, mi tocca il viso con una tale delicatezza, come se potesse rompersi sotto le sue dita. Scruta i miei occhi e alza una mano. «Quante dita vedi, Joy?»

«A quale delle tue sei mani ti riferisci?» gemo.

Sgrana gli occhi allarmato. Non posso fare a meno di ridacchiare piano, anche se mi fa male. «Sto scherzando. Tre dita, o almeno così credo.»

Sospira e scuote la testa incredulo. «Se questa maledizione non mi uccide, sicuramente lo farai tu, Joy Capuleti.» Ma dal suo sorriso capisco che è piuttosto sollevato dal mio scherzo.

Tear appoggia i miei piedi sul pavimento e si tira su. «Poetry, io… devo andare in bagno. Mi accompagni?»

«Perché dovrei accompagnarti al gabinetto?» chiede Poetry.

Tear la fissa come se volesse comunicarle telepaticamente un messaggio non detto. Ma quando l'altra si limita ad aggrottare le sopracciglia senza capire, Tear le afferra con impazienza la mano e la tira su. «Vieni subito con me, per favore! Qui sotto è infestato! Lo sanno tutti!»

Trascina Poetry verso la parete della doccia con una tale fretta che per poco non scivola sulle piastrelle umide. Un attimo dopo, una porta sbatte chiudendosi più indietro. Il rumore riecheggia da tutte le parti e mi rimbomba nella testa. Rhyme mi aiuta a mettermi seduta in una posizione più comoda. «Cos'è successo?»

Ho dei ricordi stranamente vaghi, ma quello che ricordo mi fa deglutire a fatica. «Cenerentola… cioè… la combriccola di Sorrow mi ha trascinata sott'acqua. All'inizio pensavo che volessero solo spaventarmi, ma poi non mi facevano più riemergere. So che sembra del tutto esagerato…» gemo mentre un dolore acuto mi attraversa la testa, facendomi premere entrambe le mani sulle tempie «… ma credo che volessero davvero annegarmi».

Rhyme sbatte il pugno contro il muro.

Sussulto violentemente, quando un altro colpo mi risveglia del tutto. Le sue nocche sono insanguinate, mentre tira indietro la mano e fa un respiro profondo tra i denti. «Scusa, non volevo spaventarti. I miei serpenti sono tutti fuori. È il modo più rapido che mi è venuto in mente.»

Quando apre gli occhi, so perché l'ha fatto.

Si riempiono di lacrime.

Le prende dalle ciglia e me le avvicina delicatamente alla bocca. Questa volta non esito un secondo: strofino le labbra tra loro, assaggio il sale delle sue lacrime e sento immediatamente il dolore alla testa attenuarsi. La felicità pura invece mi attraversa e riempie ogni fibra del mio corpo di luce scintillante e di nuova energia. Un sospiro anelante mi sfugge dalla gola.

Rhyme sorride. «Meglio?»

Meglio è un eufemismo, mi sento come se fossi rinata.

Mi raddrizzo in fretta e cerco a tastoni la sua mano insanguinata. «Ti sei causato del dolore per prendere il mio? È un gesto incredibilmente nobile. Mi strapperei un lembo della gonna per fasciarti le ferite in segno di gratitudine, ma purtroppo indosso solo una rete da pesca bucherellata.»

«L'ho notato.»

«Dovrei darti anch'io una lacrima?»

Si pulisce il sangue dai pantaloncini da bagno blu reale. «Purtroppo, non funziona così. Se me ne dai una, ti indebolirai di nuovo, e le lacrime non possono guarire le ferite. Non preoccuparti» aggiunge con un sorriso ironico, «una piccola escoriazione come questa non è nulla in confronto al nostro allenamento nei campi di fuoco. Lo sperimenterai presto.»

«Non mi sento più tranquilla» borbotto. «Potresti spiegarmi esattamente in cosa consistono questi duelli...»

A un tratto, la luce si spegne.

Intorno a noi è buio pesto. Ovunque ci troviamo, queste docce non hanno finestre, né segnali verdi luminosi per le uscite di emergenza o altre fonti di luce. Non riesco più a vedere la mia mano davanti agli occhi. Rhyme si alza davanti a me, a giudicare dal rumore. «Non un'altra volta» piagnucola. «Ho detto mille volte ai custodi che devono dare un'occhiata all'impianto elettrico quaggiù.»

«Ma dove siamo esattamente *quaggiù*?»

«Siamo nelle segrete sotto il piazzale di marmo.»

«Le segrete?!»

«Una volta lo erano, oggi sono soprattutto magazzini, spogliatoi e docce.» Fa una pausa, durante la quale non ho idea di cosa stia facendo. Questo silenzio mi fa venire la pelle d'oca sul collo. Quello che aggiunge dopo non migliora la situazione: «Nel Medioevo, naturalmente, esistevano ancora le camere di tortura. Alcuni studenti sostengono di sentire i lamenti dei morti nelle tubature dell'acqua».

«Non credo ai fantasmi» chiarisco subito.

Lui sembra divertito. «Ma non credevi nemmeno alle maledizioni, vero?»

Non ha tutti i torti.

Un brivido mi corre lungo la schiena.

«Ce la fai ad alzarti da sola?» chiede.

Cerco la parete della doccia e mi tiro su. «È andata.»

«Bene. Vado alla centralina elettrica, probabilmente è solo un fusibile bruciato. Tu puoi restare qui.»

«Aspetta!» Brancolo in fretta e furia nell'oscurità, afferro un po' di tessuto e lo tiro indietro. «Non hai mai visto un classico film dell'orrore? Prima il gruppo si divide, poi viene massacrato! Dobbiamo restare uniti, costi quel che costi.»

«Non indosso la maglietta, Joy.»

«Non preoccuparti, non vedo niente.»

«Voglio dire che ti stai aggrappando ai miei pantaloncini.»

«Scusa!» Lascio la presa in fretta. Una parte curiosa di me - e preferisco non ammettere a me stessa quanto prevalga - si chiede inevitabilmente quale parte dei suoi pantaloncini ho toccato esattamente.

«Vuoi prendere la mia mano?» chiede Rhyme con un tono divertito. «O preferisci cadere in una delle fosse dei coltelli?»

«Non credo alle fosse dei coltelli nemmeno per un secondo!»

«Allora è meglio che tu stia dietro di me.»

Rhyme si allontana velocemente, e lo sento chiaramente mentre i suoi piedi bagnati fanno rumore sulle piastrelle di ardesia. Lo seguo, vado a sbattere contro il bordo della parete della doccia, inciampo su una sporgenza invisibile e sbatto la coscia contro un masso, che quando lo sento si rivela essere un lavandino. Le mie imprecazioni peggiorano a ogni impatto. «Perché sono l'unica a sbattere contro qualsiasi cosa?» mi lamento. «Riesci a vedere al buio? Hai gli occhi di un serpente o qualcosa del genere?»

«Sono cresciuto qui.»»

Mormoro qualcosa a bassa voce tra me e me a proposito di questa ingiustizia e mi faccio strada a tentoni lungo una fila di lavandini, finendo per sbattere l'alluce contro un bidone della spazzatura, che si rovescia, gettandomi pezzi di carta sui piedi. Disgustata, mi scrollo qualcosa di appiccicoso dal tallone. «Okay, basta così! La tua offerta della mano è ancora valida?»

«Te la sto porgendo.»

«Dove?»

«Quello è il mio petto, Joy... La mia spalla... Ci sei quasi... Ora l'hai afferrata.»

Le nostre dita si intrecciano.

Sospiro nell'oscurità. «Forse, dopotutto, sarebbe stato meglio affrontare i fantasmi. Ho ancora qualcosa attaccato al tallone» aggiungo con un brivido.

«Probabilmente è solo un pezzo di carta bagnato. O magari un pezzo di pelle vecchia e coriacea?» mi prende in giro.

Lo spingo in avanti.

Usciamo dalle docce ed entriamo in un corridoio. Non so che aspetto abbia, ma i rumori intorno a noi cambiano, l'eco diminuisce notevolmente e un gorgoglio sommesso dal soffitto mi dice che devono esserci dei tubi dell'acqua che scorrono sopra di noi. Più ci allontaniamo, più il suono si trasforma in un gemito raccapricciante e in un rantolo.

«Sono contenta che tu sia con me» ammetto.

«Davvero?»

«Classico film dell'orrore: il mostro prende sempre per primo il ragazzo. Questo mi dà la possibilità di scappare mentre tu vieni divorato.»

«Sono profondamente lusingato.»

Varchiamo una soglia con un gradino basso, di cui Rhyme mi avverte per tempo, ed entriamo in un altro spazio retrostante. Rhyme mi lascia la mano e mi posiziona in un certo punto. «Questo è il locale manutenzione. È meglio che tu stia ferma, Joy, proprio qui.»

«Posso spostarmi nel caso in cui tu cada in una fossa dei coltelli?»

Lui sbuffa e si allontana. A quanto pare, apre una scatola di metallo che tintinna dolcemente e cigola sui cardini. Qualcosa scatta, poi le tubature sopra la mia testa si agitano e, all'improvviso, una luce al neon mi illumina dall'alto. Mi metto una mano sugli occhi e faccio un passo indietro.

Rhyme è subito accanto a me e mi afferra piuttosto rudemente per un braccio.

«Ehi!» protesto automaticamente.

Poi il mio sguardo cade su un'apertura nel pavimento a un metro da me. È pieno fino all'orlo di antichi spuntoni di ferro.

«*HOLY SHIT*!» gemo. «Non scherzavi sulle fosse dei coltelli.»

«Nemmeno sulle camere di tortura.»

Lo fisso, sbalordita. «Perché non le mettete in sicurezza? È pericoloso!»

Lui scrolla le spalle. «I Montecchi sono immuni alle lame.»

«E i Capuleti ci fluttuano sopra, o cosa?»

Sorride. «I Capuleti non sono così stupidi da caderci dentro.»

«Forse no» ringhio pensando a Cenerentola e al suo seguito. «Ma alcuni di loro sono abbastanza meschini da spingermi giù. Purtroppo, non sono riusciti ad annegarmi.»

«Oh.» Rhyme solleva le sopracciglia come se si fosse improvvisamente ricordato di una cosa importante. Mi lascia il braccio, fa qualche passo indietro e si gratta la nuca, imbarazzato. «Ho dimenticato di dirtelo.»

Socchiudo gli occhi fino a ridurli a due fessure. «Cosa?»

Quasi mi abbaglia con il suo sorriso.

Un sorriso molto colpevole, beninteso.

«I Capuleti» mi informa troppo tardi, «possono respirare sott'acqua.»

CAPITOLO 21

«I cavalieri disarcionati devono rimontare immediatamente» dice Rhyme mentre torniamo fuori. «Così non sviluppano la paura dei cavalli.»

Alla luce, gli antichi passaggi di pietra di fronte a noi sembrano ancora di più delle segrete. Non mi stupirei di vedere uno scheletro incatenato a una parete da qualche parte.

«Ma non sono cavalli, sono buche nel ghiaccio» brontolo. «Perché diavolo devo entrare di nuovo lì dentro? Che cosa c'entrano esattamente con i duelli?»

Rhyme sospira e si guarda intorno. «Dove ho gettato il tuo programma di allenamento in questo trambusto? Ieri sera ti ho riassunto tutto in ventitré pagine.»

«Riassunto? In ventitré pagine?»

«Okay.» Rhyme si ferma in mezzo al corridoio e mi guarda. «Ecco le cose più importanti in poche parole. I Capuleti non possono morire avvelenati o annegati. I Montecchi non possono essere uccisi da lame o fiamme. Ecco perché il roseto è pieno di vasche d'acqua e campi di fuoco. Puoi usarli per proteggerti, oppure per eliminare il tuo avversario.»

Corrugo la fronte.

«I Capuleti possono nascondersi dai Montecchi sott'acqua, o trascinare i loro avversari sott'acqua finché non finiscono l'aria» spiega. «I Montecchi possono nascondersi nei campi di fuoco o trascinarci i Capuleti per sconfiggerli. Ecco perché è importante che le casate si allenino in entrambi gli elementi. Capisci?»

Borbotto qualcosa di incomprensibile.

Rhyme fa un respiro profondo. «Va bene, ricominciamo da capo. Al ballo, una coppia viene scelta come potenziali innamorati. È chiaro, no?»

«L'avevo notato» borbotto.

«Bene. Ognuno di loro potrà scegliere tre guardie del corpo che cercheranno di proteggerli. Quindi nel roseto saranno in otto durante il duello. A parte il fatto che non possono lasciarlo, c'è una sola regola: a ogni squadra viene data una maschera teatrale. Chi per primo riesce a mettere la propria maschera sull'altro potenziale partner vince il duello.»

«E le piscine e i campi di fuoco fungono da armi e da scudi allo stesso tempo, per così dire?» chiedo incerta.

Il volto di Rhyme si illumina. «È esattamente così!»

«A cosa ti servivano le restanti ventidue pagine?»

Solleva lo sguardo pensieroso. «Beh, i principi hanno un ruolo nel duello, per esempio. Ci può essere richiesto aiuto, ma non siamo obbligati a darlo. Tuttavia, i nostri animali sono sempre in giro per il roseto durante il duello, a difendere le rispettive casate. Anche per questo motivo le piscine e i campi di fuoco sono importanti: i serpenti evitano le fiamme e i felini odiano l'acqua.»

Attraversiamo una porta poco appariscente, seminascosta dietro i cespugli di rose del primo livello di terrazze, non lontano dalla piscina dell'orrore da cui Poetry mi ha ripescata.

Da quando ho sfiorato la morte - e mi sembra ancora così anche se, a quanto pare, la combriccola di Sorrow non è riuscita ad affogarmi – a un tratto, tutte le rose e le statue mi ricordano un cimitero di una bellezza raccapricciante.

Lancio a Rhyme un'occhiata cupa. «Quanti Capuleti hanno davvero perso la vita perché il loro principe dei serpenti si è dimenticato di informarli in tempo di tutti i loro poteri?»

Sorride innocentemente. «A proposito, ti ho detto che i Capuleti sono anche immuni al freddo? Possiamo passare l'intera giornata in piscina, non puoi congelarti.»

Il che, a quanto pare, non vale per me.

Sembra che il sangue non sia ancora arrivato correttamente al mio cervello, altrimenti non riesco a spiegarmi perché Rhyme riesca ad attirarmi di nuovo in questa piscina. Dai primi cinque minuti, durante i quali rimango appesa al bordo battendo i denti e scalciando nell'acqua come una matta per riscaldarmi, capisco che la mia circolazione non si è ancora attivata. I venti minuti successivi, durante i quali mi costringe a fare ridicoli esercizi di respirazione, li passo a dubitare di questa teoria. Solo quando, dopo mezz'ora, esco dall'acqua con le labbra blu, sul volto di Rhyme appare un'espressione dubbiosa.

Stage srotola un asciugamano bianco immacolato per me, mi avvolge in una soffice spugna calda e mi friziona le braccia. «Non dimentichiamoci che il talento è solo una faccia della medaglia; il resto di noi ha esercitato i propri poteri per anni. Quando sono arrivato all'Accademia, a tredici anni, pensavo che queste piscine fossero davvero fresche.»

Poetry incrocia le braccia davanti al petto e mi guarda con aria critica. «Inoltre, Joy è al massimo per metà Capuleti; dopotutto, non sappiamo se sua madre avesse sangue misto. Il suo talento potrebbe essere piuttosto annacquato.»

«Oppure non ne ha» dice Drapes secca, mentre tutti noi la guardiamo. Solo io sono subito d'accordo con lei, facendo sì che Stage mi strofini le braccia ancora più vigorosamente.

Rhyme è pensieroso, osserva una lunga ombra che serpeggia tra le rose intorno a lui. Sebbene sia piuttosto bagnato a causa dei miei schizzi e una brezza fresca soffi tra le punte dei suoi capelli umidi, non ha nemmeno un accenno di pelle d'oca sulle braccia. «Joy non ha alcuna possibilità di recuperare in meno di un mese ciò per cui ci esercitiamo sin dall'infanzia. Dobbiamo cambiare strategia.»

«Che ne dite di rinchiudermi nella stanza di Poetry con una pila di bei libri e di farmi uscire solo quando sarà tutto finito?» suggerisco. Purtroppo, il mio spirito combattivo si è congelato nella piscina.

Cosa che Poetry ignora completamente. «Alla fine, tutto si riduce al fatto che Joy non può essere eletta regina del ballo.»

«Regina del ballo?» ripeto sorpresa.

«Te l'ho spiegato da pagina cinque a sette.» Rhyme si guarda intorno speranzoso, come se le sue istruzioni per me saltassero fuori da qualche parte. «Al ballo, tutti i Capuleti e i Montecchi devono sfidarsi in nove balli. Solo le coppie più promettenti vengono selezionate per il decimo e cosiddetto *ultimo ballo*. La coppia che sembra più innamorata durante questo ballo viene nominata re e regina del ballo. In definitiva, questo è solo un altro nome con cui chiamare i potenziali innamorati.»

«Esattamente» interviene Poetry impaziente. «Quindi dobbiamo impedire a tutti i costi che Joy diventi la regina del ballo, così non dovrà mai partecipare a un duello. E questo, a sua volta, significa che dobbiamo assicurarci che nessun Montecchi la guardi durante i balli.»

«Potrei farmi crescere i peli sulle gambe» propongo.

Ma Rhyme deve aver lasciato il suo senso dell'umorismo da qualche parte vicino al mio spirito combattivo nella piscina. Si allontana dalle rose e mi guarda serio. «Il vero amore non è una cosa superficiale.»

Stage ulula di gioia, mette un braccio intorno al collo di Rhyme e scuote la testa commosso. «È esattamente quello che intendevo l'altro giorno» gli sussurra con fare cospiratorio. «Dì una cosa del genere davanti alle ragazze e vedrai che si dimenticheranno dei serpenti nel tuo letto.»

«I serpenti sono miei.» Rhyme se lo scrolla di dosso e batte il piede sul terreno pieno di radici. Balboa allunga subito la sua grande testa fuori dai cespugli e striscia verso di lui metro dopo metro. Rhyme cammina verso il serpente e non deve nemmeno rallentare il passo per permettergli di strisciare sul suo corpo, i loro movimenti perfettamente armonizzati. Sono una squadra in perfetta sintonia.

«Forza, Joy!» grida da sopra le sue spalle. «Dobbiamo concludere il nostro primo allenamento con una nota positiva!»

Qualcosa nel mio petto si accende. «Con la cena?!»

Sorride. «Vediamo come te la cavi nei campi di fuoco.»

L'asciugamano mi cade di mano.

Per mia fortuna, tutti i campi di fuoco nelle vicinanze sono già occupati.

Poetry suggerisce di scacciare qualche Montecchi, ma Rhyme pensa che non sia una mossa saggia. Quindi, non solo devo attraversare irrigidita metà del roseto con gli arti congelati e bianchissimi, ma l'unico campo libero è quello accanto a una piscina strapiena. Gli studenti seduti sul bordo della piscina, con i piedi penzoloni nell'acqua, mi lanciano da lontano sguardi così cattivi che mi si contorce lo stomaco.

È la combriccola di Sorrow.

Cenerentola, alias Sorrow, salta in piedi appena vede Rhyme e china la testa grigio cenere davanti a lui. «Mio principe! Ho portato Paper in infermeria, ha il naso rotto, ma per il resto sta bene. Sarà pronta per il ballo.»

È vero; Poetry aveva detto qualcosa sul fatto che avessi rotto il naso a uno di loro. Deve essere successo mentre scalciavo per risalire quando stavo quasi per annegare. O almeno credevo di farlo. La mia compassione è limitata.

Rhyme la fissa con sguardo freddo. Balboa, il cui corpo pesante appoggia sopra le sue spalle, emette un sibilo pericoloso. «Sai quanto mi stia a cuore il benessere della mia casata.»

Sorrow si inchina ancora di più. «Sì, mio principe.»

«E con questo intendo tutti i Capuleti» aggiunge gelidamente. «Nessuna eccezione.»

Lo sguardo di lei vacilla incerto. «Mio principe?»

«Sono assolutamente certo che capirai dove voglio arrivare. Dovreste usare il vostro prossimo allenamento in piscina per riflettere sul vostro comportamento nei confronti degli altri Capuleti.»

«Noi… abbiamo già finito il nostro allenamento per oggi.»

«No» risponde lui. «Non è così.»

Schiocca le dita e l'acqua della piscina inizia a gorgogliare come se fossero stati attivati i getti di un idromassaggio, ma dalle grida sbigottite della combriccola di Sorrow, sotto la superficie sta accadendo qualcosa di completamente diverso. Uno dopo l'altro, scivolano così bruscamente dentro la piscina, come se fossero stati tirati per i piedi.

Sorrow impallidisce.

«Buttati» le ordina Rhyme. «I miei serpenti faranno sì che tu abbia abbastanza tempo per ripensare a tutto.»

Un brivido le percorre il corpo, ma dopo un attimo di esitazione si avvicina al bordo della piscina e si tuffa con i pugni chiusi. Entra schizzando nell'acqua, riemerge solo per un attimo e viene immediatamente tirata giù. Un serpente a strisce bianche e nere si intravede tra le bolle per una frazione di secondo.

Stage geme e borbotta tra sé e sé come un vecchio confuso: «Così non avrà mai… Così non avrà mai una ragazza… Tutti quegli sforzi per niente…» Ma Poetry si limita a sollevare il mento e a sistemarsi gli occhiali da sole specchiati. «Non si meritano altro. Devono aver spaventato Joy a morte. Inoltre, è un buon allenamento.»

Mi avvicino a Rhyme a bordo piscina e mi torco le mani. «Non sono sicura che tu mi abbia fatto un favore.»

«Non preoccuparti, per i Capuleti non è altro che un giro di punizione.» Mi lancia uno sguardo freddo. «E poi, chi dice che l'ho fatto per te?» Ma un piccolo sorriso che si forma all'angolo della sua bocca lo tradisce all'istante.

Mi mordo il labbro inferiore. «Chiunque tu abbia cercato di aiutare, spero davvero che questa persona indefinita sappia difendersi la prossima volta. Non appena avrà imparato a respirare acqua e fuoco» aggiungo con muta disperazione.

«Purtroppo, non possiamo respirare fuoco. Ci brucia» ribatte Rhyme.

«Non vedo l'ora» sussulto.

Ci lasciamo alle spalle la piscina, la cui superficie dell'acqua è ormai completamente piatta e immobile, e ci dirigiamo verso il campo di fuoco. Si trova dietro una fontana sfarzosa con serpenti marini che sputano acqua ed è esattamente della stessa dimensione della piscina.

La sabbia, che sembra quarzo rosa finemente macinato, brilla ai bordi del fuoco.

Poetry ne prende un pizzico tra le dita e lo lascia cadere davanti al mio naso. Scintilla nell'aria. «Questo minerale non esiste in nessun'altra parte del mondo. Non sappiamo esattamente da dove provenga, ma si diffonde come se fosse vivo sotto le radici di queste rose. In ogni caso, fa sì che l'ossigeno delle piscine possa essere assorbito meglio dalla nostra pelle e ci fa bruciare meno.»

«Il che significa che anche i Montecchi resistono più a lungo della media nelle nostre piscine» chiarisce Stage. «E i Capuleti, d'altra parte, non bruciano così velocemente nel fuoco.»

«Sembra fantastico» mormoro. «Potresti definire con più precisione in termini di tempo il concetto di *non così velocemente*?»

«Hai circa un minuto prima che ti si formino delle vesciche sulla pelle» dice Rhyme e aggiunge - mentre rimango a bocca aperta per lo shock - con una scrollata di spalle: «Un minuto è un tempo sufficiente in un duello».

«Sono ancora favorevole al piano di rinchiudermi nella stanza di Poetry» gemo, ma gli altri non mostrano alcuna pietà. Stage mi fa coraggio, Tear mi offre delle lacrime se dovessi bruciarmi, Drapes mi mostra il pollice in su e Poetry si getta tra le fiamme con una capriola da film per dimostrarmi che non ho nulla da temere. Quando riemerge, si scuote i brillantini rosa dalla spalla e mi sorride. «La sabbia è morbida, non si scalda mai troppo e smorza le fessure da cui proviene il fuoco. Sembra di rotolare su un materasso riscaldato. Prova!»

Rhyme, alle prese con Balboa che non si fida più di me e sibila al fuoco, mi dà una gomitata. «Non devi rotolartici subito. Attraversalo e basta.»

Mi sembra una soluzione accettabile.

Ammesso che anch'io mi bruci meno. Passo una mano tra le fiamme un paio di volte, non sento nulla e mi faccio coraggio. Con un grido impulsivo, mi getto nel fuoco. «Chi non risica, si brucia!»

Mi sembra di correre su un campo da beach volley in una calda giornata estiva. La sabbia calda schizza sotto i miei piedi e il fuoco gioca intorno ai polpacci come un vento caldo. Sono quasi arrivata all'altra estremità quando, inaspettatamente, inciampo in una barriera all'altra estremità e cado nelle fiamme. Non sono sorpresa di atterrare su qualcosa di morbido. Tuttavia, sono molto stupita che questa cosa morbida si alzi improvvisamente e mi sollevi dal fuoco con sé.

È il principe dei felini. I capelli scuri gli turbinano sugli occhi nel vento caldo. Mi aiuta a rimettermi in piedi e mi toglie la sabbia dalla spalla. «Mi hai beccato» dice con un sorriso. «Speravo di potervi spiare un po'.»

Esco in fretta barcollando dal campo di fuoco, ma Cut si ferma al centro e mi osserva divertito. Sentire dire che i Montecchi sono immuni alle fiamme è ben diverso che vederlo con i propri occhi. Lo fa sembrare indistruttibile, come un angelo vendicatore che sorge dalle fiamme dell'Inferno.

«Perché i tuoi pantaloncini non vanno a fuoco?» grido.

Cut ride. «Vedo ti concentri sulle cose importanti!»

Qualunque cosa intenda sempre.

Balboa sembra aver dimenticato per un momento la sua paura del fuoco e gli sibila aggressivo sopra le fiamme e si contorce così violentemente tra le braccia di Rhyme, che lui riesce a malapena a trattenerla. Cut si limita a sorridere. «Perché non entri? La vecchia bestiaccia ha perso l'appetito per me?»

«Vieni qui e scoprilo» lo sfida Rhyme.

Cut schiocca la lingua come se stesse cercando di attirare un gatto domestico. Il che è vero, almeno per quanto riguarda il gatto. Tuttavia, non è un animale domestico che esce dai cespugli di rose, ma la sua pantera. Il felino mi passa accanto con maestosa disinvoltura e il pelo del collo gli si rizza davanti al gigantesco serpente.

Balboa è inarrestabile.

Scivola via dalle braccia di Rhyme, si contorce a terra alla velocità della luce per spingersi meglio e sfreccia tra le fiamme così incredibilmente veloce da farmi sussultare per lo shock. Tuttavia, non colpisce il felino, ma strangola con forza una statua a ben due metri di distanza.

La pantera sembra piuttosto confusa.

Cut scoppia a ridere, si cinge la pancia fremente con le braccia e ride tra le fiamme.

I capelli neri gli ricadono fin sopra la bocca. «È una nuova tattica, Capuleti?!» sbuffa. «Vuoi che rida a crepapelle?!»

Rhyme incrocia le braccia davanti al petto, ma anche dall'altra parte del campo si vede che ha le guance rosse. «Balboa è vecchia» la difende. «Abbastanza vecchia da averti morso il culo quando portavi il pannolino, se ti ricordi. Mostra un po' di rispetto!»

Cut si raddrizza. «Mi ricordo» conferma con un tono pericoloso. «Ho ancora la cicatrice.» Guarda la pantera. «Che ne dici, Fledder? Mangia un po' di Capuleti per cena»

La pantera volta la sua possente testa verso Cut, poi guarda Rhyme e inizia a muoversi a passo spedito.

Rhyme si irrigidisce, ma non si muove. In sottofondo, sento frusciare tra i cespugli e sospetto che altri animali siano pronti ad assistere i loro padroni.

Ma non si arriva a tanto.

Perché Fledder si lascia cadere di lato a metà strada, alza in aria una zampa posteriore nera e si pulisce le parti intime senza muoversi. Per un attimo, Rhyme sembra sconcertato quanto Cut, ma si riprende più rapidamente. Emette uno strano verso soffocato, e solo un attimo dopo mi rendo conto che è una risata trattenuta. Il suo torace trema silenziosamente, ma si asciuga le lacrime di riso dagli occhi.

«Sul serio?! Adesso devi pulirti gli attributi?» sibila Cut alla sua pantera. Il grosso felino si limita a scuotere le orecchie spelacchiate e continua a leccarsi, indifferente.

Approfitto del diversivo per sfrecciare dall'altra parte, correndo intorno al campo di fuoco. Tear mi tende la mano e mi abbraccia sollevata. «I suoi pantaloncini sono fatti di materiale ignifugo» spiega. «Come i nostri costumi da bagno, ovviamente.»

«Così non dovrai guardare il suo sedere sfregiato. Non importa quanto a lungo Montecchi si nasconda da me nel fuoco» sogghigna Rhyme mentre spinge me e Tear verso le scale. Anche Stage e Poetry si uniscono a noi. «Andiamo su a cenare. La prima sessione di allenamento di Joy non può finire meglio che umiliando il principe dei felini.»

«Chi lo sa?!» ci grida Cut così forte che riecheggia in tutto il roseto. Non c'è una sola testa che non si volti curiosa nella nostra direzione. Persino io sbircio furtivamente da sopra le spalle. «Forse a Joy piace di più il mio sedere sfregiato che il tuo?!»

CAPITOLO 22

Mettiamo in chiaro una cosa: non sono in grado dimostrare la teoria di Cut riguardo al suo sedere sfregiato, né il giorno dopo né nelle due settimane successive. I suoi pantaloncini neri, che spesso spuntano appariscenti vicino alla nostra piscina, che spuntano tra le siepi di rose dietro il nostro campo di fuoco o che salgono le scale davanti a me in modo provocatorio, non mi fanno dimenticare la questione. Solo alle lezioni di ballo nel piazzale di marmo non si fa mai vedere; né lui né Rhyme. Entrambi i principi sono troppo impegnati a far congelare nelle piscine o a grigliare nei campi di fuoco i membri delle loro casate. È un vero peccato, perché un po' di incoraggiamento mi sarebbe servito.

Avevo appena iniziato a capire il senso dei balli e dei duelli quando sono state aggiunte nuove regole. A quanto pare, non basta che Capuleti e Montecchi debbano ballare insieme. In fin dei conti, questi balli non sono altro che piccoli mini-duelli prima di quelli veri nel roseto.

«Se non sei tu a guidare, lo farà il tuo avversario.» Stage mi tira a sé, ci fa girare e spinge la sua coscia tra le mie gambe. Gli metto le braccia intorno al collo come ho imparato a fare, mi lascio andare all'indietro e uso il mio peso per lanciarlo sopra di me. A dire il vero, stento a credere che atterri sui tappeti come previsto. Esulto, almeno fino a quando non salta in piedi con aria di sfida e mi porge la rosa che ha rubato dalla spilla sul mio petto.

«Ancora» piagnucolo.

Stage alza le spalle con rammarico. «Potevo tranquillamente prenderti la rosa. Dov'eri con la testa?»

Sospiro e mi asciugo il sudore dalla fronte. «Se vuoi proprio saperlo, stavo pensando al sedere dei ragazzi.»

«Al mio?»

«Scusa, no.»

Aggrotta la fronte e si gira per guardarsi il sedere. «Cos'ha il mio che non va?»

«Il tuo sedere è molto attraente.» Il che non è una bugia. Si vede benissimo dai pantaloni della tuta blu acceso. Tuttavia, nel corso delle nostre lezioni di danza, mi sono resa conto che il contatto fisico ravvicinato con Stage non scatena in me alcuna emozione più profonda. «Ma per me è come se fosse il sedere di un fratello» gli spiego.

Stage si piega deluso, ma si riprende subito. «Probabilmente è meglio così.»

«Neanche per sogno, è un disastro.» Poetry arranca verso di noi nella sua tuta argentata. Sebbene le fonti di potere non possano partecipare ai balli ufficiali, si allena con Tear, anche se non si può più chiamare allenamento: è più un'esibizione di due professioniste. I loro movimenti intrecciati sono così ipnotici che attirano regolarmente l'attenzione. «Se Joy si lascia influenzare così da qualcuno che non trova affatto attraente, allora è come se avesse perso il ballo.»

«Non ha detto che non mi trova affatto attraente» si lamenta Stage, ma Poetry si limita a rispondere sbuffando. Si piazza di fronte a me e mette le braccia sui fianchi. «Devi concentrarti, Joy! Se perdi la rosa, perderai il comando. E i Montecchi contro cui devi ballare possono farti di tutto.»

Incrocio le braccia davanti al petto. «La vostra logica è incomprensibile per me. Più ballo male, meno è probabile che un

Montecchi mi guardi. E se nessuno di loro mi fissa con sguardo innamorato, non saremo scelti come potenziali innamorati, no? Non è proprio quello che vogliamo?»

Gli occhi di Poetry quasi schizzano fuori dalle orbite. «Ma è una vergogna per la nostra casata se perdi il comando a un ballo. Per non parlare del fatto che generazioni di donne hanno lottato duramente per il diritto di condurre. Cento anni fa era ovvio che dovesse farlo il ragazzo. Fino ad allora, noi ragazze non eravamo altro che belle bamboline da spingere avanti e indietro sulla pista da ballo.»

«Inoltre, i principi sono liberi di scegliere chi vogliono per il primo ballo» aggiunge Stage sottovoce, battendo gli indici tra loro. «Avevo alcuni piani per te...»

«Piani?»

«Potresti ballare con Rhyme.»

«Cosa?!» Sfregarmi contro la coscia di Stages per giorni e giorni non ha suscitato nulla in me, ma al solo pensiero di combattere ballando in modo sensuale con il principe dei serpenti davanti all'intera Accademia sento uno sciame di calabroni nella pancia. «Non è possibile! Io... io... riesco a malapena a memorizzare i movimenti di una singola figura!» Mi rivolgo a Poetry per chiedere aiuto. «Ingarbuglierei soltanto i nostri piedi! Cadremmo a terra di fronte a tutta la scuola! SAREBBE una vergogna per la casata Capuleti!»

Evidentemente Stage non si rende conto di quanto sono nel panico, perché aggiunge benzina sul fuoco. «Sarebbe piuttosto eccitante, se voi due cadeste l'uno sull'altra sulla pista da ballo...»

«NON BALLERÒ CON RHYME!»

La mia voce riecheggia tra gli alti edifici, facendo sì che non solo Tear e Drapes si voltino verso di me, ma anche tutti gli altri Capuleti, impegnati a esercitarsi per i balli.

«Perché no?» mi chiede qualcuno alle mie spalle.

Trasalisco così violentemente che mi si lega tutta la schiena e mi giro con l'agilità di un novantenne. Persino le vertebre del mio collo scricchiolano come un ingranaggio male oliato.

Rhyme è in piedi dietro di me con il suo costume da bagno blu reale. È lo stesso Rhyme che non si presenta mai alle lezioni di danza, ma indossa ancora una maglietta in parte bagnata che gli si attacca alla pancia. Quando riesco a sollevare lo sguardo verso il suo viso, mi sorride. Tiene in mano un sacchetto di carta marrone.

«Possiamo fare due chiacchiere? Là sotto il gazebo? Ho qualcosa per te.»

Stage ci guarda con gli occhi sgranati, mentre io seguo Rhyme sotto un gazebo ai margini del roseto, che sembra una gigantesca gabbia per uccelli. La struttura in ferro battuto è invasa di rose, le cui pesanti teste pendono verso di noi. Una piccola nicchia romantica, dove i ballerini possono riposarsi di tanto in tanto.

Rhyme si mette di fronte a me così che gli altri non possano vedere ciò che estrae dalla busta di carta. È una cartolina con l'immagine di un palazzo signorile sulla riva di un lago che scintilla al sole. «Ecco, è per te.»

La prendo e la giro.

«È di papà! Non posso crederci!»

I miei occhi volano sulle righe, divorando una parola dopo l'altra, per poi ricominciare da capo e rileggere tutto con calma. Il cuore mi batte in gola.

Cara Joy,

mai nella mia vita ho visto una città così stimolante come Mantova. L'arte, l'architettura, il teatro! Ogni giorno è un piacere e passa in fretta. Sono sicuro che starai trascorrendo un periodo altrettanto meraviglioso nella tua nuova scuola.

Ti voglio tanto bene, tesoro mio!

Papà

Vorrei alzare la testa e ringraziare Rhyme, ma gli angoli della mia bocca tremano in modo sospetto e ho inoltre bisogno di qualche altro istante per far sì che le lacrime nei miei occhi si asciughino.

«Ecco, anche queste sono per te.» La busta di carta fruscia e altre cartoline vengono tenute sotto il mio naso. Le prendo e guardo le immagini lucide di edifici antichi, ponti ad archi e castelli con merli ornati.

L'ultima cartolina raffigura un'arena le cui arcate mi ricordano l'Accademia, ma sembrano molto più antiche.

Una cometa bianca esce dall'arena disegnando un alto arco e brilla con numerose punte sulla piazza antistante. È una gigantesca opera d'arte in metallo.

«Se tieni gli occhi aperti, puoi trovare ovunque riferimenti all'infausta stella» dice Rhyme. «La chiesa la vende ai turisti come la Stella di Betlemme, naturalmente, ma le famiglie più antiche sanno cosa rappresenta davvero.»

Giro le cartoline e sollevo lo sguardo stupita. «Sono vuote?»

Rhyme mi sorride. «Questa non è Mantova, è Verona: Piazza delle Erbe, la Torre dei Lamberti e l'Arena.» Una dopo l'altra, tocca le immagini di una magnifica piazza, di una torre riccamente decorata e dell'antica arena con l'opera dell'infausta stella. «Quando la maledizione sarà sconfitta, ti mostrerò la mia città natale. Secondo me, è molto più splendida di Mantova, anche se potrei essere un po' di parte.» Mi gira le cartoline che tengo in mano. «Ci ho attaccato dei francobolli, vedi? Puoi usarle per scrivere a tuo padre.»

«Posso scrivere cartoline a mio padre?»

«Mi dispiace, so che non è un cellulare, ma…»

Gli getto le braccia al collo e lo abbraccio. «Grazie! Grazie! Grazie!»

«Non… non c'è di che...» balbetta tra i miei capelli. Le sue mani si posano per un attimo sulla mia schiena prima di sfiorarmi con esitazione le scapole. «Te le avrei procurate prima, ma dovevo convincere Giulietta. Naturalmente, leggerà tutto ciò che scriverai, quindi sii brava a esprimerti.»

Giulietta. Lady Capuleti. Non la vedo da due settimane, e la cosa non mi dispiace affatto. Sono due settimane che non sono sotto la sua influenza, ma Rhyme profuma ancora di erba appena tagliata e di luce solare bianca e luminosa. Lo lascio andare, faccio qualche passo indietro e mi copro gli occhi con le cartoline.

«Ora vuoi dirmi perché non vuoi ballare con me?» mi chiede.

Il cuore mi batte forte.

«Non… non è per te. Quando ballo sono così rigida, sembro uno spaventapasseri. E i miei calci possono al massimo scacciare una zanzara. Il che forse è un'esagerazione, perché non riesco nemmeno ad alzare le gambe così tanto» borbotto. «Non ho la grazia per fare le mosse di danza classica o la sensualità per ballare la salsa, e di certo non ho l'equilibrio per eseguire i passi di lotta della capoeira. Ci risparmierebbe di soffrire inutilmente.»

«Mm.» Rhyme incrocia le braccia davanti al petto e mi scruta da cima a fondo. «Per tradizione, i principi devono fare il primo ballo. Cinque minuti interi sulla pista, durante i quali devo mostrare cosa possono fare i Capuleti in nome della mia casata e a cosa i Montecchi farebbero meglio a stare attenti. Per questo, ho bisogno di una compagna che abbia più fiducia in se stessa di te.»

Annuisco in fretta e furia. «Sono assolutamente d'accordo.»

Il suo sorriso si allarga. «Credo che ti manchi solo la motivazione necessaria. Ma possiamo rimediare.» Si inchina verso me con un gesto della mano molto elegante, che rovina rivolgendomi un sorriso estremamente sfacciato. «Joy Capuleti, è un onore nominarti mia compagna di ballo ufficiale.»

Indietreggio allontanandomi da lui. «COSA?!»

Si alza con calma e se ne va tranquillo.

A pochi metri di distanza, sorride di nuovo sopra delle spalle.

«Cosa stai aspettando? Mancano solo due settimane al ballo! È meglio che ti alleni.»

IL PRIMO BALLO

Cari studenti dell'Accademia,
prendete le vostre maschere d'argento e d'oro,
assaggiate il leggendario vino di rose
e danzate su polvere di stelle scintillante:
il comitato del ballo vi dà il benvenuto
al primo ballo della stagione!

Il programma del ballo:

Discorso dei conti Capuleti e Montecchi
Ballo d'apertura dei principi
Nove balli secondo i vostri carnet di ballo
Ultimo ballo
Elezione della regina e del re del ballo
Un'ora per la scelta delle guardie del corpo
Il duello degli innamorati

CAPITOLO 23

«Esci, Joy!» Poetry bussa alla porta. «Non fare la bambina.»

«Non faccio la bambina! Riconosco l'imminente catastrofe e mi nascondo in bagno come un'adulta responsabile!»

«Quel vestito ti sta benissimo!»

«Il problema non è il vestito, ma...» Giocherello con la scollatura tempestata di diamanti, che arriva quasi all'ombelico e lancio un'occhiata disperata allo specchio del bagno. Il nastro adesivo di Poetry tengono tutto a posto, ma mi sento più nuda in questo vestito inesistente di tessuto trasparente che nella rete da pesca, e questo è tutto dire. «Mi permetto di ripeterlo, il vestito è parte del problema. Quando mi muovo, brillo come una palla da discoteca!»

«È proprio questo il punto, sei la prima ballerina, aprirai le danze! Tutti gli occhi saranno puntati su di te!»

«...»

«Joy? Joy, stai bene?»

«Forse non avresti dovuto dirle che è la prima ballerina» sussurra Tear a bassa voce attraverso la porta. «Se vomita, non riusciremo mai a pulire in tempo il tessuto tempestato di diamanti. Il ballo inizia tra meno di un'ora.»

«Per il tuo bene, cercherò di dirigere il contenuto del mio stomaco da un'altra parte» ansimo in direzione della porta.

Tear tace.

Sento un altro rumore, ma questa volta molto più attutito:

sembra che qualcuno stia bussando alla porta della camera di Poetry. Sento dei passi, poi dei sussurri. Chiunque sia entrato viene informato della situazione di emergenza. Ma al momento non mi interessa. Per quanto mi riguarda, possono stampare la mia faccia su enormi striscioni e appenderli a tutte le finestre dell'Accademia con sotto la parola *fifona*, purché mi risparmino di ballare.

«Joy?» dice la voce profonda di Rhyme. «Vuoi aprire la porta, per favore?»

Mi cingo la pancia luccicante con le braccia, aggroviglio i miei braccialetti scintillanti nei diamanti, lotto con il vestito per qualche secondo e mi lascio cadere scoraggiata sul bordo della vasca. «Non riesco ad aprire la porta.»

«Non devi essere nervosa. Sarò con te tutto il tempo.»

«Dico sul serio. Non posso aprire la porta perché i braccialetti sono impigliati nel vestito. Le mie braccia sono legate alla pancia.»

Sento degli strani rumori ovattati che all'inizio non riesco a riconoscere. Il mio cuore sussulta quando finalmente capisco cosa sta succedendo là fuori.

«State ridendo di me di nascosto?» dico indignata.

«Ridendo? Noi… siamo Capuleti» risponde Stage, palesemente sforzandosi. «Non possiamo ridere.» Qualcuno grugnisce divertito. Qualcun altro camuffa le sue risatine con un finto colpo di tosse, senza successo.

Lancio un'occhiataccia in direzione della porta. «È ufficiale! Non vi parlerò più!»

«È ufficiale: siamo tuoi amici» ribatte Poetry. «E come tali, ti trascineremo fuori da questo bagno, se necessario, ti spingeremo sulla pista da ballo e affronteremo sempre insieme tutto ciò che succederà!»

Alla parola *amici* sento una dolce fitta al petto. Certo, ho avuto amici in passato, in tutto il mondo. O almeno è quello che pensavo che fossero. Ma non ho mai avuto amici che mi hanno scelta di punto in bianco come compagna di ballo o che hanno passato giorni a sfogliare dépliant di stilisti per trovare l'abito perfetto per me. E posso garantire che nessuno di loro avrebbe tremato in piscine gelate o corso tra fiamme ardenti insieme a me per settimane.

Non importa quante volte abbia sbagliato i passi di danza e la combriccola di Sorrow abbia riso di me alle mie spalle, Stage ha sempre mantenuto la nostra dignità e mi ha rimesso in piedi con un grande sorriso. Non importa quante volte mi mancasse il fiato quando mi tuffavo o quante volte inciampassi sui piedi invece di eseguire un calcio volante con disinvoltura, Poetry riusciva sempre a trovare qualche miglioramento. Anche Tear e Drapes, che ci accompagnano al ballo solo come fonti di potere, si sono date un gran daffare per me e mi hanno aiutata a memorizzare mosse e strategie di combattimento. E quando la sera mi mettevo a letto stanca morta, loro mi si accoccolavano accanto e facevano battute sulla combriccola di Sorrow finché non mi addormentavo con un sorriso all'angolo della bocca.

«A proposito, ho una chiave di riserva» mi avverte Poetry.

E la usa.

Ma non è lei a entrare per prima.

La porta si apre e appare un principe delle nevi. Sussulto mentre lo squadro dalla testa ai piedi. Rhyme indossa pantaloni grigio scuro che sembrano tessuti con veri fili d'argento. La fibbia della sua cintura, sopra la quale si nota il profilo dei suoi addominali, è d'argento e tempestata di diamanti tagliati grossolanamente che brillano alla luce del bagno. Indossa una camicia aderente griffata, color argento scuro, dei ricami traforati sufficienti a rivelare la forma del suo corpo sotto di essa. Il ricamo è ondulato e dà la precisa illusione dell'acqua in movimento. Diamanti tagliati grossolanamente brillano anche sulle sue orecchie. Perfino i capelli chiari sono acconciati ad arte e hanno un bagliore argentato.

L'unica nota di colore sono i suoi occhi azzurro ghiaccio, che non mi lasciano nemmeno per un secondo mentre si inginocchia davanti a me.

«Credevo» gracchio con la gola stretta, «che non ti piacesse fare shopping.»

È strano vederlo improvvisamente davanti a me vestito per il ballo. Nelle ultime due settimane non l'ho quasi mai visto. Poetry e Stage mi hanno allenata seguendo le sue istruzioni, ma non mi sarebbe dispiaciuto se fosse stato presente. Tuttavia, più di trecento altri Capuleti la pensavano allo stesso modo. A parte alcuni rapidi momenti - quando si sedeva al tavolo principesco con i capelli umidi e ingurgitava la colazione mentre scriveva centinaia di appunti per gli allenamenti della sua casata - non ci parlavamo quasi mai.

Mi sarebbe piaciuto chiedergli perché voleva ballare con me.

Poetry ha pensato che sarebbe stata una buona strategia per salvarmi dal duello: è meno probabile essere scelta come potenziale innamorata di qualsiasi Montecchi se il principe dei serpenti mostra un evidente interesse per me. Ma c'è una voce silenziosa dentro di me che si chiede se ci possa essere un'altra ragione per questa scelta; una voce che lo spera silenziosamente e segretamente.

Fantastico, ora sto davvero per sentirmi male.

«Non mi piace fare shopping.» Rhyme mi sorride. «Ma il ballo in maschera è una tradizione da più di mille anni e, come principe della mia casata, devo onorarla. Inoltre, Giulietta mi avrebbe ucciso a sangue freddo se mi fossi presentato in jeans.»

«Avrebbe ucciso solo il tuo cadavere» interviene Poetry da dietro. «Ti avrei ucciso prima io se non fossi stato coordinato con il vestito di Joy. Ora togliti di mezzo e lasciami salvare la tua compagna di ballo!»

Poetry si accovaccia davanti a me con indosso un abito corto di tessuto argentato scintillante e si occupa dei miei braccialetti. La vera bellezza non ha bisogno di una palla da discoteca, suppongo. Rhyme si appoggia al lavandino e incrocia le braccia davanti al petto. Qualunque cosa veda quando mi guarda, contrae gli angoli della bocca, divertito.

Sospiro rumorosamente sulla spalla di Poetry, facendo inavvertitamente muovere i suoi riccioli biondi. «Lungi da me fare la drammatica» chiarisco. «Ma questo ballo d'apertura è un errore madornale.»

«Dovresti preoccuparti di più dei duelli» dice Drapes in disparte. «Anche stasera, se il re e la regina del ballo non si riveleranno veri innamorati, uno di loro non lascerà mai più il roseto.».

Le mie budella si contorcono.

Ormai so tutto. Rhyme mi aveva già parlato delle maschere teatrali che vengono date agli avversari in duello; due squadre con l'obiettivo di mettere la maschera al potenziale innamorato dell'altra. Ma allora non mi aveva detto quali sarebbero state le conseguenze di un duello perso. L'ho scoperto solo qualche giorno dopo, quando Poetry me lo ha sussurrato e tutti gli altri guardavano altrove con sguardi scossi, a disagio. A dire il vero, da allora ho evitato di pensare a lungo alle possibili conseguenze. Invece, mi sono concentrata su l'imbarazzo che sicuramente proverò, al cento per cento.

«Non farla innervosire ancora di più» Tear rimprovera Drapes.

Stage si fa largo davanti alle ragazze e mi sorride incoraggiante. «Non farti prendere dal panico, Joy. Riuscirai a gestire il duello se dovrai affrontarlo davvero. Dopotutto, non hai avuto crampi ai polpacci in piscina per più di una settimana.»

«Ma non riesco ancora a respirare sott'acqua» ribatto.

«Ma puoi correre attraverso il fuoco più velocemente di chiunque altro» mi incoraggia Poetry. Purtroppo, ha già liberato il mio braccio. «Inoltre, ieri hai messo Stage completamente fuori combattimento in dieci secondi, e lui è uno dei migliori.»

«Perché sono inciampata sui miei stessi piedi e gli ho accidentalmente calciato della sabbia calda negli occhi.»

«Esattamente.» Poetry mi toglie l'ultimo braccialetto dal tessuto scintillante e aggrotta eloquentemente le sopracciglia. «Sei imprevedibile! Nessun Montecchi è preparato a te!»

«Hai ragione.» Mi ricompongo e mi liscio la stoffa sulla pancia. «Non ho paura del duello. Mi accascerò morta sulla pista da ballo per un profondo senso di vergogna.»

Rhyme sorride. «Ti prenderò in tempo.»

«Ottimo» ringhio. «Almeno vedrò qualcosa di bello prima di andarmene.»

Le parole mi sono uscite di bocca prima che mi rendessi conto di quello che ho detto. Rhyme si blocca, completamente immobile, Poetry mi fissa come se fossi uscita di senno e Stage quasi si scioglie nello stipite della porta.

«Mi correggo» borbotto a malapena ed evito di guardare in direzione del lavandino, o della bella persona appoggiata contro. «Forse è meglio che adesso vada...»

Come volevasi dimostrare, non è così facile morire di vergogna. Non ci riesco mentre marciamo attraverso il corridoio lucidissimo, né mentre attraversiamo l'atrio lindo e pulito, né quando Tear e Poetry mi prendono sottobraccio e mi trascinano attraverso le porte di vetro colorato.

I pavimenti sono stati puliti tutto il giorno così che i nostri piedi nudi non si sporchino. Se c'è una cosa buona del ballo è questa: le scarpe assassine sono severamente vietate. Si balla a piedi nudi sulla sabbia scintillante di quarzo rosa e i ballerini più bravi vengono addirittura giudicati per l'abilità con cui fanno vorticare la sabbia. Tuttavia, ho dovuto saltare questa parte dell'allenamento, dopo che ho accecato Stage per un giorno.

«Wow!» esclama Tear quando entriamo nel refettorio.

Con mio grande sollievo, siamo i primi. Non ci sono centinaia di studenti che battono i piedi per dimostrare rispetto al loro principe, che mi squadrano da cima a fondo e che avvicinano tra loro i nasi curiosi per bisbigliare su di noi. Rilasso un po' le spalle, poi vedo cosa ha colpito tanto Tear.

Tutti i tavoli sono scomparsi, ora il refettorio è solo una gigantesca serra con alberi mediterranei e palme che spuntano da uno spesso strato di sabbia. Migliaia di piccole luci a forma di gocce d'argento o fiamme d'oro fluttuano sopra le nostre teste come lucciole. Al centro della sala, proprio sopra i tavoli dei principi, una stella rosa pallido di quarzo rosa brilla verso di noi. La sua controparte reale scintilla attraverso il soffitto di vetro, a migliaia di chilometri di distanza. Mentre ci avviciniamo alla sabbia soffice, mi rendo conto che i blocchi di marmo spezzati sono stati uniti. Ora formano un unico tavolo che si incastra perfettamente, anche se un lato è ancora d'argento e l'altro d'oro. Solo una cosa è completamente diversa.

«Perché le sedie sono state sostituite?» si chiede Drapes.

Poetry corruga la fronte. «Non lo so, è anche il mio primo ballo.»

«Giulietta ha detto che stasera i tavoli dei principi saranno usati per il comitato del ballo.»

Rhyme alza le spalle. «Forse preferiscono sedersi su antiche sedie di legno intagliate.»

Poetry rivolge al fratello uno sguardo penetrante. «Giulietta ti ha finalmente detto chi fa effettivamente parte del comitato del ballo?»

Rhyme scuote la testa.

Gli do una gomitata di lato. «Con chi ha parlato tua zia al telefono?»

«Che vuoi dire?»

«Me lo hai detto il mio primo giorno qui» gli ricordo. «Non ti ricordi? Hai detto che tua zia era cambiata ed era sempre al telefono con qualcuno che non conoscevi. Se non sbaglio, hai parlato di due lettere apparse sul display.»

«Dobbiamo stare attenti a quello che diciamo davanti a Joy» dice Stage con finto imbarazzo. «Si ricorda ogni parola!»

Gli faccio la linguaccia. «Quando si pensa di essere stati rapiti, è un vantaggio ascoltare attentamente.»

«SL» risponde Rhyme. «Erano quelle le due lettere.»

Sostengo il suo sguardo per un intenso momento, poi indico le sedie più avanti. «È quello che pensavo. Guarda esattamente cosa hanno inciso nel legno dello schienale delle sedie.»

«SL» sussurra stupito.

CAPITOLO 24

Al lato opposto della sala, si aprono le porte a vetro colorato dell'ala dei Montecchi. Il principe dei felini entra con il suo solito seguito. La sua camicia d'oro si nota da lontano, così come il suo sorriso quando mi scorge nel mio abito da palla da discoteca. Incrocio istintivamente le braccia davanti al petto. Almeno c'è una giustizia equa in questo ballo, perché anche i torsi dei ragazzi sono mezzi nudi e avvolti in tessuti sexy. Il ricamo traforato sul petto di Cut è a forma di fiamme che guizzano sul suo corpo.

Il ragazzo che assomiglia tanto a Cut cammina al suo fianco. Ormai ho capito che si tratta di suo fratello minore, e dietro di loro segue una schiera di ragazze, una più luccicante dell'altra. Non ho idea di quale di loro sarà la mia controparte nel primo ballo, ma se dovessi tirare a indovinare, direi la ragazza dai capelli neri con il vestito rosso sangue. Nel refettorio, guarda Cut come se volesse gettarsi sul suo piatto.

«Dove hai preso quella fantastica camicia?» grida Poetry a squarciagola al principe dei felini. «Hai assalito un prestigiatore ambulante?»

Rhyme e Stage sorridono, ma anche Cut sembra leggermente divertito. Gironzola intorno al tavolo dei principi con le mani nelle tasche dei pantaloni e ci sorride sicuro di sé. «Se siete già impressionati da questa camicia, dovreste vedere cosa indosso sotto.»

Ovviamente niente di niente.

Poetry resta indifferente a queste parole. «Grazie, ma non mi interessa.

Cut sorride ancora di più. «Non mi riferivo affatto a te.»

Rivolge i suoi occhi dorati verso di me.

Rhyme mi si para davanti.

«Sono davvero lusingato» sogghigna. «Se solo mi avessi rivelato prima i tuoi sentimenti...»

«Attenzione, ragazzi!» una voce riecheggia dalla galleria. Lady Capuleti scende dalla scalinata centrale, seguita da una folla di servitori. Anche oggi non indossa scarpe, il che la fa sembrare molto meno pericolosa. Al contrario, il suo sorriso dipinto di rosso è affilato come una lama. «Se continuate a flirtare così, il comitato vi nominerà i due re del ballo. Viviamo in tempi di mentalità aperta.»

«Non abbastanza aperta» sospira Tear.

Poetry la guarda stupita, facendola trasalire. Il suo viso assume un colorito malsano, almeno quanto quello di Rhyme e Cut, che si guardano con orrore e indietreggiano contemporaneamente di un passo, allontanandosi l'uno dall'altro.

Lady Capuleti sorride soddisfatta. «Presto gli studenti saranno fatti entrare, ed è ora che i principi si ritirino in galleria e si preparino per il ballo.»

Il ballo!

Mi chiedo se la sabbia sia abbastanza profonda per scavare una buca. Se sono abbastanza abile, non mi troveranno mai per tempo. Rhyme mi afferra il polso. «Resta qui! Sembra che tu voglia nasconderti nella sabbia.»

Rido, colta di sorpresa, ma riesco a mettermi una mano sulla bocca appena in tempo, in modo che sembri solo un singhiozzo. Rhyme lancia una rapida occhiata alle sue spalle, ma per fortuna i Montecchi si stanno già dirigendo verso le scale.

«Joy...» esordisce con tono ammonitore, ma io lo interrompo. «Lo so! Lo so! Non devo ridere davanti ai Montecchi o mi priveranno di tutta la mia forza.» Mi sfugge un sospiro struggente quando mi rendo conto delle implicazioni. «Allora potrei cadere svenuta nella sabbia fino alla fine di questi balli...»

Rhyme mi trascina irremovibile verso le scale.

Tear si è fermata sul gradino più basso e guarda Poetry, che è già più in alto con Stage e Drapes. Si sfrega le mani nervosamente. La prendo sottobraccio e la tiro su con me. «Tutto bene?»

«Certo.» Si sforza di sorridere.

Con mia grande sorpresa, anche Rhyme si è accorto che qualcosa non va. Guarda ostinatamente davanti a sé, come se non fosse affatto interessato a quello che ci diciamo tra noi ragazze, ma dice con tono molto gentile: «Anche a Poetry piaci, Tear. Solo che non si è ancora resa conto di quanto».

«Sembra che sia una cosa di famiglia» sussurra Tear quasi impercettibilmente

Il mio stomaco sussulta in modo strano.

Una volta su, siamo divisi dai Montecchi. Ai Capuleti è riservato un balcone separato che, attraverso un arco nel muro, conduce all'esterno dell'Accademia. Attraversiamo le tende bianche che si agitano nell'aria calda della sera e raggiungiamo una balaustra di marmo decorata. L'anello chiuso di edifici ci separa dal mondo esterno a tal punto che mi sorprende la normalità della città: l'illuminazione artificiale delle strade, le luci al neon dei condomini, i fari bianchi e i fanali rossi delle auto che passano. Dopo un mese senza cellulari e Internet, avevo quasi dimenticato in che epoca vivessimo.

Due maggiordomi escono sul balcone e ci porgono dei vassoi. Su uno ci sono bicchieri di cristallo pieni di luccicante spumante rosa pallido, sull'altro maschere sottili per gli occhi in argento puro. Tutte le maschere hanno una forma simile, con angoli affusolati in corrispondenza degli occhi e del naso, ma sono leggermente diverse tra loro. Il metallo è stato abilmente lavorato: linee elegantemente curve, borchie metalliche e perfino punte simili a quelle di una corona.

Tutti prendono una maschera, solo io esito.

«Questo è un ballo in maschera» mi ricorda Poetry e me ne mette in mano una. In effetti, l'avevo completamente dimenticato tra tutte le altre informazioni. «Ed è così fin dall'inizio, da oltre mille anni. Prova un po' a indovinare dov'è nata la tradizione delle maschere in Veneto. Abbiamo praticamente inventato il carnevale.»

«Abbiamo anche colto l'occasione per inventare un gioco in cui gli uomini lanciavano uova ripiene di acqua di rose alle loro amate» interviene Stage facendomi l'occhiolino. «Non tutte le nostre invenzioni sono state dei successi senza tempo.» Prende una delle maschere più decorate dal vassoio e se la lega sulla nuca con nastri di velluto argentato. «Un tempo la gente era molto rigida. Bisognava essere mascherati anche solo per parlare con qualcuno. Maschere e tanto vino di rose.»

«Che tra l'altro, abbiamo inventato noi.» Rhyme prende due bicchieri dal vassoio e me ne porge uno. Ha spinto la sua maschera tra i capelli in modo che io possa vedere i suoi occhi brillanti. «Dovremmo brindare al nostro ballo.»

Mi cingo la pancia luccicante con le braccia e lo guardo accigliata. «Credevo che fossi più strategico. Non dovresti offrirmi nulla che possa mettere a rischio il mio senso dell'equilibrio. Hai dimenticato che hai passato un'ora a lavare via la sabbia dagli occhi di Stage?»

«Non fa una piega» conferma Stage.

Rhyme si limita a sorridere, mi mette in mano il drink e ci fa tintinnare delicatamente contro il suo bicchiere di cristallo. «Questo è vino di rose fatto apposta per noi, non c'è una goccia di alcol. Ma...»

Niente alcol?

Lo bevo tutto d'un fiato e mi lecco le labbra dolciastre. Tutto questo stress mi ha fatto venire una gran sete e mi è sempre piaciuta la limonata alla rosa. Il vino ha un sapore assolutamente delizioso.

«*Ma*» sottolinea Rhyme con gli occhi sgranati, «il vino di rose abbassa le inibizioni molto più di quanto possa fare l'alcol.»

Tutti mi guardano.

«Cosa?» dico.

Stage annuisce per confermare. «È quello che ho appena detto! Una volta erano assolutamente rigidi! Certo, usavano tutti degli intrugli per sciogliersi un po'.»

Fisso il mio bicchiere vuoto. «È una droga?»

«Il vino di rose non ti farà alcun male» mi rassicura Rhyme. «E non influenzerà in alcun modo le tue decisioni. Ti dà solo il coraggio di fare ciò che vuoi veramente.»

«Come buttarmi giù da questo balcone per sfuggire alla mia infelicità?» suggerisco con una punta di lieve orrore.

«Non farti prendere dal panico, Joy. Lo berremo anche noi.» Poetry prende altri bicchieri dal vassoio e li porge a tutti. «Questo vino di rose è leggendario; viene servito solo ogni diciassette anni ai balli in maschera. È un privilegio poterlo assaggiare.»

Tuttavia, noto che tutti esitano prima di alzare i bicchieri e sorseggiare con estrema cautela. Tutti tranne Rhyme. Lui guarda prima me, poi scruta il vino rosa scintillante nel suo bicchiere come se stesse valutando la forza di un avversario, e lo butta giù in un sorso. Quando si accorge del mio sguardo incredulo, sorride. «Ora faremo entrambi quello che vogliamo fare davvero.»

«Mi sento strana» gemo. «Credo che questa roba stia già funzionando.»

«Perché?» chiede qualcuno dall'altro balcone. «Anche tu sei stata colta da un improvviso desiderio di prendere a calci il principe dei serpenti? Comunque, è quello che vorrei fare adesso.»

È Cut, ovviamente.

Non ho nemmeno pensato al fatto che il balcone dei Montecchi è a pochi metri dal nostro. Entrambi i balconi sporgono verso l'esterno come due semicerchi perfetti uno accanto all'altro e, a parte le tende all'ingresso bianche o nere, sono assolutamente identici. Il principe dei felini si appoggia al lato della balaustra rivolto verso di noi. Sta roteando un bicchiere di vino di rose mezzo vuoto e ha la testa appoggiata al braccio. Non si accorge nemmeno delle ragazze Montecchi che lo fissano alle sue spalle.

«Sono lusingato che mi pensi così spesso» sogghigna Rhyme e gli lancia un bacio.

Cut fa finta di vomitare oltre il balcone.

Solo quando Lord Montecchi esce dalle tende nere dietro di lui, si raddrizza sospirando e si dirige verso gli altri membri della sua casata. Per una frazione di secondo, lancia uno strano sguardo oltre le spalle. Non ha senso: il principe dei felini ha intorno a sé molte più persone di noi, eppure ho l'assurda sensazione che possa sentirsi solo.

Anche Lady Capuleti rispunta. Entra nel nostro balcone e batte le mani incoraggiante. «Ora gli studenti sono in sala e l'orchestra ha preso posto nelle gallerie. Tutti gli accompagnatori devono scendere in pista. I principi arriveranno non appena inizierà la musica. Avete capito? Forza! Andiamo!»

Poetry, Stage, Tear e Drapes non perdono neanche un secondo e scompaiono immediatamente attraverso le tende bianche. Solo io afferro la mano di Rhyme. Lui mi guarda sorpreso.

«Non posso farlo!» dico presa da un attacco gigantesco di ansia da palcoscenico. «Mi dispiace, ma non ce la faccio proprio! Non ci siamo mai esercitati insieme! Perché non lo abbiamo fatto almeno una volta?!»

«Ehi, va tutto bene.» Mi stringe la mano. «Mi dispiace di non aver avuto più tempo per te. Ma dopo aver passato gran parte della prima settimana a occuparmi di te, mi sono dovuto concentrare di più sugli altri Capuleti. Non volevo dare alla combriccola di Sorrow altri motivi per prenderti di mira. Non preoccuparti, ho osservato Stage e te da lontano tutte le volte che ho potuto. Conosco le tue mosse.»

«Ma io non conosco le tue!»

«Joy.» Mi mette le mani sulle spalle e mi guarda intensamente negli occhi. «Prendo lezioni di danza da quando avevo tre anni, quindi qualunque cosa tu faccia, posso adattarmi. Ti fidi di me?»

«Mi fido di te, ma non dei miei piedi!» dico.

Poetry fa capolino dalla tenda. «Joy, dove sei?»

«Arriva subito» risponde Rhyme senza voltarsi a guardarla. Non vede lo sguardo sorpreso che lei gli rivolge mentre scompare di nuovo.

«Avresti dovuto scegliere una ragazza esperta quanto te» dico. «Laggiù non succederà nessun miracolo alla Walt Disney: io ballo proprio come chi lo fa da appena un mese. E non c'è nulla di cui vantarsi.»

«Non ho mai voluto vantarmi di te. Non mi interessa quello che pensano gli altri.» Abbassa lo sguardo, un timido sorriso appare sulla sua bocca, e sembra che lui stesso sia un po' sorpreso. Fa un verso, sottovoce, quasi come se non credesse a quello che sta per dire. «Voglio solo ballare con te.»

Il mio cuore sussulta.

La cosa più confortante che mi viene in mente in questo momento, la cosa che voglio fare di più ora, è stringerlo a me e respirare il suo profumo che sa di estate. Non riesco a pensare a nessun motivo per cui non dovrei farlo. Lentamente, lascio scivolare le mie braccia intorno alla sua vita e mi abbandono contro il suo corpo caldo. «Non posso farci niente» bisbiglio nella sua camicia. «È quel dannato vino di rose.»

Lui ricambia l'abbraccio e mi stringe forte.

«Lo so» sussurra tra i miei capelli.

«Joy?» Poetry schiocca le dita davanti al mio viso. «Joy, ci sei?»

Mi volto verso le scale della galleria che abbiamo appena sceso e le faccio un cenno sospirando. Rhyme deve rimanere al piano di sopra fino all'inizio della musica. Qui sotto, la sala da ballo è ormai talmente piena che la sabbia di quarzo rosa sbuca solo di tanto in tanto da sotto i piedi nudi degli studenti. Più avanti, Stage ci fa cenno di attraversare la folla, facendoci capire che ha riservato dei posti davanti alla pista da ballo.

Poetry mi pizzica il braccio. «La tua maschera, Joy! Devi metterla.»

«Oh! Giusto.» Mi metto la maschera d'argento sugli occhi.

Uno spazio circolare è stato ricavato davanti al tavolo dei principi. Le sedie di legno intagliato sono ancora vuote, ma Lady Capuleti e Lord Montecchi si sono posizionati ai lati del blocco di marmo. Il loro discorso è già in pieno svolgimento mentre passiamo a fatica tra gli studenti sempre più accalcati per raggiungere Stage, Tear e Drapes.

«Non vi siete perse nulla» ci mormora Stage. «Un po' di influenza qui, un po' di manipolazione là. *Mi sento benissimo qui e non vedo l'ora di rendere orgogliosa la mia casata*. Tutto il repertorio.»

Gli studenti applaudono con entusiasmo i capifamiglia.

Poi l'orchestra inizia a suonare nelle gallerie.

Sono per lo più tamburi, che riecheggiano nella sala da ballo e fanno sì che tutti guardino verso la galleria, impazienti. Rhyme e Cut si trovano in cima alle scale e scendono insieme. Gli applausi raggiungono un volume tale da coprire quasi completamente gli archi.

Gli studenti si fanno da parte in fretta per far passare i loro principi sulla pista da ballo, ma allo stesso tempo tendono le braccia verso di loro come se volessero stringerli forte. Centinaia di polpastrelli scivolano su tessuti fatti di onde d'argento scuro e fiamme d'oro brillante. Entrambi i principi indossano maschere coordinate al loro abbigliamento; le espressioni sono illeggibili. Senza dire una parola, si fermano davanti al blocco di marmo.

«Principi dell'Accademia!» La voce di Lord Montecchi rimbomba nella sala. Due maggiordomi si fanno avanti e porgono a ciascun principe un vassoio con una rosa. «Scegliete le vostre compagne!»

Mi tremano le ginocchia.

A differenza di alcune delle ragazze Montecchi, che si spingono spudoratamente da una parte all'altra per assicurarsi l'onore del primo ballo, io preferirei sempre nascondermi da qualche parte. Mi aggrappo a quello che Rhyme mi ha detto; è l'unico motivo per cui non scappo in preda al panico quando lui mi si avvicina lentamente, ma con decisione. Alcuni Capuleti dietro di me sussultano spaventate, forse perché sperano segretamente di essere scelte. Quando Rhyme si ferma davanti a me, espirano deluse.

I suoi occhi sembrano ancora più azzurri del solito sotto la maschera d'argento. «Pronta?»

Farfuglio qualcosa di incomprensibile.

«Scelgo Joy Capuleti!» grida a squarciagola attraverso la sala.

Mi appunta la rosa al vestito e si inginocchia con una gamba davanti a me, come la tradizione del ballo in maschera richiede. Tuttavia, Stage e Tear si aggrappano l'uno all'altra come se stesse per chiedermi di sposarlo da un momento all'altro. Solo Poetry e Drapes alzano gli occhi al cielo.

Anche i Montecchi iniziano a mormorare. Guardo curiosa e mi accorgo sorpresa che la ragazza dai capelli neri e dal vestito rosso sangue è restata a mani vuote. A una a una, cerco tra le ragazze una rosa su un petto, ma nessuna di loro sembra essere stata scelta. Cut cammina tranquillamente sulla sabbia verso il principe dei serpenti.

Rhyme lo fulmina con lo sguardo da sopra le spalle. «Che diavolo stai facendo?»

«Non farti prendere dal panico» dice Cut con calma. «Non ti sceglierò.»

Accanto a me, Poetry si irrigidisce. «Non esiste che io balli con te!»

Il sorriso di Cut si allarga. Solleva la rosa, la fa oscillare vicino a Poetry, che quasi cade all'indietro tra gli studenti per lo shock, e scoppia a ridere. Non c'è più traccia di gioia sul volto di Tear. A giudicare dal luccichio dei suoi occhi, sta per torcere il collo al principe dei felini. Ma poi, a un tratto, lui si ferma. Per qualche motivo, il suo sguardo si sposta su di me.

Mentre giro la testa in avanti, Cut mi appunta la rosa sul vestito. Con un sorriso sfacciato, fa un passo indietro, si inginocchia sulla sabbia di fronte a me e grida forte attraverso la sala: «Anch'io scelgo Joy Capuleti!».

CAPITOLO 25

Rhyme si alza di scatto e spinge forte Cut sul petto. «Se vuoi mettermi i bastoni tra le ruote» gli sibila, «allora prenditela con me! Ma lascia stare i miei amici!»

Cut fa qualche passo barcollando sulla sabbia, ma il sorriso sfacciato sul suo volto non vacilla nemmeno per un secondo. Si scosta i capelli neri dagli occhi e grida in direzione del blocco di marmo: «Ho letto le regole del ballo tre volte! E dicono chiaramente che i principi possono scegliere qualsiasi partner per il primo ballo!».

«Stai alla larga dai Capuleti!» tuona la voce di Lord Montecchi. Suo padre non si muove, ma dai muscoli sporgenti della mascella è chiaro che stringe forte i denti. Avrebbe inevitabilmente costretto chiunque altro nella stanza a ritirarsi, ma i principi resistono alla sua influenza.

Forse anche Lady Capuleti se ne accorge. Invece di cercare di usare il suo potere, e di rendersi ridicola se anche Cut dovesse resisterle, adotta una strategia diversa. «Le regole sono chiare, Romeo. Può ballare con chi vuole. Lascia che i ragazzi giochino un po'.»

Cut ride e mi tende la mano. «Balla con me, Joy!»

Anche Rhyme si gira verso di me.

È come se i miei piedi fossero bloccati nella sabbia.

«Bene, allora!» Poetry afferra la rosa di Cut dal mio petto e marcia verso il principe dei felini. «Ballerò io con te. Le tue suppliche sono insopportabili!»

Il sorriso di Cut scompare. «Non voglio ballare con te!»

«Allora impediscimelo!» Poetry prende la rincorsa, fa una capriola sulla sabbia e fa oscillare la gamba in aria, esattamente dove un secondo prima c'era la testa di Cut. Deve essersi abbassato più velocemente di quanto potessi vedere e salta all'indietro, allontanandosi da lei. Sul volto di Poetry appare un'espressione battagliera e gli si scaglia contro con evidente divertimento. «Non dimenticare che finché ho la rosa, comando io!»

I due mi hanno distratta a tal punto che non ho notato Rhyme avvicinarsi a me. Sollevo lo sguardo sorpresa quando mi prende la mano e mi avvicina a sé, sorridendo. «Ti va di esercitarti di nuovo con il calcio nella sabbia? Quell'impertinente di Montecchi non aspetta altro.»

Non ho idea di come faccia esattamente, ma Rhyme riesce a guidare il mio corpo nella giusta direzione con dei piccoli movimenti. Solleva le nostre mani, gira il polso e mi fa volteggiare come per magia. Il mio bacino urta contro la sua gamba, ma lui risponde con un movimento così fluido che sembra che io non abbia sbagliato.

«Non dovrei essere io a condurre?» gli sussurro.

Mi sorride. «Dimmi solo cosa vuoi fare, è la stessa cosa.»

«Che ne dici di seppellirmi nella sabbia e aspettare che Cut inciampi su di me?» propongo. «Oppure balliamo verso la ragazza dai capelli neri con il vestito rosso sangue e le diamo una spinta sulla pista da ballo. Sembra che voglia cavare gli occhi al principe dei felini.»

Rhyme guarda sopra la mia testa. «Ci pensa già Poetry.»

Mi afferra per la vita e mi solleva, proprio mentre Cut passa sotto i miei piedi e allunga la gamba così velocemente che Poetry gli sfugge facendo un'agile capriola sulla sabbia. Rhyme potrebbe mettermi di nuovo a terra, ma invece mi fa girare intorno alle sue spalle e mi prende dall'altra parte. Gli metto automaticamente le braccia intorno al collo: è l'unico modo per evitare di cadere di faccia davanti a tutta l'Accademia.

«Non te la cavi così male» afferma.

«Invece sì» sussulto senza fiato. «I tuoi insegnanti di danza erano solo molto bravi.»

E questo è un eufemismo. Non soltanto Rhyme riesce a farmi girare da un lato all'altro della pista con mosse eleganti e senza farmi sembrare un blocco di legno con un abito simile a una palla da discoteca, ma riesce anche a schivare i colpi di Poetry e Cut con la stessa abilità di chi ha appena provato una complicata coreografia. Mi sorride per tutto il tempo, come se non dovesse pensare nemmeno per un secondo ai nostri passi; come se si stesse semplicemente divertendo a ballare con me.

All'improvviso, delle braccia mi cingono la vita da dietro e una testa di ricci biondi appare sopra la mia spalla. «Ti va di scambiarci?» chiede Poetry al fratello. «Ho fatto scaldare il principe dei felini per te.»

Rhyme sorride alla sorella e mi lascia andare.

Poetry mi fa girare e mi prende con la stessa facilità del fratello. Il mio sguardo cade sul fiore sul suo petto. «Chi di noi due conduce adesso? Abbiamo entrambe una rosa.»

«Conduciamo entrambe.» Poetry getta la testa all'indietro e ci fa girare in tondo con sicurezza. Non come delle ballerine professioniste, ma come delle ragazzine, per il solo gusto di farlo. Mille piccole luci turbinano sopra di noi in un vortice di colori brillanti. Sento una risata salirmi in gola e devo mordermi il labbro per evitare che mi sfugga accidentalmente. Quando le sue dita scivolano via dalle mie, barcollo fino al bordo della pista da ballo con un ampio sorriso.

Stage mi prende e mi tende la mano per darmi il cinque, che io colpisco solo a metà a causa delle vertigini. «So che Rhyme è bravo» dice con orgoglio. «Ma non dimentichiamo chi ti ha insegnato a ballare nell'ultimo mese. Quel giro intorno al suo collo era degno di un principe. Non mi hai deluso.»

Poetry fa un'elegante capriola verso di noi e atterra con i piedi leggeri sulla sabbia. Tear si cinge la vita con le braccia e fissa il suolo, con le guance rosa, finché Poetry non le afferra la mano, si alza in punta di piedi e le preme la fronte contro. «Il prossimo ballo è nostro, okay?»

Tear le sorride con gli occhi che brillano. Sento un calore dentro di me nel vederle, ma mi allontano per concedere loro un momento privato.

Solo allora guardo i principi ballare.

Ed è una danza armoniosa, come lo sono quando attaccano e schivano. Se non lo sapessi, penserei che si siano messi d'accordo. «Come fanno a reagire così rapidamente?» mi stupisco.

Stage fa un verso di apprezzamento. «Queste sono vere arti marziali.»

Rhyme e Cut si lanciano l'uno contro l'altro, sollevando i pugni per colpirsi e, allo stesso tempo, tuffandosi sotto i colpi. Cut si gira di lato e calcia contro Rhyme, ma solleva la sabbia e il principe dei serpenti la schiva con una capriola all'indietro. Non appena Rhyme atterra, gli sferra un calcio sulla sabbia, ma Cut si sposta di lato e la polvere scintillante piove solo sul blocco di marmo. Rhyme non perde un secondo, salta in alto e gira su se stesso. Il suo calcio potrebbe spezzare l'osso del collo a qualcuno, ma il principe dei felini salta all'indietro senza problemi, come se non avesse la spina dorsale. Invece, ride spavaldo e Rhyme non riesce più a nascondere il suo sorriso. Solo allora mi rendo conto che la discussione iniziale si è trasformata in qualcos'altro.

«Si divertono...» mi rendo conto con stupore.

Stage annuisce. «Ovviamente! Cosa pensavi: nessuno dei due

farà del male all'altro, stanno soltanto giocando.»

«Ma non erano rivali?»

«Solo perché *devono* esserlo» dice Poetry. «Credo però che per il momento l'abbiano dimenticato, grazie al vino di rose.»

«Cosa vuoi dire?»

Mi guarda a lungo, come se stesse soppesando cosa dire. Il verde ghiaccio dei suoi occhi sembra più vulnerabile. «L'Accademia ammette solo ragazzi di età superiore ai tredici anni. Solo i figli dei capifamiglia crescono qui il che, in un certo senso, li accomuna. Rhyme e Cut hanno esattamente un anno più di me.» Fa un sorriso malinconico, distorcendo la guancia. «Anche prima che imparassi a camminare per bene, loro due erano amici inseparabili.»

Anche Tear e Stage ascoltano stupiti.

«*Amici*?» ripeto incredula.

Poetry alza le spalle e il suo sorriso si spegne. «Naturalmente, quando sono diventati i principi delle nostre casate, non potevano più esserlo.» Sembra che queste non siano parole sue, ma che le abbia sentite da qualcun altro molto tempo fa. Non posso fare a meno di notare che guarda Lady Capuleti.

«È meglio così» dice Stage con un sospiro. «Non c'è posto per l'amicizia tra Capuleti e Montecchi nei duelli. Non finisce bene.»

Nessuno dice più nulla.

Guardo i principi.

Saltano e atterrano l'uno di fronte all'altro sulla sabbia. La sottile polvere luccicante brilla sui loro capelli, sui loro vestiti e sulla loro pelle. Nonostante abbiano entrambi il fiatone, i loro occhi brillano più che mai. *Amici*, mi viene da pensare, *solo il nome della loro famiglia li rende nemici.*

Guardo il soffitto di vetro e il cielo notturno. L'infausta stella non separa solo gli innamorati, ma intere generazioni di entrambe le casate. Quando il mio sguardo torna sul blocco di marmo che è stato unito per questa sera, mi rendo conto del suo significato simbolico. I Capuleti e i Montecchi non sono solo divisi a tavola: sono stati separati con la forza.

Il suono dei tamburi dell'orchestra ricomincia. Rhyme e Cut interrompono la lotta e guardano in alto sorpresi. Gli studenti mormorano, si voltano curiosi, uno a uno, verso la galleria. Stage, che è più alto di tutti noi, nota per primo le figure sulle scale. «Chi sono quegli uomini incappucciati?»

Dodici persone, vestite dalla testa ai piedi con semplici tonache marroni, scendono le scale in file di tre. Sembrano monaci, ma indossano guanti marroni e maschere di legno senza espressione. È difficile dire se siano davvero tutti uomini. Sebbene gli studenti si facciano subito da parte, questa volta nessuno allunga un braccio verso di loro; al contrario, tutti si allontanano il più possibile. Le figure incappucciate salgono sul blocco di marmo e prendono posto sulle sedie di legno senza dire una sola parola. Lady Capuleti allunga il mento e Lord Montecchi allarga ancora di più le spalle.

«Il comitato del ballo» sussurra Tear.

Poetry mi guarda eloquente. «SL.»

È Lady Capuleti a parlare per prima agli studenti. «Finalmente è arrivato il momento! Non vedete l'ora di correre alla parete di vetro a prendere i carnet di ballo. Saltare anche uno solo dei nove balli sarebbe una vergogna insopportabile! Non vedete l'ora di mostrare ciò che avete imparato!»

Gli studenti sollevano i pugni e la acclamano. Anch'io sento il bisogno di ballare di nuovo. Anche Tear saltella da un piede all'altro, impaziente.

«Questa sera le nostre due casate si uniscono!» grida Lord Montecchi. «Stasera combattiamo insieme! Beviamo vino di rose! Balliamo insieme! Non abbiate paura di nulla! A mezzanotte in punto saranno annunciate le diciassette coppie più promettenti per l'*ultimo ballo*!»

L'ultimo ballo!

Il ballo in cui vengono scelti il re e la regina. O in altre parole, i potenziali innamorati che stasera dovranno affrontarsi in duello nel roseto.

I tamburi dell'orchestra riecheggiano.

Un meccanismo si mette in moto sul lato della sala dove c'è la vetrata. All'inizio riesco solo a vedere gli studenti che si muovono a causa di qualcosa sul pavimento, poi una fila dopo l'altra di rettangoli color pergamena si alzano in aria. Solo quando ci avviciniamo mi rendo conto che una seconda parete di vetro si è eretta dal basso, su cui sono attaccati dei biglietti, meticolosamente etichettati: i carnet di ballo di cui parlava Lady Capuleti.

Stage impreca piano e scrolla le spalle imbarazzato quando gli lancio un'occhiata perplessa. Si gratta la nuca. «Ora comincio a essere nervoso. I biglietti ci dicono con chi dobbiamo ballare.»

Poetry, che ha sgomitato per arrivare davanti, grida sorpresa. «Ma guarda un po'! C'è una *Danse Libre*!»

Tutti intorno a loro sembrano capire di cosa si tratti e chiacchierano eccitati.

«Non parlo francese» borbotto.

«Significa "danza libera".» Rhyme spunta accanto a me. Ha spinto la maschera tra i capelli; piccole perle di sudore brillano tra la sottile peluria sulle tempie. «Puoi scegliere chi vuoi per questo ballo.»

«Vuoi ballare con me?» mi esce dalla bocca così velocemente che il battito del mio cuore, che poi batte ancora più forte, arriva un secondo dopo.

Rhyme aggrotta le sopracciglia. «Non dobbiamo dimenticare qual è il vero scopo di questo ballo» risponde con un tono pratico. «Il ballo dei principi è un'eccezione, tutti gli altri balli seguono le regole del comitato del ballo. E la regola principale è: i Capuleti possono ballare solo con i Montecchi.»

CAPITOLO 26

«Ehi, dove scappi?» grido al ragazzo attraverso la pista da ballo. «Saltare un ballo è una vergogna insopportabile!»

Il Montecchi mi lancia un'occhiataccia da sopra le spalle e il suo viso diventa rosso come un pomodoro. «Non sto scappando da nessuna parte! Non vedi?» Allunga il piede gonfio per dimostrarlo. «*Zoppico*! Mi hai pestato il piede sette volte! *Sette*!»

«Mi dispiace, ehm…» Tiro fuori il carnet di ballo piegato dalla profonda scollatura del vestito luccicante e cerco di decifrare il suo nome. «Ehm, Pen?» borbotto con la fronte aggrottata. «Sei tu, vero? Il numero otto?»

Pen preferisce lasciare la pista zoppicando, lasciandomi al ballo numero nove.

«La *danse libre*» dice qualcuno alle mie spalle. «Mi sento in dovere di difendere la mia casata prima che altri Montecchi si facciano male.» Mi giro e vedo il volto sorridente di Cut. «A proposito, stai infrangendo le regole» aggiunge divertito. «Non si deve fare del male a nessuno studente prima del duello.»

«Vuoi ballare di nuovo con me?» Metto le braccia sui fianchi. «So esattamente perché lo stai facendo: mi stai usando per infastidire Rhyme.»

«Per quanto l'idea possa sembrare allettante…» Infila le mani nelle tasche dei pantaloni e si volta verso la pista da ballo, dove Rhyme sta ballando con la ragazza dai capelli neri e il vestito rosso sangue. I due stanno benissimo insieme. Lei ci lancia uno sguardo trionfante, ma Cut si limita ad alzare le spalle, annoiato. «... Rhyme non c'entra affatto.» Nei suoi occhi appare un luccichio, come di sfida. «È solo per precauzione, capisci? Non posso rischiare di ballare con una Capuleti che potrebbe innamorarsi perdutamente di me. E visto che tu non provi assolutamente nulla per me, siamo la coppia perfetta, non è vero?»

«Ho capito la tua tattica.»

A queste parole, sorride ancora di più. «Funziona?»

Mi guardo tutt'intorno, ma non importa dove io guardi, incontro sempre lo sguardo di un Montecchi, che si volta dall'altra parte inorridito. Si è sparsa la voce sulle mie doti di ballerina e non avrei dovuto provare a fare una piroetta al mio primo compagno di ballo; almeno non avrei dovuto piegargli accidentalmente il polso nella direzione sbagliata. Si è inginocchiato davanti a me, gridando. L'argomentazione di Cut, secondo cui vuole proteggere la sua casata da me, non è poi così inverosimile. «Va bene» sospira. «Devo chiedere a qualcuno. Ma non ballerò con te davanti a Rhyme. C'è un angolo laggiù in fondo, tra le palme da dattero, dove non attireremo l'attenzione.»

Cut s'illumina. «Ne conosco uno migliore.»

Le scale che portano alla galleria sono bloccate da due guardie per tutta la durata dei balli, così come le due porte doppie. Tutti gli studenti devono rimanere nella sala, dove il comitato del ballo può tenerli d'occhio. Ma Cut conosce una via d'uscita segreta. Mi conduce a un piccolo albero di limone, dietro la quale c'è una porta nascosta nel muro. «Una delle uscite di servizio» mi sussurra furtivamente, poi mi spinge dentro in fretta e chiude la porta dietro di noi. «Al piano di sotto c'è la cucina e al piano di sopra la galleria.»

«Ma non possiamo saltare un ballo» dico. Allo stesso tempo, ho la strana sensazione di dare voce ai pensieri di qualcun altro. «Sono riusciti a influenzarmi di nuovo, non è vero?» mi rendo conto all'improvviso. «Anche se so che lo stanno facendo, non riesco a impedirlo.»

Il sorriso di Cut si affievolisce. «Non hanno detto esattamente dove ballare, quindi non sarà una *vergogna insopportabile*» cita Lady Capuleti, «se ballerai con me sul balcone di sopra. Posso?»

Mi tende la mano.

Mi viene da deglutire. «È davvero una buona idea?»

«Sarebbe una terribile idea» risponde lui con un sorriso, «se lo facessimo davanti al comitato del ballo. Ma lassù non ci vedrà nessuno. Saremo soli soletti.»

«Quindi faremo il nostro dovere senza metterci in pericolo» riassumo. «Mi sembra una strategia accettabile»

Gli prendo la mano e lascio che mi conduca su una stretta scala dietro il muro.

Entrambi i balconi sono deserti, sia quello dei Capuleti che quello dei Montecchi. Quando usciamo dalle tende nere, l'aria limpida della sera soffia verso di me. Cut alza il braccio e mi fa girare su me stessa come per magia. Per un attimo, le stelle sopra di me si confondono in cerchi luminosi.

«Ink si sbagliava» mi sussurra Cut. «Non mi paralizzerai alla prima piroetta.»

«Ink?»

Sorride. «Il mio fratellino. Ti ha spiata tutta la sera per me, come dice lui, e ora pensa che tu sia una bomba a orologeria con un vestito da palla da discoteca.»

«È un'ottima sintesi. Che ne dici di una figura di sollevamento? Così ti faccio vedere cosa so fare. Sono crollata sul ballerino numero tre come un soufflé.»

«Lo so. Sono stato uno dei primi a soccorrerlo e a portarlo via dalla pista da ballo.» Il che fa ridere Cut, del tutto fuori luogo.

«Dovresti avere più compassione per la tua casata» brontolo.

«La mia casata dovrebbe esercitarsi di più.» Mi afferra per i fianchi, mi lancia in aria e gira sotto di me alla velocità della luce, prima di riacciuffarmi senza problemi e farmi scivolare di schiena contro il suo petto. «Prima di lamentarti, ricorda che ho la rosa e posso fare quello che voglio» mi sussurra all'orecchio da dietro.

Inorridita, cerco il fiore sul petto, ma è scomparso. «Quando l'hai presa?!»

Invece di rispondermi, mi fa girare e mi tira a sé. La musica dell'orchestra è meno forte qui fuori, ma i tamburi vibrano ancora più violentemente tra le vecchie mura. Cut balla a tempo con me sul balcone, la sua coscia spinge costantemente tra le mie gambe, quando non mi sposto abbastanza velocemente. Con Stage era completamente diverso.

«Lo fai apposta?» chiedo, con le guance in fiamme.

Lui sorride. «Stavo per chiederti la stessa cosa. Sto solo ballando a tempo. Devi essere più veloce.»

«È quello che sto cercando di fare! Ma i tamburi sono sempre più veloci.»

«Ti darò un po' di tregua.» Non so come faccia Cut, ma all'improvviso mette un braccio sulla mia pancia e io ci faccio una capriola come per magia. È a dir poco un miracolo che riesca ad atterrare su entrambi i piedi senza rompermi il collo. La cosa ancora più sorprendente, però, è che Cut non perde il ritmo neanche per un secondo, mi gira semplicemente verso di lui e ci fa volteggiare entrambi velocissimi sul balcone.

L'orchestra suona sempre più velocemente e a un certo punto i miei piedi non riescono più a tenere il passo. Non ho altra scelta che aggrapparmi al suo collo e cingergli i fianchi con le gambe. Solo quando la musica termina con un colpo di timpano ci fermiamo entrambi.

Per qualche secondo, il mondo gira intorno a noi. Il suo petto si alza e si abbassa rapidamente e il suo respiro caldo mi travolge; non riesco a interpretare l'espressione nei suoi occhi perché non mi stanno guardando. Il suo sguardo si sofferma sulla mia bocca.

Scivolo via dai suoi fianchi e gli torco il polso finché non è costretto a seguire il movimento. «Ehi, stai barando!» si lamenta con un sorriso,

«Non è vero.» Sorridendo, gli porgo la rosa che ho rubato di nascosto dal suo petto durante l'ultima piroetta. «La musica è finita e la rosa è mia, ho vinto.»

In quel preciso momento, le campane della chiesa di Verona suonano la mezzanotte. Ormai sono abituata al loro rintocco notturno, ma quando all'improvviso un'altra campana rintocca, molto più vicina e forte, trasalisco. Sembra che il suono provenga dal cuore del roseto.

«Dev'essere la campana della torre dei diamanti» sussurra Cut con reverenza. «Rintocca solo in occasione dei balli. Non l'ho mai sentita prima in vita mia.»

Sussulto. «Annunceranno le coppie per l'*ultimo ballo*. Non dovremmo andare di sotto?»

Cut mi lascia andare e si dirige verso un tavolo con sopra del vino di rose.

Tira fuori la bottiglia dal secchiello con il ghiaccio e versa il liquido frizzante in due bicchieri. «Finché non ci selezioneranno, nessuno si accorgerà della nostra assenza. E se sceglieranno uno di noi, probabilmente lo scopriremo quassù prima di quanto vorremmo.»

«Non è un onore essere scelti per il duello?»

Si volta verso di me in silenzio e si limita a guardarmi.

Aggrotto le sopracciglia mentre ripenso alle mie parole. «È davvero così?» mi chiedo a bassa voce. «Come faccio a sapere cosa voglio davvero se non riesco a distinguere tra l'influenza di Lady Capuleti e Lord Montecchi e quello che penso?»

«Puoi farlo.» Cut si avvicina a me e mi porge un bicchiere di cristallo pieno. «Altrimenti non ti staresti ponendo la domanda.»

Prendo il bicchiere, ma lo guardo con fermezza negli occhi. «So cosa fa il vino di rose, proprio come lo sai tu. Mi dici a cosa ti serve tutto questo coraggio?»

Fa tintinnare il suo bicchiere contro il mio. «A rimanere quassù.»

Quando l'orchestra inizia a suonare per *l'ultimo ballo*, smettiamo di ballare e ci ritiriamo in un angolo del balcone, ci sediamo per terra e guardiamo la strada giù attraverso le colonne di marmo della balaustra. Non ci sono più molte persone, ma quelle che passano davanti all'Accademia ci guardano in modo struggente, come se cercassero la fonte di questa musica meravigliosa. Non parliamo per diversi minuti, ma il silenzio tra noi è piacevole. Non mi ero resa conto di quanto potesse essere bello avere qualcuno con cui stare in silenzio.

«In realtà, non volevo berne troppo» sospiro nel mio bicchiere vuoto. «Mi sento la gola molto secca e irritata. Aspetta un attimo! È sorta la luna nuova! È la maledizione della rosa? Ma siamo tutti dentro l'Accademia, no?»

«Durante i balli, l'infausta stella ci dà tempo fino alla fine del duello.» Cut fa roteare un'ultima goccia nel suo bicchiere. «Vuole trovare questi innamorati stasera tanto quanto noi. Il raschio in gola è solo un avvertimento per non dimenticare il nostro dovere.»

La musica finisce e la campana della torre dei diamanti suona di nuovo. Ho la nausea.

«Il re e la regina del ballo sono stati annunciati, vero?» sussurro. Rhyme ci ha spiegato il processo diverse volte, ma dirlo ora ad alta voce lo rende davvero reale per me. «Dobbiamo scendere nel roseto?»

Cut sospira. «Non ancora. D'ora in poi, i potenziali innamorati hanno un'ora di tempo per scegliere le loro guardie del corpo. Solo allora dovranno duellare.»

«È vero, non avevo pensato alle guardie del corpo.»

Il duello è deciso dagli innamorati, ma ognuno può scegliere tre compagni che lo sostengano. Ogni volta che uscivo da uno di quei buchi nel ghiaccio e giustificavo tremante la mia pausa dicendo che era estremamente improbabile essere scelti tra più di seicento studenti, Stage e Poetry me lo ricordavano; non ci stiamo allenando solo per noi stessi, ma anche per i nostri amici che potrebbero essere scelti.

A un tratto, si sentono dei rumori provenire da dietro.

Diverse coppie di piedi rimbombano su per le scale e voci arrabbiate riecheggiano nelle volte. Salto in piedi e per un attimo non so dove posare il bicchiere, finché Cut non si alza e me lo prende.

«Questo è il balcone dei Montecchi!» farfuglio nervosamente. «Devo andare!»

Sul balcone accanto, le tende bianche si aprono vorticosamente. Con il cuore che batte forte, mi precipito sul ballatoio attraverso le tende nere. Quasi investo qualcuno, borbotto delle scuse e mi fermo solo quando Drapes mi afferra saldamente per le braccia. I suoi occhi si illuminano per lo stupore. «Oh mio Dio, Joy! Dove sei stata? Ti abbiamo cercata dappertutto!»

«Mi dispiace, io...»

Non aspetta la mia spiegazione, ma mi tira con forza verso il balcone dei Capuleti. «Vieni con me! Rhyme ha bisogno di te ora!»

«Cosa... che vuoi dire?»

Attraversiamo le tende bianche. Appena vedo gli altri, lo shock mi colpisce come un pugno nello stomaco. Deve essere successo qualcosa di brutto. Rhyme è in piedi sul parapetto e grida nella notte con rabbia. La mano di Stage si posa sulla sua spalla, come se volesse confortarlo ma allo stesso tempo non osasse avvicinarsi a lui. Tear sprofonda a terra e scoppia a piangere. Poetry si accovaccia accanto a lei e le sussurra parole di conforto.

Le mie ginocchia cominciano a tremare.

«Rhyme?» dico con un filo di voce

Lui si volta per guardarmi in faccia. I suoi occhi sono sempre stati freddi, ma brillano come pugnali di puro ghiaccio. «Dove si è cacciato Montecchi?!» mi grida. «Gli torcerò quel maledetto collo!»

CAPITOLO 27

«Vi ho visti tra gli alberi!» Rhyme mi si avvicina così tanto che devo alzare la testa per guardarlo. Ha i capelli scompigliati, come se ci avesse passato più volte le mani. Non è mai sembrato così pericoloso nelle piscine o nei campi di fuoco. «So che Montecchi era con te! Dov'è?»

Per una frazione di secondo, il mio sguardo vaga verso l'altro balcone, ma Cut deve essersene andato subito dopo di me. Altri Montecchi attraversano le tende nere e danno pacche sulla spalla di qualcuno in mezzo a loro. Lo sguardo di Rhyme vaga oltre, ma poi torna verso di me. I suoi occhi azzurro ghiaccio quasi mi trafiggono.

«Ehi, datti una calmata!» Poetry, che si era accovacciata accanto a Tear, salta in piedi e si mette accanto a me. «Non è poi così grave.»

Stage finalmente si fa coraggio e tocca il braccio di Rhyme. «Possiamo farcela insieme.»

«È colpa sua, maledizione!» Rhyme scrolla la mano di Stage con un movimento violento. «Il comitato del ballo l'ha notata solo perché lui ha ballato con lei.»

Il mio cuore si ferma.

Per qualche istante, tutti i rumori intorno a me scompaiono, come se fossi stata improvvisamente sommersa dall'acqua. Mille pensieri vorticano nella mia mente: *non possono averci visto quassù! Non ci hanno nominato per l'ultimo ballo, né come potenziali innamorati! Non possono avere…* E poi, all'improvviso, capisco.

Tear piange amaramente.

Rhyme è fuori di sé dalla rabbia.

Ma Poetry... Poetry sembra stranamente tranquilla.

Si volta verso di me e mi sorride calorosamente. La sabbia di quarzo rosa brilla nei suoi riccioli chiari come diamanti ridotti in polvere. «Rhyme non è arrabbiato con te, Joy. Il suo istinto protettivo sta solo avendo la meglio su di lui.»

«Ed è giusto che sia così!» rimprovera Rhyme da dietro, ma viene nuovamente trattenuto da Stage. «*Sei la mia sorellina*!»

Sussulto.

Poetry sorride con malinconia e scrolla le spalle a malincuore. «Ho guardato a malapena il Montecchi con cui ho dovuto ballare l'*ultimo ballo*. Credo che il comitato non sia riuscito a trovare una coppia migliore e abbia dovuto scegliere qualcuno.»

«Tu….» Devo schiarirmi la gola perché la mia voce trema. «Tu sei la regina del ballo?»

«Vostra Altezza, se non ti dispiace!» Mi fa un inchino regale, il suo vestito argentato scintilla nella luce fioca dell'infausta stella. I suoi occhi verdi ghiaccio mi guardano sfacciatamente. «Il comitato del ballo ha scelto me solo per un motivo: perché sono la migliore, maledizione!»

«Poetry…»

Si raddrizza e si allunga verso l'altro balcone, dove qualcuno in compagnia degli amici riceve pacche incoraggianti. «Ehi, Montecchi, non vedo l'ora! Conta i tuoi ultimi minuti!»

Il ragazzo non fiata.

Il petto di Poetry trema per le risate trattenute. Solo quando si rende conto che nessuno di noi ride, alza le mani in aria, frustrata. «Che vi prende? Abbiate un po' più di fiducia in me, per favore! E poi Joy l'ha già mezzo azzoppato per me, non l'avete visto zoppicare su per le scale?»

Ho ballato con lui? Con dita tremanti, tiro fuori dal vestito il carnet di ballo sgualcito, leggo i nomi e, in effetti, trovo un volto corrispondente sull'altro balcone. È il Montecchi rosso come un pomodoro, solo che ora non è più troppo maturo, ma ha assunto un colore verdastro.

«Si chiama Pen» dico a nessuno in particolare.

«Presto non avrà più un nome.» Poetry mi volta le spalle con straordinaria rapidità e si accovaccia accanto a Tear, che si preme disperatamente le dita negli occhi per cercare di trattenere le lacrime.

«Per favore» dice Tear singhiozzando forte. «Tu... tu... devi... berle... per... rafforzarti!»

«Grazie. Lo farò.» Poetry le bacia le guance bagnate.

«Maledizione!» Anche Stage si colpisce gli occhi con una mano, ma Rhyme la tira giù irremovibile. «Trattieni le lacrime» gli ordina serio. «Avrai bisogno di ogni goccia della tua forza nel duello.»

Drapes fa un passo avanti e si liscia i lunghi capelli. «Chi di voi combatterà? Se volete, potete rafforzarvi tutti con me.»

Poetry preme il viso rigato di lacrime di Tear sulla sua spalla e ci guarda. Sono sicura che intendeva ogni parola che ha detto, ma le lacrime dell'amica non la lasciano indifferente. Macchie rosa le appaiono sul collo e gli occhi le brillano sospettosi. «Devo scegliere le mie guardie del corpo. Rhyme, vuoi venire con me?»

«Non lo chiedere neanche!» sibila alla sorella, sgranando gli occhi. «Non metterai piede nel roseto senza di me!»

«Stage?»

Lui deglutisce per reprimere le sue emozioni e si stringe nelle spalle larghe. «Certo, puoi sempre contare su di me.»

Poetry mi guarda. «E tu, Joy?»

Trasalisco; non me l'aspettavo. «Ma puoi sceglierne solo tre guardie, no? Che ne dici di Tear o Drapes? Le conosci da molto più tempo di me.»

«Verrei con te» ansima Tear, sussultando in lacrime sulla spalla di Poetry.

Poetry le accarezza amorevolmente i capelli verdi: «L'hai dimenticato? Solo i Capuleti possono essere scelti. Tear e Drapes ci sostengono con le loro lacrime. Allora? Vieni con noi?»

«Certo! Ma...» Abbasso lo sguardo. «Ma non sono brava nel combattimento corpo a corpo. Non devi scegliermi solo perché siamo amiche. Ci sono Capuleti molto migliori di me.»

«Sì» concorda lei senza esitare. «Tecnicamente parlando, sei una principiante, ma hai qualcosa che conta di più in un duello.»

Sollevo lo sguardo confusa.

Poetry mi sorride. «Mi fido di te. Con tutta me stessa.»

Gli ultimi minuti prima del duello scorrono come sabbia tra le dita. Poetry sostiene Tear per un braccio, Rhyme e Stage escogitano piani di battaglia sul parapetto, e Drapes mi porge una lacrima scintillante sulla punta dell'indice. Devo costringermi a berla e, quando finalmente la ingoio, mi affonda nello stomaco come un sasso. Mi si deve leggere in faccia. «Non sono potente come il principe dei serpenti» mi dice scusandosi. «Ma posso dartene altre.»

Scuoto rapidamente la testa. «Va bene, sento l'effetto» rispondo non volendo deluderla. Quello che sento veramente, però, è un po' di nausea. Mi dirigo al tavolo nell'angolo, con il voltastomaco, mi verso del vino di rose e il liquido dolce mi scende in gola. Il vino mi formicola nel petto come pura felicità e mi sento fiduciosa.

Poi il tempo a nostra disposizione finisce.

Siamo chiamati al duello.

La sala da ballo è ormai vuota e tutti gli studenti si sono radunati sui gradini del roseto, da dove possono assistere a gran parte del duello. È severamente vietato entrare nelle aree verdi con le piscine e i campi di fuoco e, sebbene non ci sia una recinzione che lo impedisca, nessuno osa fare un solo passo al loro interno. Invece, si accalcano per farci passare per andare negli spogliatoi nel primo cerchio di terrazze. Si allungano sulle punte dei piedi finché non scompariamo dietro i cespugli di rose. Ci seguono in punta di piedi finché non scompariamo dietro i cespugli di rose e, anche se ora nessuno è più obbligato a indossare una maschera, molti hanno deciso di tenerla comunque. Preferiscono sicuramente potersi nascondere dietro un po' di anonimato.

Alla regina del ballo e alle sue guardie del corpo non è permesso indossare maschere; non possiamo nemmeno tenere i nostri abiti eleganti. Uno stretto sentiero che attraversa alte siepi di rose, che ci nascondono completamente alla vista degli studenti, conduce agli spogliatoi. Come per le docce, una porta poco appariscente, quasi invisibile nel muro, conduce a una stanza sotterranea retrostante. Dal pavimento al soffitto, è rivestita di marmo bianco come la neve, ci sono quattro camerini spogli dove cambiarsi e un grande blocco di marmo che funge da tavolo davanti.

Sopra il tavolo è stato disposto l'abbigliamento da combattimento ignifugo, ancora avvolto in sacchetti di plastica. Quando apro il mio e tiro fuori una tuta, sollevo le sopracciglia per la sorpresa. «I nostri abiti da duello sono neri! Non è il colore dei Montecchi?»

Rhyme fa a pezzi l'involucro con una tale violenza, come se lo avesse offeso personalmente, facendo volare i brandelli davanti ai miei piedi. «Di notte, i Montecchi sarebbero avvantaggiati se dovessimo gareggiare in abiti chiari» spiega a denti stretti. «Nei duelli non c'è differenza tra le nostre casate.»

Chissà se è arrabbiato con me?

Poetry è scomparsa dentro un camerino insieme a Tear. Lancio un'occhiata a Stage e Drapes, intenti a conversare, e mi avvicino a Rhyme. «Ho dovuto chiedere a un Montecchi di ballare la *danse libre*» gli sussurro.

«Lo so» risponde altrettanto piano. «Ma non ne hai scelto uno qualsiasi. Noi principi attiriamo l'attenzione su di noi più di chiunque altro, che ci piaccia o no. Poetry non l'ha fatto per divertimento prima. Ha ballato con il principe dei felini solo per proteggerti da lui.»

Così dicendo, prende le sue cose e scompare in un camerino.

Lo seguo con lo sguardo.

Poetry voleva proteggermi? Ha chiesto a Cut di ballare solo per risparmiarmi? È forse questo l'unico motivo per cui il comitato del ballo l'ha notata? E io, senza pensare minimamente alle sue motivazioni, ho buttato all'aria tutti i suoi sforzi e ho ballato con Cut come se nulla fosse!

Una mano si appoggia sulla mia spalla facendomi trasalire. Stage mi sorride comprensivo. «Se ti fa sentire meglio, quando Rhyme ti ha vista sparire con il principe dei felini tra le palme da dattero, ha quasi lanciato in cielo la sua compagna di ballo solo per distogliere lo sguardo del comitato del ballo da te. La poveretta lo ha guardato come se fosse pronta a morire con lui da un momento all'altro».

«Perché dovrebbe farmi sentire meglio?» dico, con la gola stretta.

Mi dà una pacca sulla spalla. «Indovina per chi l'ha fatto Rhyme.»

Sono troppo confusa per capire cosa intenda e non ho il tempo di chiedere. Drapes mi spinge in un cubicolo, mi aiuta a indossare gli abiti da duello e infine mi spinge fuori, sui gradini del roseto, tra gli applausi assordanti degli studenti. Anche stasera i campi di fuoco bruciano di tutti i colori e le piscine sono illuminate in modo abbagliante. Le luci colorate tremolano sui volti dei capifamiglia che già ci aspettano sul palco di ferro sottostante.

Lady Capuleti e Lord Montecchi sono davanti alla teca di vetro con la prima edizione di *Romeo e Giulietta*. Dietro di loro, con le loro tuniche marroni e le maschere di legno inespressive, tutti i dodici membri del comitato del ballo incombono come un muro silenzioso. Sebbene i gradini del giardino siano affollati di studenti, cala un brusco silenzio quando gli avversari delle due casate appaiono e si trovano l'uno di fronte all'altra.

Come guardie del corpo, Pen ha scelto tre alti Montecchi, che lo fanno sembrare esile tra le loro spalle larghe, guarda fisso a terra ed evita il nostro sguardo, con i pugni tesi. Nemmeno quando il principe dei felini appare e gli passa accanto per raggiungere Lord Montecchi, alza lo sguardo.

Cut si avvicina al padre senza dire una parola.

Rhyme rimane accanto a Poetry con le braccia conserte.

«Non abbiate paura!» esclama entusiasta Lady Capuleti nel giardino. Sono sicura che ci sta influenzando, ma questa volta apro ogni poro del mio corpo. Non avere paura mi sembra un vero lusso in questo momento. «È un onore poter difendere la propria casata nei duelli! È un onore essere stati scelti come potenziali innamorati! Ed è un onore dare la vita per il bene degli altri!»

Gli studenti sollevano i pugni, entusiasti.

Solo Rhyme sibila indignato: «È stato un errore!».

«Cosa vuoi dire?» gli sussurro.

Per la prima volta da quando abbiamo lasciato il balcone mi fissa dritta negli occhi.

Nei suoi occhi brucia ancora quel fuoco freddo, ma almeno non ho più la sensazione che sia diretto a me. «Poetry non aveva affatto paura, ma questo Montecchi tremava come una foglia. Vedi come rilassa le mani irrigidite e si alza sicuro di sé? Dissipare la paura di tutti dà un vantaggio solo a lui.»

A essere sinceri, anche a me, vorrei dire.

Lord Montecchi si fa avanti. «Conoscete le regole del duello! Nessuno studente verrà ferito inutilmente, a meno che non sia impossibile evitarlo.» Fa una pausa significativa per lasciar intendere ciò che ha detto. «Il compito dei potenziali innamorati è semplice: confessare il vostro vero amore in un duello o dimostrare che non vi amate!»

«Sconfiggendo l'altro per sempre» mormora Stage.

Due maggiordomi si avvicinano a Poetry e Pen e tendono loro dei vassoi, ciascuno con una maschera teatrale; le stesse maschere che indossano i suggeritori e le suggeritrici. Guardo gli studenti e riesco a scorgere le loro sagome nere, seminascoste dietro rose e fontane, in tutto il roseto. Prima che Rhyme e gli altri mi spiegassero esattamente cosa fossero, avevo automaticamente pensato che fossero vecchi. Ma non lo sono; almeno non come avevo immaginato. Un brivido inquietante mi corre lungo la schiena.

«Aspettate!» Pen spinge il vassoio da parte e si getta in ginocchio davanti a Cut. «Mio principe dei felini! Ti supplico! Fammi l'onore di combattere al mio fianco!»

Rhyme si irrigidisce quando lo sguardo di Cut si sposta su di noi. I suoi occhi dorati si soffermano su Poetry per qualche secondo. Lei sostiene il suo sguardo senza esitare; al contrario, un sorriso di sfida appare sulla sua bocca. Mi viene in mente che Cut non è cresciuto solo con Rhyme, ma anche con lei, naturalmente. Il principe dei felini incrocia le braccia davanti al petto e guarda Pen con aria assente. «No.»

Per un attimo, gli studenti non fiatano, stupiti, poi iniziano a bisbigliare, interrotti da Lord Montecchi con una sola parola. «Silenzio! Non è compito dei vostri principi compensare le vostre mancanze. Il vostro compito è piuttosto quello di servirli incondizionatamente!»

Questa volta riesco a sentire un po' della sua influenza. È come un'onda calda che mi avvolge il petto e mi stordisce. Certo che voglio combattere per Rhyme, no, voglio addirittura dare tutto per lui! *Tutto*. Non avrei mai dovuto deluderlo.

Sfioro il dorso della mano di Poetry e le sussurro tra i capelli: «Mi dispiace di aver ballato con Cut dopo tutto quello che hai fatto per me. Rimedierò al mio errore. Te lo prometto».

Poetry mi guarda sorpresa. «Non hai fatto nessun errore. Se vuoi incolpare qualcuno, guarda in alto.» Punta l'indice verso il cielo notturno e io, pur sapendo cosa intende, alzo comunque la testa. L'infausta stella brilla sopra di noi in lontananza.

Poetry prende la maschera nera dal vassoio; la maschera della tragedia, con gli angoli della bocca abbassati e gli occhi tristi. Di fronte a lei, Pen prende la maschera della commedia: una maschera che ride, identica a quella del suggeritore che mi ha evitato di cadere sulle scale. I due si guardano un'ultima volta, si danno le spalle e lasciano il palco in direzioni diverse.

Tear e Drapes hanno le braccia strette l'una all'altra e ci guardano dalle scale. Rhyme, Stage e io seguiamo Poetry fino a una piscina sulla terrazza circolare centrale, che lei ha scelto per iniziare. Da qualche parte, all'altro capo del giardino, i Montecchi stanno facendo lo stesso.

«Difesa o attacco?» chiede Stage.

Poetry mette le braccia sui fianchi. «Attacco, naturalmente!»

Rhyme si accovaccia sul bordo del muro della terrazza e chiude gli occhi. All'inizio penso che si stia solo concentrando, ma quando i cespugli intorno a noi cominciano a frusciare, capisco che sta chiamando i suoi serpenti. Solo allora mi viene in mente quello che Cut ha fatto prima per Poetry. Non solo ha negato a Pen il proprio sostegno, ma anche quello dei suoi animali.

Come se un pensiero simile fosse balenato nella mente di Poetry, a un tratto dice: «I suoi felini verranno ancora a difendere i Montecchi, ma penseranno solo come animali, non come un umano che li guida. Salteranno sulle fiamme se necessario, ma hanno paura dell'acqua fonda. Non dimenticatelo.»

Rhyme apre gli occhi. «Preparatevi.»

La campana della torre dei diamanti risuona sopra di noi.

Tutti si precipitano.

Tutti tranne me.

Perché quando Poetry salta giù oltre le terrazze come un'amazzone guerriera, mentre Stage le sta alle calcagna come uno scudo e Rhyme li insegue entrambi insieme a un'onda di serpenti sibilanti, in quel preciso momento, delle braccia sconosciute mi afferrano e mi tirano indietro, tra le rose.

CAPITOLO 28

Urlo, ma un guanto mi preme sulla bocca e soffoca immediatamente il suono. Le spine mi graffiano le tempie e mi costringono a chiudere gli occhi. Colpisco alla cieca, ma non picchio per bene il mio aggressore. Solo quando mi trascina fuori dall'altra parte del cespuglio di rose e sbatto la schiena contro la vasca in pietra di una fontana riesco a vederlo.

È un suggeritore!

Ma non uno qualsiasi. Anche se sono tutti vestiti uguale, lo riconosco subito dalla stazza e dalla forma del corpo: è lo stesso che mi ha trattenuta sulle scale. E se non mi sbaglio, è anche lo stesso che ho visto la mia prima sera qui. Ricordo la fronte aggrottata di Cut mentre voltava la testa incappucciata verso di me. Ora la sua maschera del riso mi fissa, ma le sue vere emozioni sono nascoste come sempre, se ne ha ancora. Mi afferra le braccia come se avesse artigli di ferro.

«Cosa vuoi da me?! Devo andare da Poetry!» Cerco di liberarmi dalla sua presa, ma mi si avvicina solo per limitare ulteriormente i miei movimenti. Muove lentamente la testa da una parte all'altra.

Mi fermo, sorpresa. «Era… una risposta?! Significa che è un no?»

Prima abbassa la testa e poi la rialza, e noto che i muscoli del collo tremano, come se questo gli costasse un grande sforzo. Anche se gli altri non me lo avevano fatto notare, dopo un mese di allenamento nel roseto, so che i suggeritori e le suggeritrici hanno perso ogni capacità di comunicare. Il massimo che sanno fare è borbottare vecchi versi, ma non sanno più rispondere a domande specifiche. Tutti tranne uno, a quanto pare.

Ma ora non ho tempo per questo.

«Devo andare! Lasciami!» Premo le mani contro il suo petto, che sembra sorprendentemente forte sotto la veste, e lo spingo via da me con tutte le mie forze. Forse avrei avuto abbastanza forza da farlo barcollare all'indietro di qualche passo, ma lui si stacca letteralmente da me, va a sbattere contro una statua e cade sulle mani davanti ad essa.

«Che diavolo...?!» Rhyme appare all'improvviso davanti a me, senza fiato, e guarda sconcertato il suggeritore. Deve averlo spinto via da me nello stesso momento. La sua testa si gira di scatto verso di me.

«Cosa ci fai qui?!» gridiamo entrambi all'unisono.

«Poetry!» sussulto con orrore.

«Lo so! Andiamo!» Rhyme mi afferra la mano e mi trascina tra le rose. Ci lasciamo alle spalle il suggeritore. Corriamo oltre la piscina e saltiamo mano nella mano oltre il muro della terrazza. L'impatto mi fa cadere in ginocchio più violentemente rispetto a Rhyme, ma lui si limita a lanciare un'occhiata veloce per assicurarsi che stia bene e mi tira subito su. «I serpenti mi hanno richiamato. Solo allora ho capito che non eri dietro di me. Pensavo che i Montecchi ti avessero presa!»

«Ma io non sono importante!»

Rhyme digrigna i denti. «Non saresti la prima guardia del corpo la cui vita è stata minacciata per ricattare un duellante, e Poetry è molto orgogliosa. Non potevo correre il rischio che si sacrificasse per te.»

Quasi gli stritolo la mano, scioccata.

Lui volta deciso la testa in avanti. «Sono passati solo pochi minuti. Poetry può farcela. È una delle migliori.»

Sebbene sembri assolutamente convinto delle capacità di sua sorella, non riesco a togliermi di dosso la sensazione opprimente che si stia anche raccomandando al Cielo. Non so se c'è un altro potere oltre a quello dell'infausta stella che ci guarda da lassù, ma per sicurezza aggiungo nella mia mente: *Ti prego, fa' che resista! Ti supplico! Poetry non deve perdere!*

Passiamo di corsa davanti al palco senza badare a nessuno e, con la coda dell'occhio, vedo anche gli studenti sulle scale intorno a noi confondersi, le loro grida mescolarsi in un rumore di fondo incomprensibile. Non riesco a capire se siano i Montecchi o i Capuleti ad applaudire eccitati.

«I tuoi serpenti ti stanno mostrando come sta andando Poetry?» grido sopra il rumore.

Rhyme scuote la testa. «Non funziona così. Posso sentire quello che provano i miei serpenti, ma non riesco a vedere nessuna immagine. Vedendo quanto sono agitati in questo momento, credo che Poetry stia combattendo.»

Dall'altra parte del palco, salire sul muro della terrazza è probabilmente più difficile, ma Rhyme conosce ogni gradino ricurvo di questo giardino e mi fa salire più velocemente di quanto avrei creduto possibile. Tuttavia, la mia corsa verso la cima si arresta bruscamente e la mia mano si stacca dalla sua, mentre i miei piedi rimangono ancorati al loro posto.

L'ultima terrazza è piena di serpenti.

Sibilando, si fanno strada intorno a un campo di fuoco dove due Montecchi si stringono l'uno all'altro, i volti accaldati. Un ghepardo e un puma hanno cercato riparo in alto e si aggirano lungo i bordi di una magnifica fontana con il pelo arruffato soffiando ai serpenti, ma senza attaccare. Dietro il campo di fuoco, Stage combatte contro il terzo Montecchi.

Rhyme lo raggiunge più velocemente di quanto io riesca a

scavalcare il primo serpente. Salta sulla schiena del Montecchi da dietro, si abbassa e lo trascina con sé. Prima ancora che l'altro ragazzo possa reagire all'attacco, Rhyme lo scaraventa sopra di lui con un forte calcio, facendolo cadere così violentemente nel campo di fuoco, che la sabbia sollevata soffoca gli anelli di fiamme intorno a lui per alcuni secondi. All'impatto, il Montecchi rimane senza fiato. Anche quando gli altri due lo tirano su, è impotente tra le loro braccia. Cobra e serpenti a sonagli si ergono davanti alle fiamme come un velenoso muro protettivo.

Passo davanti a loro con i peli della nuca che mi si rizzano.

Stage si stringe una mano intorno al collo e si tira su, ansimando. Scambia solo un'occhiata frettolosa con Rhyme, che non ha bisogno di parole per sapere cosa fare. Non appena il Montecchi atterra dietro di lui nel campo di fuoco, balza in piedi senza sforzo e torna di corsa tra le rose. Solo quando lo seguo vedo che si sta svolgendo un altro combattimento nascosto tra le foglie e i rami.

«Stai bene?!» grido a Stage mentre gli passiamo accanto.

Invece di rispondermi, mi raggiunge, ansimando.

Appena ci facciamo strada tra le rose, non ho più di qualche secondo per orientarmi. Davanti a noi appare una piccola radura, invasa fino all'ultimo centimetro da fitte radici, che fanno inciampare immediatamente me e Stage. A pochi metri da noi, riconosco i capelli chiari di Rhyme, che brillano quasi di bianco alla luce dell'infausta stella. Poi scaglia Pen, il quarto e ultimo Montecchi, nella nostra direzione in modo così inaspettato che nessuno di noi riesce a schivarlo.

Stage si prepara istintivamente all'impatto, ma io vengo travolta dal Montecchi. Cado con forza sulle radici e ho appena il tempo di un fiato prima di essere sepolta sotto il peso di Pen. Nonostante ciò, riesco in qualche modo a cingergli il corpo con le braccia e le gambe, come fossero catene, e a boccheggiare tra i suoi capelli. Forse non sono in grado di fare delle acrobazie, ma di sicuro sono decisamente brava a immobilizzargli tutto il corpo.

«Sei spacciato!» Stage si accovaccia al nostro fianco e lo strattona per la spalla. Con la nuca mi colpisce il naso, ma questo mi fa solo stringere più forte. Poetry deve averlo fatto stancare per bene, perché Pen ha a malapena la forza di resistermi. Anche Stage se ne accorge. I suoi rasta sono sopra le sue spalle, mentre si gira verso Rhyme e Poetry. «Forza, venite qui! È a terra!»

Il corpo di Pen trema sotto la mia presa. All'inizio penso che sia un ultimo tentativo di sfuggirmi, ma poi mi rendo conto che si tratta di qualcos'altro, qualcosa di completamente diverso. Ho la pelle d'oca sulla nuca.

«Rhyme, che diavolo stai aspettando?!» grida Stage.

Per vedere dietro di me, devo sporgermi da sotto i capelli di Pen. Rhyme è in piedi nella penombra davanti ai cespugli di rose e allunga un braccio. Il suo volto è girato verso di me, ma riesco a sentire la compassione nella sua voce. «So che non è facile, ma non hai altra scelta. Devi farlo.»

Solo allora scorgo Poetry più indietro tra le rose. Anche lei ci ha voltato le spalle. I suoi vestiti neri da duello la fanno quasi scomparire nell'ombra, solo i suoi riccioli da principessa dei ghiacci brillano nell'oscurità; così come le sue mani pallide, che ha stretto a pugno. In uno stringe la maschera della tragedia, la maschera che deve mettere a Pen per sconfiggerlo.

Sotto le mie braccia, il tremore del corpo di Pen si intensifica.

Ma non è un tremito.

È una risata.

«No...» mi esce quasi impercettibilmente dalla gola. C'è qualcosa di strano in Poetry, qualcosa che all'inizio non capisco, finché non me ne rendo conto con gelido orrore. È la sua postura; di solito è molto agile e forte, ma ora sembra stranamente rigida e impacciata. E soprattutto la sua esitazione. Poetry Capuleti non esita mai.

«Che ti prende?» Stage mi lancia un'occhiata irritata, poi la sua attenzione cade su Pen, che si agita dalle risate nella mia presa. A un tratto, Stage fatica a formulare una frase di senso compiuto.

«Dov'è? Dov'è…? La sua maschera…?»

Guardo freneticamente intorno alle radici, ma non vedo nulla che mi faccia tirare un sospiro di sollievo. Invece, la mia premonizione si trasforma in un terribile macigno sul petto. Guardo Rhyme, come ipnotizzata. Tocca il braccio di Poetry e la fa girare lentamente verso di lui. Per un attimo, un desiderio ardente mi attraversa il cuore, il desiderio di allontanare Pen da me e di correre da Rhyme; di bloccarlo, di fermare tutto.

Ma è impossibile.

È già successo.

Completamente paralizzata, osservo Poetry girarsi verso di noi, mentre i suoi pugni si allentano. Quando la maschera della tragedia le scivola dalle dita e si infrange sulle dure radici, solo un istante prima che la stessa Poetry la segua e cada in ginocchio.

All'improvviso, tutto sembra irreale.

Un sibilo nelle mie orecchie soffoca tutti i suoni provenienti dall'esterno. Non capisco cosa stia dicendo Rhyme mentre si precipita davanti a sua sorella. Non capisco nemmeno cosa esce dalla sua bocca quando la afferra per le spalle e la scuote così forte che la sabbia di quarzo rosa le cade dai riccioli e le luccica sulle spalle. Solo il suo grido penetra nella nebbia della mia testa; un suono che proviene dal profondo della sua anima, un suono pieno di incredulità mentre cerca disperatamente di strapparle la maschera dal volto.

La maschera della commedia che Pen le ha messo addosso.

«No, no, no, no!» Stage, che ha il senso dell'equilibrio di un funambolo, si limita ad alzarsi in piedi, barcollando mezzo stordito verso Rhyme.

Pen ride.

Ma sembra disperato.

«Mi stavo solo difendendo» rantola verso il cielo. «Mi ha quasi messo la maschera, ma sono inciampato. Inciampato! Con la caviglia slogata! E poi è stato facile, così facile...» Gira la testa sulla mia spalla e mi guarda dritta negli occhi. Non c'è traccia di lacrime, anche se dall'espressione sul suo viso capisco che vorrebbe piangere. Ma i Montecchi non possono piangere. «Alla fine è stata una fortuna» sussurra rauco, «che io abbia ballato con te.»

Qualcosa mi colpisce come un muro. Mi ci vogliono alcuni secondi per capire che si tratta di rumore; voci, grida, applausi. Tutto il rumore dall'esterno mi si ritorce contro, amplificato mille volte dalla forma a imbuto del roseto. Spingo via Pen da me, mi tiro su e mi premo entrambe le mani sulle orecchie. Ma non riesco a liberarmi di tutto questo.

Sento il grido di Tear.

Sento i suoi singhiozzi.

E infine, sento Lady Capuleti, che deve essersi avvicinata a noi. «Non c'è più niente che tu possa fare per lei» dice sommessamente. «La maschera si è fusa da tempo sul suo viso. Lasciala stare, Rhyme.» Poi si schiarisce la gola e alza la voce. «Siete tutti orgogliosi di lei, vero? Così terribilmente orgogliosi di lei! Ogni singolo pensiero su Poetry vi riempie del più profondo rispetto! È bello averla conosciuta! Ma è ancora più bello celebrarla come un'eroina! Ed è quello che farete d'ora in poi! Poetry si è sacrificata per tutti noi! Ora il suo posto è nel roseto! Per sempre!»

Le mie mani si allontanano lentamente dalle orecchie.

Le parole di Lord Montecchi risuonano forti e chiare anche dal palco, seguite a ruota dalle esultazioni degli studenti, che fanno riecheggiare il nome di Poetry per tre volte nella notte.

«POETRY CAPULETI!»

«POETRY CAPULETI!»

«POETRY CAPULETI!»

Alzo la testa, esitante.

Stage e Drapes tengono Tear sottobraccio da entrambi i lati, il che le fa pendere storta a causa della differenza di altezza tra loro. Mentre Stage deve chinarsi, Drapes si allunga sulle punte dei piedi e Tear non sembra nemmeno accorgersene. Le sue guance sono bagnate e lucide mentre viene trascinata davanti a me, ma non piange più, la sua espressione è confusa, come se non sapesse se abbassare o sollevare gli angoli della bocca. «Poetry è un'eroina» borbotta tra sé e sé stordita. «Un'eroina... Sono così orgogliosa di lei... Così terribilmente orgogliosa...»

I serpenti strisciano tra le rose, lasciando uscire i Montecchi dal fuoco. Pen viene sollevato sulle loro spalle e portato sul piazzale di marmo da vincitore, tra gli applausi scroscianti della sua famiglia. Non c'è traccia di Cut, sembra essere scomparso all'improvviso come il comitato del ballo.

Ma arrivano altri.

I suggeritori e le suggeritrici escono dall'ombra dei cespugli da ogni lato e avvolgono Poetry nelle loro vesti nere. Lei si alza da sola e lascia che tutto accada. Sembra una bambola sotto la sua maschera di legno della risata, come se compiesse automaticamente tutti i movimenti senza essere davvero viva. Le sue mani si infilano nelle maniche lunghe, legano il cordone sul ventre e tirano su il cappuccio, che subito inghiotte i suoi riccioli biondi. Mancano solo gli stivali e i guanti neri, ma suppongo che le verranno dati più tardi. Mentre cammina a piedi nudi davanti a Rhyme, che è ancora inginocchiato immobile tra le rose, non gli dice una parola; nemmeno un'ultima.

Perché non può più farlo...

Mi si stringe il cuore.

... perché i perdenti dei duelli diventeranno suggeritori e suggeritrici, condannati in eterno a vagare per il roseto con le loro tonache neri e a recitare vecchi versi teatrali.

Su oltre seicento Capuleti e Montecchi, tocca solo a uno.

Solo a uno!

Non può essere Poetry!

È semplicemente impossibile!

Lady Capuleti osserva Poetry in silenzio finché lei e gli altri suggeritori e suggeritrici non sono scomparsi nell'ombra, poi il suo sguardo grigio tempesta cade su Rhyme. «Non posso alleviarti il dolore, lo sai. È il prezzo che paghiamo per il nostro potere di capifamiglia» gli dice con voce composta. «Poetry era una delle migliori. È stata solo sfortuna.»

«Solo sfortuna?!» sbotta Rhyme incredulo.

Lady Capuleti guarda per qualche istante il palco, come se cercasse le parole, e finalmente le trova. «Ti ricordi la cerimonia del serpente? Il giorno in cui hai preso il mio posto come principe della nostra casata? Ricordi cosa ti dissi allora?»

Rhyme non risponde.

Probabilmente nemmeno lei si aspettava una risposta. «Mm, cosa si dice a un bambino di nove anni per incoraggiarlo? *Puoi fare qualsiasi cosa se ci credi abbastanza. Puoi fare qualsiasi cosa.*» Fa una pausa. «Sei abbastanza grande per sapere che è una menzogna. Ci sono forze in questo mondo contro le quali siamo tutti impotenti.» Gli tocca la spalla per un momento. «Adesso sei un adulto, Rhyme.»

Poi si allontana da lui.

Io inciampo nei miei piedi, sorprendendola con la mia presenza. Lei mi ferma con un rapido gesto della mano davanti al petto e solleva una delle sue sopracciglia perfettamente depilate. «Sei ancora qui?»

«Mi lasci andare da Rhyme!»

«Oh.» Sorride come se si fosse improvvisamente ricordata qualcosa. «Giusto, ti avevo detto di stare al suo fianco. È bello vedere che funziona ancora. Ma credo che ora voglia stare da solo. Non provi nulla per lui.»

«NO!» Le afferro il braccio, ma una forte vertigine mi assale prima che possa aggiungere altro. «IO… io… io…»

Lei stacca senza sforzo le mie dita flosce dal suo completo. «Lo senti dentro di te, un desiderio potente di andare a dormire e lasciarti questa notte alle spalle. Domani ti sentirai riposata e non vedrai l'ora di esercitarti per il prossimo ballo. Ora vai!»

La mia mano si stacca da lei.

Per un attimo, il mio sguardo sfiora la nuca di Rhyme e il mio cuore sussulta come se volesse uscirmi dal petto. Ma non so più spiegare perché. Non significa nulla per me. Non provo nulla per lui.

«Sono... così stanca» sussurro e basta.

Lady Capuleti sorride e mi accompagna alle scale.

Rhyme rimane indietro, da solo.

CAPITOLO 29

«Oh, per fortuna sei qui!»

Stage tira un sospiro di sollievo quando mi siedo al tavolo del principe dei serpenti la sera successiva. Il blocco di marmo è stato nuovamente spezzato e i troni dei principi sono tornati al loro posto. L'intero refettorio ha lo stesso aspetto di prima, il personale deve aver passato il resto della notte del ballo a spazzare freneticamente sabbia di quarzo rosa e ad aspirare le piastrelle di pietra. Anche la seconda parete di vetro con i carnet di ballo è scomparsa di nuovo nel pavimento, ma oggi le porte di vetro retrostanti sono spalancate così che sentiamo sul volto l'aria fresca dal piazzale di marmo. Tra tutti gli alberi di agrumi e le palme, sembra di essere all'aperto.

«I sorrisi dei Montecchi al brunch erano quasi insopportabili.» Stage trucida i pezzi di melone nel piatto. «Perché mi avete piantato in asso»?»

«Scusa, abbiamo dormito tutto il giorno.» Rifiuto il menu che mi porge il cameriere e ordino la mia solita colazione a base di porridge al posto della cena. «Tear ha passato la notte nel letto di Poetry e non riusciva quasi ad alzarsi. Prima Drapes l'ha messa sotto la doccia e ha promesso che sarebbero arrivate presto. Oggi ci alleniamo? Non vedo l'ora…»

Un improvviso capogiro mi fa afferrare la tovaglia. Devo sbattere le palpebre più volte per vedere di nuovo chiaramente.

«Stai bene?» chiede Stage.

«Sì… sì, credo di sì» rispondo leggermente confusa. «Volevo dire che non vedo l'ora di prepararmi per il prossimo ballo.» Le parole mi sembrano curiosamente stoppose sulla lingua, come una gomma da masticare che ha perso da tempo il suo sapore. Perché mi sento così strana? Corrugo la fronte, dubitando di me stessa.

«Rhyme era da voi?»

«Eh?» Sollevo lo sguardo verso Stage. «Rhyme? Perché avrebbe dovuto?»

Lui si mette in bocca un pezzo di melone e mastica svogliatamente. «Non è tornato in camera stanotte, così ho pensato che fosse… da voi.»

Faccio spazio al cameriere, che mi mette la colazione davanti e mi sistema le posate. «Mi dispiace, non ho idea di dove sia. In ogni caso, non era da noi.»

Stage smette di masticare e mi guarda. «Sei davvero sicura di star bene?»

«Certo che sì. Perché me lo chiedi? Rhyme…»

Rhyme non significa nulla per me, vorrei dire, ma le parole mi si impigliano in gola come viticci spinosi. Mi faccio versare velocemente dell'acqua fredda e la bevo tutta d'un fiato. È così fresca che riesco a pensare un po' più lucidamente. «Rhyme se la caverà» mitigo la frase. Il cuore mi batte nel petto, ma dopo tutto quello che è successo ieri sera, non mi sorprende. «Poetry manca a tutti noi, non è vero?» aggiungo.

Stage annuisce vigorosamente. «E come! È stata un'eroina. È un onore aver combattuto al suo fianco.»

Un'altra fitta al petto.

Sono contenta quando Drapes e Tear si presentano, e chiacchierano allegre al tavolo. Soprattutto Drapes, di solito piuttosto riservata, oggi non riesce a tenere la bocca chiusa. Ordina molti dolci per Tear e la imbocca con cucchiaini d'argento. Tear, che deve assaggiare una prelibatezza dopo l'altra, non ha quasi la possibilità di obiettare. «E infine, sorbetto al limone. Camerieri, portatecene un po'!» chiede Drapes. «Era il piatto preferito di Poetry. Dobbiamo onorarla.»

«Potremmo far incidere il suo nome sulla sedia» suggerisce Stage, con gli occhi che brillano. Drapes batte le mani dalla gioia. Solo Tear deglutisce a fatica il suo boccone. Quando il sorbetto profumato alla frutta viene messo davanti a me in una coppa d'argento lucente, ho un po' di nausea. Che mi prende?

All'improvviso, gli studenti iniziano a battere i pugni sui tavoli.

Il battito mi sale in gola.

Ma non è la porta dell'ala dei Capuleti ad aprirsi, bensì quella alle mie spalle.

Cut è entrato in sala e viene accolto dalla sua casata con ancora più entusiasmo del solito, ma non reagisce in alcun modo. Con le mani infilate nelle tasche dei pantaloni, sale sul blocco di marmo e si accomoda sul trono dorato. Come sempre, il fratellino Ink siede alla sua destra, ma oggi c'è qualcun altro a sinistra. Al posto della ragazza dai capelli neri, ora siede Pen. Tutti i Montecchi al tavolo si sporgono in avanti e danno pacche entusiaste sulle spalle al vincitore del duello.

Nessuno al nostro tavolo dice una parola.

Solo quando il trambusto si è placato e i Montecchi sono impegnati a mangiare, Cut mi guarda. Con mia sorpresa, le sue sopracciglia sono aggrottate, quasi come se qualcosa lo facesse soffrire. Sì, nei suoi occhi dorati vedo chiaramente un'espressione di rammarico. Tuttavia, non distoglie lo sguardo, ma lo mantiene per diversi secondi, come se volesse assicurarsi che io lo veda; come se mi stesse esprimendo le sue condoglianze.

Ma perché…?

«I principi non possono essere influenzati» penso ad alta voce tra me e me. Poi sussulto, mi chino sul tavolo e lo ripeto a voce più alta. «I principi non possono essere influenzati!»

Stage scrolla le spalle. «Lo sappiamo. Allora?»

Abbasso la voce fino a un sussurro, così che al tavolo dei Montecchi non ci sentano. «Perché Cut è così triste? Non dovrebbe festeggiare la vittoria? Non dovrebbe, non so, essere orgoglioso almeno quanto noi? Dopotutto, Poetry era una delle migliori.»

Tear lascia cadere il cucchiaio sul piatto e mi guarda con occhi sgranati. «Stai insinuando che siamo stati influenzati riguardo a Poetry? Tutti noi allo stesso tempo? Che noi...» Una ruga profonda le si forma sulla fronte. «Che dovremmo reagire in modo diverso?»

Drapes mi si avvicina. «Su di te, le manipolazioni non hanno la stessa intensità e durata che su di noi. Senti qualcosa di diverso?»

Scuoto la testa pensierosa. «Non proprio» rispondo sinceramente, ma qualcosa mi rimbomba nel petto, facendomi aggiungere altro: «È solo che oggi il mio cuore è fuori controllo».

«Chiederemo a Rhyme» decide Stage. «Sempre se si presenta.»

Rhyme si presenta.

Circa venti minuti dopo.

Venti minuti in cui i Montecchi al tavolo di fronte ridono fragorosamente e festeggiano, ordinando costosi drink e brindando alla loro vittoria sopra la testa di Pen, dal volto paonazzo come un pomodoro. Anche Cut alza il bicchiere quando gli altri glielo chiedono, ma il suo sguardo scivola sempre più spesso verso le doppie porte dei Montecchi, come se non vedesse l'ora di lasciare la sala.

Rhyme spunta all'improvviso, come un uragano inaspettato. Il tambureggiare degli studenti seduti davanti alla vetrata dura solo pochi secondi prima che i primi saltino in piedi e corrano urlando verso il corridoio. Tutte le porte della facciata di vetro tremano come un terremoto, mentre centinaia di serpenti entrano contemporaneamente, strisciando. Dietro di loro, il principe dei serpenti li segue come un angelo vendicatore.

Nel vederlo, mi alzo di scatto dalla sedia. Non ho mai visto Rhyme così. Indossa ancora gli abiti neri del duello, i suoi capelli normalmente chiari sono appiccicosi per lo sporco, le guance e le mani sono coperte di graffi sottili, e le unghie spezzate e insanguinate. La cosa peggiore, però, è l'espressione dei suoi occhi: ardono con una tale freddezza che il mio cuore smette di battere all'impazzata e si stringe dolorosamente. Ho di nuovo quello strano capogiro, ma mi scuoto con un violento movimento della testa. Faccio appena in tempo a vedere Rhyme saltare sul blocco di marmo, afferrare Cut per il colletto e scaraventarlo a terra.

L'altro ha imparato a cadere, rotola abilmente e si rimette subito in piedi. Ma i serpenti, che in un attimo formano un cerchio intorno ai due principi, non lo lasciano rialzare. «Cosa fai?!» sibila Cut al principe dei serpenti. «Queste bestie non possono stare qui!»

«Cut!» Anche Ink è saltato in piedi dal suo posto e sembra valutare la distanza dai serpenti. Un salto che non sarebbe mai riuscito a fare.

Anche Cut lo sa. «Rimani su, Ink!»

Rhyme spintona Cut con entrambe le mani, allontanandolo dal tavolo dei principi. «Li ho visti!» gli sibila. «Stanotte, prima dell'alba! Li ho visti salire sulle auto dei Montecchi!»

Cut si strofina il petto: «Non ho idea di cosa tu stia parlando.»

Rhyme lo afferra per il colletto, lo avvicina a pochi centimetri dal suo viso e mostra i denti. «Perché il comitato del ballo è salito sulle vostre auto?! Perché tuo padre ha stretto loro la mano come dopo aver concluso un buon affare?! E perché ha messo loro in mano una bella mazzetta di soldi?!» Lo allontana da sé, scaraventandolo. Il principe dei felini indietreggia di qualche passo e scuote la testa confuso.

«Avrei dovuto saperlo!» Rhyme sbuffa incredulo. «Già ieri sera! Non aveva alcun senso che Poetry dovesse ballare con quel poveraccio durante l'*ultimo ballo*.»

«Non… non so cosa vuoi dire» balbetta Cut.

«Voglio dire» Rhyme agita il pugno, «che avresti dovuto essere *tu*!» Dà a Cut un pugno così forte in faccia che lo fa cadere a terra.

Questa volta non si rialza.

Il fratellino urla scioccato.

«Va tutto bene, Ink» rantola Cut, tastandosi la mascella. «Ha perso sua sorella. Anch'io sarei sconvolto al suo posto.»

Il torace di Rhyme si alza e si abbassa con respiri pesanti, ma almeno non tocca più Cut. Tutti intorno a lui sono pietrificati dallo shock. Quando Cut toglie la mano dal viso, sputa sangue rosso vivo sul pavimento di pietra chiara. Per qualche motivo, questo lo fa ridere. «Mi hai pestato a sangue! Ti ricordi l'ultima volta che l'hai fatto?» Sorride a Rhyme con i denti rosa. «Giocavamo insieme di nascosto, anche se ce lo avevano appena vietato. Volevi mostrarmi il tuo super calcio, ma non hai colpito la palla. Mi usciva così tanto sangue dal naso che pensavo di morire. In ambulanza, Poetry mi disse di non fare tante storie.» Quando sente il nome della sorella, il volto di Rhyme si irrigidisce per il dolore. «Ma tu» aggiunge Cut a bassa voce, «hai pianto per tutto il tragitto.»

Rhyme indietreggia come se gli avessero dato un pugno.

Per un attimo, i due principi si guardano senza dire una parola, poi Rhyme si gira come folgorato e marcia fuori dalla sala senza aggiungere altro. I serpenti lo seguono sinuosi e luccicanti, come un fiume. Tutto ciò che lascia dietro di sé sono alcune sedie rovesciate e molte facce sbalordite.

Il mio cuore batte di nuovo all'impazzata.

Mi premo una mano sul petto e mi accorgo di respirare affannosamente.

Qualunque cosa provi per Rhyme, non è *niente*.

Salto giù dal blocco di marmo spontaneamente e tendo a Cut una mano per aiutarlo ad alzarsi. Questo fa borbottare sia i

Montecchi sia i Capuleti, ma a lui non importa più di quanto importi a me. Accetta il mio aiuto e osserva la scia di devastazione che Rhyme ha lasciato dietro di sé.

«Siamo stati influenzati dopo il duello?» gli sussurro a bassa voce, in modo che nessuno tranne noi possa sentire. «Tutti noi contemporaneamente?»

Con la coda dell'occhio lo vedo annuire.

«Cosa faresti ora se fossi in me?»

«Non lo so.» Esita per un momento. «Ma credo che dovresti seguire il tuo cuore.»

Il mio cuore batte come se volesse andarsene da qui, e così lo seguo. Attraverso le porte a vetri che danno sul piazzale di marmo, dove la fresca brezza della sera mi soffia dolcemente sul viso. Scendo i gradini di calcare del roseto, ancora così caldi per il sole che posso sentire il calore attraverso le suole delle scarpe. E tra i cespugli profumati, dove la marea di serpenti ha lasciato un mare di rose strappate al suo passaggio.

CAPITOLO 30

Le spine mi graffiano il viso e mi si impigliano nei capelli, e devo usare entrambe le mani per infilarmi nel roseto. Sono circondata da rose, il cui profumo dolce e pesante mi riempie il naso; un morbido tappeto di fiori ammortizza i miei passi. Sul davanti, vicino alle scale, i cespugli sono ben curati, ma più mi addentro nella terrazza, più diventano incolti.

Emergo da dietro un campo di fuoco che arde solo a metà. Riesco a vedere al di là dell'alta base di una statua, fino al palco; anche da tutte le fontane l'acqua zampilla solo a metà altezza. Mi ricorda le bandiere a mezz'asta, simbolo di lutto. Così le casate rendono omaggio ai duellanti caduti. Solo quando mi giro e guardo indietro nell'ombra delle rose mi rendo conto di dove mi trovo. È il punto in cui Poetry è stata sconfitta. Ma c'è qualcosa di strano.

Le radici… *le radici si muovono*!

Il mio cuore si ferma. Per un attimo mi aspetto che i cespugli tirino fuori le radici dal terreno e marcino verso di me, poi mi rendo conto di cosa sta succedendo e trasalisco ancora più violentemente. Non sono radici, sono serpenti! Decine di serpenti, che formano una montagnola nel punto esatto in cui Poetry è caduta in ginocchio ieri sera; una montagnola grande come un essere umano rannicchiato.

Terrorizzata, mi aggrappo alla base per salire sulla statua e cercare riparo. Alcuni sassolini si sgretolano sotto le mie dita e cadono ai miei piedi, proprio accanto a un piccolo mamba che striscia fuori da una fessura del muro e rivolge verso di me la sua testa verde curioso.

Esito. «Rambo?»

Mi sibila con la sua lingua rosa e striscia tra le mie scarpe da ginnastica. Mi volto indietro e lo guardo mentre scivola sulle radici e si fa coraggiosamente strada tra i suoi compagni molto più grandi. Per quanto i pitoni, i serpenti a sonagli e i cobra gli scivolino addosso, ogni volta si dimena sulla pancia e non si arrende finché non raggiunge la montagnola. A un tratto, qualcosa di grosso si muove all'interno. Una mano spunta tra i serpenti e tira dolcemente Rambo verso di sé.

Rhyme è nascosto sotto i serpenti!

Un formicolio mi pervade il petto, mi gira leggermente la testa e poi scompare di nuovo, di colpo. In un istante, l'influenza di Lady Capuleti svanisce e i miei veri sentimenti tornano a galla con una tale forza che cado in ginocchio per lo shock.

«Poetry!» rantolo stordita. «Che cosa abbiamo fatto?!»

Le mie dita scavano nella terra. Vorrei ululare di dolore e ruggire di frustrazione! Ma entrambe le emozioni sono troppo opprimenti per uscire fuori allo stesso tempo. Solo la mia bocca si apre in un urlo silenzioso. Mi cingo la pancia con le braccia e mi piego così tanto che il mio naso tocca quasi il terreno. Tuttavia, non una sola lacrima cade nella polvere sotto di me. Il mio corpo non può farle uscire, non mentre la mia mente lotta disperatamente per scacciare l'idea che sia successo veramente.

Ma è successo, no?

Come può essere successo veramente?!

Un momento prima Poetry aveva combattuto contro Pen, poi Rhyme era già accanto a lei. Poteva aver ritardato di pochi secondi. Secondi! Questo... non è possibile! Non è giusto! Sbatto i pugni a terra così forte che alcuni serpenti mi sibilano contro irritati. I miei ricordi di tutto ciò che è successo dopo sono stranamente annebbiati, come se non fossi davvero lì. Non appena Tear e gli altri si sono resi conto di ciò che era successo, è arrivata Lady Capuleti, che ci ha semplicemente privato del dolore. Abbiamo dimenticato lo shock, la rabbia e il dolore. Da un momento all'altro, senza pensarci, abbiamo accettato con naturalezza che Poetry fosse diventata una suggeritrice. E abbiamo lasciato Rhyme tutto solo.

Rhyme!

Come ha potuto Lady Capuleti convincermi che non mi importava di lui?!

La mia testa si alza di scatto.

«Io... sono di nuovo me stessa.» La gola mi sembra troppo stretta per tutti i sentimenti che vogliono esplodere. Sento che si accumulano sempre più in alto dentro di me e so che arriverà inevitabilmente il momento in cui irromperanno e mi travolgeranno senza fermarsi. Se voglio raggiungere Rhyme, devo farlo prima, altrimenti non ci riuscirò affatto. Stringo i denti e mi tiro su con i pugni stretti. «Posso... venire da te?»

Il mucchio di serpenti non si muove.

Saltello da un piede all'altro, combattendo i miei istinti. Rhyme mi ha assicurato più volte che non devo temere i suoi serpenti; dopotutto, sono una Capuleti e sono immune a qualsiasi veleno. Ma che dire dei grossi boa constrictor? E se mi avvolgessero così tanto in fretta che Rhyme non avesse tempo di accorgersene?

È Balboa, tra tutti, a smuovermi. Il suo corpo enorme è l'ultimo a muoversi intorno alla base, ma invece di seguire gli altri serpenti verso Rhyme, si avvolge sulla statua e vi strofina contro amorevolmente la testa. Mi viene in mente che è praticamente cieca. L'ha scambiata per Rhyme? Lui sente quello che sentono i suoi serpenti, e viceversa. Non ho la più pallida idea quali sentimenti provino di solito i serpenti, ma è chiaro che lei lo ama.

«Non è Rhyme» dico con voce roca.

Balboa distoglie la testa dalla statua e mi sibila, ma è un sibilo gentile, almeno così mi dico. Tuttavia, sembra che non mi capisca, o perlomeno non si muove. Ha chiaramente bisogno del mio aiuto. Ma non ci si può avvicinare così a un boa constrictor lungo quasi quattro metri.

«Non mi farai niente... vero?» Spingo un piede in avanti e mi avvicino con cautela, pronta a indietreggiare da un momento all'altro, con il braccio allungato che trema davanti a me come se avessi ingoiato un intero pacchetto di chicchi di caffè. «Posso... toccarti?»

Lei tira fuori la lingua in silenzio e aspetta.

Abbasso la mano sul suo corpo come al rallentatore. All'inizio le mie dita si allontanano dalla pelle squamosa, poi inspiro sorpresa. Non è umida o viscida, come temevo, ma meravigliosamente liscia ed elastica. Il suo corpo si rilassa mentre lo accarezzo delicatamente. «Rhyme è proprio lì. Ti metto nella direzione giusta, okay?»

La afferro delicatamente per il collo, o almeno per quello che penso sia il suo collo. È molto più pesante di quanto mi aspettassi e devo allargare le gambe per sostenere il suo peso. Non appena le poso la testa ai miei piedi, fa davvero quello che le ho detto e si avvicina a Rhyme.

Per confortarlo.

Proprio come avrebbero dovuto fare i suoi amici.

«Vengo da te» dico con un nodo alla gola.

Rhyme non ha ancora emesso un suono. Non riesco nemmeno a immaginare come si senta. Poetry era un'amica per me, un'amica come non ne ho mai avute in vita mia e forse non ne avrò mai più. La vedo così chiaramente di fronte a me, con le braccia sui fianchi, mentre getta indietro i suoi riccioli da principessa delle nevi e mi sorride sicura di sé. È il ricordo del suo sorriso che mi toglie il fiato; un sorriso che non potrà mai più mostrare sotto quella maschera. Ma per Rhyme era molto di più. Per quanto ne so, lei era tutta la sua famiglia, almeno quella parte che conta davvero. Quasi mi vergogno del mio dolore perché, rispetto a lui, sento di non averne il diritto.

Mi fido di te, mi aveva detto Poetry prima del duello, *con tutta me stessa.*

Non ho idea di come faccio ad andare avanti dopo quel pensiero.

Lo faccio e basta.

Più mi avvicino a Rhyme, più è un gioco di equilibri non calpestare i serpenti. Dopotutto, ce ne sono così tanti che mi scivolano sui piedi. La pelle d'oca mi logora il polpaccio, ma mi limito a spingere gli animali da una parte con le mie scarpe da ginnastica. Rhyme ha bisogno di me ora, tutto il resto non ha importanza. Davanti alla montagnola di serpenti, oso persino prenderne alcuni con le mani, creando spazio sufficiente per inginocchiarmi davanti a lui.

Il suo corpo è completamente nascosto sotto i serpenti e non ho altra scelta che toglierglieli lentamente uno dopo l'altro. Emergono prima le cosce, poi le mani, che hanno formato sul suo grembo un nido per Rambo. Il piccoletto ci si è accoccolato, immobile, e mi sibila come per salutarmi. Mi viene da sorridere e allo stesso tempo mi bruciano gli occhi. Non importa quanto Rhyme stia male, lui c'è sempre per i suoi animali.

Quando ho tolto abbastanza serpenti dai suoi capelli da far apparire il suo viso, mi si stringe il cuore.

Rhyme guarda verso di me.

Forse lo ha fatto per tutto il tempo.

Ma l'espressione dei suoi occhi azzurro ghiaccio è così vuota che è come se non si accorgesse di quello che succede all'esterno. Solo quando gli poso una mano sulla guancia con il cuore che mi batte forte, il suo sguardo vacilla e si concentra su di me. Dalla tensione nel suo petto, sembra che non stia nemmeno respirando.

Vorrei dirgli che lo capisco.

Che capisco la sua rabbia.

Quando mia madre ebbe l'incidente d'auto, avevo solo quattro anni. Al suo funerale non versai neanche una lacrima, ma presi a calci la bara con tutte le mie forze. Non ero triste, ma furiosa, e solo molti anni dopo ho capito che questi due sentimenti si assomigliano molto.

Ma nel momento in cui apro la bocca per dirgli esattamente questo, la diga dentro di me si rompe. Le mie parole escono con un pesante singhiozzo e vengono spazzate via dalle lacrime. Getto le braccia al collo di Rhyme come se stessi annegando in alto mare.

Il sorriso di Poetry attraversa i miei pensieri.

Mi fido di te con tutta me stessa.

«Oh Dio» rantolo. «Fa così male!»

Mi aggrappo a Rhyme e lo scuoto con i miei singhiozzi. Dietro la rabbia, si nascondeva qualcosa di ancora peggiore: il senso di colpa; un senso di colpa ardente. Rhyme è arrivato solo pochi secondi dopo, secondi che ha sprecato con me! Il mio corpo sta collassando, o almeno lo farebbe se non ci fosse lui. È l'unica cosa che mi tiene su. E invece di respingermi, invece di incolparmi della perdita di sua sorella come meriterei, mi prende tra le braccia.

Piango senza fermarmi.

Per quella che sembra un'eternità.

È solo quando i miei singhiozzi si dissolvono lentamente nelle mie orecchie che sento la carezza gentile sulla mia schiena. Sbatto le palpebre per togliere le lacrime e mi fermo, ipnotizzata. Tendo l'orecchio per sentirlo piangere, cosa che avrebbe dovuto fare per liberarsi già da tempo, ma sento solo i miei singhiozzi.

Mentre tremo, faccio scivolare una mano sul suo collo e gli appoggio la testa sulla mia spalla. La sua fronte affonda sulla mia clavicola, ma non emette alcun suono. I suoi sentimenti sono ancora più forti dentro lui di quanto lo siano i miei dentro di me. Gli accarezzo i capelli sudati. «Va tutto bene» mi sento sussurrare con voce roca. «Sei un Capuleti, piangere è il tuo potere.»

E poi succede.

Il groppo dentro di lui esplode.

Gli esce fuori un singhiozzo roco. Mi cinge la vita con le braccia e si aggrappa a me. Attraverso il colletto, le lacrime calde si riversano sul mio collo. Non voglio privarlo della sua forza, ma succede da sé. Anche se l'effetto è molto più debole che se bevessi le sue lacrime, sento la sua vicinanza brillare in ogni fibra del mio corpo. Non ho altra scelta che restituirgliene almeno un po'. Così incrocio entrambe le braccia per proteggergli la testa e piango tra i suoi capelli.

Restiamo lì fino a notte fonda, le rose che ci proteggono da occhi indiscreti. O forse talvolta non è affatto così? Non si aggirano qui di nascosto con le loro tuniche nere? I suggeritori e le suggeritrici del roseto, i perdenti dei duelli passati? Forse Poetry è qui, accanto a noi, e ci osserva dalle orbite scure della sua maschera? Può sentire quanto ci manca?

Può sentire qualcosa?

Una disperazione glaciale si diffonde dentro di me, facendomi rabbrividire.

I serpenti iniziano a muoversi intorno a noi e scivolano a loro volta verso il campo di fuoco. Riscaldano i loro corpi sulle pietre calde tutt'intorno e ci portano il loro calore. Uno dopo l'altro, ci avvolgono teneramente finché non scompariamo entrambi sotto di loro. È una sensazione sorprendentemente piacevole essere accuditi con tanto amore da questi animali.

A un certo punto, finiamo le lacrime, ma non ci stacchiamo l'uno dall'altra.

Ci sediamo e ci abbracciamo finché non spunta l'alba. Solo quando un'allodola intona il suo canto mattutino e la prima luce del giorno illumina i frontoni dell'Accademia, le nostre mani scivolano lentamente dalle spalle e si rincontrano, tra di noi.

Rambo si avvolge ai nostri polsi come un bracciale e ci sibila con gli occhi lucidi, come se sapesse benissimo di aver fatto qualcosa di sfrontato. Rhyme sbuffa, un suono triste e divertito allo stesso tempo. Non oso alzare la testa per guardarlo.

«Mi... mi dispiace tantissimo» gracchio con la gola stretta. È da un po' che queste parole mi perseguitano, facendomi mordere il labbro inferiore. Ora non riesco più a trattenerle. «Ho fatto così tanti errori. Vorrei che Cut non mi avesse chiesto di ballare! Vorrei che Poetry non avesse cercato di proteggermi! Vorrei non aver mai pestato il piede a Pen! Vorrei che quel suggeritore non mi avesse fermata! Vorrei che tu non fossi tornato per me...»

«Smettila.» La voce di Rhyme risuona profonda e roca. È la prima volta che dice qualcosa da quando è uscito dal refettorio ieri sera.

Ingoio il resto delle mie parole. Ma il dolore non è qualcosa che si può semplicemente allontanare, quindi si fa strada, confonde le nostre mani davanti ai miei occhi e scorre caldo lungo le mie guance.

«Posso?» mormora Rhyme.

Annuisco, aspettandomi che mi tolga le lacrime dalle guance. Ma lui non mi lascia le mani; invece, si china in avanti e le bacia dal mio viso, una per una. Le sue labbra sono incredibilmente morbide sulla mia pelle, il tocco più delicato che abbia mai sentito. I miei occhi si chiudono come di loro spontanea volontà. Anche se aver perso le lacrime dovrebbe indebolirmi, sento l'esatto contrario. Ogni suo bacio mi rende più forte.

Appoggia la fronte contro la mia. Il suo respiro caldo mi colpisce. «Non hai più paura dei miei serpenti.»

«Ti appartengono» sussurro.

«Gli piaci, lo sai? Lo sento.»

E a me piaci tu.

Una dolce fitta mi attraversa il petto. È come se una fibra

sottilissima venisse strappata dal centro del mio cuore. Stringo ancora di più gli occhi. «Non ti avrei lasciato solo dopo il duello. Nessuno di noi l'avrebbe fatto se Lady Capuleti e Lord Montecchi non ci avessero manipolati. Lo sai, vero?»

«Lo so. Ho sentito le loro parole. Non è colpa tua.»

«Ma è comunque insopportabile. Sono tutti allegri! Celebrano Poetry come un'eroina, come se se ne fosse andata da molti anni...»

«È solo una suggeritrice» dice Rhyme in fretta. Non vuole sentire quello che mi sono quasi lasciata sfuggire. E naturalmente ha ragione. Poetry può anche averci lasciato, ma non è morta; è solo diventata qualcos'altro, qualcosa che non so se sia meglio o peggio.

«Non c'è modo per lei di tornare indietro?» dico disperata. «Non ha una possibilità di togliersi quella maschera? Di tornare a essere se stessa?»

«No.»

«Come fai a saperlo?» Mi stacco da lui per poterlo guardare negli occhi. Con mia sorpresa, percepisco una certa resistenza nel suo sguardo. Mi acciglio e lo osservo. «Perché te lo hanno detto fin da piccolo? Lady Capuleti e Lord Montecchi non potranno influenzarti con i loro poteri, ma potrebbero comunque averti mentito in tutti questi anni.»

«Ci ho provato» risponde con voce rauca. «Ho passato tutta la notte a cercare di toglierle quella maschera.» Gira le mani e mi mostra i polpastrelli insanguinati. «Giulietta aveva ragione. La maschera si è fusa sul suo viso. Non sono riuscito nemmeno a graffiarla.»

«Quindi queste non sono delle normali maschere» noto. «Hanno qualcosa di soprannaturale, come il potere dell'infausta stella. Quindi forse ci vuole qualcosa di soprannaturale per liberarle?»

«È impossibile.»

Scuoto la testa. «Non capisco. Perché insisti così tanto?»

«Pensi che siamo i primi a perdere qualcuno in duello?» sbuffa. «Hai dimenticato quanti nomi abbiamo elencato durante il discorso di apertura? Ed erano solo gli innamorati, i suggeritori e le suggeritrici che non hanno più un nome da tempo. Per mille anni siamo stati perseguitati dall'infausta stella e per mille anni nessuno è riuscito a salvarne uno!»

Sollevo il mento con aria di sfida. «Può darsi che sia così, ma non ho sentito nessuna argomentazione sensata sul perché dovremmo rinunciarci, quindi perché ti opponi a una piccola speranza?»

«Perché non potrei sopportarlo!» Getta la testa all'indietro e ansima verso il cielo. Le sue mani si stringono a pugno e quasi mi schiacciano le dita. Rambo scompare rapidamente nella sua manica. «Perché non potevo sopportare di sperare e sognare, e poi perdere di nuovo Poetry, capisci?!»

Abbasso lo sguardo. «Ora sì.»

«Vorrei poter strappare quella dannata stella dal cielo!» dice. «Per anni, il mio compito è stato quello di occuparmi degli studenti Capuleti, di proteggerli e di essere presente quando non sanno cosa fare. Ma ora mi sento un ipocrita, una persona che sta fingendo con tutti. La verità è che ora non ho idea di cosa fare.»

Neanch'io.

So solo che non voglio mai più sentirmi così impotente.

Forse è questa la soluzione?

«Puoi allenarmi.» Sollevo lo sguardo su di lui e vedo l'espressione sorpresa sul suo volto. Più lo dico, più mi convinco delle mie stesse parole. «Poetry mi ha sempre difesa quando non ci riuscivo. Lo avete fatto tutti, fin dall'inizio, e ve ne sono incredibilmente grata. Ma ora è arrivato il momento di diventare forte anch'io. Per Tear, per Stage, per Drapes e… e per te.»

«Per me?» ripete a bassa voce.

Ho la nausea, ma annuisco. Rhyme ha avuto una ragazza sicura di sé al suo fianco per tutta la vita, che gli ha mostrato la strada quando non sapeva cosa fare. Non potrò mai sostituire Poetry, ma posso essere forte per suo fratello. Glielo devo.

Ed è esattamente quello che farò adesso.

Gli stringo la mano con determinazione e lo tiro su con me. Rose schiacciati e sporcizia cadono dai suoi vestiti da duello sgualciti sulle mie scarpe da ginnastica. Dopo tutto quello che è successo, mi è difficile sorridere, ma quando alzo lo sguardo verso Rhyme, mi sorprendo nel rendermi conto che il sorriso è apparso da solo, all'improvviso; come se non avessi altra scelta nel vederlo.

«Prima di tutto, togliamo quei vestiti sporchi e mettiamoci sotto la doccia» lo incoraggio. «Se ti presenti al brunch in questo stato, gli studenti scapperanno senza bisogno dei serpenti»

Sbuffa imbarazzato. «La mia esibizione di ieri è stata piuttosto teatrale, vero?»

«Non è stata così male.» Sollevo la mano e passo i polpastrelli sulla sua guancia, così delicatamente che sfioro appena la sottile peluria sul suo viso. Sgrana gli occhi quando allungo una mano tra i suoi capelli e tiro fuori un rametto di spine. Per quanto belle siano queste rose, hanno tutte un lato pericoloso. Proprio come questo ragazzo davanti a me. «I Montecchi tremavano davanti a te. Dovrebbero avere un assaggio di ciò che li aspetta al prossimo ballo.»

Poetry avrebbe approvato.

Anche Rhyme lo sa. E così, nonostante tutto, un sorriso agrodolce si fa strada sul suo volto. «Comincio ad avere paura di te.»

«Bene» rispondo con lo stesso sorriso.

Lo conduco per mano attraverso i cespugli di rose e saliamo i gradini che portano al piazzale di marmo. Gli altri ci aspettano davanti all'ingresso dell'ala dei Capuleti. Drapes ci vede per prima e ci indica con il dito. Anche da lontano, posso vedere un sorriso raggiante sul volto di Tear. Stage agita addirittura le braccia sollevato e grida a squarciagola per tutto il piazzale. «Ve l'avevo detto! Joy è con lui!»

Lady Capuleti e Lord Montecchi possono anche averli convinti a venerare Poetry come una guerriera caduta da tempo, ma non li hanno privati di quello che provano per Rhyme. È bello vedere quanto tengano a lui. Gli lascio la mano in modo che possa correre verso di loro e lasciarsi abbracciare. Ma appena prima che Stage ci raggiunga, appena prima che arrivino a portata d'orecchio, Rhyme si volta di nuovo verso di me.

«Mi pento di aver lasciato Poetry da sola.» dice con voce seria.

Mi sento soffocare.

«Ma non mi pento nemmeno per un secondo» aggiunge a bassa voce, «di essere tornato da te.»

Poi Stage lo solleva.

CAPITOLO 31

«Che cos'è?» Rhyme prende il foglio di carta che gli tengo davanti al viso e lo legge. «Un nuovo piano di allenamento per la casata Capuleti?»

«Un nuovo piano di allenamento per me.»

Mi guarda. «È... ambizioso.»

Incrocio le braccia davanti al petto. Oggi Tear, Drapes e io indossiamo di nuovo le nostre reti da pesca argentate, ma senza Poetry al nostro fianco non ci sentiamo altrettanto sicure. Ci dava forza anche a noi. Se voglio essere presente per Rhyme, devo cercare di controllarmi. Ho passato le ultime notti a rigirarmi nel letto, analizzando i miei errori e sviluppando un piano di battaglia.

«Durante il ballo, che mi sia allenata o meno sin da bambina, non importa» gli spiego. «Non voglio più dover nascondere le mie debolezze, non voglio averne affatto! Vedi il punto numero uno.»

Rhyme si guarda intorno nel roseto per assicurarsi che non ci sentano. Da quando si è liberato di quella lurida tuta da combattimento, sembra di nuovo se stesso, un principe dei serpenti in blu reale e bianco Capuleti. Solo standogli molto vicino si vedono i leggeri graffi delle spine sulla sua pelle chiara. E solo se lo si guarda molto spesso ci si accorge che ne compaiono di nuovi ogni notte. Può aver detto che non crede che Poetry possa essere salvata, ma questo non significa che si sia già arreso con lei.

Si volta verso di me e abbassa la voce con fare cospiratorio.

«Puoi ridere» obietta. «Sarà sempre una debolezza contro i Montecchi.»

Alzo le spalle.

Rhyme non è l'unico che non si arrende così facilmente. Ma non ho ancora trovato Poetry. Di notte, i suggeritori e le suggeritrici sono quasi invisibili nell'ombra del roseto. Anche sussurrare il suo nome tra le foglie non è servito. Forse avrei dovuto chiedere aiuto a Tear e agli altri, ma sono ancora influenzati. Non sentono la sua mancanza quanto dovrebbero. Ecco un altro motivo per cui devo essere forte per lui.

«Va bene, allora lascia perdere.» Gli faccio cenno di andare avanti, spazientita. «Leggi il punto due.»

«Fare una ribaltata all'indietro nel fuoco per...» Rhyme solleva il foglio di carta avvicinandoselo agli occhi per vedere meglio i disegni che ho fatto per illustrare i punti, «...per sfuggire a una *zecca*?»

«Non è una zecca, è un gatto. Sta per i Montecchi.»

«Sai fare una ribaltata all'indietro?» mi chiede cauto.

Scuoto la testa.

«Sai fare... una ruota?»

Scoppio a ridere. «Neanche lontanamente.»

«Che mi dici di una capriola?»

«Posso lasciarmi cadere a terra quasi come una professionista, se può aiutare.»

È come se il sorriso gli fosse stato incollato al viso. «Forse dovremmo passare al punto tre» borbotta tra sé e sé. «Fare un calcio volante e colpire la zecca... Questa è chiaramente una zecca, ha otto zampe.»

«Quelle sono le orecchie del gatto.»

«Ci sono comunque due zampe di troppo.»

«Quella è la coda, e questa è la sua lingua schifosa con la quale mi fa la linguaccia. Ecco perché devo imparare a calciare» sbuffo.

«Mi sarei davvero aspettata un po' più di immaginazione da qualcuno che è praticamente cresciuto in un romanzo fantasy.»

Rhyme mi fissa. «Mi dispiace, ma non basta una maledetta cometa per portare a termine questa lista in tre settimane. Per quello ci vorrebbe minimo Harry Potter.»

Sussulto indignata, gli strappo la lista di mano e mi dirigo verso la piscina più vicina. È la stessa in cui ho rischiato di annegare un mese fa, e lo stomaco mi si contrae ancora al ricordo. Rhyme mi affianca sul bordo, ma sono troppo orgogliosa per darlo a vedere. Invece, sporgo il mento in avanti, sopra le increspature scintillanti. «Punto quattro» dico con più sicurezza possibile. «Respirare sott'acqua come una vera Capuleti.»

Faccio un respiro profondo e mi tuffo.

Purtroppo, è fredda proprio come un mese fa, torno in superficie e faccio qualche giro nuotando in fretta e furia prima che le mie braccia si congelino. «Queste piscine sfidano ogni logica» brontolo tra me e me. «È estate, perché non si scaldano?!»

Il mio sproloquio deve aver attirato Stage, che a un tratto spunta sul bordo della piscina e mi fa un sorriso incoraggiante che non promette niente di buono. «Hai freddo, Joy? Aspetta un attimo! Ti aiuto io!» Senza preavviso, afferra la maglietta di Rhyme e prova a sfilargliela da sopra la testa.

«La mia maglietta non le servirà a nulla in acqua» protesta lui, con i capelli arruffati. Ma Stage si limita a scrollare le spalle, a lasciarla con noncuranza e a dare a Rhyme uno spintone così forte da farlo cadere in piscina, di fronte a me, schizzando.

«Questo ti scalderà, Joy!» mi grida allegramente Stage e se ne va, il torace che sussulta per una risata silenziosa. Riesco a vedere Tear e Drapes che gli danno il cinque dietro il cespuglio di rose più vicino.

«Avete pianificato tutto?!» dico indignata. Non hanno nemmeno la decenza di sembrare colti in flagrante. Invece, mi salutano allegramente da sopra le rose. Lady Capuleti ha davvero fatto un ottimo lavoro con loro; il problema è che il suo piano funziona.

Rhyme spunta acqua davanti a me. Per un attimo, il suo torso bagnato si illumina al sole, prima di sprofondare di nuovo e un'ondata di acqua fresca mi finisce in bocca. Le mie guance avvampano immediatamente. Quando si scrolla l'acqua dai capelli con un movimento disinvolto della testa, facendo piovere mille goccioline sul mio viso, mi sento sufficientemente riscaldata per iniziare l'allenamento.

Cerca di controllarti, Joy!

Lo fai per Poetry!

«Lo proviamo insieme?» suggerisce Rhyme. «Potrei aggrapparmi a te come un peso.»

«Ehm» rispondo. Il mio piccolo e patetico cervello approfitta di questo momento per prendere il sopravvento e farmi concentrare sui suoi addominali, insieme al ricordo dei suoi teneri baci di qualche giorno fa. Non che fossero veri baci, almeno non romantici...

«Joy?» Rhyme schiocca le dita davanti al mio viso. «Ci sei?»

Maledizione!

È il momento di tuffarsi!

Faccio un respiro profondo e mi lascio cadere giù. L'acqua fredda mi entra nelle orecchie e mi riempie le narici. Sbatto le palpebre per qualche volta finché i miei occhi non si sono adattati al nuovo ambiente e guardo in profondità. Non riesco nemmeno a vedere il fondo della piscina sotto i miei piedi che scalciano. Quando sollevo lo sguardo, Rhyme sta nuotando davanti a me.

Minuscole bollicine si sono formate davanti al suo viso. I suoi occhi sono spalancati e brillano di un azzurro chiaro. Si punta il naso con l'indice ed espira in un flusso di bolle. Normalmente dovrebbe essere già a corto d'aria, ma continua a nuotare tranquillamente. I Capuleti non hanno le branchie, ma possono assorbire l'ossigeno dalla pelle, proprio come i suoi serpenti marini.

Mi indica il naso in modo incoraggiante.

Scuoto la testa con le guance gonfie.

Poi lui fa una cosa strana: tiene due dita ricurve sopra la testa come se fossero le corna di un diavolo, o le orecchie di un gatto. Capisco cosa intende quando mi colpisce ai fianchi da due lati contemporaneamente. Grido d'istinto e cerco di scappare attraverso le bolle d'aria che salgono, ma Rhyme mi cinge i fianchi come una pesante cintura animata e mi tira giù in profondità.

Lo lascio fare per qualche istante, sperando che il bruciore nei polmoni si attenui e che io possa finalmente respirare sott'acqua. Ma i secondi passano e mi rendo conto che non funziona. Prendo a pugni le spalle di Rhyme finché non si dà una forte spinta contro il fondo e ci fa schizzare fuori dall'acqua come una boa. Una volta in superficie, mi aggrappo al suo collo e tossisco sputandogli un po' d'acqua sulla schiena.

Mi dà una pacca sulle spalle. «Non dovresti bere l'acqua, Joy.»

«Grazie per… il suggerimento» sussulto. «La prossima volta che starò per annegare... me ne ricorderò. Un altro po' e avresti potuto trascinarmi nelle docce, priva di conoscenza.»

I suoi muscoli si irrigidiscono sotto di me.

Solo allora mi rendo conto di quello che ho appena detto. Voglio mordermi la lingua! Certo che gli ricorda Poetry, è stata lei a ripescarmi dall'acqua quella volta. I suoi doveri di principe lo costringono a tornare alla realtà, come se non fosse successo nulla, ma questo non significa che lui la pensi allo stesso modo. È abituato a mostrarsi forte all'esterno, gli dà sicurezza. Forse ne ha bisogno anche adesso?

«Né gli esercizi di respirazione, né di nuoto, né di immersione sono serviti a qualcosa. Forse dovrei ammettere a me stessa che semplicemente non ho ereditato la capacità di respirare sott'acqua.»

Rhyme non risponde.

Ma qualcosa si muove sul bordo della piscina. È Rambo, che striscia sulle pietre e scivola dolcemente in acqua. Magari ha sentito che Rhyme ha bisogno di qualcuno in questo momento?

«Ehi!» grido con un po' troppo entusiasmo. «Sai nuotare!»

Rhyme si gira dietro al serpente. Anche se di solito il piccolo mamba vuole solo dormire sul suo polso, nuota subito oltre il suo braccio teso e si avvolge invece intorno alla mia mano. Non oso quasi muovermi per non rovinare questo momento unico. «Lo vedi?» gli chiedo, con il cuore che batte all'impazzata. «Rambo sta accoccolando la sua testolina contro di me! Non è dolcissimo?»

Rhyme continua a non emettere alcun suono. Fissa Rambo sul mio polso come se lo stesse contemplando.

«Ho... ho un'idea!» esclamo. «Non sarò in grado di respirare sott'acqua, ma non ho più paura dei tuoi serpenti. Possiamo usarlo a nostro vantaggio, nessun Montecchi oserà inseguirmi in una piscina brulicante di serpenti velenosi… Rhyme? Mi ascolti?» Un senso di angoscia si diffonde nel mio petto.

Il suo sguardo scivola da Rambo al mio viso. In effetti, mi guarda come se non avesse sentito una sola parola di quello che ho detto

«*Ti… ti* sei incantato?» cerco di scherzare con un sorriso tremante.

Con mia sorpresa, un delicato rossore si insinua sulle sue guance e, a qualsiasi cosa stesse pensando, ora si rende conto di avermi fissato senza dire niente per diversi secondi. Sbatte le palpebre più volte e distoglie lo sguardo in fretta e furia. «Dovremmo… dovremmo provarlo.»

Prima che io possa dire qualcosa, lui torna verso il bordo della piscina con tre potenti bracciate e io non posso fare altro che guardarlo confusa. È imbarazzato perché stava pensando a sua sorella?

O il contrario? si chiede una vocina dentro di me. *Forse è imbarazzato perché, per un momento, non ha pensato a Poetry?*

Il mio cuore comincia a battere più forte.

Rhyme esce dall'acqua con una facilità che mi stupisce ogni volta, che mi piaccia o no. Correre intorno al roseto per un'ora ogni mattina non sembra compromettere la sua forma fisica. E nemmeno il fatto che faccia a gara con Stage per vedere chi riesce a fare più flessioni prima di andare a letto. Il vincitore si fa la doccia per primo, come mi ha detto lui stesso una sera quando, tutto sudato, ha lanciato un'occhiata al balcone di Poetry dove ero seduta. È stato prima del ballo e di tutto quello che è successo. Tuttavia, ho ancora la pelle d'oca al ricordo.

«Hai già troppo freddo?» mi chiede Rhyme dal bordo.

Per niente. Mettiti qualcosa addosso!

Mi schiarisco la gola. «Cosa vuoi provare esattamente?»

«Come reagisci ai miei serpenti quando sei da sola.»

Quindi ha sentito quello che ho detto!

«Okay, andiamo!» mi esce dalla bocca.

È quello che avrebbe detto Poetry. Se voglio essere forte come lei, devo farmi forza. Tra tre settimane ci sarà il prossimo ballo e, per quanto gli ultimi giorni siano volati via in fretta, non ho tempo per esitare.

Anche Rhyme non perde neanche un secondo.

Appena chiude gli occhi, si sente un fruscio tra le rose tutt'intorno. È affascinante come i serpenti riescano a rendersi invisibili tra le radici e le pietre, ma anche un po' inquietante. Solo la vecchia Joy l'avrebbe pensato; la nuova Joy osserva tranquillamente vipere, bisce, pitoni e boa che rispondono al suo silenzioso richiamo. Almeno all'esterno. All'interno, mi irrigidisco un po' mentre i serpenti scivolano nella piscina da tutti i lati e la riempiono in un attimo, con i loro corpi flessuosi che mi sfiorano i gomiti e la schiena. Avvicino Rambo al petto e mi immergo subito.

«Tutto bene?» chiede Rhyme. «Devo richiamarli?»

«Va tutto bene! Ce la farò» rispondo con voce decisamente più sicura del solito. Tuttavia, decido di ascoltarla.

Ma, con mio orrore, lo fa anche Rhyme.

Mi scruta per un po' e poi scuote la testa. «Devo fare un altro giro, altrimenti Giulietta mi starà di nuovo addosso. Sai, i miei doveri di principe e tutto il resto. Se succederà qualcosa, i serpenti mi chiameranno. Ho ordinato loro di prendersi cura di te, sei assolutamente al sicuro, okay?»

Potresti restare? implora la vecchia me.

La nuova me, però, gli risponde ad alta voce: «Certo! A dopo!».

Rhyme mi guarda con attenzione per diversi secondi, ma poi se ne va davvero. Rambo sibila indignato contro il mio petto. Immagino di riconoscere qualcosa di simile alla delusione nei suoi occhi neri e gli accarezzo la testa verde con il pollice. «Lo so, lo so» ammetto dispiaciuta. «Anch'io avrei preferito che restasse. Ma ora dobbiamo essere entrambi forti.»

A quanto pare, la sua fiducia nei suoi serpenti è legittima. Infatti, non fanno altro che nuotare pacificamente intorno a me. Dopo un po', mi faccio coraggio e allungo una mano verso di loro. Si divertono a scivolare sul mio braccio e persino Rambo trova il coraggio di farlo.

Qualche minuto dopo, è diventato un gioco in cui cerco di allontanare il braccio da loro prima che possano toccarlo, facendomi roteare nell'acqua così tanto che continuo ad andare giù. Mi sorprendo di quanta gioia mi dia; un senso di sollievo che non provavo da giorni mi attraversa il petto e scioglie alcuni nodi. Anche se Poetry mi manca ancora tanto, la mia anima ha bisogno di questo momento per tirare un sospiro di sollievo. Dall'esterno, però, il mio sguazzare probabilmente assomiglia più a un combattimento mortale in una vasca di serpenti. Almeno questo spiegherebbe quello che succede dopo.

Mi sono appena immersa di nuovo quando all'improvviso le

forti braccia di Rhyme mi cingono e mi tirano su. Non appena la mia testa esce dall'acqua, mi lascio sfuggire una risata rassicurante.

«Non preoccuparti. Sto bene! Ci stavamo solo divertendo!»

Le braccia intorno a me si irrigidiscono. «Tu… tu sai ridere?!»

Solo allora mi rendo conto che *non è Rhyme*!

CAPITOLO 32

«Non… non era una risata!» Mi rigiro tra le braccia di Cut e lo fisso nei suoi occhi sgranati. I suoi capelli bagnati sembrano ancora più neri, se è possibile. Ha la pelle d'oca lungo il collo scuro. Queste piscine devono essere fredde per lui almeno quanto lo sono per me, ma si è tuffato senza esitare. «Era… era un singhiozzo. Ho inghiottito troppa acqua.»

Aggrotta le sopracciglia con sospetto. «A me sembrava…»

Non scopro cosa gli sembrasse perché, proprio in quel momento, i serpenti lo riconoscono come nemico e lo trascinano giù davanti ai miei occhi, in profondità. Non ha il tempo di emettere più di un gemito sorpreso quando la sua testa scompare sott'acqua, lasciando dietro di sé solo alcune bolle. Di Rhyme non c'è traccia. I serpenti hanno reagito d'istinto per proteggermi.

La pantera di Cut irrompe dal roseto e mi soffia contro con le zanne affilate. Deve essere la sua reazione allo stress: corre da una parte all'altra della piscina, ma non osa saltare nell'acqua brulicante di serpenti. Mi rendo conto che Cut è nei guai e che solo una persona può aiutarlo.

Faccio un respiro profondo e mi immergo.

Anche se apro gli occhi, non vedo quasi nulla sott'acqua. Ovunque, ci sono serpenti che si contorcono e vortici di bolle. È più per fortuna che per altro che riesco ad afferrargli un braccio. Gli strappo dal collo un serpente a strisce colorate, di cui cerca disperatamente di liberarsi, e gli libero almeno le braccia. Insieme riusciamo a scacciare abbastanza serpenti per poter scalciare verso l'alto.

Una volta in superficie, tutto accade molto in fretta. Nessuno di noi perde neanche un secondo e nuota immediatamente verso il bordo per uscire dalla piscina. La pantera salta davanti a Cut e si assicura che i serpenti rimangano nell'acqua mentre noi ci lasciamo cadere sul terreno riscaldato dal sole, completamente senza fiato.

«Per un pelo!» ansimo guardando il cielo.

Anche Cut respira pesantemente accanto a me. «Che diavolo è successo?»

Mi giro verso di lui e non posso fare a meno di sorridere. «A quanto pare, devo averti salvato il sedere sfregiato.»

Si mette a sedere e lascia che la pantera gli lecchi il viso bagnato. La sua bocca si contorce in un sorriso ironico. Lui e Rhyme si evitano dall'incidente nel refettorio, ma i loro sguardi parlano chiaro. Entrambi sembrano avere dei rimpianti. Ma proprio come Rhyme, seppellisce il suo dolore nei doveri quotidiani e il sorriso sul suo volto è come uno scudo che lo protegge, almeno così mi sembra in questo momento.

«Tu? Mi hai salvato?» Sbuffa divertito. «Mio padre sarebbe inorridito.»

«Perché sono una ragazza e questo non è in linea con le sue idee antiquate?»

«Perché sei una Capuleti. Secondo il suo codice d'onore, sarebbe stato meglio annegare.» Rabbrividisce; la pelle d'oca si diffonde su tutto il corpo e persino le labbra diventano blu. Si sfrega le braccia per scaldarsi, ma inizia comunque a tremare violentemente. «Cavolo, queste piscine sono sempre più fredde! Ci buttate dentro i cubetti di ghiaccio per divertimento?»

Mi alzo e gli tendo la mano. «Andiamo al fuoco più vicino?»

Lui la prende, ma non si muove. Al contrario, aggrotta le

sopracciglia. La sua pantera ringhia piano.

«Cosa c'è?»

«C'è qualcosa che non va.»

Mi lascia andare e scuote la mano come se non avesse più sensibilità. Poi si passa più volte la mano sul collo e, quando abbassa il braccio, un po' di sangue luccica sulle dita. «*Maledizione.*»

Mi chino. «Sono solo due graffietti, non è così grave.»

Solleva lo sguardo su di me, con un'espressione così rigida da farmi indugiare, da farmi rizzare i peli sulla nuca. «Dovresti chiamare il principe dei serpenti» dice con una strana calma. «Lui è il più esperto di queste bestiacce.»

«Cosa vuoi dire?» Il mio cuore si ferma. «Sei stato... sei stato morso? Ma tu sei un Montecchi! Non sei immune al loro veleno!»

Cut si limita a sollevare un sopracciglio.

«Oh no!» Mi giro e sto per saltare giù dal terrazzamento e cercare Rhyme in tutto il roseto, quando mi viene un'idea migliore. Torno di corsa alla piscina e agito l'acqua con la mano. «Portate qui Rhyme! Ditegli che ho bisogno di lui! Sbrigatevi!» I serpenti nuotano agitati intorno alla mia mano. Ovviamente non capiscono una parola di quello che dico, ma di certo percepiscono il mio panico, e quindi anche Rhyme dovrebbe sentirlo.

Tutto il corpo di Cut inizia a tremare. Mi precipito da lui, ignorando il ringhio indignato della sua pantera, e lo tiro a me così che possa appoggiarsi. Le sue braccia tremano violentemente quando mi cinge la vita, ma ride comunque sopra la mia spalla. «Non è così che immaginavo il nostro primo abbraccio, me lo figuravo sicuramente più passionale.»

«Sono felice di sapere che il tuo senso dell'umorismo non è stato ancora paralizzato» gemo. «Ma ti prego, sii sincero: quanto è grave?»

Esita per diversi secondi. «Sto perdendo sensibilità nella parte superiore del corpo.»

Gli strofino velocemente la schiena.

«Cosa faresti se ti dicessi che sto perdendo sensibilità anche alla parte inferiore?»

Smetto subito di strofinare.

Lui ride a bassa voce contro la mia schiena.

Almeno per un momento, poi affonda tutto il suo peso contro di me. Fa le sue solite battute, ma non sull'avvelenamento. Il cuore mi martella nel petto. Dov'è Rhyme? Dovrei andare a chiamarlo?

«Non è possibile!» grida qualcuno tra le rose. Stage sbuca tra i cespugli, seguito subito da Tear e Drapes, che smettono immediatamente di chiacchierare quando ci vedono. «È passata appena mezz'ora e Joy è già legata al principe sbagliato!»

«Cut è stato morso» chiarisco. «Abbiamo bisogno di aiuto!»

Stage diventa subito serio. Si inginocchia accanto a noi e guarda il morso sul collo di Cut, poi il suo sguardo si posa su di me. I suoi occhi marroni scuri quasi mi trafiggono. «Quale serpente?»

«Non ne ho idea!»

Spinge Cut per le spalle allontanandolo da me, così da poterlo guardare in faccia. La parte superiore del corpo del principe dei felini trema come un grattacielo durante un terremoto. «Che aspetto aveva? Nero, marrone o verde? A strisce o maculato? Abbiamo abbastanza antidoto, ma dobbiamo sapere quale ci serve.»

«Anch'io come Joy» dice Cut senza fiato. «Non ne ho idea...» Il sudore gli cola sulla fronte, ma allo stesso tempo rabbrividisce per il freddo. L'espressione dei suoi occhi è febbrile. Il suo sguardo si sposta sulla mia bocca. «Il veleno si diffonde rapidamente» mi sussurra. «Questa potrebbe essere l'ultima occasione per un bacio proibito.»

Stage sussulta. «Non ti bacerò! Sei il nemico!»

«Non mi riferivo a te!» sibila irritato l'altro.

Sono abbastanza sicura di chi fosse il destinatario dell'offerta.

Tuttavia, qualcun altro mi precede.

«Mi dispiace deluderti» grida Rhyme saltando sul muro della terrazza con una leggerezza tale da farlo sembrare senza peso, ed è al nostro fianco più velocemente di quanto io possa battere le palpebre. «Ma l'unico bacio che può salvarti ora è il mio.»

«Preferisco morire» protesta Cut.

Ma Rhyme si sta già chinando su di lui e gli preme le labbra sul collo. Il mio cuore fa un balzo di gioia. Dietro di noi, Drapes batte le mani talmente estasiata che Tear la guarda perplessa. «Che c'è?» brontola Drapes, con le guance rosso fuoco. «Sono l'unica che sa apprezzare due bei ragazzi che si baciano?»

«Sì!» rispondono Tear e Stage all'unisono e scuotono la testa sconvolti.

Rhyme si stacca da Cut e sputa sangue a terra. «Ho succhiato via il veleno, almeno quello che sono riuscito a recuperare. Ci serve l'antidoto per un serpente corallo.»

«Lo prendo io!» Stage salta subito in piedi e corre oltre il muro del terrazzamento. Tear lo segue e si preme nervosamente le mani sul petto. «Un serpente corallo? Ma non sono mortali?»

«Tutti i miei serpenti sono mortali» si limita a rispondere Rhyme.

Mi viene la pelle d'oca lungo la schiena. Inevitabilmente, ripenso alla prima volta che ci siamo incontrati, sul palcoscenico galleggiante del lago. Sembra passata un'eternità. Allora pensavo che Rhyme stesse solo scherzando sul veleno di Rambo.

«Lasciami... lasciami andare.» Cut cerca di allontanare Rhyme con le sue ultime forze, ma le mani scivolano impotenti. «Preferirei morire tra le braccia di Joy... È... molto più attraente di te.»

«Non vedo l'ora che la tua lingua sia finalmente paralizzata» risponde secco Rhyme. Ciononostante, posa Cut a terra con estrema delicatezza e mi mostra come appoggiargli al meglio la testa sul mio grembo. Cut mi sorride mentre gli scosto una ciocca di capelli bagnati dal viso, poi i suoi occhi si chiudono e la sua testa si inclina di lato, floscia.

Guardo in fretta Rhyme. «Ti prego, aiutalo!»

Lui non gli toglie gli occhi di dosso nemmeno per un secondo, ma la sua voce è calma. «Il veleno ha solo paralizzato i muscoli. Può ancora sentirti. Senza l'antidoto, a un uomo adulto resterebbero poche ore prima che smetta completamente di respirare. Ma non dimenticare che è il principe dei felini. Può resistere molto più a lungo.»

«Oppure no.» Drapes sospira con aria sognante. «Adoro le storie romantiche senza lieto fine.»

A queste parole, Tear trasalisce violentemente, come se qualcuno le avesse dato uno schiaffo. Il suo viso diventa pallido quasi come la lacrima bianca che ha sotto l'occhio. «Cosa ci dovrebbe essere di romantico nel...vedere morire di qualcuno?!» ansima, tremando. «È... è semplicemente orribile!» Come se fosse stata scossa da un tuono, si volta e scompare tra i folti cespugli di rose. I petali strappati cadono a terra dietro di lei.

Drapes la segue con lo sguardo, perplessa. «Ho detto qualcosa di sbagliato?»

Scambio un'occhiata eloquente con Rhyme. «È possibile che la sua influenza si stia esaurendo? Le ha ricordato Poetry?»

Rhyme si limita a stringere i denti.

Stage torna con l'antidoto e gli porge un astuccio pieno di fiale e siringhe, facendomi sembrare la situazione non solo più reale, ma anche più allarmante. Deve rendersi conto che sto trattenendo il fiato, perché mi accarezza la mano, incoraggiante. «Non preoccuparti. Rhyme segue corsi speciali da quando aveva nove anni. Nessuno a Verona conosce il veleno dei serpenti meglio di lui. Puoi fidarti di lui.» Sembra proprio che Rhyme sappia esattamente cosa fare. Tira fuori immediatamente una siringa, fa uscire l'aria e fa delle iniezioni in diversi punti del corpo di Cut.

«D'altra parte» aggiunge Stage borbottando, «questa sarebbe l'occasione perfetta per sbarazzarsi del principe dei felini senza dare nell'occhio.»

«Stage!» esclamo indignata.

Lui ride divertito.

Anche Rhyme non può fare a meno di sorridere. Forse la sua anima ha bisogno di un attimo di respiro dopo tutte quelle notti nel roseto. «Non dobbiamo dimenticare che Montecchi può ancora sentirci.» Si china verso Cut e gli grida davanti al viso un po' più forte del necessario: «Niente panico! Tra un'ora sarai di nuovo in piedi!».

Cut comincia a muoversi un po'.

Tiro un sospiro di sollievo.

«Certo, dobbiamo comunque approfittare di un'opportunità come questa» aggiunge Rhyme pensieroso. «Cosa direbbe il principe dei felini se lo portassimo in infermeria, davanti alla sua stanza?»

Stage non se lo fa ripetere due volte. «Me lo metto sulla spalla, così tutti potranno vedere il suo sedere flaccido. Poetry ne sarebbe entusiasta!»

Rhyme e Stage si danno il cinque.

Scuoto la testa. «Voi due siete impossibili!»

Tuttavia, non posso fare a meno di immaginare la faccia di Poetry se fosse qui. Sghignazzerebbe da un orecchio all'altro e servirebbe a Cut questa umiliazione scottante per colazione, soddisfattissima.

I due caricano Cut sulle spalle larghe di Stage e lo portano via come un sacco di farina. Sto per seguirli, quando Drapes mi tira il costume da dietro e mi guarda triste. «Mi assicurerò che i ragazzi non esagerino, okay? Puoi farmi un favore in cambio?»

«Che tipo di favore?»

Si morde il labbro inferiore e lascia cadere i capelli a tenda davanti al viso. «Credo di essere ancora troppo influenzata. Non capisco bene cosa ho detto di sbagliato. Ma tu lo sai, vero? Puoi trovare Tear per me e parlarle?»

Ma certo! Tear!

Con la coscienza sporca, mi volto verso il cespuglio di rose dove prima la sua chioma verde serpente è scomparsa. Potrebbe essere ovunque. «La conosci da molto più tempo di me. Hai idea di dove possa essere andata?»

Drapes sospira. «Quando è triste, va sempre da Poetry.»

CAPITOLO 33

«Dove sei, Tear?»

Dalla cima delle scale si ha una buona visuale del roseto, ma tutte le fontane, le statue e, soprattutto, gli alti cespugli di rose offrono nascondigli più che sufficienti. Se non vuoi essere trovata, puoi sparire facilmente. Dopo aver perlustrato tutti i terrazzamenti, non posso fare altro che togliermi i petali schiacciati dai piedi e ammettere a me stessa che, dopotutto, Tear potrebbe non essere qui.

Magari è tornata nella nostra stanza? Il sole è tramontato e fa troppo freddo con i nostri costumi da bagno bucherellati. È meglio che vada a dare un'occhiata e, allo stesso tempo, a cambiarmi. Se alla fine non è lì, tornerò più tardi. In ogni caso, i suggeritori e le suggeritrici - e quindi anche Poetry - preferiscono spuntare quando il trambusto degli studenti si è placato.

Lascio il giardino dall'uscita più vicina e sbuco davanti a un edificio la cui facciata di marmo è più liscia e moderna delle altre. Sto per spingere via un ramo di rosa basso davanti a me e uscire sul piazzale di marmo, quando vedo una scena interessante. Indietreggio rapidamente nell'ombra.

Una finestra al piano inferiore si apre e Stage salta fuori con un solo balzo, seguito subito da Rhyme, a cui viene lanciato qualcosa in testa da dietro. Con mia grande sorpresa, sui volti di entrambi compare un'espressione di pura felicità. Persino Rhyme, che stamattina ancora fissava le bolle nella sua colazione, sembra essere tornato quello di un tempo per qualche istante. A quanto pare, la sua missione di vendicare Poetry gli è sfuggita di mano. Il suo ghigno diabolico non svanisce nemmeno quando la pantera di Cut salta sul davanzale della finestra e ruggisce dietro di loro con la bocca spalancata.

«UCCIDILI!» ruggisce Cut dall'interno.

La pantera si siede e si gratta l'orecchio imperturbabile, prima di saltare giù tranquillamente dal davanzale e andarsene barcollando nella direzione opposta.

«Felini! I cani sarebbero molto più obbedienti.»

Mi precipito sul piazzale di marmo per vedere cosa Cut ha lanciato ai ragazzi: è un normale pennarello. Lo raccolgo stupita e lo sventolo attraverso la finestra. «Devo chiamarti il principe dei cani d'ora in poi?»

Cut si gira davanti a uno specchio. «Joy!»

Mi rendo subito conto di cosa gli hanno fatto e devo mordermi forte il labbro per non scoppiare a ridere, ma la mia risata esplode silenziosa nella mia bocca; non posso fare altrimenti. Ora capisco perché anche Rhyme non è riuscito a trattenersi. I due hanno disegnato dei folti baffi neri sul viso di Cut. Sembra un gatto molto carino, e molto infastidito.

Poetry lo avrebbe adorato.

«Quei miserabili bastardi!» si lamenta lui. «È un pennarello indelebile.»

«Almeno si abbinano al colore dei tuoi capelli» dico, gli angoli della bocca che si contraggono.

Cut mi lancia un panno inumidito, ma io sparisco sotto la finestra appena in tempo e rido euforica. Mi metto subito entrambe le mani sulla bocca e cerco una scusa nella mia testa, ma Cut è già chino sul davanzale e mi guarda con occhi sgranati. «Okay, dimentica la scusa del singhiozzo una volta per tutte.»

«Non ho idea di cosa tu stia parlando» mi esce.

Ma non me la berrei nemmeno io.

Non se la beve neanche lui.

«Posso *sentirlo*» aggiunge con insistenza. «È meglio che tu entri subito.»

Mi arrampico sul davanzale, imbronciata. Ecco com'è l'infermeria dell'Accademia. È un sogno barocco, con tanto di letto a baldacchino, tavolinetto in filigrana con specchio ovale e lavabo con brocca di porcellana, solo che tutto è candido e nuovo di zecca. Cut sembra fuori posto come un graffio nella vernice.

Si avvicina al lavabo e si strofina indignato i baffi. Mi guarda di nuovo nello specchio. «Più si ride forte e vicino a un Montecchi, più lo si rafforza. Non puoi nascondere una cosa del genere.»

Sospiro. «Rhyme impazzirà se scopre che lo sai.»

«Rhyme lo sa?»

Mi cingo la pancia con le braccia. «Pensava che sarebbe stato meglio non dirlo a nessuno. E prima che tu me lo chieda, posso anche piangere.»

«Ha senso se ci pensi» dice pensieroso. «Più debole è il sangue della nostra famiglia, più lo sono i nostri poteri. Se tua madre non era una purosangue e poi ha avuto una figlia da un estraneo...»

«Non riesco a respirare nemmeno sott'acqua.»

Si volta verso di me, sorpreso. «Non dovresti proprio dirmelo.»

Potrebbe anche avere ragione. D'altra parte, ho visto come si è rifiutato di combattere contro Poetry, e ho visto come ha reagito alla sua sconfitta dopo il duello. Nemmeno quando Rhyme lo ha atterrato, spinto dal dolore, ha opposto resistenza. Per non parlare del fatto che prima ha cercato altruisticamente di salvarmi da una piscina piena di serpenti, rischiando la sua stessa vita. Non è cattivo.

Mi viene da sorridere. «Se mi tradisci, dirò a tutti dei tuoi baffi.»

Sbuffa e scuote la testa, come se non credesse a quello che sta per dire. «Farò finta di non averlo mai saputo, okay? Ma nessun altro deve saperlo. In un duello, gli altri Montecchi si scaglierebbero contro di te e ti farebbero il solletico fino a renderti impotente.»

«Olio» ribatto.

«Cosa?»

«L'olio è il modo migliore per togliere il pennarello indelebile.»

Mi guarda per qualche secondo, poi apre la porta e grida nel corridoio: «Portatemi dell'olio! Subito! Cosa state aspettando?». In sottofondo, sento diverse paia di scarpe che zampettano in fretta e furia.

«Sono sicura che i tuoi dipendenti apprezzerebbero un *per favore* ogni tanto» aggiungo secca.

Cut sorride. «Abbiamo dei dipendenti?»

Gli tiro il pennarello in testa.

Mi sorride, ma il suo sguardo scivola dal mio viso per guardare qualcosa alle mie spalle. Mi giro verso la finestra e vedo solo un ciuffo di capelli verde serpente che scompare tra i cespugli di rose. Il mio cuore sussulta. «È Tear! Devo andare!»

Non perdo neanche un secondo e salto fuori dalla finestra a una velocità di cui vado piuttosto fiera. Purtroppo, non è sufficiente per raggiungerla. Quando arrivo alle scale, ansimando, lei è già scomparsa.

«Tear?! Dove sei? Sono io, Joy!»

Lei non risponde.

Forse non vuole. O forse non mi sente tra i folti cespugli di rose; l'acustica di un anfiteatro si sente solo dal palco. Sto scendendo le scale quando noto alcuni petali di rosa strappati sui gradini altrimenti accuratamente spazzati. Proprio lì accanto, uno stretto sentiero si addentra tra i cespugli, il che spiegherebbe come sia potuta sparire così in fretta, quindi tento la fortuna.

I cespugli diventano rapidamente più fitti e non ho altra scelta che strisciare a quattro zampe attraverso un tunnel di rami spinosi.

Mi sento come Alice nel Paese delle Meraviglie, un'Alice che indossa solo una rete da pesca, per la quale fa evidentemente troppo freddo.

Pochi metri più avanti si apre una radura.

Vedo Tear attraverso i petali di rosa. È accovacciata dietro una fontana, indossa un caldo cardigan di lana con leggere sfumature arcobaleno, il che significa che deve essere davvero stata nella nostra stanza. Sto per strisciare verso di lei, quando mi blocco sentendo uno strano strascichio.

Siamo sulla terrazza più in alto, non lontano dalle docce sotterranee. Qui non c'è nessuna porta, ma mentre lo strusciare della pietra sulla pietra si fa sempre più forte, mi rendo conto che il muro stesso è una porta. Un rettangolo si apre nella parete proprio di fronte a noi. Le tonache scure con cappuccio dei suggeritori e delle suggeritrici emergono dall'ombra.

Quindi è qui che stanno durante il giorno.

Senza accorgersi di me o di Tear, camminano a passi pesanti tra noi con i loro stivali neri. Ma anche quando Tear salta su e ne trascina una fuori dalla fila, gli altri non reagiscono in alcun modo. Continuano a camminare finché l'ultimo di loro non scompare tra le rose.

Sarebbe un buon momento per attirare la sua attenzione, ma esito troppo a lungo. Tear getta le braccia al collo della suggeritrice e io mi blocco nel mio nascondiglio. All'esterno, la suggeritrice è vestita esattamente come le altre; non si capisce chi possa esserci sotto la maschera. Ma ha la corporatura di Poetry e il cordino stretto intorno alla vita mette in risalto le sue belle curve.

«Mi dispiace tanto! Mi dispiace così tanto!» sbotta Tear. «Mi hanno influenzata, altrimenti sarei corsa subito.»

E così, Tear è davvero di nuovo se stessa, e questo dopo pochi giorni. Si aggrappa a Poetry con tutte le sue forze. Dal suo abbraccio disperato si sprigiona un dolore così forte che mi fa riaprire la ferita. Le lacrime mi riempiono gli occhi così velocemente che riesco a malapena ad asciugarle.

La voce di Tear è scossa dai singhiozzi. «Avrei dovuto dirtelo. *Volevo* dirtelo. Così tante volte! Ma avevo paura che sarebbe cambiato qualcosa tra noi, che forse non eri ancora pronta.» Si stacca da Poetry e la guarda con le guance a chiazze rosa. «Finché non hai ballato segretamente con me dietro quella fontana al ballo. Mi hai guardata come se non ci fosse nessun'altra per te. E allora, a un tratto, non ho più avuto paura.» Con le labbra tremanti, le spinge indietro il cappuccio nero, scopre i suoi riccioli biondi lucenti e li accarezza amorevolmente. «Avevo già le parole sulla punta della lingua» sussurra ora a bassa voce. «Ma poi è stato annunciato il tuo nome per l'*ultimo ballo* e ti sei girata sorpresa, e ho pensato di dirtele più tardi...»

Tear si china in avanti e la bacia delicatamente sulla maschera nera.

Mi si stringe il cuore.

Poetry non si muove. Gli altri mi hanno detto che i suggeritori a volte recitano vecchi versi, ma quando un sussurro gentile esce davvero dalla maschera, sussulto stupita. È la prima volta che ne sento uno. Rabbrividendo, mi rendo conto che è davvero la sua voce.

«*Allora non muoverti mentre colgo l'effetto della mia preghiera.*»

Tear scoppia in lacrime. Le sue mani scivolano lungo la tonaca nera di Poetry. «*Così, dalle mie labbra... le tue toglieranno... il peccato*» dice singhiozzando forte.

Non so da quale opera sia tratta, ma ho sentito abbastanza.

Questo momento non è destinato a me.

Senza fare rumore, striscio all'indietro tra le rose finché il tunnel è abbastanza largo da permettermi di voltarmi. Il cuore mi batte all'impazzata nel petto. All'inizio penso che si tratti di pietà, ma quando mi strappo un ramo spinoso dai capelli e lo scaglio contro le scale, mi rendo conto che sono arrabbiata. L'infausta stella non avrà fatto vittime, ma le è stata comunque sacrificata una coppia di innamorate.

«Lo giuro» dico al cielo, ansimando. «Anche se nessuno ci è riuscito per mille anni. Troverò un modo per riportare indietro Poetry! Lo troverò! Mi senti?»

Mentre abbasso la testa, qualcuno è in piedi sulle scale, di fronte a me: un suggeritore con una maschera del riso. Non so perché lo so, ma sono certa senza ombra di dubbio che è lui che mi ha ostacolata nel duello; il suggeritore che ha fatto sì che Rhyme tornasse da me invece di aiutare sua sorella.

Stringo i pugni e mi precipito verso di lui.

CAPITOLO 34

Il suggeritore non oppone resistenza quando lo trascino verso le rose. Non avrei mai osato combattere prima dell'allenamento di combattimento, ma conosco abbastanza il roseto e le mie capacità. Non ho bisogno di saper fare una ribaltata all'indietro, è sufficiente spingere il suggeritore contro il muro della scala inferiore. Non c'è spazio per un affondo, così lui semplicemente si ribalta e sbatte la schiena sul duro terreno coperto di radici dietro di lui. Senza esitare, gli salto addosso per tenerlo fermo.

«Perché mi hai ostacolata nel duello?!» Nonostante io gli colpisca il petto con i pugni, lui non sembra accorgersene. «È colpa tua se abbiamo perso la nostra amica!»

Alcune rose strappate svolazzano sopra il ghigno rigido della sua maschera. Mi ricorda la maschera di Poetry e che qualcosa si frapporrà sempre tra il primo bacio delle due ragazze. Questo mi fa arrabbiare ancora di più. Vorrei strappargli la maschera di dosso, ma non riesco a sentire nemmeno la più piccola crepa intorno ai bordi. Al contrario, scopro molti segni di graffi sottili. Ricordo quello che ha detto Rhyme: in una notte intera non è riuscito a graffiare la maschera di Poetry una sola volta. Quante notti deve averla graffiata, allora?

«*Meeeeeeeen…*» proviene all'improvviso da sotto la maschera.

Trasalisco.

«*Meeeeeeeen…*» La parola gli esce allungata e terribile, come se gli costasse un grande sforzo. Si preme le mani con i guanti neri sulla gola. «... *Meeeeeeeennntooooo*...»

Ho un freddo cane. «Mentono? Hai appena detto *mentono*?»

Annuisce lentamente.

«Capisci tutto quello che dico?» Deglutisco con forza. «Di quale bugia stai parlando? Chi mente?»

Si toglie una mano dal collo e indica il palco. È deserto, come la maggior parte del tempo, la teca di vetro con la copia di *Romeo e Giulietta* di Shakespeare come un memoriale silenzioso al centro, circondato da fuoco e acqua, che rappresentano le casate dei Montecchi e dei Capuleti.

«Non capisco. Puoi dire di più?»

«*Ttttuuuuu... llooo... mmeeeeeeeen*!»

Qualcuno mi chiama da sopra le scale:

«Joy?!» Non ho bisogno di girarmi per riconoscere la voce di Cut. E non ho bisogno di voltarmi per sapere chi gli sta alle calcagna. «Cosa stai facendo?!» urla Rhyme dietro di lui.

Afferro il suggeritore per il colletto e lo tiro più vicino a me. «Dimmi! Ti prego! Possiamo salvare Poetry? Le vostre maschere possono essere tolte?»

«Joy!» Rhyme salta sul muro della scala, mi afferra per la vita e mi solleva staccandomi dal suggeritore. «È una persona! È ancora una persona!»

«Non è quello che sembra. Non volevo fargli del male, almeno non più.» Mi libero dalle sue braccia e mi volto verso di lui. «Mi sta parlando! Ascolta!»

Rhyme mi fissa stupito.

«Non puoi dire sul serio» sussurra confuso Cut. «Sono solo versi, Joy.»

«Nient'affatto!»

Il suggeritore si alza in silenzio e rimane immobile davanti a no. Non si scuote nemmeno lo sporco dalla tonaca. Lo guardo con insistenza negli occhi, o almeno nelle cavità scure della sua maschera. Non so se mi vede davvero da sotto.

«Ti prego, dì ancora qualcosa! Per favore!»

«Joy» sospira Rhyme. «Non può...»

Ma viene interrotto.

«*Tttuuuttttiiii... looorrrrooo... mmmeennttoonnnoo...*» Il suggeritore si porta entrambe le mani alla gola e cade a terra di colpo, come se gli avessero tolto un tappeto da sotto gli stivali.

Indietreggio saltando spaventata e urto contro il petto di Rhyme. Le sue dita premono sulle mie braccia dalla tensione. «Che cosa ha detto? Tutti loro mentendo?» ripete stupito e si volta verso Cut. «È un'opera teatrale che non conosco?»

Cut scuote lentamente la testa. «Neanch'io la conosco. Sembrava una frase normale. Ma è assolutamente impossibile.»

«L'ha appena detto.» Indico il palco. «Stava indicando verso il basso. A chi o a cosa potrebbe riferirsi?»

Rhyme segue il mio sguardo. «Il palco viene usato solo per i discorsi. Per i...» I suoi occhi azzurro ghiaccio si rivolgono verso di me. «... *nostri* discorsi.»

Cut si china sul suggeritore. «Puoi parlare ancora?»

A un tratto, il suggeritore si raddrizza come se fosse tirato su da un filo. Le mani gli cadono flosce sui fianchi. Non c'è più traccia dell'urgenza che gli ha appena fatto uscire le parole dalla gola. Sembra una marionetta floscia e la sua voce non è altro che un sussurro rauco e piatto.

Il sole, per il dolore, non vuole mostrare il suo volto. Alcuni saranno perdonati, altri puniti.

Cut sussulta. «*Perché mai vi fu storia più triste...*»

«*... di quella di Giulietta e del suo Romeo*» conclude Rhyme la citazione.

Senza reagire in alcun modo, il suggeritore si allontana come se nulla fosse accaduto. Lo guardiamo tutti, senza parole. Solo quando una brezza fresca si alza e mi soffia sul viso mi scuoto dal mio torpore. «Erano versi da *Romeo e Giulietta*?»

Cut sta ancora guardando il suggeritore, ipnotizzato. «Per essere precisi, era il finale di *Romeo e Giulietta*, gli ultimi versi.»

Rabbrividisco.

Rhyme si sfila la maglietta da sopra la testa e me la porge. «Ecco, ti riscalderà un po'. L'ho appena messa.»

«Ma tu... non hai niente sotto.»

Come si può ben vedere.

Lui alza le spalle. «Non ho mai freddo.»

Tocco il tessuto bianco e sento il calore di Rhyme al suo interno. È assolutamente impossibile non notare il suo profumo, come se la pura luce del sole si fosse intrecciata in profondità nelle fibre. La rete da pesca non mi ripara quasi per niente, così mi infilo la maglietta e, per precauzione, espongo le guance al vento fresco.

«Potrei abbracciarti e scaldarti» si offre Cut alle mie spalle, ma dal suo tono è chiaro che lo dice solo per infastidire Rhyme.

«È incredibilmente dolce il modo in cui lo dici, come se facessi le fusa» risponde Rhyme calmo.

Mi giro proprio quando Cut inizia ad arrossire. Si strofina bruscamente le guance ed evita il mio sguardo. Ovviamente non ha aspettato che i suoi dipendenti gli portassero l'olio prima di seguirmi nel roseto.

Rhyme apre la bocca per aggiungere qualcosa, ma all'improvviso si volta come se qualcuno lo avesse chiamato da dietro. Ma non sentiamo nulla. «Non siamo soli» ci informa a bassa voce. «Qualcuno si aggira furtivamente nelle vicinanze, i miei serpenti possono sentire le vibrazioni. Non è il rumore degli stivali dei suggeritori o delle suggeritrici. Ma lui o lei sta deliberatamente rimanendo nell'ombra.»

«Potrebbe essere Tear» mi viene in mente.

«Lo spero.» Rhyme si acciglia. «Dovremmo porre fine a questa storia. Ogni minuto in cui ti vedono insieme al principe dei felini è un minuto di troppo.»

«Il comitato del ballo non tornerà prima di tre settimane, giusto?»

«Giusto.» Rhyme mi lancia una lunga occhiata. «Ma non sappiamo chi potrebbe essere dalla loro parte.»

IL SECONDO BALLO

Stimati studenti dell'Accademia,
lasciate che i vostri cuori corrano liberi,
godete di ciò che è altrimenti proibito,
assaporate un pezzo del vostro destino!
Il comitato del ballo vi dà il benvenuto
al secondo ballo della stagione!

Le regole del duello

Solo i potenziali innamorati e le guardie del corpo che hanno scelto - supportate dai serpenti e dai felini delle rispettive casate - possono sfidarsi a duello. Fino alla fine, non si può uscire dal roseto, per quanto tempo ciò possa richiedere. Gli studenti possono assistere dai gradini tutt'intorno, fino a dove i cespugli di rose lo permettono, ma non possono interferire in nessun caso nel duello o entrare nelle aree verdi. I feriti vengono curati solo dopo il duello, indipendentemente dalla natura della ferita o dalle loro condizioni. Le maschere della tragedia e della commedia possono essere usate dagli innamorati solo per sconfiggere l'avversario. Se la maschera della tragedia viene indossata da un membro della casata Montecchi o la maschera della commedia da un membro della casata Capuleti, si fonde per sempre con il loro volto e li trasforma in un suggeritore o in una suggeritrice.

Il duello termina quando uno degli innamorati viene sconfitto o quando entrambi rivelano il loro vero amore l'uno per l'altro.

CAPITOLO 35

Bussano alla porta del bagno e il cuore mi batte in gola.

Ma è soltanto Drapes, che fa capolino. I suoi capelli scuri le cadono sulle spalle come seta appena filata. Indossa un vestito vaporoso che sembra fatto di ali di libellula luccicanti. Non è truccata, quindi pare ancora di più una bambina ma, come sempre, va dritta al punto. «Sei pronta per il ballo? Perché sei pallida come un fantasma, Joy?»

Mi affretto a prendere il bronzer e a mettermi un po' di colore sulle guance. Nello specchio, Tear mi sorride da sopra la mia elegante pettinatura. Si è tinta i capelli di verde ghiaccio e indossa lo stesso semplice abito argentato dell'ultima volta, in onore di Poetry.

Mi ha avvolta in un tessuto lucido e trasparente, che parte da un nodo sulla spalla e scende lungo il corpo. È come se una piccola cascata si riversasse su di me. Se l'abito da palla da discoteca di Poetry al precedente ballo gridava *Guardatemi*, questo vestito si limita a lanciare un'occhiata promettente da sopra le spalle.

«Ho passato le ultime notti a discutere di ogni singolo dettaglio con Poetry» farfuglia allegramente Tear sopra di me. «Beh, io parlavo e lei ascoltava. So che tutti pensano che i suggeritori non possano farlo, ma quando ho proposto questi orecchini per te, il suo mignolo si è mosso, lo giuro!» Ogni volta che dice una cosa del genere, Drapes e Stage distolgono lo sguardo, e Rhyme non dice una parola. Ma nulla può impedire a Tear di credere in Poetry, nemmeno una maledizione millenaria. Mi mette alle orecchie due lunghe gocce d'argento, facendomi sembrare estremamente elegante, e ammira la sua opera nello specchio. «Vedi? Il tuo vestito è perfetto. Non avrei mai potuto farlo da sola. Perché quella faccia, Joy? Sei nervosa per il ballo dei principi?»

Mi si contorce lo stomaco. «Perché dovrei essere nervosa?» chiedo il più disinvolta possibile. Faccio anche un sorriso, che allo specchio mi sembra estremamente convincente.

«Questo è l'atteggiamento giusto.» Tear mi sorride. «L'allenamento costante delle ultime settimane ti ha fatto bene, sei molto più sicura rispetto all'ultimo ballo. Poetry sarebbe davvero orgogliosa di te.»

È vero. Dall'incidente con il suggeritore, abbiamo passato ogni minuto libero ad allenarci. Naturalmente, ho cercato di scoprire qualcosa in più su di lui o sul comitato del ballo, ma senza Internet e le utili finestre di ricerca, è più difficile di quanto pensassi, e soprattutto richiede molto tempo.

Accanto al mio letto ci sono quarantasette libri della biblioteca sulla storia della casata Capuleti. La settimana scorsa, mentre ero seduta sul bordo della piscina dopo essermi esercitata con la respirazione in acqua e sfogliavo con le dita bagnate *La casata Capuleti alla fine del XIX secolo*, a un tratto, Rhyme si è seduto accanto a me. Ha fatto una smorfia alla vista del libro; a quanto pare, l'anno scorso ha dovuto farci una ricerca, e perfino in cinese. «Non ci troverai nulla di interessante» mi aveva detto. «A meno che tu non voglia sapere quanto siamo diventati schifosamente ricchi grazie alla Via della Seta.»

Purtroppo, non è stato in grado di darmi un consiglio migliore. Tutti i libri che aveva letto nel corso delle lezioni in Accademia non facevano altro che ripetere le stesse banalità. I suggeritori e le suggeritrici servono come sacrificio parziale per placare la maledizione della rosa per un altro mese, fino a quando non si trovano i veri innamorati. E il comitato del ballo, come organo indipendente, controlla l'andamento dei balli e dei duelli per conto dell'infausta stella. Nient'altro, non una parola sui suggeritori che parlano, sulle possibili bugie o su un accenno al significato di SL. Ero così delusa che ho completamente dimenticato di sfruttare questo raro momento con Rhyme per... *un'altra cosa.*

«Le tue capacità nel ballo sono incredibilmente migliorate» aggiunge Tear con entusiasmo. «Rhyme non crederà ai suoi occhi quando vedrà le mosse che Stage ti ha insegnato.»

Sembra che non possa più rimandare *quest'altra cosa.*

Tutto il sangue mi defluisce dalle guance.

Mi metto il bronzer in fretta e furia. «Volevo dirvi un'altra cosa sul ballo dei principi» borbotto nel morbido pennello. «Solo perché lo sappiate prima di scendere.» Tear e Drapes si avvicinano in attesa. Mi tampono il bronzer tra gli occhi, solo per avere una scusa per evitare il loro sguardo. «Rhyme non me l'ha chiesto.»

Per un attimo, cala il silenzio. Mi azzardo a guardare nello specchio e vedo due volti perplessi. Tear sbatte le palpebre più volte, come se si stesse lentamente svegliando da un bel sogno. «Come sarebbe a dire che non te l'ha chiesto?»

Giocherello con il pennello. «Beh, non siamo stati molto da soli, per i suoi doveri di principe e tutto il resto. Dopotutto, deve organizzare gli allenamenti per tutti i Capuleti, supervisionarli, fornire assistenza e scrivere rapporti e...»

«Sappiamo cosa deve fare Rhyme» mi interrompe Drapes.

Faccio un respiro profondo. «Beh, non siamo stati molto da soli, ma... alcune volte siamo stati insieme. Lui... non mi ha chiesto se volevo essere la sua compagna di ballo questa volta. Così ho pensato di prendere in mano la situazione e... chiederglielo.»

Ecco, l'ho detto.

Ora sanno che mi piace!

Ma invece di portarsi le mani sulla bocca scioccate, come temevo, Tear e Drapes si limitano a scambiarsi uno sguardo complice sopra la mia testa, che purtroppo non posso non vedere nello specchio. Drapes scuote i lunghi capelli a tenda. «È dall'*ultimo ballo* che ci chiediamo quando finalmente lo avresti sputato fuori. Dopotutto, non siamo cieche. Non c'è dubbio che tu sia innamorata cotta...». Tear sgrana gli occhi in segno di avvertimento e Drapes si schiarisce rapidamente la gola. «Non è una sorpresa per nessuno di noi che tu glielo abbia chiesto.»

«Esattamente.» Tear mi afferra per le spalle con un sorriso raggiante: «Hai fatto la cosa giusta. Le donne devono prendere l'iniziativa da sole. Anche Poetry la vedrebbe così.»

«Giusto» concordo sottovoce. «È solo che, purtroppo, non si è ancora presentato il momento giusto...»

«Cosa? Non glielo hai ancora chiesto?» Le delicate sopracciglia di Drape si sollevano. «Il ballo inizia tra mezz'ora! I momenti giusti si tanno lentamente, ma inesorabilmente, esaurendo, Joy. È per questo che sei pallida come un fantasma?»

Riapro in fretta e furia il bronzer.

Tear si getta sulla scatolina. «Basta così! Ne hai già messo abbastanza. Ora scendiamo dai ragazzi e ti lasciamo un momento da sola con Rhyme, così chiarisci. È abituato a Poetry che gli molla un calcio nel sedere appena in tempo per ricordargli le cose. Sono sicura che non ci ha pensato.»

Lo spero.

Ma se così non fosse?

Due piani più in basso, basta bussare una volta alla porta del principe dei serpenti e questa si spalanca di fronte al pugno alzato di Tear. Stage è di fronte a noi con un completo da ballo blu acceso che risalta perfettamente sulla sua pelle scura, e ci fissa in preda al panico. «Per fortuna siete qui!»

Il mio cuore sussulta. «È successo qualcosa a Rhyme?»

«Rhyme? No, perché? Lascia perdere!»

Trascina dentro Tear, nel bagno dei ragazzi. È identico al nostro, compresi tutti i prodotti di bellezza sparsi in giro. Stage afferra un eyeliner nero e uno blu, e se li accosta al viso. «Sii sincera! Quello blu è esagerato? Mi fa gli occhi sporgenti, vero?»

Tear sorride soddisfatta. «So esattamente come truccarti. Drapes, tu mi aiuterai. Joy» mi fa l'occhiolino, «vedi se Rhyme ha bisogno di aiuto, okay?»

«Rhyme è pronto da un'ora» piagnucola Stage. «È fuori in terrazza a dare il bacio della buonanotte a tutti i suoi serpenti o qualcosa del genere.»

Da un'ora?

Deglutisco. Avrebbe avuto abbastanza tempo per venire da noi, magari per chiarire una o due domande senza risposta…

Drapes nota la mia esitazione, mi afferra per i fianchi da dietro e mi spinge nella stanza di Rhyme. «È quindici passi avanti» mi sussurra con fare cospiratorio alle spalle. «Hai il tempo di due occhi da truccare. Forza!»

Faccio un respiro profondo e passo davanti all'acquario blu acceso, senza dare un'occhiata alle alghe ondeggianti o ai serpenti a strisce. Rhyme è rannicchiato fuori, sulla terrazza, dandomi le spalle. Sul pavimento intorno a lui ci sono serpenti di tutti i tipi, ma io mi limito a scavalcarli e ad accovacciarmi accanto a lui.

«Ehi, Joy.» Non deve sollevare lo sguardo per capire che sono io. La sua mano accarezza amorevolmente la testa di Balboa, che si è rannicchiata davanti a lui e mi sibila silenziosamente.

«Ehi.» Lascio scivolare i polpastrelli sulla pelle lucida del serpente. «Un altro ballo. Incredibile quanto velocemente vola il tempo, vero?»

«Mm.»

Sta pensando sicuramente a Poetry; come potrebbe non farlo oggi? Non so se chiedergli di sua sorella o meno. Da un lato, sarebbe bene che parlasse dei suoi sentimenti, ma dall'altro non dovrei distrarlo prima del ballo. È il principe della nostra casata e, che gli piaccia o no, stasera deve essere il più forte di tutti noi. Deve dimostrarlo già al ballo dei principi.

Faccio un respiro profondo. «Stage mi ha insegnato alcuni passi di danza piuttosto audaci. Naturalmente non ho avuto abbastanza tempo per perfezionarli. Forse riuscirò a far cadere insieme a me uno o due Montecchi.»

Rhyme sbuffa divertito «Non vedo l'ora di vederlo.»

Traccio il disegno sulla pelle di Balboa. Sento il battito del mio cuore fin sull'indice. «Hai già chiesto a una ragazza se vuole ballare con te stasera?»

Esita. «I principi non devono chiedere» risponde. «Possiamo solo scegliere qualcuno.»

Mi mordo il labbro inferiore. «Vuoi… vuoi ballare con me?»

Silenzio.

Non dice niente! Perché non dice niente?

«Ci ho pensato su.» Sorride a Balboa, che apprezza le sue tenere carezze tanto da premere con forza la testa contro il palmo della sua mano. «In realtà, ho pensato che avresti attirato meno attenzioni durante il ballo di apertura, che il comitato del ballo di non ti avrebbe messa insieme a un Montecchi se ci vedessero ballare insieme. Ma si ritorcerebbe contro. Poetry non è stata eletta regina del ballo perché doveva competere con quel buffone all'*ultimo ballo*, è stata scelta perché ha attirato l'attenzione di tutti durante il ballo dei principi. Ecco perché è meglio se non balliamo più insieme.»

Questa frase mi fa capire di colpo due cose. Prima di tutto, le parole possono essere una pugnalata al petto. E secondo, nessuno può vederlo dall'esterno.

Sento uno strano sorriso apparire sul mio viso, un sorriso che mi distorce le guance e che non posso evitare di fare. È come se il mio corpo mettesse da solo uno scudo protettivo sul volto.

Balboa si agita improvvisamente sotto le mie dita, scivola via sopra il grembo di Rhyme e si avvolge teneramente intorno a me. «Lo vedi?» Una risata sommessa inciampa sul groppo che ho in gola. «Mi tocca leggera come una piuma. È incredibile quanto possa essere delicato un animale così gigantesco.»

Sempre più serpenti si uniscono a lei e scivolano su di me. Anche la testa verde di Rambo spunta dalla manica ricamata d'argento di Rhyme e si arrampica abilmente sul corpo di Balboa fino alle mie spalle. Mi colpisce leggermente la bocca e tira fuori la lingua silenziosamente.

«Rambo!» Ridacchio. «Era un bacio? Non sei ancora un po' troppo giovane per queste cose?»

Rhyme mi sorride. È la prima volta che mi guarda stasera. I suoi occhi sono turchesi alla luce dell'acquario. «Sei il suo primo amore. Ha una cotta per te.»

All'interno, qualcuno bussa forte alla porta.

Gli altri sono ancora in bagno, così Rhyme si alza ed entra nella stanza.

Solo alla luce dell'acquario mi accorgo che indossa una camicia dello stesso materiale luccicante del mio vestito a cascata. Una fitta mi trafigge il petto. Tear e Stage si sono segretamente assicurati che anche stasera fossimo ben coordinati. Rimarranno delusi dal fatto che Rhyme non voglia ballare con me.

Un dipendente in un elegante giacca da sera si affaccia alla porta e si inchina profondamente davanti a Rhyme. «Mio principe dei serpenti! La contessa Capuleti vi attende nella sala da ballo. Se volete seguirmi.»

La porta del bagno si apre e Stage fa capolino. «Solo un momento. Siamo quasi pronti.»

L'uomo si inchina ancora di più. «Con tutto il rispetto, mio giovane principe, ma la contessa desidera parlare in privato con il principe. I suoi accompagnatori dovranno entrare con gli altri studenti.»

Rhyme geme. «In altre parole, vuole farmi una lezione su come pensa che debba svolgersi la serata. Venite solo quando siete pronti.» Si rivolge a me. «Tutto bene lì fuori, Joy?»

Un coccoloso boa constrictor mi avvolge dalla testa ai piedi e al collo ho un mamba innamorato; quindi, gli mostro i pollici in su. Rhyme sorride e segue il dipendente.

Stage si chiude la porta alle spalle, si acciglia e viene verso di me. Dietro di lui, Drapes si agita come dopo una doccia fredda e anche Tear si cinge la pancia con le braccia, a disagio. Mi ci vuole un attimo per capire che ha paura dei serpenti. Anche Stage non osa uscire sulla terrazza e sta a una distanza di sicurezza di due metri davanti a me, strofinandosi le braccia per scaldarsi. «Okay, Rhyme se n'è andato. Ce la fai a cavartela da sola tra quelle orribili bestiacce? Per favore, rispondi di sì.»

«Ehi! Non sono orribili.» Protettiva, metto le braccia intorno ai serpenti, come se le parole di Stage potessero ferirli. «Non vedi quanto sono docili? Balboa è incredibilmente sensibile. E Rambo ha una cotta per me.»

«Te lo stai immaginando.» Stage scuote la testa, commiserandomi. «Sono rettili, non mammiferi. Non sono capaci di simili legami emotivi. Semplicemente non è nella loro natura. Capisci? Riflettono solo quello che Rhyme sente.»

«Ma Rhyme ha ...»

Rhyme ha detto che Rambo aveva una cotta per me.

Il mio cuore si ferma del tutto.

CAPITOLO 36

Senza il principe dei serpenti, dobbiamo aspettare l'inizio del ballo nell'atrio, come gli altri studenti.

La folla si fa sentire e gomiti mi colpiscono le costole da tutte le parti. Solo quando noto alcune occhiatacce sotto le ciglia finte e le palpebre scintillanti mi rendo conto che alcune di queste gomitate potrebbero non essere state involontarie. Dal divano, Sorrow mi fa un cenno con le lunghe unghie che risplendono come punte di coltello lucidate.

«Non lasciarti spaventare dalle voci» sussurra Drapes. «Sorrow si sta illudendo.»

«Quali voci?»

Tear sbuffa. «È da una settimana che minaccia tutti insieme alla sua combriccola, dicendo loro che non devono assolutamente fare il ballo di apertura con il principe dei serpenti, o se ne pentiranno per il resto dei loro anni in Accademia. Naturalmente, è così brava a farlo che nessuno può biasimarla. Stasera Sorrow vuole accaparrarsi Rhyme.»

Stage mi dà una gomitata sul fianco, sorridendo. «Quindi tu sei la sua nemica mortale, vero?»

Mi blocco. «E perché vi diverte?!»

Stage mi dà una pacca sulla spalla così incoraggiante che cadrei in avanti se ci fosse sufficiente spazio in mezzo alla folla. Invece, urto contro Tear e Drapes, che mi sorridono ampiamente da entrambi i lati. «Perché Rhyme vuole ballare solo con te!» gridano tutti e tre in coro.

A un tratto, intorno a noi cala il silenzio.

Tutti mi fissano.

Alcuni Capuleti mi lanciano occhiate speranzose alle spalle di Sorrow, ma anche lei mi sta fissando con un tale odio, come se volesse spararmi contro i suoi bulbi oculari. Credo che questo sia il momento giusto per confessare che io e Rhyme non balleremo stasera, ma non riesco a dirlo. Prima che riesca a far passare le parole oltre il groppo in gola, le porte si aprono e veniamo trascinati dentro la sala da ballo da una marea di studenti.

Tear e Drapes ci procurano maschere argentate dei Capuleti, e Stage ci fa strada verso la pista da ballo con le sue spalle larghe. Ci assicuriamo dei buoni posti che ci permettono di vedere bene i tavoli dei principi e la galleria. Anche oggi il blocco di marmo è stato riunito e le eleganti sedie principesche sono state sostituite da quelle in legno del comitato del ballo. Anche il discorso di apertura dei capi famiglia non tarda ad arrivare. La voce di Lord Montecchi tuona sopra il chiacchiericcio degli studenti. «Fate silenzio e ascoltate!»

Nella sala non vola una mosca.

Dentro di me, sono ancora impaziente di chiarire la questione del ballo dei principi, ma la mia lingua è come anestetizzata. Così colgo l'occasione e cerco consapevolmente di opporre resistenza all'essere influenzata. Lady Capuleti parla del nostro senso del dovere e di dare tutto per la nostra casata, e Lord Montecchi indirizza i nostri pensieri verso combattimenti coraggiosi e sacrifici onorevoli. Le sue parole scendono su di me come un velo trasparente, come qualcosa che posso quasi afferrare e allontanare.

Ma poi scuoto la testa. Perché sto lottando? Ha ragione su tutto, ovviamente! Darò tutto per i Capuleti! E combatterò con coraggio se la mia casata lo richiede! Sollevo il pugno in segno di approvazione come gli altri studenti.

Lady Capuleti indica la galleria. «Onorate i principi delle vostre casate!»

I tamburi dell'orchestra riecheggiano nella sala.

Rhyme e Cut scendono le scale insieme. Anche loro indossano le maschere. La camicia di Rhyme luccica come se gli scorresse addosso acqua fresca. Cut, invece, oggi è vestito di un nero intenso, come se tutta la luce fosse stata consumata dal tessuto. Ai piedi delle scale, gli studenti formano un corridoio e tendono le braccia verso di loro. I principi sfiorano centinaia di dita.

Stage è teso. «I principi stanno per ballare. Inizia con qualcosa di provocante, uno sguardo sexy sopra le tue spalle, poi la sequenza di passi che abbiamo provato e infine la tua nuovissima mossa ammazza-uomini!»

«Mossa ammazza-uomini?» chiede Drapes sorridendo.

Sorride. «Una mia invenzione. Joy gli cinge i fianchi con le gambe e si lascia cadere all'indietro. Lui deve automaticamente reggerla e spostare il suo peso per non far cadere entrambi, ed è proprio in quel momento che lei si rialza con slancio e lo getta senza sforzo nella sabbia. Si poserà sulle sue ginocchia e gli strapperà la rosa dal petto con un sorriso. Rhyme sarà pazzo di lei.»

Il mio stomaco si contorce. «Stage, non vuole...»

I principi ci passano accanto e le grida esultanti degli studenti diventano così assordante che non riesco nemmeno a sentire le mie obiezioni.

«Principi, scegliete i vostri compagni di ballo!» tuona Lord Montecchi al di sopra del frastuono. Tear mi stringe il braccio emozionata e anche Drapes si morde il labbro inferiore tesa. Rhyme, invece, non guarda nemmeno nella nostra direzione. Afferra la rosa dal vassoio come se dovesse adempiere a un fastidioso dovere e cammina nella sabbia verso Cut; anche lui ha preso la rosa e lo guarda con la fronte aggrottata.

«Cosa vuoi…?» esordisce Cut indignato, ma Rhyme si limita a strappargli la rosa di mano e a lanciare entrambi i fiori disegnando un ampio arco in alto verso gli studenti. «Chi le prende ballerà con noi!» Per un attimo, i principi si guardano con aria di sfida, poi Cut scrolla le spalle e incrocia le braccia davanti al petto. «Per me va bene.»

Diversi studenti si contendono i fiori.

Proprio Sorrow emerge dalla zuffa gridando trionfante e tenendo sollevata una rosa. La appunta sul suo vestito grigio cenere e si avvicina a Rhyme con il petto gonfio.

«Cosa... cosa... cosa sta succedendo?» Gli occhi di Tear quasi le escono dalle orbite. «Sono stata catapultata in un inquietante universo parallelo dove tutto è sottosopra?» Stage apre talmente tanto la bocca, che è quasi comico. Anche Drapes scuote la testa stordita. «Qualunque cosa sia, la vedo anch'io.»

Rhyme si inginocchia davanti a Sorrow. «Scelgo Sorrow Capuleti!»

Lei dondola sulle ginocchia, come se avesse vinto un premio. Il suo fan club la acclama a gran voce, mentre gli altri studenti con cui ha gareggiato per la rosa si lisciano i capelli arruffati e le lanciano occhiate infastidite.

Dall'altra parte della pista da ballo, qualcuno scoppia a ridere come un pirata. La ragazza dai capelli neri e dal vestito rosso sangue si fa largo tra le sue rivali, che ha sbattuto a terra intorno a lei, e calcia loro la sabbia negli occhi. Stringe una rosa nel pugno e la infila nella scollatura. Si dirige verso il principe dei felini come se fosse in cerca di vendetta.

Cut sospira e si inginocchia davanti a lei. «Io scelgo Blaze Montecchi!»

La ragazza afferra il principe dei felini per il colletto e lo tira a sé con un ampio sorriso. Sorrow, invece, a un tratto gioca a fare la principessa, afferra il vestito grigio cenere con la punta di due dita e fa un inchino educato al principe dei serpenti. Rhyme si alza e le mette una mano sul fianco.

«Vi serve la mia camicia?» ansima Stage. «Per vomitarci dentro?»

«Sì, dammela!» Tear si aggrappa al tessuto blu acceso. Solo Drapes mi guarda. «Puoi parlare, Joy? E magari dirci cosa è andato storto prima sulla terrazza?»

In realtà, mi è difficile farlo. I principi iniziano la loro danza lasciando che le loro compagne volteggino con passo leggero sulla sabbia. Non mi sorprende che Sorrow mi sorrida con malignità a ogni giro, ma il fatto che Rhyme non mi guardi nemmeno per un secondo non rende le cose più facili. È come se delle sferette di ferro si fossero attaccate a ogni lettera delle parole che voglio dire. «Rhyme non vuole più ballare con me. Crede che Poetry possa essere stata scelta come regina del ballo a causa del ballo dei principi.»

Tear sussulta. «Quindi lo fa solo per proteggerti.»

«Avrei dovuto saperlo!» Stage mi dà una pacca sulla schiena. «Ecco perché ha tolto la rosa al principe dei felini. Voleva impedirgli di chiederlo di nuovo a Joy.»

Drapes mi fa l'occhiolino. «Va tutto bene, Joy.»

«Sì» rispondo con la lingua impastata. «Va tutto bene.»

Rhyme è un ballerino professionista. Deve far sembrare che i loro corpi siano fatti l'uno per l'altra, che si attraggano come calamite perfettamente compatibili. Fa roteare Sorrow sempre più velocemente finché lei non dimentica di spruzzare veleno nella mia direzione e la lancia in aria in una figura di sollevamento che lei padroneggia con la grazia di una ballerina. Mentre scivola senza peso sul suo petto, le sue guance si illuminano di rosa. Rhyme le sorride. Afferro la manica di Stage. «La tua offerta di vomitare nella camicia è ancora valida?»

«Dai, non devi sopportare tutto questo.» Mi mette un braccio intorno alle spalle e mi conduce fuori dalla pista da ballo. Tear e Drapes ci seguono preoccupate. «Non sei l'unica a soffrire» cerca di confortarmi Drapes. «O i Montecchi sono presi da una forma di passione a me sconosciuta, oppure la ragazza dai capelli neri sta cercando di spezzare la spina dorsale al principe dei felini. Probabilmente ce l'ha ancora con lui per non averla scelta l'ultima volta.»

«Così avresti due acerrime nemiche» mi rincuora Stage.

Mi precipito verso il vassoio di vino di rose più vicino per buttar giù quella robaccia, ma Tear e Drapes mi afferrano per le braccia e mi fermano. «Vogliamo proteggerti» mi assicura Tear. «Non vogliamo sapere cosa vorresti fare in questo momento.»

Mi portano via dal trambusto della folla e trovano un posto appartato sotto un albero di limoni. Mi butto sulla sabbia e spingo la maschera tra i capelli.

«Ci sono un sacco di camere di tortura medievali sotto il piazzale di marmo» ci rallegra Stage. «Immaginate Sorrow che passeggia qui fuori di notte, senza saperlo. Dopotutto, le volte hanno centinaia di anni, potrebbero crollarle sotto i piedi in qualsiasi momento.»

Gli occhi di Tear brillano. «Se Sorrow fosse caduta solo un metro più a sinistra, non le sarebbe successo nulla...»

Drapes sorride. «Ma la fossa dei coltelli era...»

«Va bene» borbotto. «Non dovete ucciderla per me.»

«Sei sicura?» dice Drapes guardando verso la pista da ballo.

Il ballo dei principi è finito e gli studenti si spostano per far passare Rhyme e Sorrow. Lei gli si aggrappa al braccio con entrambe le mani e sbatte le ciglia finte. Rhyme le sorride e, quando a un tratto lei si alza sulle punte dei piedi per stampargli un rapido bacio sulla guancia, lui arrossisce davvero.

«Ma la fossa dei coltelli» continuo con voce grave, «era profonda e affilata.»

CAPITOLO 37

L'orchestra conclude la musica dell'ottavo ballo con un flauto delicato. Ash Montecchi, un ragazzo alto con il fisico imponente di Stage, si china verso il mio orecchio. «Mi ha fatto piacere ballare con te.»

«Davvero?»

«Sei la miglior compagna che si possa immaginare per questo ballo.» Nei suoi occhi compare un'espressione sofferta. «È assolutamente impossibile sviluppare dei sentimenti per te quando stai lottando contro un'emorragia interna.»

Si cinge la pancia con le braccia e si defila dalla pista da ballo con il busto piegato. Un membro del comitato del ballo lo guarda e cancella qualcosa dalla lista sulla sua cartellina, poi la sua maschera di legno inespressiva si gira nella mia direzione e cancella di nuovo qualcosa.

«Hai bisogno di aiuto?» chiedo ad Ash, ma gli altri Montecchi, che lo stanno già circondando come chiocce preoccupate, si limitano a lanciarmi occhiate furiose e, protettivi, lo trascinano in mezzo a loro. Vado dall'altra parte della pista da ballo, dove Stage sta scrivendo in fretta e furia qualcosa sul retro del suo carnet di ballo, appoggiandosi alla schiena di Drapes. Tear guarda dietro di sé, curiosa.

«Cosa stai scrivendo?»

«È incredibile quello che posso imparare dal tuo stile di danza.»

Stage mi guarda raggiante. «Le regole del ballo vietano di ferire gravemente qualcuno prima del duello, ma tu lo fai con tale abilità che sembra una pura coincidenza. Il modo in cui hai sbagliato quella giravolta in aria e hai appoggiato il gomito proprio sul suo fegato! Hai persino convinto il comitato del ballo.»

Sgrano gli occhi. «Sul suo fegato?!»

«Svelami il tuo segreto!»

«È... è davvero una pura coincidenza?»

Stage mi guarda per qualche istante, poi annuisce più volte, come se avessi confermato una delle sue più vecchie teorie. «In effetti, l'ho pensato. Ma è comunque stimolante. Se potessimo incorporarlo nel nostro allenamento, i Montecchi sarebbero...» Borbotta solo le ultime parole, perché qualcosa dietro di me gli fa sgranare ancora di più gli occhi. Un dito mi batte sulla spalla per farmi voltare. O meglio, un'unghia affilata mi scava nella pelle.

Quando mi volto, la ragazza dai capelli neri con il vestito rosso sangue è in piedi dietro di me. Cut l'ha chiamata Blaze, un nome appropriato: la sua gonna è tagliata in modo tale da divampare come fiamme quando fa una piroetta, sposandosi perfettamente con le fiamme ardenti dei suoi occhi. Cerco di evitarla, ma Blaze mi afferra per il nodo di stoffa che ho sulla spalla e mi trascina verso la pista da ballo.

«Che cosa stai facendo?!» grido sgomenta.

«Guarda il tuo carnet di ballo. Il ballo numero nove è a scelta dei Montecchi. Siamo noi a scegliere i nostri compagni!»

«M-m-ma non puoi scegliere me!»

Si gira e mi tira a sé. «Stai dicendo che le ragazze non possono provare vero amore l'una per l'altra?»

«No! Ma pensavo che fosse contro le regole. Tutte le coppie dei carnet del comitato del ballo sono sempre ragazze e ragazzi.»

Sbuffa in modo sprezzante. «Il che dimostra solo che le teste dei membri del comitato del ballo sono di legno come le loro brutte maschere. È ora che le cose cambino, non credi?»

Esitante, le metto le mani sulle spalle; sulle spalle molto muscolose, sia chiaro. Sembra che faccia regolarmente flessioni sotto la doccia. «Allora stiamo ballando per un mondo più giusto?»

Lei socchiude gli occhi, riducendoli a due fessure. «Certo, per un mondo più giusto in cui tu sei fuori dai piedi!»

In un attimo, aggancia il suo piede al mio polpaccio e mi strattona la gamba. Cado a faccia in giù sul pavimento e sputo granelli di sabbia a lungo dopo che lei mi ha afferrato il vestito da dietro e mi ha trascinata in piedi. Quando mi rialzo, scorgo i principi all'altro capo della pista da ballo. Rhyme sembra un po' preoccupato, Cut quasi inorridito. Ma entrambi hanno le loro battaglie da combattere; sono circondati da decine di aspiranti ballerine che si azzuffano per il nono ballo come groupie ringhianti. Il vino di rose non fa emergere solo i desideri nobili.

Blaze mi cinge le braccia e mi spreme l'aria fuori dal petto. «Questo era per Ash» mi sibila all'orecchio. «Restano solo altri diciassette Montecchi da vendicare.»

«Diciassette?!»

«Con l'*ultimo ballo* compreso.»

Oh, shit.

A un certo punto smetto di contare quante volte ingoio la sabbia. Stage appare di tanto in tanto nel mio campo visivo e mi chiama attraverso la pista da ballo perché faccia come gli altri. Ma Blaze non è come i miei precedenti compagni di ballo. Non tenta pretenziose figure di sollevamento in cui potrei precipitare su di lei. Non mi fa fare piroette complicate che mi costringerebbero a calpestarle accidentalmente i piedi, né è troppo timida per afferrare la rosa dal mio petto, infilarsela giù nella scollatura e assicurarsi così di condurre l'intero ballo.

Invece, mi scaraventa da un capo all'altro della pista come uno spaventapasseri e riesce sempre a prendermi in tempo per non far intervenire il comitato del ballo. Solo quando la musica del nono ballo finisce con un colpo di timpano, lei mi dà spudoratamente un calcio nel sedere, facendomi inciampare in avanti mentre agito le braccia e baciare la sabbia davanti ai tavoli dei principi.

«E questo» mi sibila dall'alto attraverso i capelli, «per aver teso la mano al mio principe davanti a tutti!»

Rhyme mi raggiunge per primo, ma invece di aiutarmi a rialzarmi, incrocia le braccia davanti al petto e fulmina Blaze con lo sguardo. «Tutti gli occhi sono puntati su di te» dice a voce così bassa che nessuno, a parte noi, può sentire. «Devi rialzarti da sola, con la massima forza e sicurezza possibile.»

Ha ragione. Non posso permettermi di svelare un altro punto debole. Stringo i denti e i pugni, e risorgo come una fenice dalle ceneri. I capelli mi cadono sciolti sulle spalle, il che significa che anche l'elaborata acconciatura di Tear è stata vittima di Blaze.

Rhyme mi fa un mezzo sorriso. «Considerando che sei caduta nelle grinfie di Blaze Montecchi, stai benissimo. Cut è pieno di graffi per le sue unghie affilate. Per fortuna, non può essere ucciso da nessuna lama al mondo.»

Le campane della chiesa riecheggiano nella sala da ballo.

Gli studenti bisbigliano riverenti e si stringono istintivamente gli uni agli altri. Stage e gli altri corrono verso di noi. Tear mi stringe la mano e sembra che abbia visto un fantasma. Sono le campane della torre dei diamanti, che suonano solo durante il ballo; le campane che annunciano l'*ultimo ballo*.

Lady Capuleti e Lord Montecchi salgono sul blocco di marmo e ricevono ognuno una busta sigillata dal comitato del ballo. Giulietta apre la sua con le unghie lunghe, Romeo con il suo pugnale di quarzo rosa. È un momento solenne, come la proclamazione di un importante premio cinematografico, tranne per il fatto che è improbabile che i vincitori siano felici di aver vinto. O almeno non lo sarebbero se non fossero stati influenzati.

«A turno annunceranno le coppie dell'*ultimo ballo*» spiega Stage. «Lord Montecchi legge i nomi dei Capuleti e Lady Capuleti quelli dei Montecchi. L'ultima volta te lo sei perso. A proposito, dov'eri?»

Rhyme mi lancia un'occhiata di sbieco.

Le mie guance avvampano quando ricordo il ballo segreto con Cut, ma mi viene risparmiato di rispondere. Lord Montecchi sta già chiamando il primo nome nella sala e Lady Capuleti ne aggiunge immediatamente un secondo. Fanno così in rapida successione, per sedici volte. Solo alla diciassettesima e ultima coppia tutti intorno a me sussultano. Tear quasi mi stritola la mano e sento il battito del mio cuore fin dentro le tempie. Solo Lord Montecchi mi guarda freddo.

L'ultimo nome che ha letto è il mio.

Rhyme rimane del tutto impietrito. Il suo gelido sguardo è fisso su Giulietta, che socchiude brevemente gli occhi mentre guarda la busta e arriccia le labbra rosso sangue in un sorriso soddisfatto. Per un attimo lancia un'occhiata a Romeo, come se potesse dargli scacco matto da un momento all'altro. «E l'ultimo ballerino di stasera» esclama soddisfatta, «è nientemeno che il principe dei felini in persona! Cut Montecchi!»

Gli studenti bisbigliano concitati, i loro sussurri mi giungono alle orecchie come la risacca del mare, inondandomi i sensi. Per qualche istante non riesco a distinguere le singole voci, poi nella mia testa compaiono le prime frasi.

«... ma non hanno ballato insieme!»

«Questo non ha impedito loro di scegliere Poetry e quel buffone per l'ultimo ballo.»

«Quindi significa che ci sono altri criteri segreti di selezione delle coppie? Che non conosciamo?»

«Joy?» Tear mi stringe la mano. «Tutto bene? Sembri sconvolta.»

Cut si trova all'altro capo della pista da ballo e mi guarda. La sua pelle è marrone dorata per le innumerevoli ore passate al sole, ma stasera, sotto le luci scintillanti della sala da ballo, persino lui è un po' pallido.

Le ultime parole che Blaze mi ha detto poco fa mi riecheggiano nella testa.

«Credo di sapere perché siamo stati scelti» sento la mia voce dire, come se venisse da lontano. «Il giorno dopo l'ultimo ballo, dopo che Rhyme si è precipitato nel refettorio e ha fatto cadere Cut, gli ho teso la mano. Davanti a tutti gli studenti.»

Rhyme mi fissa come se fossi impazzita. «Tu *cosa?!*»

Mi cingo la vita con le braccia. «Il comitato del ballo se n'era andato da un pezzo! Stava sanguinando! Volevo solo essere gentile.» Cut viene verso di me.

L'orchestra suona l'*ultimo ballo* e tutti gli studenti i cui nomi non sono stati letti devono lasciare la pista. Stage, Tear e Drapes mi danno un'incoraggiante pacca sulla spalla e mi assicurano che mi staranno vicini. Non sono contenti che io sia stata scelta, lo capisco dalle loro espressioni. Tuttavia, ho la sensazione che sia soprattutto a causa della persona con cui dovrò ballare, e non per le conseguenze che potrebbe avere questo ballo. Devono essere ancora sotto l'influenza del discorso di apertura. Solo quando lo penso mi rendo conto che anch'io devo essere stata influenzata nello stesso momento. Lo sono ancora? Se sì, cosa dovrei provare ora?

Il mio sguardo interrogativo scivola su Rhyme. Non mi guarda, ma aspetta fino all'ultimo momento prima di lasciare la pista da ballo. Poco prima che Cut mi raggiunga, gli si avvicina e gli sussurra con voce fredda: «Joy non lo sapeva, ma tu sai esattamente qual è la posta in gioco. Se stasera finirete entrambi nel roseto, sarai tu a restarci per sempre».

Cut rimane lì impalato.

Rhyme lascia la pista da ballo.

Stage e gli altri mi guardano preoccupati, come se fossi in

equilibrio su una tavola sopra un mare di squali famelici, con le mani legate. Mi sento davvero così anche sotto lo sguardo del comitato del ballo. Si sono posizionati tutt'intorno con le loro cartelline e seguono ogni mossa dei ballerini. Cut mi afferra il polso e mi tira contro il suo petto in modo così brusco che gli conficco automaticamente le dita nelle spalle e lo fulmino con lo sguardo, indignata. «Molto bene» mi elogia a bassa voce. «Deve sembrare che non vogliamo ballare insieme. Non guardarmi negli occhi. *L'ultimo ballo* è lento e ravvicinato.»

Lascia scivolare le sue braccia intorno alla mia schiena e mi preme così tanto contro di lui che le nostre gambe scivolano l'una nell'altra a ogni passo. Guardo alle sue spalle con espressione più cupa possibile e mi rendo conto che anche le altre coppie stanno ballando a stretto contatto.

«Rhyme ha ragione» mi mormora dopo un po'. «Avrei dovuto saperlo. No, lo *sapevo* eccome. Ma ogni volta che tu… ero così…» Fa un respiro profondo. «Mi dispiace. Come principi, ci prepariamo per questi balli fin da bambini. Sappiamo esattamente cosa succede a chi cade vittima della maledizione. E nessuno può convincerci che sia una cosa buona.»

«Non lo è?»

Sospira tra i miei capelli. «Certo, dimenticavo il discorso di apertura. Presto le tue vere emozioni riaffioreranno. Ricordi ancora quanto eri arrabbiata nei confronti di quel suggeritore qualche settimana fa?»

Corrugo la fronte. «No… Sì! Io…»

«Sst.»

Un membro del comitato del ballo appare alle mie spalle e mi gira introno lentamente. Non mi toglie gli occhi di dosso neanche per un secondo attraverso i fori inespressivi della sua maschera di legno. Deve aver sentito che voglio dire qualcosa, così cambio rapidamente argomento.

«È... è solo che odio ballare con un Montecchi puzzolente.»

Cut sbuffa forte tra i miei capelli, ma l'uomo incappucciato si sta già allontanando, per fortuna. «Non farmi ridere!» brontola il più a bassa voce possibile quando siamo fuori dalla portata delle sue orecchie.

«Non sto scherzando.»

«Stai dicendo che puzzo?»

«Puzzi come...» Come un falò; di legna resinosa che scricchiola e crepita. Come le fiamme protettive a cui ti avvicini quando l'oscurità ti fa sentire un brivido freddo e inquietante sulla nuca. «... di fumo.»

«Oh.» Cut sbuffa piano. «C'è un fuoco in camera mia, quindi non dovrei essere sorpreso. Sai di cosa profumi per me?»

Mi irrigidisco un po', il che non può che essere un vantaggio con tutti gli sguardi del comitato del ballo. Prima che abbia la possibilità di rispondere, la campana della torre dei diamanti rintocca di nuovo. *L'ultimo ballo* è durato solo pochi minuti e, non appena le ultime note dell'orchestra svaniscono, gli studenti iniziano a sussurrare tesi, ma a voce non abbastanza alta da non farmi sentire le ultime parole di Cut.

«Profumi come nessun'altra» mi sussurra contro il collo.

Ho la pelle d'oca sulla nuca. Si stacca da me e mi volta le spalle. Senza nemmeno girarsi per guardarmi, infila le mani nelle tasche dei pantaloni e cammina verso il bordo della pista, come se non gli importasse affatto di aver appena ballato con me in uno stretto abbraccio. Con la coda dell'occhio sento gli occhi del comitato del ballo su di me. Incrocio le braccia davanti al petto e mi volto allontanandomi da lui verso il blocco di marmo.

Il comitato del ballo siede ai tavoli dei principi e delibera senza dire una sola parola. Si limitano a scorrere i loro appunti avanti e indietro, cancellando nomi e cerchiandone altri.

Lady Capuleti se ne sta leggermente in disparte, agitando un bicchiere di vino di rose davanti alle sue labbra rosse, nascondendo a malapena il suo sorriso soddisfatto. Lord Montecchi, dalla parte opposta, ha le braccia incrociate. I muscoli della mascella risaltano chiaramente, ma il suo sguardo predatorio è freddo e impassibile come sempre. Un giorno Rhyme e Cut prenderanno il loro posto, me ne rendo conto. Saranno divisi come il blocco di marmo sotto i loro piedi. Mi chiedo come fossero ai tempi dell'ultima maledizione, diciassette anni fa. Mi chiedo se una Giulietta e un Romeo più giovani fossero proprio qui, a guardare i capi delle loro famiglie, incapaci di immaginare di diventare come loro. A un tratto, ho paura per i due principi.

Il comitato del ballo ha deciso, sigilla due buste e ne consegna una a Lady Capuleti e una a Lord Montecchi. Giulietta apre subito la sua, ma dà solo una rapida occhiata all'interno, come se sapesse già cosa c'è scritto. È molto più interessata a Romeo, che tiene ancora la sua busta chiusa in mano e la fissa.

«Cut!»

Un movimento ai margini della pista da ballo attira la mia attenzione. È Ink, che corre verso il fratello maggiore e lo prende per mano come se fosse un bambino molto più piccolo. Cut gli arruffa i capelli neri come il carbone per tirarlo su, ma dalla ruga tra i suoi occhi capisco che anche lui è preoccupato.

Prima ho caldo, poi freddo.

Se stasera Cut e io finiremo nel roseto, solo uno di noi due lo lascerà di nuovo. Dovrei mettergli in faccia una di quelle maschere maledette. Non ho altra scelta se non voglio fare la stessa fine. E io non lo voglio, assolutamente! Ma non so se potrei farlo davvero, se potrei fare una cosa del genere a Cut e al suo fratellino.

Altro che onore! Non è un onore essere sacrificati! È una bugia per manipolarci, per farci dare tutto per questa maledizione senza pensare. Questo pensiero mi friziona come un panno freddo e mi fa vedere tutto più chiaramente. Il mio tentativo di difendermi dall'influenza ovviamente non ha funzionato. Siamo stati tutti manipolati dal discorso di apertura, ma a giudicare dai volti luminosi e speranzosi degli studenti, sono l'unica a essersene resa conto finora.

Quasi l'unica.

Rhyme mi si avvicina. Non mi tocca, certamente per non farmi sembrare debole in un momento così critico, ma sottolinea le sue parole con la sua vicinanza. «Sono al tuo fianco, qualunque cosa succeda.»

Anche se dovrai affrontare Cut?

Che era tuo amico prima che vi fosse vietato?

Anche se dovrai fargli quello che ha dovuto subire tua sorella?

Non faccio nessuna di queste domande; mi bruciano in gola come braci ardenti.

Lady Capuleti si fa avanti e tiene la busta aperta. «Non vi terremo più in sospeso! La casata Capuleti ha una nuova regina del ballo che ci rappresenterà degnamente nel duello in maschera! Onoratela con il più profondo rispetto: Joy Capuleti!»

«JOY CAPULETI!»

«JOY CAPULETI!»

«JOY CAPULETI!»

Qualcuno mi prende la mano, ma quasi non la sento.

I rumori intorno a me si fondono, tutti i colori diventano più brillanti, tutti i contorni si dissolvono. Solo il mio sguardo rimane concentrato su Lord Montecchi; sulla busta, che tiene leggermente lontana da sé mentre la apre, come se temesse che possa uscirne uno dei serpenti di Rhyme. È un uomo alto, dalle spalle larghe, che fa sembrare quasi minuscolo il foglio che ha in mano. Tuttavia, si adombra e si limita a fissarlo senza parole.

Non vola una mosca nella sala da ballo.

«La casata Montecchi» grida infine, senza mostrare alcuna emozione, «ha un nuovo re del ballo!»

CAPITOLO 38

C'è un'altra cosa che mi è sfuggita all'ultimo ballo.

Mentre i duellanti di entrambe le casate si ritirano nella galleria per scegliere le loro guardie del corpo, gli studenti iniziano a festeggiare. Spronati dalle parole di Lady Capuleti e Lord Montecchi, che non ho proprio sentito negli ultimi minuti, assaltano i tavoli con il vino di rose, ballano scatenati sulla sabbia o scendono nel roseto per assicurarsi i posti migliori davanti al palco. Dopotutto, questo dimostra che devi ascoltare i conti per essere influenzato da loro. Un po' di manipolazione potrebbe essere utile in questo momento, però, penso guardando struggente Stage, Tear e Drapes, che salgono le scale di fronte a me, discutendo appassionatamente di strategie.

Rhyme mi stringe la mano.

La tiene da quando è stato annunciato il mio nome, ma guarda distrattamente davanti a sé, come se la sua mente fosse in un posto completamente diverso. Se dovessi tirare a indovinare, direi il roseto. Se non fosse che non sta pensando a posti migliori.

«Per te è sempre così.»

Il suo sguardo si posa su di me.

«Riesco ancora a pensare con chiarezza» chiarisco a bassa voce. «Ora so cosa si prova quando, all'improvviso, le idee e i sentimenti di tutti quelli intorno a te mutano, e tu sei l'unica a sapere che sono stati influenzati. Ti senti piuttosto sola.»

«Non sei sola.»

«Come fai a sopportarlo da mesi?»

Con gli occhi che brillano, guarda Stage e gli altri, che hanno già raggiunto la galleria e ci fanno cenno di andare al balcone dei Capuleti. «Immaginando come si sentirebbero i miei amici se dovessero vedere questa maledizione come la vedo io. È meglio così.»

«Preferisco sapere la verità.» Ma una voce silenziosa dentro di me si chiede se sia davvero così. Sarebbe molto allettante piegarsi alla volontà di qualcun altro e seguire la corrente; sentirsi sempre bene, indipendentemente da ciò che ti accade intorno. Ma festeggiare quando qualcuno deve sacrificarsi? No, questo è sbagliato. E sono sicura che la maggior parte degli studenti la vedrebbe allo stesso modo.

I poteri dei capifamiglia sono molto più potenti di quanto pensassi finora. Cosa potrebbero causare nel mondo? Potrebbero semplicemente controllare tutto e tutti. Mentre attraversiamo le gallerie davanti all'orchestra e vedo le balaustre di marmo tempestate di pietre preziose che probabilmente potrebbero sostentare una piccola nazione, mi chiedo se potrebbero farlo.

Usciamo sul balcone attraverso le tende bianche.

Stage e gli altri corrono verso di me a braccia aperte, abbracciandomi e, a fin di bene, sussurrandomi da tutte le parti consigli di lotta. «Se qualcuno si avvicina troppo, salta in una piscina» sibila Stage, ma viene subito spinto via da Tear. «Nasconditi tra i folti cespugli di rose, se necessario. Basta che non ti prenda.» Solo Drapes ci spinge a rientrare subito nelle tende, che si srotolano nella leggera brezza, proteggendoci un po' dall'altro balcone. «Sst! Non sappiamo chi potrebbe ascoltarci!»

Guardiamo tutti in direzione dei Montecchi.

Ci sono così tante persone ammassate sul loro balcone che è impossibile capire se qualcuno di loro ci stia origliando. Roteano i bicchieri di vino di rose e ridono fragorosamente alle loro battute, ma di tanto in tanto uno sguardo scivola curioso oltre il bordo di un bicchiere e ci osserva.

«Cut non c'è» osservo. «Non dovrebbe già essere con la sua casata?»

Rhyme mi lancia una lunga occhiata che non riesco a interpretare. «Dopo l'annuncio dei nomi, ha seguito suo padre attraverso la sala. L'ho perso di vista tra gli alberi, ma si sono diretti verso una porta nascosta nel muro che viene utilizzata solo dal personale.»

Conosco quella porta.

Ma perché Cut avrebbe dovuto usarla con suo padre è un mistero per me.

Drapes tira un sospiro di sollievo quando un maggiordomo attraversa le tende con dei bicchieri di vino di rose appena versato e ci offre il vassoio inclinando educatamente la testa. Prende un bicchiere di cristallo dopo l'altro e ce li porge. «Adesso ne ho bisogno! Altrimenti non troverò mai il coraggio di scendere nel roseto. Ma voglio assolutamente fare il tifo per te» mi assicura con gli occhi sgranati. Stage e Tear non rispondono: stanno già buttando giù i loro bicchieri, il che dimostra che, almeno in parte, si rendono conto del significato di tutto questo. Non vogliono vedermi perdere.

Solo Rhyme brinda con me. Un sorriso triste gli arriccia le labbra mentre fa tintinnare il suo bicchiere contro il mio. «A quello che vogliamo davvero.»

Il cuore mi batte più forte.

«E al coraggio di lottare per ottenerlo» aggiungo con voce roca.

Il vino di rose ha lo stesso sapore dolce e delizioso dell'ultima volta, scivola vellutato giù in gola e mi riempie il petto di una calda sensazione di ottimismo. Sollevo lo sguardo dal mio bicchiere e mi soffermo sulla bocca di Rhyme per un momento.

Sulle sue labbra umide risplende lo stesso bagliore rosa pallido che si vede nelle piscine e nei campi di fuoco. Le lecca inconsciamente mentre si volta verso Stage, ma una goccia luccicante gli rimane all'angolo della bocca. Per alcuni secondi, non capisco cosa stanno dicendo gli altri.

«Questa roba è fantastica! Mi sento già molto meglio!» mi dice Stage così all'improvviso che trasalisco violentemente. «Certo che ti accompagnerò nel roseto, non devi neanche chiederlo. Rhyme, chiudi il becco, sappiamo tutti che non lasceresti mai andare Joy laggiù da sola. Dobbiamo solo scoprire chi sarà il numero tre. Tear e Drapes non possono.»

È vero, devo scegliere le guardie del corpo.

Mi guardo intorno, ma sul balcone ci siamo solo noi.

La folla su quello dei Montecchi sembra quasi un insulto. Se il nostro lato fosse stato altrettanto affollato quando toccava a Poetry, ora sarei seriamente preoccupata per la mia popolarità. Tuttavia, non provo un briciolo di invidia. La maggior parte dei Montecchi è qui solo per divertirsi e per stare al centro della scena. Io, invece, ho dei veri amici che mi sostengono e un profondo senso di felicità mi pervade.

Sollevo il bicchiere. «Ho già tutte quelle di cui ho bisogno. A noi!»

Gli altri brindano ad alta voce alla mia salute.

Solo dopo che Stage ha sorseggiato il suo vino, aggiunge, molto più tranquillamente: «Per quanto sia d'accordo con Joy, non dovremmo comunque affrontare un duello in inferiorità numerica, che potrebbe decidere il resto delle nostre vite. Qualche suggerimento?».

«Possiamo dimenticarci di Sorrow e del suo seguito» dice Tear. «Potremmo anche legare Joy a un cespuglio spinoso e illuminare la strada ai Montecchi con dei razzi di segnalazione.»

Butto giù rumorosamente il vino di rose.

«È tutta colpa tua!» Stage dà una gomitata a Rhyme sul fianco così bruscamente da fargli rovesciare il vino di rose sul pavimento. Rhyme appoggia il bicchiere appiccicoso sul vassoio, si scrolla le gocce luccicanti dalle mani e gli lancia un'occhiata indignata. «Perché sarebbe colpa mia?!»

Stage lo fissa. «Ti ho detto mille volte che ci sarebbero state delle conseguenze se ti togli la maglietta con tanta noncuranza. Ora vedi cosa hai fatto! Gli altri vogliono che Joy si tolga di mezzo!»

«Vuoi che nuoti vestito?»

«SÌ!» gridano tutti in coro.

Tutti tranne me.

Purtroppo, grido: «No! Peggiorerebbe ulteriormente le cose».

Ognuno di loro mi fissa.

«Le... le magliette dei Capuleti sono bianche!» mi giustifico in fretta e furia. «Bianche! Diventano trasparenti nell'acqua e si attaccano ai muscoli. Nessuno, a parte me, riesce a capire perché sarebbe peggio?... Proprio nessuno?» gemo.

Un ampio sorriso si allarga sul volto di Stage.

Tear e Drapes si sorridono l'un l'altra.

E Rhyme... preferisco non guardarlo.

«Maledetto vino di rose!» esclamo ansimando e posando rapidamente il mio bicchiere mezzo vuoto sul vassoio come se si fosse trasformato in una bomba a orologeria.

«Allora, hai finalmente trovato il coraggio di ammettere apertamente ciò che pensi, cioè che Rhyme sia... incredibilmente sexy?»

«AH! AH!» rido in preda al panico. Poi, subito mi rendo conto che si tratta di un errore gravissimo, anzi fatale di fronte a un balcone pieno di Montecchi, e per di più poco prima di un duello. Con la coda dell'occhio, vedo già le loro teste girarsi nella mia direzione ma, per fortuna, Rhyme interrompe immediatamente la mia risata. Mi spinge in fondo alla tenda bianca... E *mi bacia*!

Tutto rallenta di colpo. Per un attimo, sgrano gli occhi scioccata, finché le lunghe ciglia di Rhyme si abbassano, facendo abbassare automaticamente anche le mie. L'oscurità cala su di me, ma la perdita di un senso non fa che acuire tutti gli altri. Sento il suo respiro caldo sulla pelle. Sento la punta del suo naso che sfiora delicatamente il mio prima che inclini leggermente la testa di lato. Sento le sue morbide labbra premere contro le mie, prima leggere come una piuma e poi abbastanza decise da sentire la resistenza dei suoi denti dietro di esse. E proprio mentre il mio cuore sussulta sorpreso, sento che si stacca di nuovo da me, lentamente.

Mi ci vuole qualche secondo in più per aprire gli occhi. Rhyme mi sta guardando, i suoi occhi azzurro acceso, come non ne ho mai visti prima. Non c'è alcun sorriso sul suo volto; al contrario, sgrana gli occhi quasi impercettibilmente. Sembra sconvolto da ciò che ha fatto. Ma non si allontana da me, non fa una battuta, non fa assolutamente nulla per privare questo bacio del suo significato. Mi guarda e mi rendo conto che non ha rimpianti; ha solo paura che possa averli io.

«Quindi è questo che vuoi davvero fare?» sussurro ancora un po' trafelata. «Rubarmi un bacio?»

«Mi dispiace...»

«Non dire che ti dispiace.» Gli accarezzo la guancia e passo la mano tra i suoi capelli argentati e lucenti. Sotto i miei polpastrelli sento la sua pelle d'oca e questo basta a farmi correre un piacevole brivido lungo la schiena. Faccio fatica a respirare quando il mio sguardo cade sulle sue labbra e lentamente tiro il suo viso a me. «Ricambia il bacio, okay?»

Ci baciamo di nuovo.

Le tende di seta si gonfiano nella brezza e avvolgono le mie gambe nude, così come le mani di Rhyme scivolano dolcemente lungo le mie braccia. Le avvolge intorno alla mia vita, ma invece di tirarmi più vicino, fa un passo avanti e spinge entrambi più indentro, tra le tende. Apro la bocca per condividere il mio respiro con lui, ma il mio si ferma completamente. Rhyme ha il sapore dolce del vino di rose, che è ancora sulla sua lingua.

Nonostante abbia gli occhi chiusi, nonostante io sia immersa nella tenda, riesco a sentire il bagliore dell'infausta stella sopra di noi. Mi formicola nella testa e mi scende in gola. Solo quando Rhyme si stacca da me e si mette una mano sulla gola, mi rendo conto che non me lo stavo solo immaginando.

L'infausta stella ci ricorda la maledizione.

Anche Stage si schiarisce la gola. Quando ci giriamo verso di lui, ci sorride scusandosi. «Scusate, non volevo disturbarvi. Ma se ho attirato la vostra attenzione, permettetemi di dirvi rapidamente una cosa: Lo sapevo! L'ho sempre saputo che eravate pazzi l'uno dell'altra.»

«Stage!» Tear gli sferra un calcio sul polpaccio che fa vacillare il suo ampio sorriso per meno di un secondo. Tuttavia, anche lei ha difficoltà a mantenere la calma. Il fatto che stringa le labbra e che le sue guance brillino come piccole mele non rende la sua indignazione particolarmente credibile.

Solo Drapes sgrana gli occhi e li prende sottobraccio. «Trascinerò questi guardoni nella sala da ballo e li costringerò a trovare una terza guardia del corpo per Joy. Ci sono molte persone qui che non sono dalla parte di Sorrow. Riprendete da dove avete lasciato. Rhyme, le tue mani erano a circa tre centimetri dal sedere di Joy. E Joy, la tua lingua era...»

«Ora ce ne andiamo!» grida Tear e trascina gli altri fuori dalla tenda. Solo il maggiordomo rimane sul balcone e ci guarda con occhi sgranati da sopra il suo vassoio. «Il principe dei serpenti e la sua compagna desiderano un altro drink?»

«Abbiamo già bevuto abbastanza, grazie» dice Rhyme con un sorriso. Il maggiordomo arrossisce leggermente, ma è abbastanza professionale da non darlo a vedere e si allontana dritto attraverso la tenda. Quando se ne va, Rhyme si volta verso di me e sorride sfacciato. «Abbiamo fatto arrossire un adulto.»

«Non credo che sia arrossito per colpa nostra» rispondo. «È la prima volta che ringrazi un dipendente.»

«Davvero? L'ho ringraziato?» Rhyme sgrana gli occhi. «Mi stai condizionando, e questo dopo solo tre baci!»

«Ci siamo baciati solo due volte.»

Scuote la testa. «Non è vero. Ogni volta che ci stacchiamo conta come un nuovo bacio, non lo sapevi? Aspetta, ti faccio vedere.» Si china verso di me - cosa che mi fa subito battere il cuore - e mi dà un rapido bacio. Poi si stacca per un attimo, inclina la testa dall'altra parte del mio naso e mi bacia di nuovo. I suoi occhi mi guardano con aria di sfida. «Vedi? Quattro e cinque.»

«Scusa» sussulto senza fiato. «Non ho ancora capito.»

Mi tira a sé per baciarmi di nuovo.

E questa volta nessuno dei due conta.

Gli metto le braccia intorno al collo e lascio che mi stringa addentrandoci tra le tende, proteggendoci dal mondo esterno e da tutto ciò che ci aspetta stasera. Ma anche se Rhyme fa rallentare lo scorrere del tempo nel mio cuore, fuori i secondi continuano a scorrere come prima. Un'ora non è abbastanza per sentire il suo battito accelerato sotto la camicia, il suo respiro caldo sulle mie labbra, le sue mani tra i miei capelli. E come se, all'improvviso, gli fosse venuto in mente un pensiero simile, mi sussurra a occhi chiusi: «Quando il duello sarà finito, avremo il resto della notte per noi».

Il duello!

Il mio battito accelera.

La campana della torre dei diamanti rintocca troppo velocemente, segnalando la fine della nostra ora per pensare. Le tende si aprono e i nostri amici corrono sul balcone. Nonostante io e Rhyme siamo vicini, non un sorriso attraversa le loro labbra, nemmeno la minima battuta per prenderci un po' in giro. Gli occhi di Drapes brillano grandi sotto i suoi capelli scuri, Tear si toglie una lacrima dal suo tatuaggio bianco e Stage si torce le mani forti davanti allo stomaco.

«Nessun altro vuole combattere per Joy» ci dice. «Siamo meno di loro.»

CAPITOLO 39

«Non capisco. Tu sei il principe della nostra casata, tutti sono obbligati a obbedirti» sostiene Drapes mentre scendiamo nella sala da ballo. Gli studenti sono già nel roseto e sembra che lo siano anche i Montecchi dell'altro balcone. È come se non vedessero l'ora che il duello abbia inizio. «Perché non ordini a qualcuno di combattere per Joy?»

Rhyme mi stringe la mano. I suoi occhi azzurro ghiaccio guardano avanti. «Le guardie del corpo devono offrirsi volontarie. Inoltre, obbligare non servirà a nulla: chiunque partecipi al duello deve essere pronto a dare tutto per Joy, dal profondo del cuore.»

Stage si rimbocca una manica blu reale e flette i muscoli. «Sono pronto a combattere per te!» annuncia con orgoglio. «Inoltre» aggiunge a voce un po' più bassa, «se questa cosa tra te e Rhyme durerà, possiamo scambiarci le stanze?»

Tear gli dà un calcio sul polpaccio.

«Cosa?» brontola Stage da dietro. «A Joy piacciono i suoi serpenti! Inoltre, vorrei avere una ragazza che si strugge per me e dimentica tutto ciò che ci circonda invece di fuggire dal mio letto in preda al panico.» Quando nessuno risponde, Stage aggiunge leggermente nel panico: «Che avete? Niente battute sul perché le ragazze fuggono dal mio letto? Era servita su un piatto d'argento! Riprendetevi, ragazzi, devo distrarmi un po'!».

«Mi dispiace.» Tear singhiozza. «Penserò a qualcosa non appena le mie lacrime si fermeranno. Sono sicura che ci sono molti motivi per cui le ragazze scappano dal tuo letto.»

«Grazie tante» sospira Stage.

Nel roseto, un forte senso di déjà mi assale.

Tutto è esattamente come l'ultima volta, un mese fa. Gli studenti si accalcano sui gradini, ma non fanno un passo sulle terrazze, dove i campi di fuoco e le fontane brillano di tutti i colori, come se non fosse altro che una splendida festa d'estate. I loro abiti e le loro maschere risplendono al bagliore delle stelle, e le loro guance sono arrossate dal vino di rose e dall'eccitazione di assistere a un duello senza dovervi prendere parte. Ci incitano mentre ci dirigiamo verso gli spogliatoi, applaudendo e fischiando.

«Siamo orgogliosi di voi!»

«Distruggete i Montecchi!»

«Onore alla casata Capuleti!»

Le loro grida si affievoliscono solo quando la porta dello spogliatoio si chiude alle nostre spalle. Tutto è uguale all'ultima volta: semplici camerini, un blocco di marmo bianco come la neve che funge da tavolo, abiti da duello delle taglie giuste avvolti nella plastica; manca solo Poetry. Il suo sorriso sicuro, i suoi pugni stretti per il desiderio di combattere e la sua convinzione che i Montecchi non avranno alcuna possibilità contro di noi.

Lei era molto più forte di me.

Le mie dita tremano un po' mentre strappo l'involucro che avvolge i miei vestiti.

Rhyme mi si avvicina. «L'ultima volta ho sottovalutato l'elemento sorpresa» dice a voce talmente bassa da essere a malapena udibile sopra il crepitio del suo involucro. Stage è già scomparso in un camerino. Tear e Drapes gli portano i vestiti, così da essere utili in qualche modo. Io e Rhyme restiamo da soli, ma lui parla così piano che solo io riesco a sentirlo. «Poetry era una delle più forti, ma è stata comunque sconfitta perché è stata sorpresa da un avversario molto più debole. Devi trarre vantaggio da questo. I Montecchi ti sottovaluteranno.»

«Sicuramente non prevederanno il mio attacco» mormoro, «perché sarò sorpresa quanto loro.»

Rhyme mi toglie i vestiti di mano e mi stringe in un abbraccio. Il mio cuore batte forte contro il suo petto. «Sono contento che tu non sia facilmente influenzabile come gli altri. Tuttavia, devo chiederti una cosa.» Si stacca da me e mi guarda intensamente. «Se Giulietta e Romeo dicono ai duellanti di essere coraggiosi e audaci, allora non opporre resistenza. Non c'è posto per il dubbio in un combattimento. Se c'è la possibilità di mettergli la maschera, non devi esitare un secondo. Devi dimenticare la persona che c'è dietro, è solo un compito, capito?»

Deglutisco a fatica.

Rhyme mi bacia sulla fronte, mi mette tra le mani la tuta da duello e scompare in un camerino. Tear e Drapes mi aiutano a cambiarmi. Mi tolgono il vestito lucido che sembra una cascata e le gocce d'argento dalle orecchie, e mi intrecciano i capelli. La tuta mi calza come una seconda pelle. Non ho né caldo né freddo, perché riflette solo il calore del mio corpo e non lascia passare quasi nulla dall'esterno. I Montecchi non si congelano e i Capuleti non sudano. Tuttavia, sento le mie mani umide quando Tear mi tira su la zip sulla schiena.

Si mette di fronte a me, sorridendomi con occhi vitrei. «Dovresti rafforzarti ora. Sarebbe un onore se potessi aiutarti a farlo.»

Il mio sguardo va oltre la sua spalla per vedere Drapes, che Stage e Rhyme continuano a baciare contemporaneamente sulle guance rigate di lacrime. La sua vista scatena un desiderio nel mio petto. Per i Capuleti, le lacrime non sono solo un mezzo per raggiungere un fine; hanno imparato ad apprezzarle pienamente.

Sorrido a Tear. «Sarebbe un onore anche per me.»

Le bacio delicatamente le lacrime salate dalle guance, ma come con Drapes un mese fa, mi rendo conto che la sua forza non è assolutamente all'altezza di quella del principe dei serpenti. Non mi sorprende quindi che Rhyme mi trascini dietro un cespuglio di rose non appena usciamo dallo spogliatoio e chieda agli altri di andare avanti.

«Voglio che tu beva le mie lacrime» dice senza esitazione. «Hai bisogno di tutta la forza possibile.»

«Non ti indebolisce?»

«Mi indebolisce di più preoccuparmi per te.»

Si accovaccia e tocca le radici. Qualcosa fruscia tra le foglie; la testa verde di Rambo spunta tra i petali di rosa e sibila verso di noi. Sembra una risata gioiosa. Il serpentello è incredibilmente dolce, non so come ho fatto a non accorgermene prima.

«Mordimi» gli ordina Rhyme.

Rambo obbedisce così velocemente che non vedo nemmeno il morso. Salta sul volto a Rhyme e cade di nuovo a terra. I suoi occhi neri lo scrutano come a chiedergli se ha fatto un buon lavoro. Il ragazzo gli accarezza la testolina con l'indice e si alza di nuovo in piedi. Anche se è immune al veleno di un mamba, brucia abbastanza da fargli venire le lacrime agli occhi.

Mi spingo sulle punte dei piedi e non spreco nemmeno una goccia. Le lacrime di Rhyme mi attraversano come un fiotto di luce. Ma anche quando le sue guance sono ormai asciutte, non riesco a fermarmi. Gli bacio la mascella, un po' ruvida sotto la pelle morbida delle mie labbra, e incontro la sua bocca. Affondiamo entrambi in un ultimo bacio che rende tutto ciò che ci circonda privo di significato.

Da qualche parte dietro le rose, Stage ci chiama. Gli studenti si lanciano in un canto, battendo i piedi per terra a ritmo e chiamando i principi delle loro casate. Il tempo sta per scadere, ma non sono ancora pronta.

Quando Rhyme mi lascia andare e si allontana dalle rose, vengo colta da un brutto presentimento. La mia mano scatta in avanti e gli afferra il braccio.

Lui mi guarda con aria interrogativa.

«Io... non so esattamente perché l'ho fatto» ammetto.

Mi sorride. «Hai bisogno di un altro motivo?»

Le mie dita stringono più forte il suo braccio. «All'improvviso ho questa stupida sensazione che sia la nostra ultima notte.»

Rhyme sbuffa piano. «*Ho nell'anima presagi funesti! Mi pare di vederti, ora che sei in basso, come un morto in fondo a una tomba.*» Mi mette una mano sulla guancia e mi accarezza dolcemente. «Sembri Giulietta quando Romeo la lascia dopo la loro prima notte insieme.»

«In effetti, non è morto dopo?»

«Sì, è morto.» Rhyme corruga la fronte. «Non credo che sia stato un bel paragone.»

Sospiro.

Rhyme mi abbraccia. «*Romeo e Giulietta* era pieno di oscuri presentimenti. E di giochi di parole piuttosto osceni, se posso dirlo. Shakespeare aveva un sacco di fantasie sconce per la sua epoca. Ma non devi dimenticare che lo scrisse per il palcoscenico, per un pubblico che doveva intrattenere. Nella vita reale, non ci sono oscure premonizioni. Siamo noi a scrivere il nostro destino. Sei pronta?»

Annuisco e lo lascio andare. Ma mentre Rhyme esce dalle rose in direzione degli studenti e resto sola per un momento, do una rapida occhiata al cielo notturno e non riesco a togliermi dalla testa la sensazione che l'infausta stella ci stia sorridendo. Rhyme ha ragione, siamo noi a scrivere il nostro destino, ma è questa maledizione a darci carta e penna.

Stage, Tear e Drapes ci aspettano vicino alle scale.

Scendiamo tutti insieme verso il palco.

Il comitato del ballo si è schierato dietro la teca, proprio come l'ultima volta. Le loro maschere di legno inespressive non mostrano alcuna espressione facciale, ma di tanto in tanto un piccolo movimento sotto le loro tonache marroni rivela che in realtà sono solo persone comuni. Al contrario delle sagome assolutamente immobili dei suggeritori e delle suggeritrici sparsi per il giardino, che hanno in sé qualcosa di atemporale e perciò hanno dovuto rinunciare a una parte della loro umanità. Da qualche parte là fuori, anche Poetry è in piedi e guarda verso di noi.

Tear e Drapes devono rimanere giù con gli studenti mentre Stage, Rhyme e io saliamo sul palco spalla a spalla. Lady Capuleti alza una delle sue sopracciglia perfettamente arcuate. «Solo voi tre?» sibila a Rhyme mentre passiamo. Lui si limita a rispondere sussurrando piano, ma ancora più insistente. «Auguraci buona fortuna. Ma questa volta solo alla nostra casata.»

Ci spostiamo sul lato, circondato dall'acqua, dei Capuleti. Sul lato opposto, sullo sfondo delle fiamme, si trova Lord Montecchi, il suo sguardo giallo e predatorio fisso su di me. Un brivido freddo mi corre lungo la schiena mentre ricordo il momento in cui ha annunciato il re del ballo.

«Dove si è cacciato il principe dei felini?» chiede Stage con un sorriso altezzoso. «Ha la coda folta tra le gambe?»

Rhyme lascia vagare il suo sguardo azzurro ghiaccio sul pubblico e scrolla le spalle. Lady Capuleti batte con impazienza il piede sul pavimento e sbuffa in direzione di Lord Montecchi, che però non risponde in alcun modo. Dopo un altro minuto, durante il quale gli studenti chiamano il loro principe dei felini e battono i piedi, Giulietta esplode. Si dirige verso il lato dei Montecchi. «Dove sono tuo figlio e il suo seguito? Non possiamo aspettarli fino all'alba. La maledizione mi irrita già la gola.»

Lord Montecchi non si muove, solo i suoi occhi gialli ruotano verso una delle scale principali che scendono dalla loro ala. «Eccoli.»

Quattro figure scure si fanno strada tra una marea di studenti esultanti. Anche se non c'è quasi spazio per loro, non hanno problemi a raggiungere il palco grazie alle loro spalle larghe. Anche se di solito nella loro casata sono per lo più scuri, ovviamente ci sono anche dei Montecchi biondi. Questi quattro, tuttavia, hanno tutti i capelli neri come la notte. Si inchinano a Lord Montecchi - facendo sì che Lady Capuleti lanci un'occhiata di rimprovero nella nostra direzione - e si rivolgono al pubblico con i pugni alzati.

«Basta, abbiamo aspettato abbastanza!» sibila Giulietta indignata, avvicinandosi al bordo del palco e alzando la voce. «Onorate i potenziali innamorati! Onorate le loro impavide guardie del corpo! Questa sera si battono per il bene di tutti noi!»

Gli studenti sollevano riverenti i pugni.

Lady Capuleti continua a parlare a voce altrettanto alta, ma il suo sguardo grigio tempesta scivola verso di me, come se le sue prossime parole fossero destinate principalmente a me. «Non abbiate paura, non abbiate dubbi, non abbiate freni! Un potere superiore vi ha scelto per questa notte! Sconfiggerete il vostro nemico e ci darete un altro mese, oppure rivelateci il vostro vero amore e libererete le nostre casate per diciassette anni!»

Questa volta sento chiaramente la sua manipolazione; si insinua nei miei pensieri e li guida in una direzione diversa. Per un attimo, sono tentata di resistere, ma poi ricordo quello che ha detto Rhyme: esitare anche solo per un secondo potrebbe costarmi tutto stanotte. Non ho altra scelta. Così chiudo gli occhi e lascio che le sue parole spazzino via la paura e i dubbi. Mi sento come se mi avessero tolto un peso dal petto. Quando sollevo lo sguardo, un maggiordomo mi porge un vassoio con una maschera teatrale della tragedia; la prendo senza esitare.

«Ehi, Montecchi!» grida allegro Stage dall'altra parte del palco. «C'è una bella piscina pronta per voi! Quando è stata l'ultima volta che ne avete bevuto l'acqua?!»

Tutti i quattro Montecchi si girano verso di noi nello stesso momento. Ognuno è alto e grosso come Stage, ma solo uno di loro si avvicina a me. Si spazzola i capelli neri come il carbone e mi guarda con occhi marrone chiaro che non sono così luminosi come quelli del principe dei felini. Tiene in mano la maschera del riso.

Probabilmente dovrei allontanarmi da lui, ma la verità è che mi sento profondamente sollevata. È solo una debole eco di quello che ho provato un'ora fa nella sala da ballo; quando tutto intorno a me si è dissolto in lacrime, venute agli occhi per la gratitudine mentre Lord Montecchi annunciava il re del ballo, perché, contrariamente ai miei peggiori timori, non era il nome di Cut a seguire il mio.

Devo combattere contro un altro.

«Joy Capuleti.» Il Montecchi mi sogghigna supponente. «Non voglio farti soffrire inutilmente. Se combatti così male come quando abbiamo ballato... è meglio che ti metta subito la maschera.»

Lo guardo confusa. «Ballare? Con te? Chi sei?»

«Sai benissimo chi sono!» mi sibila tra i denti.

«Mi dispiace tanto, ma non mi ricordo di te.»

Il suo occhio si muove a scatti, ma cerca di nasconderlo con una risata forzata. «Certo che ti ricordi! Continua a sognare!» Dai suoi pugni stretti mentre mi volta bruscamente le spalle e torna verso il fuoco capisco che devo averlo infastidito in qualche modo.

Stage grugnisce... «Ah ah! Però, bella tattica, Joy! Cercherò di ricordarmene.»

Mi stampo un sorriso sul volto. «Sì… solo che… non so chi sia.»

Rhyme e Stage si scambiano un'occhiata increduli, e si piegano in una risata silenziosa che fa solo contorcere il loro torso. I Montecchi dall'altra parte ci lanciano occhiate assassine.

«Era Ash Montecchi! Conosci il suo fegato!» Stage si asciuga le lacrime di riso dagli angoli degli occhi. «Come fai a dimenticare il nome del tuo potenziale innamorato?!»

È semplice: pensando a qualcun altro quando il tuo nome è stato annunciato. Ma non lo dico né a Stage né a Rhyme. Invece, lascio vagare lo sguardo sul pubblico e mi mordo il labbro inferiore. Anche Lord Montecchi ha terminato il suo discorso, ma Cut non si è ancora presentato.

«Sul serio» dice Stage indignato mentre saltiamo giù dal palco per prendere posizione nel roseto. «Dov'è il principe dei felini? Non può saltare un duello!»

Rhyme guarda dietro sé, dove i Montecchi sono sparsi sull'altro lato del giardino, e socchiude gli occhi, sospettoso. «Non ne ho idea» ammette. «È davvero strano.»

CAPITOLO 40

In un duello, il grado di principe è irrilevante. La regina del ballo - in questo caso io - decide se attaccare o difendere e sceglie il luogo più adatto per farlo. Anche se vedo che Stage e Rhyme vorrebbero darmi dei suggerimenti, si trattengono e aspettano la mia decisione. La mia esperienza non è all'altezza di quella di Rhyme, ma conosco qualcun altro che si allena qui da quasi altrettanto tempo. Decido per la stessa posizione di partenza scelta da Poetry un mese fa: una vasca d'acqua sulla terrazza circolare centrale. Rhyme mi fa un cenno di approvazione.

«Attacco o difesa?» chiede Stage.

Faccio un respiro profondo. «Difesa.»

Rhyme chiude gli occhi e chiama a sé i serpenti. Si sente un fruscio tra i cespugli intorno a lui e un animale dopo l'altro striscia tra le radici verso il ragazzo. Naturalmente sa distinguerli l'uno dall'altro e, come ha fatto notare Stage una sera sogghignando, ha dato a tutti i nomi di eroi di film d'azione. Rhyme aveva borbottato tra sé e sé che era un bambino quando dava i nomi ai suoi animali. Ma tutti noi sapevamo, dietro i nostri sogghigni, che Rambo era nato solo quest'anno.

Oggi, Rambo è il primo serpente a raggiungerlo.

Il serpentello vuole subito avvolgersi nel suo punto preferito sul polso di Rhyme, ma il ragazzo lo abbassa con delicatezza e lo porta da me. «Prenditi cura di Joy.»

Se Rambo fosse un cane, probabilmente in questo momento starebbe scodinzolando vigorosamente, come capisco dal suo strisciare felice e dal luccichio nei suoi occhietti. Non so perché Stage trema terrorizzato quando do un rapido bacio sulla testa del serpentello.

Rhyme sospira e, per un attimo, sembra che voglia essere al suo posto, poi lo posa ai miei piedi. «Anche Ripley, Jones e McClane ti difendono, sono vecchi ma in gamba. Neo, Kiddo e Croft sono appositamente addestrati per gli attacchi...»

«AAH!» Stage urla e ci fa girare entrambi. Si aggrappa ai pilastri di marmo di una fontana e solleva una gamba con un boa constrictor avvolto intorno. «Prendilo, Rhyme! Questa bestiaccia mi sta bloccando la circolazione!»

«Balboa, vieni qui!» Rhyme si accovaccia e batte a terra in modo incoraggiante. L'enorme animale si stacca da Stage all'istante e si dirige verso di noi. «Puoi immobilizzare solo i Montecchi, hai capito? Li riconoscerai da tutti i peli di gatto che hanno sulle gambe.»

Le campane della torre dei diamanti rintoccano.

Il mio stomaco si contorce, ma non ho paura. Stringo ancora di più la maschera del pianto e non la lascerò finché non l'avrò premuta sul volto di Ash Montecchi. Per qualche motivo, al pensiero respiro più velocemente, ma nel profondo so che non esiterò. Un potere superiore mi ha scelta per questa notte. Letteralmente. Socchiudo gli occhi e guardo l'infausta stella che brilla su di noi a migliaia di chilometri di distanza.

«Arrivano!» Rhyme si mette in posizione di difesa.

Io e Stage facciamo altrettanto.

I Montecchi ci attaccano da quattro lati. Uno salta fuori da dietro la fontana e attacca Stage, altri due salgono dal campo di fuoco sotto e si lanciano contro Rhyme. Io vengo attaccata da Ash, che è sgattaiolato dalla terrazza superiore e mi salta addosso da dietro. Come ho imparato durante gli allenamenti, rotolo di lato, ma mi dimentico della piscina. Cado in acqua tra grandi spruzzi.

Mentre riemergo sbuffando, Rhyme e Stage stanno già spingendo gli altri tre Montecchi verso il basso, cosa che non sembra preoccupare Ash. Si mette in piedi davanti alla piscina e mostra i denti. «È vero quello che dicono? Sei una Capuleti che non riesce a respirare sott'acqua?»

Come fa a saperlo?!

Devo essere scioccata, perché un sorriso soddisfatto gli attraversa il viso. Si butta nella piscina dopo di me, ma non aspetto che mi afferri da sotto e mi tiri giù. Nuoto subito verso il bordo opposto ed esco dall'acqua gelida. Non è facile tenere la maschera del pianto, ma anche quella che lui ha in mano gli impedisce di attaccare.

La lancia fuori dall'acqua frustrato quando si rende conto che gli sono sfuggita. Mi muovo a carponi per afferrarla e lanciarla ancora più lontano, così da guadagnare tempo, ma non appena le mie dita la sfiorano, Ash mi afferra per la caviglia e mi tira indietro con tanta forza che sbatto il mento a terra.

Mi butta sulla schiena e si siede su di me con tutto il suo peso. Se avesse la maschera ora, sarei perduta, ma deve allungarsi sopra di me per afferrarla, ed è allora che entrambi ci rendiamo conto che *sto* ancora tenendo la maschera in mano.

La spingo verso di lui, ma riesce ad afferrarmi il polso a pochi centimetri dal suo viso e lo spinge lentamente verso il basso. Per qualche secondo, le fiamme si accendono nei suoi occhi marroni, come se brillassero dall'interno della maschera. Poi la forza mi viene meno e lui tira giù il mio braccio tremante.

«Non è giusto» mi mormora con un sorriso compiaciuto. «Ma le ragazze sono deboli.»

Faccio quello che ogni donna deve fare quando un uomo pensa di essere invincibile.

Gli mostro dov'è il suo punto debole. Ash si accovaccia su di me con le gambe divaricate, permettendomi così di sollevare di colpo il ginocchio e infilarlo tra le sue gambe. Lui crolla su di me con un urlo e io non devo fare altro che buttarlo giù e ribaltare la situazione. Questa volta sono io a saltare sul suo petto e a tenerlo giù con il mio peso. Sarebbe il momento perfetto per mettergli la maschera, ma vengo fermata.

Da un avversario che non mi sarei mai aspettata.

Balboa si lancia verso di me e mi avvolge in un lampo. La forza del boa constrictor lungo quattro metri è sufficiente a staccarmi da Ash e gettarmi a terra. «Balboa!» grido da sotto il suo corpo forte. «Sono io! Joy!» Ma il suo istinto la spinge solo a stringere più forte e a immobilizzarmi completamente.

«Quella stupida bestiaccia cieca!» Ash si rialza, in parte lottando contro il dolore, in parte ridendo, e barcolla verso la sua maschera. «Goditi i tuoi ultimi istanti, Joy Capuleti!»

Per fortuna Balboa non è l'unico serpente presente.

Vipere e pitoni strisciano da tutte le parti tra i piedi di Ash e lo fanno inciampare, ma solo uno è abbastanza audace da arrampicarsi su di lui in un lampo. Il ragazzo urla terrorizzato e lascia cadere la maschera per staccarsi il serpente dal petto, dimenandosi come un matto. Solo quando l'animale ricade a terra riconosco Rambo.

«Questa bestiaccia mi ha morso!» Ash si fissa la mano e impallidisce, poi mi guarda e lo shock lascia il posto a una fredda determinazione. «Credo che dovremmo porre fine a questa storia in fretta.»

Mi salta addosso.

Questa volta non è un serpente a venire in mio soccorso, ma Rhyme che, come un fulmine, salta su dalla terrazza inferiore e si scaglia con tutte le sue forze contro il Montecchi. Entrambi i ragazzi cadono a terra e scivolano all'indietro tra i cespugli di rose.

Sulla terrazza sotto, Stage urla di dolore.

Cerco di liberarmi dal corpo pesante di Balboa, ma il mio dimenarmi non fa che aumentare la sua stretta. Le mie ossa scricchiolano sotto la sua immensa forza e i miei polmoni vengono lentamente ma inesorabilmente schiacciati. «Rhyme!» esclamo con l'ultimo fiato che avevo in corpo. «Richiama Balboa!»

Rhyme lascia immediatamente Ash, che striscia via tra i cespugli, visibilmente provato, e corre verso di me. «Balboa! Lascia andare Joy! Devi attaccare i Montecchi! MON-TEC-CHI!»

Balboa obbedisce, ma gli sibila contro come se prima non fosse stato abbastanza chiaro. «Non ci sente neanche molto bene» ammette Rhyme contrariato. «Stai bene, Joy?»

«Sì.» Mi rialzo in fretta e furia, e afferro la maschera del pianto. «Dobbiamo andare da Stage! Presto!»

Mentre saltiamo giù mano nella mano sulla terrazza, non c'è traccia dei Montecchi. Stage è accovacciato in una strana posizione storta davanti al campo di fuoco, stringendosi la gamba sinistra. Rabbia e dolore bruciano nei suoi occhi. «Quei codardi sono scappati quando hanno visto come avete attaccato Ash» digrigna i denti. «Si riorganizzeranno.»

«Non hanno molto tempo» dico. «Ash è stato morso da Rambo.»

Rhyme si accovaccia accanto a Stage e gli tasta la gamba. «Rambo è ancora piccolo, il che fa guadagnare loro un po' di tempo, ma sarà incapace di combattere al massimo tra mezz'ora. Se aspetta ancora, nessun antidoto al mondo lo salverà. *Maledizione*» aggiunge scambiando uno sguardo eloquente con Stage.

«È rotta» conferma Stage con voce tremante di rabbia. «Tre di loro mi hanno attaccato.»

«Dovremmo chiamare qualcuno?» chiedo.

Stage scuote la testa. «Il duello non può essere interrotto per nessun motivo. Non riesco a fare un passo, non sono più un pericolo per i Montecchi. Se vuoi fare qualcosa per me, Joy, allora non lasciare che vincano, maledizione!»

«Dobbiamo attirarli nella piscina più vicina» decide Rhyme. «È l'unica possibilità che abbiamo contro la loro superiorità numerica. Il veleno non li paralizzerà abbastanza in fretta, ma se riusciamo a farli entrare in piscina, i miei serpenti potranno tenerli sott'acqua.»

«Andranno dove sono io.» Mi alzo e tendo la mano a Rhyme. Lui allunga il braccio verso di me, ma si ferma di colpo e volta indietro la testa. «Sono già...»

I Montecchi si fiondano dalle rose.

Ci circondano in tre, avventandosi su Rhyme e trascinandolo nel campo di fuoco, dove i serpenti non possono seguirlo. Iniziano a lottare furiosamente. Rhyme è bravo nel combattimento corpo a corpo quanto a ballare, ma nemmeno lui può resistere a lungo contro tre ragazzi grossi quanto Stage. Le fiamme lo bruceranno in un minuto al massimo, ma non i suoi aggressori. Vorrei aiutarlo, ma Stage mi afferra la caviglia e mi trattiene. «Lo stai solo ostacolando! Nasconditi! Ash è ancora qui da qualche parte!»

Impreco sottovoce, ma torno di corsa verso la terrazza superiore. Se devo nascondermi, è meglio che lo faccia in un posto da cui posso tenere d'occhio Rhyme. Una volta tirata su per scavalcare il muro, ansimando, il mio sguardo cade sulle fontane. Le colonne di marmo ornate sono distanti tra loro quanto basta per potermici infilare dietro, ma troppo strette per i ragazzi dalle spalle larghe. Offrono protezione e sono anche abbastanza vicine al bordo da permettermi di vedere il livello inferiore. Mi premo la maschera del pianto sul petto e mi infilo dentro.

Il combattimento tra le fiamme è spettacolare.

Rhyme gira su se stesso calciando in aria, colpisce con il piede il collo di un Montecchi e lo scaglia fuori dal campo di fuoco. Da dietro, un altro lo afferra alla gola, ma Rhyme lo usa come appoggio per tirare su entrambe le gambe e calciare così forte contro il petto del terzo Montecchi, che anche questo vola via, buttando a terra di nuovo il primo ragazzo. Quando anche lui atterra fuori dal campo, i serpenti si avventano sui Montecchi, impedendo loro di correre per ripararsi nel fuoco.

Rhyme si precipita verso di noi.

«Joy sta bene!» grida Stage. «Distruggili!»

Sebbene Rhyme ansimi e sembri aver preso qualche colpo, un sorriso fatale si diffonde sul suo volto. Esce dal fuoco correndo e si lancia contro i Montecchi che lottano contro i serpenti con una forza tale che tutti e quattro volano oltre il bordo della terrazza più vicina.

Dalla mia posizione, non posso vedere cosa sta succedendo direttamente sotto il muro, ma l'impatto con i cespugli di rose non deve essere stato piacevole per nessuno. Anche se, tutto sommato, Rhyme era in cima al mucchio. Non perde un secondo per spingere i tre Montecchi verso la piscina più vicina. Una volta che li avrà portati lì e che i serpenti avranno preso il sopravvento, potrà tornare da me.

È un piano quasi perfetto.

C'è solo un problema.

A un tratto, Ash spunta alle spalle di Stage e lo colpisce brutalmente con un calcio alla gamba rotta. Stage urla di dolore, ma cerca subito di nasconderlo dietro i denti stretti. Di riflesso vorrei correre da lui, ma mi blocco all'ultimo secondo. Se salto giù adesso, faccio esattamente quello che Ash vuole che faccia. Non solo metto in pericolo me stessa, ma anche Rhyme. Se si precipita in mio aiuto prima che i Montecchi siano in acqua, saranno di nuovo in vantaggio.

«Restate lì! Non venite qui!» grida Stage più forte che può. «Resisto!»

«Sicuro?» gli dice Ash ansimando. Barcolla un po'; il veleno del serpente sembra fare lentamente effetto. «È questo il vostro piano? Nascondervi come codardi finché il veleno non mi uccide?» Allarga le braccia e gira su se stesso. «Dove sei, Joy Capuleti?! Non ho più nulla da perdere! Ma il tuo amico qui sì! Che ne dici se griglio il suo bel faccino tra le fiamme?!»

Afferra Stage per i capelli, lo trascina verso il fuoco e lo spinge giù. Da qualche parte, quasi come da un altro mondo, arrivano le grida di incoraggiamento di alcuni studenti. Stage reagisce, ma Ash si inginocchia sulla sua gamba rotta e lo spinge a faccia in giù tra le fiamme proprio mentre l'altro grida di dolore.

Basta così!

Esco da dietro le colonne di marmo, ma qualcuno al piano di sotto è più veloce: qualcosa di verde esce dai cespugli di rose e salta sul collo di Ash. Lui lo afferra di riflesso e urla per lo shock. È Rambo, che lo ha morso una seconda volta.

«Miserabile bestiaccia!» Ash sbatte gli occhi incredulo e guarda il serpente nel suo pugno. Sembra essersi dimenticato di Stage, perché lo lascia e barcolla all'indietro nel campo di fuoco. Anche se Stage deve essere allo stremo delle forze, striscia fuori dalle fiamme e si accascia sulle pietre roventi che lo circondano.

All'improvviso, Ash scoppia a ridere, ma è un suono sgradevole, come se si sentisse tradito. Tiene Rambo in alto sopra la testa. «Serpenti! Così tanti serpenti! Ma nemmeno un felino! Dov'è il mio principe?! Dove diavolo ti sei cacciato quando la tua casata ha bisogno di te?!»

Gli studenti sulle scale mormorano scontrosi in segno di approvazione, e solo ora mi rendo conto che ha ragione. In effetti, non si vedono felini, anche se dovrebbero lottare per la loro casata, e mi chiedo se questo abbia a che fare con l'assenza di Cut.

Ash abbassa Rambo e ride sprezzante mentre l'animaletto si dimena impotente nel suo pugno. «In ogni caso, tu, miserabile bestiaccia, sarai la prima a rimetterci la pelle!»

Spinge Rambo nel fuoco.

Rhyme deve percepirlo, ma non interviene in suo aiuto, il che può soltanto significare che è stato bloccato dagli altri Montecchi.

Anche quando il serpentello si dimena disperatamente intorno al polso di Ash, lui non si fa vivo. Nemmeno quando smette di muoversi all'improvviso e il suo corpo si affloscia.

Il mio pugno colpisce Ash in pieno viso.

Non ricordo di essere saltata giù dalla terrazza e di essere corsa fin qui, ricordo solo che la sagoma di Ash si è ingrandita davanti a me. Il mio pugno lo fa cadere all'indietro nel fuoco e io mi precipito su di lui da dietro senza esitare. Le fiamme sono così accecanti che non riesco a vedere nulla. Affidandomi esclusivamente al tatto, trovo il pugno di Ash e apro le sue dita staccandole da Rambo. Ash si rialza e mi cinge la vita con entrambe le braccia, ma non prima di aver visto Rambo lanciarsi attraverso il campo di fuoco, disegnando un alto arco, e atterrare tra i cespugli di rose. Atterra con forza sulle radici e non si muove per un terribile momento, durante il quale mi si stringe il cuore. Ma poi solleva la sua testolina e sibila debolmente verso di me. Gli occhi mi si riempiono di lacrime di sollievo.

Poi Ash Montecchi mi tira giù tra le fiamme.

CAPITOLO 41

Nel fuoco, i secondi scorrono. Questo minerale rosa scintillante, che si trova anche nelle piscine e persino nel vino di rose, fa sì che le fiamme brucino meno ma, tra un minuto, anche questo non mi servirà a nulla, quindi brucerò.

Ash Montecchi lo sa bene quanto me.

Abbiamo entrambi perso le maschere, ma lui non le cerca nemmeno. Mi afferra per i polsi, si spinge scorrendo su di me, appiattendomi verso il basso, così che siamo entrambi completamente inghiottiti dal fuoco. Non riesco a vedere nulla tra le fiamme, ma sento chiaramente la sua voce nel mio orecchio.

«Speri che il tuo principe ti salvi? Ho scelto i tre combattenti più forti della casata Montecchi come mie guardie del corpo. Nemmeno il principe dei serpenti può affrontarli da solo. E anche se lo facesse, dovrebbe prima trovarti qui dentro, no? Comunque, il tuo amico là fuori non è più molto loquace, e tu? Hai già le vesciche sulla schiena?» Ride senza fiato e sprofonda ancora di più su di me. «Sento questo dannato veleno dentro di me... Mi sta prosciugando le forze... Alla fine, probabilmente sarà il destino a decidere chi di noi due si arrenderà per primo.»

«Rhyme ha un antidoto» gli dico.

«Sono sicuro che sarà felice di darmelo, così potrò finirti. Pensi che sia stupido? Stai solo aspettando un'occasione per togliermi di mezzo con la tua maschera.» Ash mi preme il polso sulla sabbia di quarzo rosa così forte che le mie dita si intorpidiscono. «Preferirei morire piuttosto che diventare una di quelle creature; strisciare in questo giardino per secoli fino a quando smetterò di camminare, mi spunteranno le radici e diventerò uno di quegli orrendi cespugli di rose.»

Il cuore mi batte più forte.

È questo il destino dei suggeritori e delle suggeritrici?

Non lo sapevo.

«RHYME!» urlo più forte che posso.

Ash mi lascia le mani, mi butta a pancia in giù e mi preme il viso così a fondo nel terreno che ingoio la sabbia. Mi muovo tra le fiamme alla cieca per cercare di afferrare qualcosa, qualsiasi cosa che possa ancora aiutarmi, e trovo un oggetto che mi fa resistenza. Lo prendo, ma lui me lo strappa dalle mani.

«Cos'hai lì? Una maschera! Qual è?!» Deve sedersi per tenerla fuori dal fuoco e guardarla, e può farlo solo lasciandomi la testa. Giro la testa di lato, sputo la sabbia e inspiro aria calda nei polmoni. Sopra di me, Ash scoppia a ridere incredulo. «È la maschera della commedia! Sei spacciata!»

A un tratto, grida.

Perde l'equilibrio e io riesco a scaraventarlo via da me e a emergere dalle fiamme. Ash fissa qualcosa fuori dal fuoco e si preme una mano sulla tempia, sotto cui cola sangue. Sgrana gli occhi incredulo. «Sei stata *tu*?! Hai lanciato *tu* il sasso? È… è impossibile!»

Seguo rapidamente il suo sguardo, ma vedo solo rami di rose che oscillano.

Vorrei allontanarmi da lui strisciando per sentire al tatto qualcosa nella sabbia.

Il mio primo pensiero è che gli sia caduta la maschera, ma quando alzo lo sguardo, la tiene ancora in mano. Barcolla verso di me con la tempia insanguinata. Il suo volto brucia febbrilmente.

«Devono… devono darmi l'antidoto. Quando… quando ti avrò sconfitta.»

Si inginocchia davanti a me e mi sorride trionfante.

«Mi dispiace» sussurro.

Sollevo la mano dalle fiamme e premo la maschera del pianto sul suo viso. Per un attimo, sgrana gli occhi, che riflettono una luce diversa da quella delle fiamme intorno a noi, rossa intensa e pericolosa. Prima che la sua bocca scompaia sotto la maschera, parla, prima stupito e poi terrorizzato. «Manca poco! È… *finita!*»

Ash batte sulla maschera con entrambe le mani ma, un attimo dopo, queste scivolano flosce verso il basso. Uno strano silenzio invade il suo corpo. Si alza lentamente ed esce dal campo di fuoco senza fretta. Le ferite non sembrano più dargli fastidio, non si nota più nemmeno l'effetto del veleno del serpente.

Le sagome scure dei suggeritori e delle suggeritrici emergono dall'ombra tra i cespugli di rose tutt'intorno. Lo avvolgono in una delle loro tonache e lo portano via in silenzio.

Rimango impietrita.

Le grida esultanti degli studenti mi giungono solo come rumore di fondo. Mi viene in mente la risata disperata di Pen dopo aver messo la maschera a Poetry. La sua influenza non è bastata a convincerlo del tutto del fatto che la vittoria andava festeggiata, e non è sufficiente nemmeno per me. Mi sembra che entrambe le casate abbiano perso qualcosa. La sensazione di irritazione alla gola, però, è scomparsa. Alzo lo sguardo verso l'infausta stella che brilla soddisfatta sopra di noi.

«JOY!»

Rhyme si precipita dalla terrazza sotto e corre da me nel fuoco. Non perde un secondo a salutarmi, ma si limita a far scivolare le sue braccia sotto di me e mi porta fuori dalle fiamme, fino al bordo. Solo quando mi ha posata a terra ci guardiamo.

Il viso e le braccia di Rhyme sono coperti di graffi di spine. Deve aver combattuto tra le rose, almeno per un po', perché anche i suoi vestiti da duello sono zuppi. Gli tocco un graffio insanguinato sulla guancia e gli sorrido. «Hai sconfitto tre dei Montecchi più forti da solo? Non mi lamento, ma la prossima volta potresti farlo un po' più in fretta?»

Lui sbuffa, in parte incredulo e in parte divertito, e toglie la mia mano dalla sua guancia. Corruga la fronte mentre la gira da una parte e dall'altra, fa altrettanto con l'altra mano e infine mi tasta le braccia. «Ti sei bruciata? Ti senti intorpidita da qualche parte? Spesso il dolore arriva dopo.»

«Sto bene» gli assicuro. «Dobbiamo andare a vedere come sta Stage.»

Stage è sdraiato sul bordo del campo di fuoco ed è riuscito a girarsi sulla schiena. Ansima verso il cielo dal dolore. Tear e Drapes sbucano dai cespugli di rose. «Pensiamo noi a Stage!» ci grida Tear. «Porta Joy in infermeria!»

«Sto bene» ripeto.

Tear si getta a terra accanto a Stage. «Non ascoltarla, Rhyme, non hai visto tutto! L'ha spinta di nuovo nel fuoco!»

Tra le altre cose, vorrei dire. Dopotutto, la sabbia che ho sotto la lingua e nelle narici dimostra che Ash mi ha grigliata per bene da tutti i lati.

Rhyme scivola dietro di me e mi tasta cauto la schiena, coperta dalla tuta da duello. «Il materiale non è danneggiato. Posso abbassare la cerniera?»

Scrollo le spalle per fargli capire che non mi scoccia ma, quando mi scosta i capelli dal collo, abbassa lentamente la cerniera e mi scopre la schiena nuda, un brivido mi attraversa il corpo.

I suoi polpastrelli mi sfiorano le scapole. «Va tutto bene. La tua schiena non è nemmeno arrossata.»

Tear si volta così velocemente che una delle sue crocchie si sfa e un'onda di capelli verde ghiaccio le cade sulla spalla. «Non può essere!» esclama con voce preoccupata. «All'inizio, la pelle bruciata è bianca.»

Salto in piedi e le faccio cenno con entrambe le braccia per dimostrarle che non sono ferita e che non deve preoccuparsi. «Tear! Sto bene, sul serio. Vedi?»

Gli studenti mormorano stupiti.

A quanto pare, nessuno si aspettava che mi rimettessi in piedi. Mi ferisce un po' nell'orgoglio: dopotutto, ho passato gli ultimi due mesi ad allenarmi ogni giorno. Non sono più una principiante assoluta, ma una... beh, una principiante avanzata. Metto le braccia sui fianchi sorridendo e cerco di impressionare il più possibile, il che funziona per qualche secondo, finché Rhyme non mi tira su la lampo e mi abbraccia da dietro. Un sorriso piuttosto furbetto si diffonde sul mio viso.

Mi giro e gli avvolgo le braccia intorno al collo. Il suo profumo sa anche un po' di rosa e, in qualche modo, è ancora più buono, anche se dovrebbe essere impossibile. Alle mie spalle, sento che il nostro avvicinarsi sta provocando un'ondata di proteste da parte di alcuni studenti, probabilmente alimentate da Sorrow, ma in questo momento non me ne può fregare di meno. Scosto una ciocca di capelli bagnati dai suoi occhi azzurro ghiaccio e nel suo sguardo vedo solo la conferma di ciò che voglio fare. Lentamente, le mie palpebre si abbassano e le mie labbra si avvicinano alla sua bocca.

Drapes sussulta. «Ehi, non dovresti muoverti!»

«Stage! La tua gamba!» grida Tear inorridita.

Qualcuno mi allontana da Rhyme.

Sbatto contro l'ampio petto di Stage e le sue braccia muscolose mi stringono. Il suo peso affonda su di me, facendomi quasi inginocchiare. All'inizio penso che si tratti della sua solita dimostrazione d'affetto un po' rozza, ma poi ansima sopra la mia testa. «Non puoi baciarla... Giulietta e Romeo stanno venendo qui... Il comitato del ballo non può essere lontano...».

Di cosa sta parlando?

Il dolore è così forte che non riesce a ragionare?

Rhyme allunga rapidamente un braccio. «Forza, Stage, aggrappati a me. Joy sta per crollare sotto di te. Oggi ci ha già dimostrato di cosa è capace.»

Il mio petto si riempie di orgoglio.

Stage accetta lo scambio senza discutere e passa un braccio intorno al collo di Rhyme. La gamba rotta deve fargli un male cane. Abbassa la testa sulla tempia dell'amico, come se non avesse più forza nei muscoli del collo. Tuttavia, si sforza di aggiungere altro. «Mi dispiace… Non ho potuto aiutare Joy... Tear ha ragione… È passato troppo tempo…»

«Ti porto in infermeria» dice Rhyme.

Stage lo afferra per il petto: «No! Non capisci! È passato troppo tempo!» Il suo sguardo scuro quasi lo trafigge: «Joy è rimasta nel fuoco troppo a lungo … C'è qualcosa… qualcosa che non va in lei!»

Mi si rizzano i capelli.

Tear si strofina le braccia come se avesse freddo, cosa quasi impossibile in un campo di fuoco. Mi scruta con le sopracciglia aggrottate, ma non si avvicina di un passo. Anche Drapes si torce le mani nervosamente e mi sta alla larga.

«Che avete tutti»? si lamenta Rhyme. «Joy sta bene.»

Gli occhi di Tear si riempiono di lacrime. «Ascolta! Non senti quello che stanno gridando?»

Si riferisce agli studenti.

Tutti noi facciamo silenzio e ascoltiamo le grida che riecheggiano dalle scale. All'inizio non riesco a distinguere nulla dal groviglio di voci, ma poi alcune voci in coro soffocano tutte le altre. Sono i Montecchi che si lamentano dell'esito del duello. «IMBROGLIO!» gridano tutti insieme. «I CAPULETI HANNO IMBROGLIATO! IMBROGLIO! I CAPULETI HANNO IMBROGLIATO!»

«Certo che sono arrabbiati» sbuffa Rhyme. «Hanno perso qualcuno della loro casata.»

Tear stringe i pugni, disperata. «Ora ascoltami! Joy è stata nel fuoco troppo a lungo per potersi alzare senza essersi minimamente bruciata e camminare.»

Stage stringe i denti e ansima ogni parola contro la guancia di Rhyme. «Lo so… che ti piace… ma non può respirare sott'acqua… e a quanto pare… è immune al fuoco.»

Rhyme sussulta per obiettare ma, all'improvviso, impallidisce. Come al rallentatore, gira la testa verso di me e mi fissa con occhi sgranati.

CAPITOLO 42

«I conti stanno arrivando!» ci avverte Drapes.

Lady Capuleti cammina lungo il bordo del muro della terrazza con i suoi tacchi alti, dove non possono affondare nell'erba. Un rametto di rosa, un po' troppo lungo, le si impiglia tra i capelli biondi chiari, che lei strappa e getta con noncuranza da un lato senza fermarsi. «Ti scoccia così tanto perdere, Romeo? Non so cosa ti prende. Abbiamo vinto lealmente secondo tutte le regole del duello.»

Lord Montecchi le corre dietro in mezzo alle rose. Non batte ciglio quando le spine gli graffiano il viso, né si scusa quando i rami colpiscono un dipendente alle sue spalle, facendolo quasi cadere a terra. Non sono particolarmente sorpresa, però, perché i suoi occhi predatori brillano di rabbia. «Sei cieca? O hai perso la cognizione del tempo?! Una Capuleti non sarebbe uscita da quel fuoco!»

Per un attimo, il mondo intorno a me vacilla.

«Indossa una tuta da duello ignifuga» ribatte Lady Capuleti con tono altezzoso. «Sono molto migliori dei nostri modelli precedenti, probabilmente il tuo campione non è riuscito a spingerla nel fuoco quanto avresti voluto. Forse dovreste esercitarvi di più.» Mi si avvicina, mi prende per le spalle e mi scruta da cima a fondo. Poi mi fa girare e mi scruta la schiena. «Guarda! Ecco fatto! Il tessuto non è neanche bruciato.»

Lord Montecchi mi afferra il braccio e scuote la mia mano davanti al viso di Giulietta come per dimostrarlo. «E dov'era la tuta sulle sue braccia? Sul viso? Sui suoi capelli?»

Lady Capuleti incrocia le braccia davanti al petto e sorride altezzosa. «Ha tenuto le parti non protette fuori dal fuoco. L'abbiccì del classico allenamento dei Capuleti. Semplice.»

Voglio crederle.

Voglio tanto essere d'accordo con lei, dire a tutti dal profondo del cuore che è esattamente quello che è successo e scoppiare a ridere, sollevata. Ma poi c'è un altro problema: ridere. Io so ridere. Abbiamo tutti pensato che posso farlo perché il mio sangue Capuleti è troppo impuro. Ma se fosse per un motivo completamente diverso?

«Può piangere» interviene Rhyme con voce rauca, come se avesse avuto un pensiero simile. Non mi guarda negli occhi e io non so cosa pensare.

«Certo che può piangere.» Lady Capuleti sbuffa come per voler avere ragione. «Suo padre ha identificato la madre. Io stessa ho visto la foto e in seguito l'ho confrontata con quelle del mio ultimo anno per esserne sicura. Ero la sua principessa dei serpenti e so chi era sotto di me.»

Nel mio cuore si accende una speranza.

Certo! Avevo dimenticato la foto di mia madre nell'annuario di Lady Capuleti.

Un profondo senso di sollievo mi assale, ma lo stomaco mi si contorce mentre cerco lo sguardo dei miei amici, senza riuscire ad incrociarne nemmeno uno. Tear si asciuga le lacrime, Stage chiude gli occhi e Drapes si mordicchia il labbro inferiore e fissa il pavimento. Rhyme non guarda nemmeno nella mia direzione. Trafigge la zia con uno sguardo gelido. «Tutto qui? Stage è ferito e tutti gli altri sono esausti. Possiamo finalmente lasciarci alle spalle questo duello e andarcene?»

«Certo» risponde magnanima Giulietta.

Ma Lord Montecchi la interrompe. «Non così in fretta! Voglio una prova.» Fa un cenno al suo dipendente da dietro, con un ramo spinoso ancora tra i capelli. «I miei dipendenti stanno portando il Capuleti ferito in infermeria. La regina del ballo e il principe dei serpenti verranno con me.»

«Non puoi comandare su di loro.» Lady Capuleti è più bassa di lui, ma la sua sicurezza compensa la differenza fisica. Mette le mani sui fianchi e, in qualche modo, riesce a far sembrare il suo sorriso come se lo guardasse dall'alto. Con una fitta al petto, noto una certa somiglianza tra lei e Poetry.

Lord Montecchi rimane impassibile.

Un freddo sorriso predatorio si diffonde lentamente sul suo volto. È un sorriso che non gli ho mai visto prima ed è ancora più spaventoso del suo solito accanimento. «Hai ragione, Giulietta, non posso comandare sui Capuleti, ma posso comandare sui Montecchi! O ti adegui alla mia richiesta e mi accompagni a casa, dove potremo risolvere la questione da persone civili, oppure spingerò la ragazza nel fuoco qui e ora, fino a quando anche il più piccolo dubbio su a quale delle nostre casate appartenga non sarà eliminato.»

«Joy e io veniamo con te» concorda Rhyme un po' troppo in fretta. Per la prima volta stasera, scorgo dell'incertezza negli occhi grigio tempesta di Lady Capuleti, solo per pochi secondi, ma la vedo chiaramente. Il suo sguardo si sofferma troppo a lungo sul nipote, poi scivola su di me e vede qualcosa nel mio viso che le fa stringere i muscoli della mascella. Solleva il mento e si gira di scatto. «Per me va bene. Chiariamo la cosa.»

Quattro robusti addetti alla sicurezza arrivano con una barella per portare Stage in infermeria, ma solo quando Tear e Drapes ci assicurano che lo accompagneranno e si prenderanno cura di lui, Rhyme si allontana dall'amico.

Seguiamo Lord Montecchi e Lady Capuleti attraverso il roseto: circa la metà degli studenti, la maggior parte dei quali sono Capuleti, sono tornati nella sala da ballo per festeggiare la vittoria. L'altra metà sta protestando a gran voce da tutte le parti. Ci accusano di aver imbrogliato e lanciano le loro maschere dorate sui suggeritori e sulle suggeritrici che, spalla a spalla, formano un corridoio per farci passare. Solo quando usciamo dal giardino sul lato sud e le guardie del corpo personali di Lord Montecchi si dispongono dietro di noi come un muro, gli studenti della sua casata smettono di fischiare.

Entriamo in un edificio la cui facciata è rivestita di marmo nero. Cinque gradini conducono a un'ampia porta a due battenti che si apre su un imponente salone con due scale curve d'oro splendente. Nell'atrio, una pantera solleva lentamente la testa da un divano rosso fuoco, ruggisce in modo impressionante verso l'alto e si sdraia di nuovo, muovendo le orecchie.

Cut appare dalla ringhiera in alto.

Per un attimo, di Lord Montecchi rallenta la sua corsa, esitante, poi stringe i pugni e si precipita su per le scale. «Che diavolo ci fai qui?» grida al figlio.

Gli occhi dorati di Cut si posano su di noi, ma non ci chiede che cosa ci facciamo qui, si appoggia a una carta da parati con le fiamme e sorride serenamente. «Ho bisogno di un motivo per venire a casa di mio padre?»

«Sappiamo entrambi che ne hai bisogno! E sappiamo entrambi che la tua disobbedienza di stasera avrà delle conseguenze!» Lord Montecchi gli passa davanti senza degnarlo di uno sguardo. «Ma chiariremo più tardi, ora un'altra questione richiede la nostra attenzione. Se vuoi rimanere il principe dei felini, vieni con me subito!»

Lady Capuleti passa davanti a Cut e arriccia le labbra rosse. «Oggi hai disonorato la tua casata oltre ogni limite.»

Il ragazzo osserva i due conti con le sopracciglia sollevate mentre marciano lungo un corridoio con appesi quadri a olio in cornici dorate. «Quei due sono di ottimo umore.»

Rhyme sbuffa. «Cosa ti aspettavi se salti un duello?»

«Gratitudine?» Cut alza le spalle sorridendo. «Almeno dalla casata Capuleti? Quando non ci sono, i miei felini fanno quello che vogliono, e molto probabilmente dormono. O non c'era abbastanza aria di sfida laggiù?»

«Smettila!» gli sibila Rhyme. «Il comitato del ballo è ancora qui, nascosto da qualche parte. Simili sciocchezze possono essere pericolose.»

L'altro si limita a sorridere. «Non farti prendere dal panico, non sono qui dentro. Ho posizionato Fledder sul divano, il mio sistema di allarme. Siete le prime persone che si presentano qui dall'*ultimo ballo*.»

«Sei qui dall'*ultimo ballo*?»

Cut agita la mano con fare misterioso, fa finta di chiudersi la bocca e buttare via la chiave. Si avvia lungo il corridoio prima che Lord Montecchi esca gridando da una stanza, chiedendo di sapere dove diavolo siamo.

Rhyme e io lo seguiamo.

Poco prima di varcare la soglia, le dita di Rhyme sfiorano la mia mano. Mi fissa solo per qualche secondo, ma tiro un sospiro di sollievo nel vedere l'angolo della sua bocca contarsi in un tenero sorriso.

Poi entriamo nello studio di Lord Montecchi.

Vorrei che fosse una stanza orrenda, perché si adatterebbe meglio alla situazione. Purtroppo, mi colpisce all'istante. La finestra a tutta altezza dietro alla sua scrivania in noce marrone scuro è decorata con vetri di Murano colorati e si incurva verso l'esterno. La luce arancione della città entra dall'esterno e delinea le sagome scure dei giganteschi alberi di un parco vicino; deve essere il parco in cui ho corso la notte dell'uragano. Mi sembra un'altra vita.

Cut si appoggia a uno degli scaffali alti fino al soffitto, pieni di libri rilegati in pelle, e gratta una pietra preziosa su una delle copertine. Vuole dare l'impressione che non gli importi, ma non me la bevo nemmeno per un secondo.

Ma Lord Montecchi si irrita da morire. Sbatte le mani sul piano della scrivania. «È una prima edizione! Trattala con rispetto!»

Cut smette di grattare, alita rumorosamente sulla pietra preziosa e la lucida con la manica della camicia mentre mi sorride sfacciatamente da sopra la spalla. Rhyme alza gli occhi al cielo, ma io devo mordermi l'interno delle guance per non ridere. Devo avere i nervi abbastanza a fior di pelle.

Lord Montecchi apre un computer portatile di ultima generazione, che mai avrei creduto possedesse, e digita qualcosa. Lady Capuleti lo scruta da sopra le spalle con le braccia incrociate. «Cosa cerchi su Internet?» chiede con disprezzo, come se aprire un browser da solo fosse un lavoro sporco. «Una videochiamata? Con chi?»

Lo sguardo di Lord Montecchi si posa su di me. «Con suo padre.»

Il mio cuore sussulta.

Ho mandato a mio padre una cartolina ogni settimana e ne ho ricevuta una altrettanto spesso, ma non lo vedo di persona da due mesi; non era mai successo prima. Per quanto mi sia ambientata qui, mi vengono le lacrime agli occhi al solo pensiero di vederlo.

Un guardiano notturno risponde alla chiamata e si assicura che mio padre venga svegliato. Lord Montecchi esce da dietro la scrivania e gira il portatile così che tutti possiamo guardare lo schermo. Davanti a noi appare un salotto con un'elegante poltrona dallo schienale alto e un camino con la brace rossa, poi un'ombra passa davanti alla webcam e qualcuno si siede sulla poltrona, con i capelli arruffati e l'impronta di un cuscino ricamato sulle guance ispide. Mio padre sgrana gli occhi. «Joy? Sei tu? Va tutto bene?»

Mi ricordo che Tear mi ha truccata qualche ora fa e ho affrontato un duello violento. Ho i capelli bagnati e scompigliati, e probabilmente il mio viso è ricoperto di graffi e sporcizia come quello di Rhyme. Mi avvicino allo schermo e solo all'ultimo secondo mi trattengo dal premere la mano sulla guancia di mio padre. «Non preoccuparti, sto bene. Ero a… un ballo.»

«Un ballo in maschera, i ragazzi si sono mascherati» aggiunge Lady Capuleti.

Mio padre non sembra del tutto convinto.

Nei suoi occhi compare un'espressione ansiosa. «È davvero tutto a posto? È notte fonda. So che questa accademia è un'opportunità unica per te, ma ci ho riflettuto negli ultimi giorni e… beh… è successo tutto così in fretta, non abbiamo avuto il tempo di pensarci per bene.»

Lady Capuleti si china verso Lord Montecchi. «Quanto tempo è passato dalla sua ultima influenza? Sembra che uno di noi debba andare presto a Mantova.»

Ma al conte non importa.

«Signor Nouveaux!» grida impaziente. «Come sa, i costi di un semestre presso la nostra Accademia superano di gran lunga le sue entrate annuali. Abbiamo accolto Joy gratuitamente perché è sangue del nostro sangue, ma stasera sono sorti dei dubbi sulle sue origini. Può dimostrare che sua madre era davvero una Capuleti?»

Un libro cade a terra dietro di noi.

Ci voltiamo tutti, solo per vedere un sorriso imbarazzato sul volto di Cut, che spinge la pesante copertina sullo scaffale. Gli ci vogliono due tentativi.

«Vi ho mostrato una foto della mamma di Joy, no?» Mio padre si agita scompostamente avanti e indietro sulla poltrona. Lady Capuleti sussulta e riesco quasi a sentire la sua replica: *È esattamente quello che ho detto*. Ma Lord Montecchi la interrompe tendendole una mano davanti al petto. «Posso avere la fiala?» chiede con gentilezza.

Lady Capuleti sembra sorpresa, poi annuisce.

Fa scivolare la fiala di quarzo rosa, appesa a una catenina d'argento al collo, sopra i capelli e gliela porge. Lord Montecchi la fa penzolare davanti allo schermo. «Principe dei serpenti» dice senza voltarsi verso Rhyme. «Dicci cosa c'è in questa fiala.»

Rhyme si irrigidisce. «C'è il veleno del taipan dell'interno australiano» risponde con riluttanza. «Il serpente più velenoso del mondo. In teoria, un solo morso sarebbe sufficiente a uccidere duecentocinquanta persone.»

Un sorriso freddo si diffonde sul volto di Lord Montecchi, ma non raggiunge i suoi occhi. «Ha sentito, signor Nouveaux? Deve sapere che i Capuleti sono immuni a qualsiasi tipo di veleno, quindi se sua figlia appartiene veramente a questa casata, non le succederà niente se beve questa fiala.»

Rhyme balza davanti a me. «Non potete farlo!»

Giulietta lo ferma con un gesto della mano. «Romeo ha ragione: se Joy è una Capuleti, il veleno non le farà del male. A meno che il signor Nouveaux non voglia rivedere la sua affermazione?»

Mio padre guarda prima lei, poi l'altro. «È uno scherzo? C'è una telecamera nascosta?»

«Niente affatto.» Lord Montecchi toglie il tappo dalla fiala e me la porge. È appena più grande del mio mignolo, ma da quello che Rhyme ha appena detto, una goccia sul bordo lucido sarebbe sufficiente per uccidere un essere umano. «Bevila, Joy.» Quando non faccio nulla del genere, aggiunge, con gli occhi socchiusi e a voce molto più bassa: «È il nostro potere, non dimenticarlo».

Con il cuore che mi batte forte, alzo il braccio, ma Rhyme mi afferra il polso e mi trattiene. Nello stesso momento, mio padre grida: «No! Aspetti! Io... io... io...»

«Signor Nouveaux, non la aspetteremo tutta la notte!»

Mio padre impallidisce e giocherella nervosamente con la manica del pigiama: «Non… non ne sono sicuro.»

Il mio cuore si ferma.

Cosa vuol dire che non è *sicuro*? Lui stesso ha appena argomentato con la foto di mia madre! A quanto pare, non sono l'unica ad aver perso la lingua. Tutti i presenti fissano ipnotizzati lo schermo.

Giulietta si schiarisce la gola con impazienza. «Mi spieghi, perché non lo è?»

Mio padre si torce le mani in grembo ed evita il mio sguardo. All'improvviso, parla a voce bassa, quasi come se si stesse rivolgendo solo a se stesso. «Rose amava Joy più di ogni altra cosa. È questo che conta alla fine, giusto?»

Solo adesso, quando mio padre pronuncia il suo nome ad alta voce, mi rendo conto di quanto si adatti bene a questo luogo. Rose Capuleti è stata una studentessa di questa Accademia, come testimoniano non solo le foto nell'annuario, ma anche la sua principessa dei serpenti. Come può essere in dubbio? Il mio cervello freme quando una risposta si insinua nei miei pensieri, ma è così assurda che la scaccio immediatamente. Invece, mi avvicino al portatile e cerco di incrociare lo sguardo di mio padre. «Papà, cosa vuoi dire?»

Fa una smorfia solo al sentire la mia voce e, per un attimo, solleva lo sguardo incerto su di me, poi lo riabbassa. Il formicolio nel mio cervello aumenta.

«La madre di Joy è la persona che ha visto nella foto» continua esitante. «Le voleva bene, più di ogni altra cosa al mondo. Rose la amava come…» Gli esce un suono strozzato. Non importa quanti anni siano passati, non è mai riuscito a superare la sua morte. Almeno questo è ciò che penso all'inizio. Solo quando aggiunge qualcos'altro, mezzo soffocato dalle lacrime, mi rendo conto che un'altra cosa gli chiude la gola. «Rose l'amava come… come se fosse sua figlia.»

Rhyme mi afferra per le spalle.

Ho bisogno di un attimo per realizzare che mi ha salvata dal cadere contro uno degli scaffali. Il capogiro mi offusca la vista come se, per qualche secondo, tutto il sangue mi fosse defluito dalla testa.

Dietro di noi, Cut lascia cadere il braccio.

«Mi dispiace molto che tu lo stia scoprendo in questo modo» sussurra mio padre quasi impercettibilmente dal portatile. «Tua madre era la tua vera madre sotto tutti gli aspetti che contano davvero. Ma…» Fa un respiro profondo, come se stesse tirando fuori l'aria dalle dita dei piedi. «Ma non era la donna che ti ha messo al mondo.»

Non riesco a dire nulla.

Nemmeno una parola.

«Chi era la sua madre biologica?» chiede Lord Montecchi.

Mio padre scuote debolmente la testa, come se non avesse più le forze per rispondere. Questa volta è Lady Capuleti ad afferrare la fiala di veleno e a tenerla minacciosamente davanti allo schermo. «Dica quello che sa!»

Mio padre trasalisce violentemente. «R-Rose era sua a-amica» risponde titubante.

«Amica? Della madre biologica di Joy?»

Annuisce esitante. Il suo sguardo continua a non posarsi su di me; si guarda intorno perso, come se davanti ai suoi occhi vedesse un film completamente diverso. «Erano amiche» borbotta, perso nei suoi pensieri. «Volevano scappare dalla loro vecchia vita, ma riuscirono ad arrivare solo fino in Francia. Poco dopo la nascita della bambina, ci fu un terribile incendio nell'ospedale. Era su tutti i giornali…»

Lady Capuleti sussulta. «Me lo ricordo. Un incendio devastante nel reparto di neonatologia. All'epoca la notizia fece il giro del mondo.»

Mio padre si cinge lo stomaco con le braccia e dondola piano sulla poltrona. «Quando vidi Rose per la prima volta, in un campeggio fuori Parigi, era sola con la neonata. Era terrorizzata all'idea che potesse non essere stato un incidente.» Geme incredulo, come se ancora oggi quel pensiero fosse inconcepibile per lui. «Per la mia sicurezza, dovevo sapere il meno possibile, ma mi ha fatto capire che erano fuggita da una società segreta, che non voleva lasciarle andare.»

Lady Capuleti si scambia un'occhiata sorpresa con Lord Montecchi, che però si limita ad aggrottare le sopracciglia e a scuotere la testa, un movimento appena percettibile. I due non erano ancora i capi famiglia, ma solo i principi delle loro casate. Quello che dice mio padre sembra essere una novità per loro quanto lo è per me.

«Mi sono innamorato di Rose e della bambina» sussurra. «E chiunque abbia cercato la sua madre biologica, se lo ha fatto davvero, non ci ha seguiti a Londra. Ufficialmente, né Joy né sua madre sono mai uscite da quell'ospedale.»

«Aspetta un attimo. Non può essere vero» sento la mia voce dire, come se provenisse da lontano. «Come sarei potuta venire al mondo prima che tu incontrassi la mamma per la prima volta?»

Mio padre fa una smorfia ancora più marcata.

«Non immagini quanto ti voglia bene, Joy. È una cosa di cui solo i genitori possono capire.» Mi guarda con gli occhi lucidi. «Non mi è mai importato chi fosse il tuo padre biologico.»

CAPITOLO 43

Sento le parole di mio padre.

Ma non mi toccano.

No, non è la parola giusta, non mi *raggiungono*.

In un istante, mi sembra di essere di nuovo in quella piscina gelata là fuori; come se Ash si fosse tuffato subito dopo di me e mi avesse trascinata giù, dove non riesco più a respirare.

«Come si chiamava la madre biologica di Joy?» vuole sapere Lord Montecchi da un mondo molto, molto lontano.

Mio padre ha bisogno di un momento per ritrovare la voce. «Non conosco il suo nome, ed è la verità!» aggiunge mio padre con una rapida occhiata alla fiala di veleno. «Tutto ciò che Rose aveva di lei era una Polaroid che una delle infermiere le aveva scattato insieme a Joy.»

«Dov'è ora quella foto?» chiede Lady Capuleti.

Mio padre si limita a scuotere la testa.

«Signor Nouveaux! Il suo silenzio non aiuta sua figlia! Al contrario!»

Deglutisce a fatica. «Rose pensava che fosse troppo pericoloso tenerla» ammette titubante. «Non volevo che lo facesse, volevo che conservasse qualcosa di suo per Joy, anche se si trattava solo di una piccola foto, ma Rose aveva troppa paura. L'ha bruciata nel campeggio fuori Parigi.»

Lord Montecchi impreca.

Lady Capuleti si avvicina allo schermo. «Gliel'ha mostrata prima? Ha visto la madre di Joy nella foto? È ancora in grado di identificarla?»

«Maledizione, Giulietta!» interviene Lord Montecchi «È stato sedici anni fa! Come può ricordarsi il volto di un'estranea in una polaroid? È troppo inaffidabile, dobbiamo testare la ragazza con acqua e fuoco!»

Mio padre solleva lo sguardo. «Ricordo esattamente il suo aspetto.»

Così dicendo, ha improvvisamente attirato l'attenzione del conte. Entrambi lo guardano con occhi sgranati. Mio padre respira a fatica sollevando e abbassando il petto. Si sforza di mantenere il controllo. «Sarà anche stato molto tempo fa, ma all'epoca mi sentivo terribilmente in colpa. Non ho mai dimenticato quella giovane donna nel letto d'ospedale, che teneva in braccio la sua bambina appena nata con un misto di paura e amore.»

«Può descriverla?» chiede Lady Capuleti

«Non è necessario.» Per la prima volta, mio padre mi guarda davvero, come faceva spesso, pieno di amore, ma con un velo di tristezza nei suoi occhi. Ho sempre pensato di ricordargli troppo mia madre. Gli angoli della sua bocca tremano, ma li tira su in un debole sorriso rivolto a me. «Non c'è bisogno di descriverla, era identica a Joy ora.»

Il silenzio cala nella stanza per qualche istante.

Tutti mi guardano.

Infine, Lady Capuleti scuote la testa. «Non riesco a ricordare nessuna che le assomigli così tanto. E tu, Romeo?»

Lui le lancia un'occhiata cupa. «Te l'ho già detto: non è niente di speciale, non ricordo certe persone. Ma non è necessario. A cosa servono i libri?»

Spinge Cut da una parte e apre un'anta scorrevole della libreria. I volumi neri sono allineati sul ripiano superiore e quelli bianchi dello stesso formato su quello inferiore. Mentre ne estrae uno per colore, mi rendo conto che sono tutti annuari. Porge quello bianco a Giulietta. «Se la madre biologica apparteneva a una delle nostre casate, cosa probabile visto che Joy reagisce alla maledizione della rosa, allora deve aver frequentato l'Accademia durante l'ultima maledizione.»

Lady Capuleti sfoglia il suo volume come un tornado, mentre Lord Montecchi, con la mascella tesa, volta una pagina dopo l'altra, strappandone qualcuna.

«Vorrei essere lì con te» mi dice mio padre a bassa voce.

Non so cosa dovrei rispondere.

I miei sentimenti stanno ancora annegando in quella piscina.

Le dita di Rhyme mi sfiorano la mano mentre entrambi i conti sono distratti dai loro annuari, ma io la tiro in dietro e la nascondo sotto l'ascella. All'improvviso, sento un freddo pungente, batto piano perfino i denti. Rhyme mi si avvicina come se volesse riscaldarmi con la sua sola vicinanza, ma fa subito un passo indietro quando la zia lancia un grido trionfante.

«L'ho trovata! Incredibile! Assomiglia davvero a Joy!» L'unghia argentata di Lady Capuleti si pianta in una delle foto del loro annuario.

Gli occhi iniziano a bruciarmi intensamente.

Lord Montecchi si acciglia e la guarda.

«Eccola!» Lady Capuleti ci mostra l'annuario e tocca con il dito la foto di un ballo dove diverse coppie ballano insieme. Il fotografo deve averla spaventata con il flash, perché è l'unica a guardare con gli occhi sgranati nella macchina fotografica. I suoi occhi sono dello stesso colore verde foglia dei miei e anche i suoi capelli sono dello stesso castano nocciola lucente. Il suo ventre è piatto, ma ci ha appoggiato sopra le mani giunte, come se stesse cercando di nascondere qualcosa.

Cut nota qualcos'altro. «Il suo vestito è nero…»

Il dito di Lady Capuleti scivola sulla foto e si posa sulla didascalia in caratteri piccoli. Borbotta i nomi con impazienza finché non arriva a quello giusto. «E a destra c'è… Non può essere, Romeo! Come hai fatto a non accorgertene? Le hanno dato il nome di sua madre, Joy!» Trasalisco, ma Lady Capuleti non mi ha chiamata, ha solo letto ad alta voce il nome della ragazza. «Sua madre si chiamava Joy! È scritto qui, nero su bianco! Joy Montecchi!»

Montecchi?!

Cut sussulta.

Rhyme invece non dice neanche una parola.

Si gira di scatto ed esce dalla stanza. Riesco a vedere solo i suoi capelli chiari che scompaiono dietro l'angolo e poi l'unico rumore che riesco a sentire è il battito del mio cuore. Non mi interessa cosa succede alle mie spalle, non mi interessa quali annuari stiano sfogliando o quali nomi stiano leggendo, non mi interessa lo sguardo scioccato di Cut. A questo punto non mi importa nemmeno di mio padre: voglio solo andare da Rhyme.

Ha già sceso le scale quando sbatto contro la ringhiera in cima. «Aspetta! Non puoi andartene così. Non piantarmi in asso!»

Lui si ferma nell'atrio e si gira a guardarmi. La pantera di Cut ruggisce debolmente dal divano, ma non alza nemmeno la testa. Agita la coda indispettita, come se l'avessimo svegliata di colpo da un bel pisolino.

«Non ti sto piantando in asso» risponde lui con voce rauca. «Ti sto salvando la vita.»

Corro giù per le scale e lo raggiungo a corsa.

Mi prende, ma le sue braccia mi spingono subito via. «Joy! Non puoi!» mi sibila a bassa voce, ma con determinazione. La sua espressione è combattuta, come se allo stesso tempo detestasse le sue parole, o almeno desiderasse che non fossero vere. «So che non hai paura di questa maledizione, non è quello che deve fare. Gli allenamenti, questi balli in maschera, persino i duelli, sono organizzati così che tutti gli studenti si sentano a proprio agio il più possibile. Ma è solo una facciata abbagliante; nessuna cena gourmet e nessun abito da ballo vergognosamente caro può impedire ciò che deve essere fatto per porre fine a questa maledizione. E anche se nessuno vuole farlo, è solo questione di tempo, di mesi, in cui tutti quelli che vivono in questa Accademia saranno imprigionati tra queste quattro mura dalla maledizione della rosa finché l'ultima persona non accetterà il sacrificio dei due innamorati per la propria libertà.» Respira a fatica rivolto verso di me. Con riluttanza, stacca una mano dalla mia spalla e la lascia posarsi sulla mia guancia, come se volesse toccarla ma non osasse. «Semplicemente non abbiamo scelta, capisci?» sussurra con voce improvvisamente debole. «Non possiamo più... essere innamorati l'uno dell'altra.»

La pantera di Cut ruggisce.

Rhyme indietreggia e solleva lo sguardo verso la ringhiera.

Mi giro con il cuore che batte all'impazzata e vedo Cut fissarci con gli occhi sgranati. «Voi... siete innamorati l'uno dell'altra?» ripete incredulo.

Rhyme mi prende la mano mentre Cut scende le scale. Il principe dei felini si adatta alla casa, nera e oro proprio come lui. Il suo volto è attraversato da uno strano sorriso, sembra combattuto. Dal suo sguardo incredulo, che non sa se posare su me o Rhyme, capisco solo che questa situazione deve essere tanto sconvolgente quanto lo è per noi.

Si ferma a pochi passi da noi e ci guarda. Passano alcuni secondi in cui il mio cuore batte forte e la mia mano suda in quella di Rhyme, anche se non dovrebbe farlo. Dopotutto, essendo una Montecchi, sono immune al calore. O almeno così dovrebbe essere.

La pantera ruggisce di nuovo.

Rhyme mi lascia andare in tempo prima che Lady Capuleti e Lord Montecchi appaiano alla ringhiera in alto. Sono talmente presi dalla loro discussione che si accorgono di noi solo dopo un attimo e interrompono immediatamente la loro conversazione. «Cos'altro potrebbe aver voluto dire suo padre? Di certo non ha usato la parola *società segreta* a caso... sua madre doveva...»

Entrambi i conti si fermano bruscamente e ci fissano come se li avessimo sorpresi a fare qualcosa di proibito e non il contrario. Sarebbe quasi divertente se la situazione non fosse così tragica; se il mio cuore non si stringesse quando Rhyme si allontana da me, incrocia le braccia e fa finta che non gli importi nulla di me; se la vita di entrambi non dipendesse da quello che farà il principe dei felini.

«Cosa ci fate ancora qui?» chiede Lady Capuleti.

Lord Montecchi socchiude gli occhi. «I vostri doveri non vi sono chiari?»

«No» risponde Cut. Come al rallentatore, noto che alza il braccio lentamente, allungandolo nella nostra direzione. «So esattamente cosa devo fare.»

CAPITOLO 44

Il passaggio è così stretto che sfioro le pareti su entrambi i lati. Cut deve persino camminare di lato per evitare di incastrarsi da qualche parte con le sue spalle larghe. I suoi capelli neri come il carbone sono illuminati solo a intermittenza da piccole lampade a olio, in mezzo a cui dobbiamo immergerci ripetutamente nell'oscurità totale e possiamo solo confidare ciecamente che non ci sia il rischio di cadere inciampando sotto i nostri piedi.

Mi tolgo un paio di ragnatele di dosso. «Posso essere sincera? Mi aspettavo qualcos'altro quando hai detto che mi avresti portata nell'ala dei Montecchi»

Ride da sopra le spalle. «Questi passaggi segreti tra gli edifici sono fantastici, vero? Sono ovunque nell'Accademia e questo porta direttamente alla torre dei Montecchi.»

«Non mi sto lamentando» borbotto. «Ma dal piazzale di marmo ci saremmo arrivati direttamente… Oh!»

Inciampo su un dislivello del terreno che non ho visto al buio. Cut, che ha passato la sua vita qui, deve averlo superato automaticamente. Mi afferra di riflesso la mano per non farmi cadere, ma io lo ringrazio appena e la lascio subito andare. Il momento in cui mi sono trovata di fronte a Lady Capuleti e Lord Montecchi nell'atrio, aspettando la reazione di Cut con il battito accelerato e immaginando che gli addetti alla sicurezza ci trascinassero verso il comitato del ballo, è ancora troppo radicato nelle mie ossa. Ma non lo ha fatto. Ha sollevato semplicemente il braccio e mi ha offerto la mano come mio nuovo principe. Rhyme era già fuori dalla porta ancora prima che potessi accettarla.

«Certo, ci sono modi più veloci per arrivare alla torre dei Montecchi» dice Cut con un sorriso. «Ma sicuramente non uno con più ragnatele.»

Sospiro. «Sii sincero, mi stai nascondendo agli altri studenti?»

Ride e continua a camminare.

Usciamo da dietro un arazzo nell'ala dei Montecchi. Cut fa capolino per primo, si guarda intorno da entrambi i lati e mi fa rapidamente cenno di passare. A passi veloci, girando più volte la testa indietro per guardare nel corridoio, mi guida fino a una porta nera con una maniglia dorata a forma di testa di leone. Mi spinge con tale impazienza dentro la stanza dietro la porta che inciampo nel piccolo passaggio, fermandomi solo su uno spesso tappeto persiano.

È la stanza rossa che ho notato spesso di sera dal balcone di Poetry perché inonda di luce infuocata la terrazza antistante. È qui che ho visto per la prima volta il fratellino di Cut; Ink era accovacciato fuori, davanti al fuoco in una coppa, che sprigionava scintille luminose nel cielo notturno, ma non era nulla in confronto al fuoco in questa stanza.

Pezzi di legno lunghi metri sono accatastati al centro della stanza, con fiamme rosso intenso che guizzano fino a un ampio camino. Odora di aria fresca della sera che entra dalla porta della terrazza aperta, di resina bollente intrappolata nel legno e di cenere appena bruciata. Profuma proprio come il principe dei felini.

«Quindi questa è la tua stanza» osservo.

Cut tira rapidamente le tende, che mi ricordano i pesanti sipari rossi dei teatri, proteggendoci dagli sguardi esterni. Un po' di tensione gli scivola via dalle spalle. «Non esultare troppo» dice con un sorriso ironico. «Anche Ink dorme qui. Ha solo dodici anni e non ho idea di come faccia, ma quando va a letto dopo mezzanotte, russa come una sega.»

Come in tutte le stanze di questa Accademia, pure qui ci sono quattro letti, anche se non lo sembrano dall'esterno.

Assomigliano a dei giganteschi tepee, con pezzi di tessuto rosso fuoco e arancione rivolti verso l'alto, a forma di elaborata fiamma, in direzione dell'alto soffitto.

Cut indica un tepee nell'angolo più lontano, ma aggrotta le sopracciglia quando si accorge che le tende d'ingresso sono spostate da un lato e che nessuno vi è sdraiato.

«Dov'è finito quel diavoletto? Dovrebbe essere già a letto!» brontola come una vecchia mamma chioccia. «D'altra parte, forse è un bene. Se Ink scoprisse che ti stai trasferendo nella nostra stanza, passerebbe il resto della notte a creare trappole con i fili davanti al tuo letto e a legare i lacci delle tue scarpe.»

«Perché sono una Capuleti? Cioè... ero?»

«Perché sei una ragazza.» Scrolla le spalle con rammarico. «Gli ci vorrà un altro anno o due per cambiare idea sull'altro sesso, credo.»

«Sii felice della sua innocenza.» Mi accascio sugli spessi cuscini davanti al fuoco e fisso le fiamme. «Lo protegge… dalla maledizione.»

Dall'innamorarsi.

Cut si accorge della mia leggera esitazione e aggrotta le sopracciglia scure. Infila le mani nelle tasche dei pantaloni, mi si avvicina e cerca di avere un tono un po' troppo disinvolto. «Devi sapere che non mi sono accorto di nulla prima, nell'atrio. Sai cosa intendo. Non ho sentito o visto nulla, quindi non devi preoccuparti. Okay?»

«Sei sicuro?» sussurro tra le fiamme scoppiettanti. «La maledizione potrebbe finire presto, la tua casata eviterebbe ulteriori perdite…»

«Anche tu appartieni alla mia casata ora» risponde Cut. «Sei una Montecchi.»

I miei occhi si riempiono di lacrime, che asciugo dalle guance scoppiano a ridere, ironica. «E che Montecchi! Lo vedi? Il mio sangue Montecchi è così debole che per due mesi mi hanno scambiata per una Capuleti. Non sarei una gran perdita per la vostra stirpe.»

«Non lo faccio per la nostra casata» risponde sottovoce.

Quando sollevo lo sguardo, si è già girato verso uno dei letti a forma di tenda.

Si infila dentro e solleva qualcosa di piccolo e soffice dai cuscini di velluto rosso, che mi porta accanto al fuoco. Solo quando si siede cauto e quattro piccole zampe si allungano in tutte le direzioni sulle sue mani, mi rendo conto che si tratta di un gattino grigio cenere. Si sdraia sulla schiena, apre la boccuccia facendo un grande sbadiglio e mi guarda curioso dal basso verso l'alto. «Questo è Fluffy, è nato poco prima che dovessimo venire a cercarti. Preferirei non farlo entrare nel roseto, è piccolo ma odia i Capuleti dal profondo del suo cuore. Farebbe una strage» aggiunge Cut con un sorriso orgoglioso, del tutto fuori luogo. «Vedi com'è tranquillo in tua presenza? Non c'è prova migliore che il tuo posto è qui.»

Mi mette Fluffy in grembo.

Il gattino rimane sdraiato sulla schiena fidandosi ciecamente, afferra la coda e la morde con impeto. I suoi occhi gialli sono fissi su di me, curiosi. Quando gli gratto il collo, inizia a fare le fusa in modo sorprendentemente forte per essere una creatura così piccola.

«Rhyme aveva ordinato a Balboa di attaccare i Montecchi nel roseto» ricordo a un tratto. «Ed è esattamente quello che ha fatto quando mi ha attaccata. Ha obbedito.»

«Questo non significa nulla» risponde Cut. «Quella bestiaccia è cieca come una talpa. Lo scorso autunno ha cercato di accoppiarsi con un tubo di scarico nei bagni delle docce. Le matricole hanno avuto bisogno di supporto psicologico.»

Fluffy si allunga uscendo dalle mie mani e zampetta verso il fuoco come se non avesse alcuna remora ad affrontare qualcosa di così grande e spaventoso. Cut spinge delicatamente le zampe indietro e gli agita l'indice davanti al naso, ma Fluffy lo interpreta solo come un invito a mordere senza paura il polpastrello.

«Devo dirti una cosa» dice senza staccare gli occhi dal gatto. «Ma non so se sia il momento giusto. Nei già passate abbastanza»

Un macigno mi sprofonda nello stomaco.

Ma non lascio trapelare dalla mia voce. «Mi piacerebbe saperla.»

Cut gratta il pancino soffice di Fluffy. «Non aveva senso con Poetry, ma dopo che abbiamo ballato insieme all'*ultimo ballo* e tu sei stata scelta come regina del ballo, ero sicuro che ci fosse qualcosa di sbagliato nel processo di selezione del comitato del ballo; che probabilmente ci avevano… mentito.»

«Mentito?» Scuoto la testa, senza capire. «Perché avrebbero dovuto mentirci sul processo di selezione? E soprattutto, perché avrebbero dovuto mentire a *voi*, i principi?»

Lui mi guarda con insistenza. «Per farci commettere degli errori.»

Tutti loro mentono. È quello che ha detto quel suggeritore! Intendeva forse il comitato del ballo?

«Sono settimane che cerco di saperne di più su questi tizi» continua Cut. «Ma nella nostra biblioteca si trovano solo le solite cose su di loro: che sono arbitri indipendenti, che esercitano la volontà dell'infausta stella e così via. Così, dopo l'*ultimo ballo*, ho seguito mio padre attraverso una delle porte segrete e l'ho visto incontrarsi di nascosto con qualcuno.»

«Del comitato?»

«No.» Corruga la fronte. «Con il re del ballo dei Montecchi. Lo ha preso da parte e gli ha elencato le tue debolezze con la massima precisione. Mio padre è venuto a sapere che non puoi respirare sott'acqua.»

Una fitta mi attraversa il petto. «Ma solo i miei amici lo sapevano e… e tu?»

Annuisce. «Lo pensavo anch'io. Ecco perché ho deciso di tenermi alla larga dal duello, insieme ai miei felini, e di usare il tempo per qualcos'altro. La casa di mio padre non è una vera casa per me. Vivo qui nella torre da quando ero abbastanza grande da frequentare le lezioni a scuola. Non posso girare per casa sua senza insospettirlo o essere fermato dalle sue guardie del corpo. Ma sapevo che il suo studio sarebbe stato quasi certamente deserto durante il duello.»

Sussulto. «Quindi sei entrato da quel passaggio segreto e hai piazzato la tua pantera sul divano come sistema di allarme» concludo. «Cosa hai scoperto?»

«Una lista.» Fa un respiro profondo. «Una lista scritta a mano in un libricino che aveva nascosto in un cassetto con un doppio fondo. Si trattava di un registro di somme di denaro, non destinate a conti, ma a nomi.»

«Mazzette per il comitato del ballo?»

Fa spallucce. «Questo non lo so. Mi sono seduto davanti al suo portatile per scoprire chi c'era dietro, ma neanche un nome mi ha fatto arrivare a qualcosa. Nessun articolo, nessuna pagina sui social media, niente di niente; come se fossero stati inventati soltanto per questo libricino. Ho trovato solo un nome, una certa Drusila Apple-Eston.»

«Non ho mai sentito questo nome prima d'ora.»

«Non suona come una preferenza dei Montecchi o dei Capuleti, vero?» sorride ironico. «Abbiamo un debole per i nomi che hanno a che fare con la storia della nostra famiglia in senso lato, tanto che diamo anche dei soprannomi adeguati alle nostre fonti di potere. Qualcuno è stato estremamente creativo con lei. Basta sentire le iniziali: Drusila Apple-Eston è diventata...»

«*Drapes!*» Salto in piedi così bruscamente che Fluffy rotola sul pavimento. Al gattino si rizza il pelo e si trasforma in una soffice palla. Ma invece di vendicarsi di me per l'atterraggio brusco, all'improvviso scatta come una freccia, salta in mezzo alle tende di velluto rosso e artiglia per bene il tessuto.

La tenda impreca.

O meglio, qualcuno dietro di essa lo fa.

Un sorriso ironico si diffonde sul volto di Cut. «Non penserai davvero di poterti intrufolare nella mia stanza senza essere notato, vero?» sogghigna. «Porta dentro il tuo sedere pallido prima che qualcuno ti veda.»

Rhyme esce da dietro le tende.

Il mio cuore sussulta.

Cut non stava esagerando quando ha detto che Fluffy non sopporta i Capuleti. Il gattino si trasforma in una palla assassina con artigli affilati e denti appuntiti che sale sulle lunghe gambe di Rhyme e mira chiaramente al suo viso. Il ragazzo riesce a malapena a scrollarselo di dosso e a lanciarlo contro una delle tende, a cui Fluffy si attacca come una sanguisuga e gli soffia senza paura. Sebbene duri solo pochi secondi, è come se Rhyme avesse tenuto le mani in un frullatore con gli artigli e sgrana gli occhi incredulo. «Che razza di orrenda creatura è questa? L'hai presa ai saldi dell'inferno?»

«Si chiama micio» risponde l'altro, divertito. «Cosa ci fai qui? Chiunque si presenti nella mia stanza a tarda notte di solito è vestito meglio. Almeno all'inizio» aggiunge con un ghigno.

Il volto di Rhyme si incupisce. «Hai sistemato Joy nella tua stanza?»

«Avresti preferito che la mettessi nella stanza delle ragazze?». Cut solleva un sopracciglio. «Dopo che è stata dalla parte del nemico per due mesi? Subito dopo un duello in cui ha sconfitto uno degli studenti più popolari?» Sbuffa sarcastico. «E io che pensavo che Joy ti piacesse.»

«Quindi mi hai davvero nascosta agli altri Montecchi» gemo.

«Almeno per stanotte.» Cut si alza, prende Fluffy dalla tenda e lo accompagna alla porta. «Dovremo pensare a qualcosa, ma può aspettare fino a domani. Vado a cercare mio fratello.» Gira la maniglia a testa di leone, varca la soglia e ci guarda un'ultima volta. I suoi occhi brillano come oro fuso alla luce del fuoco. «Avete cinque minuti.»

Il mio sguardo si sposta su Rhyme. So esattamente cosa vorrei fare ora, è chiaro e vitale come respirare aria fresca: voglio correre da lui e gettarmi tra le sue braccia, stringerlo a me e respirare il suo profumo. Ma tra di noi non c'è solo un falò; c'è qualcosa che non riusciamo a superare.

«*Rinuncia al tuo nome*» sussurra Rhyme oltre il crepitio del fuoco, «*e se non vuoi farlo, basta che tu giuri d'essere il mio amore perché io non sia più una Capuleti. Il mio nome è odioso a me perché è nemico a te. Se lo avessi scritto strapperei il foglio*» e fa uno sbuffo ironico. «Ho sempre pensato che questo pezzo teatrale fosse esagerato. È spaventoso come all'improvviso si adatti così bene alla mia vita.»

Mi si forma un groppo in gola. «Devo leggere *Romeo e Giulietta* prima o poi.»

Rhyme si avvicina al fuoco, ma non a me. I suoi occhi azzurro ghiaccio riflettono le fiamme come se stessero bruciando. «Non siamo amanti leggendari. È stata solo una notte.»

È stato più che una notte, vorrei dire. *Lo è stato per me*. Ma a cosa servirebbe adesso?

«È stata solo una notte» concordo.

Abbassa lo sguardo. «Ma sarebbe sufficiente per il comitato del ballo.»

Deglutisco. «Cosa... cosa faremo adesso?»

«Quello che facevamo prima» risponde sottovoce. «Ci alleneremo, balleremo e faremo del nostro meglio per non finire in uno di questi duelli. Soprattutto non come avversari.»

Il cuore mi batte in gola quando mi rendo conto di questa possibilità.

«Affrontarti nel roseto?!» Mi viene da ridere per l'orrore. «Impossibile!»

«Lo so.» Alza lo sguardo e mi sorride. «Avrei già perso.»

Mi vengono le lacrime agli occhi, ma Rhyme scuote lievemente la testa. «Non dovresti mostrarlo agli altri Montecchi, altrimenti non ti accetteranno mai. Ridono anche quando hanno voglia di piangere.»

Mi premo le mani sul viso come se potessi contenere la mia tristezza, ma non appena mi accorgo che Rhyme sta andando verso la porta della terrazza, le altre lacrime aumentano. «Te ne vai di già?»

Si ferma e mi guarda. «Sono il principe dei serpenti e nessuno deve vedermi nella torre dei Montecchi, altrimenti si scatenerà l'inferno tra gli studenti. A parte il fatto che, alla fine, probabilmente sarebbe la cosa peggiore che potrei fare per te.»

«Alla fine?»

Fa un respiro profondo. «Sono venuto qui per dirti addio.»

Mi si stringe la gola. «E non intendi fino a domani?»

«No» sussurra. «Non fino a domani»

Allunga una mano verso il tessuto della tenda. Ma prima che possa scostarla e scivolare nella notte - una notte che ci separerà per sempre – corro intorno al fuoco e lo trattengo. «Aspetta! Rhyme! Possiamo almeno… almeno… rimanere amici?»

Si gira verso di me e all'improvviso, senza preavviso, si china e mi bacia sulle labbra. Un bacio diverso dal primo. Se sul balcone avevamo ancora un po' di paura a toccarci, ora è il contrario: abbiamo paura a staccarci di nuovo. O almeno è quello che sento io. Gli metto le braccia intorno al collo, lo avvicino a me e premo le mie labbra contro le sue. La sua gola emette un suono di desiderio, facendomi ansimare. Anche se nel profondo so che il nostro bacio sta durando troppo, non riesco a staccarmi da lui. Anche Rhyme ci riesce solo gradualmente. Mi bacia la bocca, la guancia, la tempia e la fronte, proprio in mezzo agli occhi. Poi, un attimo dopo, non c'è più.

Apro gli occhi, con il cuore che batte all'impazzata.

Rhyme scompare tra il tessuto rosso, come se la tenda lo stesse inghiottendo; come se fosse l'atto finale di una rappresentazione teatrale e stesse lasciando il palcoscenico. Il suo ultimo sguardo riecheggia ancora nella mia mente mentre mi trovo da sola nella stanza e guardo le pesanti tende che ondeggiano dolcemente nel vento. In silenzio e di nascosto, sorrido al tessuto, sperando che si muova di nuovo, un'ultima volta. Rhyme, che torna da me.

Ma il sipario è calato.

RINGRAZIAMENTI

Lo so! Lo so! La storia non può finire così! (Mi torcerei il collo da sola se non fosse controproducente). La buona notizia è che l'avventura di Joy continuerà molto presto! Sto diligentemente scrivendo in esilio, a duecento chilometri a nord di Verona, dove mi sono barricata per il mio bene tra le Alpi. Le casate dei Montecchi e dei Capuleti sono molto potenti e ci sono forze che vogliono impedirvi di scoprire tutto sulla maledizione. Sostenete Joy, Rhyme e Cut, e diffondete la verità come meglio potete! Ricordate: *il nostro potere risiede nelle parole*.
Grazie mille a tutti coloro che ci sostengono con coraggio!

Vorrei anche ringraziare il mio caro marito (che ho minacciato di non includere nei ringraziamenti se non leggerà il mio libro in tempo) e mia madre (che ha dovuto minacciarmi per avere il mio nuovo libro). Un ringraziamento molto speciale alla casa editrice Ravensburger, che (senza saperlo) ha scelto *The Romeo and Juliet Society* il giorno del mio compleanno; non avrei potuto desiderare un regalo migliore. E grazie a Kathrin e a tutto lo staff di Ravensburger per avermi incoronata Raven Queen con una cerimonia regale.

Grazie anche a Sarah, che mi ha aiutata con gli ultimi ritocchi (e che ha individuato con precisione tutti i punti in cui speravo di poter farla franca). Grazie anche a Isabelle, che ha superato ogni mia aspettativa con le sue incredibili copertine, e a Wahed Khakdan, per la sua fantastica mappa dell'Accademia. Infine, ma non meno importante, un grazie infinito a Christiane, la migliore agente del mondo, che mi ha supportato dall'ideazione all'invio del libro.

The Romeo & Juliet Society